唤风

王书文 著

辽宁人民出版社

ⓒ王书文　2025

图书在版编目（CIP）数据

唤风 / 王书文著 . -- 沈阳：辽宁人民出版社，
2025. 1. -- ISBN 978-7-205-11322-3

Ⅰ. I267

中国国家版本馆 CIP 数据核字第 2024RK1537 号

出版发行：辽宁人民出版社
　　　　　地址：沈阳市和平区十一纬路 25 号　邮编：110003
　　　　　电话：024-23284325（邮　购）　024-23284300（发行部）
　　　　　http://www.lnpph.com.cn
印　　刷：辽宁新华印务有限公司
幅面尺寸：170mm×240mm
印　　张：31.5
字　　数：480 千字
出版时间：2025 年 1 月第 1 版
印刷时间：2025 年 1 月第 1 次印刷
责任编辑：王　增
装帧设计：对岸书影
责任校对：吴艳杰
书　　号：ISBN 978-7-205-11322-3

定　　价：68.00 元

风从车台湖畔来

——王书文老师《唤风》序

袁　枫

风可以唤来吗？收到王书文老师发来的电子书稿，我一下子就被吸引住了。不在第一时间拜读完似乎难以放手。

和王书文老师相识说来很久了。当年为县政协委员，撰写关注留守儿童提案获评十佳，而获奖者中竟然多了一个人名——王书文。那年在县两会期间，效法王微之"雪夜访戴"而不遇，一转眼就是二十年了。

后来参加县作协活动，在王老师前一本书《端台灯的女人》的发行会上，在走进玉湖中学时听王老师谈写作妙论，益知其深。更相交于老年大学诗词楹联班，见王老师执鞭讲台高山流水，深受学员欢迎。此前个人横渡长江，略有浅咏，以苏词亦有不协音律处而自我宽慰，无意斟酌，于是和王老师讨论一番。王老师对于文学的严谨态度，着实令我肃然起敬。

王书文老师从民办教师开始，考进公办，辗转任教于孟家溪镇各中小学，能在 1995 年刚处不惑之年便破格晋升中高，实属不易。在传道授业解惑之余，王书文老师更是勤习文墨，得天时地利之便，在孟溪"三袁"

中学车台湖附近，完成了《袁中道传》，填补了国内研究"三袁"的空白。王老师一直在文学园地耕耘，用他自己的话说，"开始了他辛苦而快乐的一生！"在不知不觉之间，已经是硕果累累，近于著作等身。这本《唤风》是他在文学道路上的回顾与总结，又将成为新的奔赴与出发。

王书文老师作为一名优秀的人民教师，师德高尚，诲人不倦。在文学创作上，也自觉承担着一份社会责任。认真拜读《唤风》一书，虽本乎车台湖畔"三袁"之独抒性灵、不拘格套，但更可贵处在较多地反映了国计民生，并非是炫才亮技、玩文字游戏。读其文，平易舒缓，文理自然，姿态横生。"荷风骀荡"极富文采，"辞赋新韵"才情恣肆，"水乡素描"知与道俱，"性灵传薪"落英缤纷，"师友激励"想见为人。从这些篇幅中可以读出王书文老师器质之深厚、智识之高远、学术之精微。但要说最让人心折的，却是第六章"三槐风采"中那些描摹亲情的文字，篇章不多，但每一篇都很有分量，朴素的文字中饱含着浓浓的深情，非常打动人。

我十分喜爱其文，不能释手，尚想其德，幸与同时。在细细品味之下，对于当下为文之道很是有所启迪。生活是文学创作的源泉。悲欣哀乐、得失沉浮，都是生活给予我们的丰厚馈赠，述之以文字，导乎以思想，寄乎以情怀，倡乎以责任，正风气，启心智，或许是当下传承"三袁"性灵文学的一条好路子。

时在 2024 年 2 月 28 日

目 录
CONTENTS

◎ **三槐风采 / 377**

◎ **师友激励 / 339**

◎

荷风骀荡

唤风

记得小时候，我们一大家子住在古镇孟溪南边二里许的高庙渡口边，因我的祖父海臣大爹是船工，这里方便他的工作。那个杉木松木榫卯结构的房子的位置颇有特点，前面是松东河左岸的河堤，常有过河的、赶街的男男女女经过，他们谈笑奔走。屋后是滚滚南去的松东河，从湖南来的木船、轮船到这儿矶头边迎着激流奋力行进，或者河堤上拉纤的人喊着号子在吃力向前，因这里矶头上的河水流速大，有时拉纤的绳子被绷断，船就突然歪斜偏侧打横，就怕船舷舀水翻沉。到这当口，船上岸上一片惊呼。

到了夏天的晚上，就宁静了许多。我和弟妹们坐在竹床上乘凉，但有时用老人的话说"连风的儿都没有"，热得很，知了令人厌烦地叫着。我们就说："天真热，怎么没有风呢？"

这时，我祖父就把一尺来长的竹烟袋在椅子腿上轻轻连敲几下，说："没有风，是没有风，我有办法！"

我们忙问："爹爹，你有什么办法呢？"

"唤风吵！"祖父严肃又微带笑地说。

"唤风，怎么唤呢？"我们一下来了兴趣，好像身上没什么汗水了，痱子也没那么"炸"得痒痒了。

弟弟妹妹连忙催促祖父唤风。

"喔——喂——喔——喂——"只见祖父嘟起双唇，再突然散开，遂发出"喔喂"之声，原来这就是唤风？风未必长了耳朵，还听我的祖父并不太洪亮的唤风之声？

但我的祖父是个老船工，年轻时行长水，即和伙伴用一条船，上跑长江，下跑沅资澧水，运石头、木材、窑货、粮食、棉花等养家糊口，甚至在宜昌边船被水里的石头顶穿船底，差点儿葬身江底。他曾有点儿夸耀地说，我抱住舵尾巴，任它翻转，我不会淹死。祖父行船拉纤，也是要跟风打交道的，八成他真的会唤风！

但是，风没来，我们看着杨树柳树的枝条，一动也没动。

嘿嘿，我们有点笑祖父了，怀疑是他逗我们。

"风隔得远，你们一起唤，它会听到的！"祖父笑得胡子一动一动的。

于是，我们兄弟姊妹，还有邻居的方秀、金安、松林等伢儿，都唤起风来："喔喂——喔喂——喔喂——喔喂——"

我们站在椅子上、竹床上、躺椅上，我们向前奔跑着唤，我们用双手合着当成话筒唤！

大家一边唤，一边观察着树枝或者屋檐边竹篙上晾着的红领巾或衣裤之类。

我们向着河边唤，向着树林唤，向着湖里荷叶水鸟唤，向着远处的稻田唤："喔喂——喔喂——喔喂——喔喂——"

眼尖的小妹妹燕儿喊道："风来了，风听到了，它来了，看，我的檐子头发（刘海），飘动了！"

真的，树枝荷叶动了，风，清风，它好乖，它果真有耳朵！被我们，还有爹爹，把它给唤来了！

祖父祖母，还有很多大人都吹着风，笑着，喝着茶水，讲着"三袁"故事或者魏国贞的故事。还有夜行的船上泛着釉色赤膊的男人，把整桶的河水往身上倾倒，有腰里系着带子以防落水的小孩在微弱的星光下朝岸上看着，有妇女用拖把在河水里咚咚洗着……在清风里，大家都充满活力了。

我们那时把祖父当偶像崇拜的，是他，人称海臣大爹的老船工教会了我们唤风啊！

我后来知道屈原的弟子宋玉写过《风赋》，其中有句"快哉此风！"那也许是这风的源头之一吧？这风是从东南边来的，这是"三袁"荷叶山的方向，那是性灵之源地，风穿过桂花台，拂过绿绿的稻田，跳过田田的荷叶和荷花莲蓬，触过高庙的观音菩萨的莲花指，轻轻地抚着我们这些怕热的孩童、抢割抢栽劳累的农人以及古镇孟溪周边，甚至更远的人们。我想，当人们需要的时候，我要和小伙伴大声地唤风，哪怕声嘶力竭，要唤回世间，不，天地间，至清至凉至醇至美的和风！

"喔喂——喔喂——喔喂——喔喂——"

（刊于 2023 年《文学百花园》杂志）

鸟鸣声里诗意飞

徜徉春天，听听鸟鸣，是很惬意的。这种天籁之音，胜过多少人为的急管繁弦啊！有时听着听着，就生出一种恍惚：这些可爱的鸟鸣是出自周边的树叶里呢，还是来自遥远的古代诗词中呢？哦，从我们古人的优美诗词中逸出的鸟鸣，或可称之为稀世之音哩。

鸟鸣声中赞劳动。如《诗经·小雅·伐木》中就有这样的诗句："伐木丁丁，鸟鸣嘤嘤。出自幽谷，迁于乔木。嘤其鸣矣，求其友声"。这里，伐木的"丁丁"声，和鸟鸣的"嘤嘤"声，在美丽的深林里，在无污染的幽谷里，交织成一首和谐的乐曲，写出了劳动者的喜悦和自豪。

鸟鸣声中酿爱情。如《诗经·周南·关雎》中这样写道："关关雎鸠，在河之洲。窈窕淑女，君子好逑。"这里用河边"雎鸠"的"关关"求偶声来起兴，来比喻青年男女的爱情，也引出了诗意的叙述。从此，那"关关"的鸣叫，就叩响在代代有情人的心弦上。

鸟鸣声中爱自然。我们的诗人感情充沛、感觉敏锐，对一花一世界，一鸟一境界，体会尤深，所以，他们热衷于让鸟鸣入诗。如诗圣杜甫就在《江畔独步寻花》中写道："留连戏蝶时时舞，自在娇莺恰恰啼。"诗人用"恰恰"模拟黄莺的娇语，给我们录下了唐代的妙音。再说，杜甫这个邻居黄四娘家，有花、有蝶，有莺歌燕语，难怪诗人爱在那独步呢。南朝诗人王籍在《入若耶溪》中有这么两句诗写鸟鸣："蝉噪林逾静，鸟鸣山更幽。"这里用衬托手法，写"蝉噪""鸟鸣"来显出山林之幽静。想想看，诗人在浙江会稽莫耶山下，乘小舟游溪，没有追名逐利的浮躁，只有听鸟鸣、赏山水的闲情逸致，这种境界不令今人向往吗？孟浩然的《春晓》，应是脍炙人口的了，其中"春眠不觉晓，处处闻啼鸟"，用鸟鸣来唤醒春眠的诗人，诗人在似醒非醒中听鸟鸣，其心境微妙啊！还有王维一首诗，干脆就题为《鸟鸣涧》，诗中写道："月出惊山鸟，时鸣春涧中。"这时鸟的鸣叫声又与春涧中的水声相和着，让"诗中有画，画中有诗"的王维着实觉得有趣。

鸟鸣声中怀古思。如刘禹锡的《乌衣巷》中有这样两句："旧时王谢堂前燕，飞入寻常百姓家。"这里诗人听到百姓家呢喃的燕语，环顾自己正踏访的南京秦淮河上的朱雀桥及附近的乌衣巷，联想到这燕子只怕是东晋时王导、谢安家的燕子吧，这就感慨良多了。这王敦是书圣王羲之的叔叔。这谢安，人称谢太傅，都是当时能左右朝廷的名门望族。诗人借小小"堂前燕"，写大的历史变迁，还暗含对唐朝统治者的劝讽，所以，这燕的一声呢喃，不啻是一记振聋发聩的警钟！

鸟鸣声中透愤懑。宋代辛弃疾在《菩萨蛮·书江西造口壁》一词中有这样句子："江晚正愁余，山深闻鹧鸪。"词人为何在结尾处写"闻鹧鸪"呢？是对鹧鸪偏爱吗？不是，实另有寄托焉。因鹧鸪的叫声被人解成"行不得也哥哥"，而且叫声凄苦。这恰好与作者当时心境契合。作者本来登郁孤台，已产生美人迟暮、壮志难酬之感，又听到乱山深处鹧鸪声声，这"行不得也哥哥"的警唤，是催促作者去率兵收失地呢，还是提醒南宋统治者：这样"行"

下去会亡国呢？这都令有着"了却君王天下事"之志的辛弃疾百感交集。

　　鸟鸣声中含志趣。王维在《听百舌鸟》一诗中这样写道："入春解作千般语，拂曙能先百鸟啼"，就借鸟啼之早，表达一种抢占先机、不甘人后的积极追求。

　　可见，鸟鸣，特别是那种采撷于生活的诗意的鸟鸣，是穿越时空的，是声声含情的，更何况我们的生活中不时会有洗净心灵的鸟鸣呢？去听听吧，去学学吧，说不定对时下听惯了各种巧舌如簧的语音、听腻了各种巧夺天工的机鸣的我们，会有一种特殊的滋养或启示吧。

（2012 年刊于北京《经济视野》杂志）

我爱骏马

令人神思飞扬的马年来了。

看到一望无际的麦田里，一行行青青的麦苗在风中像马的鬃毛在飘舞，似乎整个大地都在奔驰时，我的心里就涌出了一句话：我爱骏马。

一

骏马，闪烁着古之神奇。骏马，几千年来，与中华民族同呼吸共命运，甚至可以说，一部廿四史，很大程度上是骏马驮出来的。

在古书《拾遗记》中记载，周穆王乘八骏之车而游四方，甚至到了西王母所在地，喝到了琼浆玉液。他的八骏后来被诗人所歌吟被画家所描画，八骏的名字也神奇不凡：它们是足不践土的绝地，行越飞禽的翻羽，野行万里的奔霄，逐日而行的越影，毛色炳耀的逾辉，一形十影的超光，乘云而奔的腾雾，身有肉翅的挟翼。从这些神奇怪诞的名字中，就可以看出它们是何等了不起，何等的不食人间烟火，那乘坐它们或用之牵引大车的人，又是何等的雄视千古威仪四海啊！

当然，让人仅闻其名，就会精神振奋的名字还有诸如骅骝、绿耳、骐骥、纤离、翼龙、玉马、天马等，这些行空的神马的血脉长河应该还没有枯竭或消失，它们的勃勃雄风、飒飒英气应在当今的一群群骏马身上体现出来。

还有一种老马，年老力衰却能立奇功。这是春秋战国时，齐桓公和管仲率军讨伐孤竹国时，因为走入险恶多歧路的峡谷中，面临全军覆没的危险，管仲用老马引路而走出迷宫般的山谷，转危为安。于是"老马识途"这个成语就传下来了。

仍然是齐国的故事，伯乐见山道上有千里马在拉盐车，拉得汗流浃背，于是把它献给楚王，并对千里马说："马啊，你将要遇到好的主人！"千里马似乎听懂了伯乐的话，抬起前蹄，把地面震得咯咯作响，并引颈长嘶，其声音洪亮，如大钟石磬，直贯云霄。马尚且知道知遇之恩，知道把握机遇体现价值，何况人呢？

一匹日行千里的马当然值得大书特书，即使是千里马之骨也被燕昭王臣子用千金购得，这样以后，不断有千里马献上，也有千里马似的人才前来依附，使得国家日益壮大。可见，对于人才，从古到今，能兴大业者，都是独具慧眼的。

李白有诗吟道："秦王扫六合，虎视何雄哉！"现在展现在世人眼前的西安秦陵兵马俑坑里，一匹匹雄健的战马栩栩如生，它们眼睛圆活，鼻孔翕张，四蹄矫健，似要齐声发出响遏行云的嘶鸣！据《古今注》记载，秦始皇也是酷爱骏马的，他有七匹名马，名叫追风、白兔、蹑景、奔电、飞翮、铜爵、晨凫，可见秦始皇当年骑在这些马上或者坐在这些马驾的车上，不，也可以说这些骏马引领着千军万马，在统一中国的征程中，在实现他的梦想的进程中，呼啸驰骋，叱咤风云。

还有唐太宗李世民的昭陵前，有六匹骏马的雕刻，虽历经千年风雨沧桑，遭兵匪盗贼觊觎，但是这昭陵六骏仍然像英雄一样傲然挺立，哪怕伤痕累累，箭簇在身。正在吼出大唐的猎猎神威，立体地展现着一代马上得天下的君王对坐骑的挚爱与尊重，是以骏马代武功、代震慑力的一种图腾似的宣示。这昭陵六骏是身黑蹄白的白蹄乌，黄里透白的特勒骠，青中带紫的飒露紫，纯赤如火的什伐赤，苍白杂毛的青骓，黑嘴黄旋毛的拳毛䯄。这些骏马与其说是守卫着已化为尘土的李世民，不如说是凝聚着不畏强敌战则必胜的战士之魂。

二

骏马挟带着驰之雄风。古人说："驽马十驾，功在不舍"。驽马尚且奋勇向前，不舍进取，更何况骏马呢？

是的，骏马奋蹄追风，向着一个目标前进。哪怕有青青草地，有泱泱湖水，有浓浓的树荫，有灿灿笼罄，它也毫不踌躇，毫不留恋，毫不迟疑，总是一面嘶鸣，一面奋蹄绝尘而去。在冬夜，铁蹄与碎石碰撞出火星，点亮了朝霞与虹霓；在雪野，深深的马蹄印给诗人留下了黏黏的怅然；在平道上，腾踏出的滚滚红尘未必只是引来妃子的娇笑？哪怕宝马跑出汗血，哪怕霜晨马的鼻子喷出白雾，哪怕战场上遭受枪伤弹痕瞬间颓然倒下，因为是守土为民，骏马就在所不惜，一路向前，赴汤蹈火，心无杂念！

三

骏马秉持着忠之美德。骏马，它不管主人是皇族贵人，还是平民乞丐，只要是驾驭它的人，是爱它的人，把它不仅当作一匹马，而且把它当作须臾不离的朋友亲人，那么，这匹骏马就通人性地与主人齐进退，共荣辱，同生死了。刘备的名马的卢在其主人后有追兵、前有险壑时，它拼出全身之力，奋力一跃，跃出三丈之遥，将刘备稳稳驮到彼岸，驮出险境。试想，如果不是这匹的卢的神奇一跃，刘备能成就大业，历史会有三国鼎立吗？

另外如《西游记》中唐僧的白龙马总是忠心耿耿、任劳任怨，为了实现取经回大唐的梦想，老老实实干它的驮载的工作，不越位、不添乱，但是关键时候，它能挺身而出冒死救主，其忠心可敬可佩。

四

骏马生就着恋之情结。"胡马依北风，越鸟巢南枝"，这是古诗中的名句。写的是胡地的马依恋着北方凛冽的寒风，也不愿到温暖的南方去，越地的鸟儿哪怕在外地树上结巢，也总是把巢结在朝向家乡的树枝上。这里写出了马对故国乡土的依恋，其实它们本就是故国乡土的守护神。

据说毛泽东主席当年东渡黄河时，其警卫人员将主席长期骑用的一匹青白色的马牵入黄河中，准备让它随着船的划动慢慢游向对岸。可谁知这匹马在游到中流时，竟然挣脱警卫手中缰绳，毅然决然地游向了家乡的方向！虽然它也许深情回望过那个一口湖南口音的伟人和战士们，也看到了伟人对它留恋的眼神，但是它还是难舍故乡那方热土！这大约和毛泽东主席"望断南飞雁"的情感是相通的。有一点可以肯定，即那匹马完全没想到将来自己或许会成为像昭陵前的千古雕刻。

五

骏马蕴含着诗的光彩。从古至今，仅从中国来说，都不知有多少文人雅士记载过，描述过令人心驰神往的骏马！请看："老骥伏枥，志在千里"，曹操写出了老当益壮，志在统一的沉雄豪气；"挥手自兹去，萧萧班马鸣"，李白表面上写马不忍离开伴发出嘶鸣，实写挚友不忍分离之情；"葡萄美酒夜光杯，欲饮琵琶马上催"，王翰描写边塞将士豪放的马上生活；"乱花渐欲迷人眼，浅草才能没马蹄"，白居易描写的是诗人官员春游闲适浪漫与惬意；"但使龙城飞将在，不教胡马度阴山"，王昌龄用"胡马"一词，呼唤真正的守边军魂，暗讽醉生梦死、懈怠忘忧、坐糜俸禄者；"草枯鹰眼疾，雪尽马蹄轻"，王维笔下似乎是一幅空、地全景狩猎图，一个"轻"字写出了骏马奔跑速度之快和乘马者之豪迈。"山回路转不见君，雪上空留马行处"，岑参写雪地上空留的马蹄印，用这个渲染着伫立送友人不愿离去的真情；"春风得意马蹄疾，一日看尽长安花"，孟郊写春风中欢快的马蹄，突出了科考及第后的骑马学子的欢欣鼓舞；"夜阑卧听风吹雨，铁马冰河入梦来"，陆游笔下的马身披铁甲，在结了厚冰的河面衔枚疾走，其声音清越而真实，然而对作者而言却只是爱国一梦……

六

骏马凝聚着画之彩墨。中华漫漫五千年文明史，有很多画家爱画并善画骏马，马在他们的笔下获得了另一种生命，给人一种别样的感动与震撼。

如南齐毛惠远的《白马图》很有名。北齐的杨子华善画饿马，说他所画饿马"夜听啼啮长鸣，如索水草"。隋代的展子虔最擅长画"有走势"的马，他所画《游春图》画人骑马走势生动。唐代有曹霸擅长画骨感的马，杜甫有诗赞道："竹批双耳峻，风入四蹄轻。"赞其铜筋铁骨的形象。还有曹霸的弟子韩干也是画马的大家，他的《明皇试马图》《战马图》等也受过杜甫赞扬。唐朝的韦偃所画《放牧图》也很了不得。元代画家任仁发是水利专家，却雅好画马，他的《二马图》最为人称道，除了画技高超外，还有反腐的寓意，他以马的肥瘦对比，来讽刺害群之马——贪官，赞扬清官，殊为难得。

而最为我们熟悉的还是当代的画马大师徐悲鸿，他画的马，无论奔马、立马、走马、饮马、群马，都有充沛的生命张力，显出神骏壮美的风格。他运用中国画的线条优势，水墨浓淡适宜，往往寥寥几笔，就画出一匹形神兼备的骏马。凛凛风骨，清奇超迈，大气磅礴，凝聚民族精神。他的《九方皋相马》等名作令人叹为观止。而且，他不同时期的马，有不同的寄托和寓意。如在抗战时期的马，寄托着悲哀、忧郁等情怀；新中国成立后的马，寄托着希望和憧憬。可以说，他笔下的骏马不仅是给马的写照，而且是为民族为国家在传神。他笔下的马绝无慵懒娇贵之态，有的总是奋勇向前的正能量。

当代联家曹克定先生在 2014 年全国春联大赛中荣获一等奖，其联语说得好：大道春风骏马，壮怀好梦宏图。

所以，我爱骏马！

（刊于《厦门文艺》杂志）

乡野随笔

葱箫

清晨，"夜雨剪春韭"的清晨，三两个孩童瞪着新奇的目光走在菜畦间，微微湿润的地老是把鞋子粘住，弄掉鞋子，露出妈妈绣的大红大绿的花鞋垫，糯糯的地，像是试试孩童会不会自己扯好鞋子似的。

一垄垄青葱，吸引了他们的目光，青青的翠翠的葱上，还有珍珠般的露珠，又似被孩子们吓出的汗珠，他们常常来这揪掐掉葱——来当乐器吹——竖着当箫吹。

当粉嫩的小手指轻轻掐断一管或几管葱，再去掉葱尖，让葱管能通气，这时如果用红红的嘴唇柔柔地含住青青的葱管，则会吹出诸如"咪""喵""咩"的声音，吹奏者信口无腔，独抒性灵。其声或长或短，或急或缓，或粗或细，或独奏或齐奏。这清晨的菜园地里就跳起了这奶声奶气的也如嫩葱般的葱箫声。吹奏者有时吹得目醉神迷，有时涎水沁出葱管。这时，你会觉得中通外直的葱箫之所以乐音别致且透着家乡田野的清香，是因为它一茎茎、一管管都扎根于这方热土，又通窍吸纳了日月精华之爱。那被叫作火葱的，其茎管粗大些，辛香味浓烈些，它发出的声音相对宏亮些，往往受到男孩子的欢迎，名为分葱的，茎管纤细，又常常博得女孩子的青睐。

有时，葱管还可以作为小伙伴相约玩耍的信号。如在一个夏夜，某个农舍的窗下，有个小孩在长一声短一声地吹着葱箫，室内的小伙伴出来也吹葱箫相应和，然后踏碎一禾场的月光去玩他们的游戏。这家妈妈随即就会听到笑声伴着葱箫走远了，似乎萤火虫也随着乐音忽高忽低地追逐着。

哦，童趣如葱。

毛蜡烛

你是被夏日的火南风熏成褐黄色的吧。你是因羡慕人间的红蜡烛、白蜡烛而长成黄蜡烛的吧？其实，大家都知道，你是水乡一种植物的种子，大家却极愿意亲切地叫你毛蜡烛。你是大自然馈赠给农人。不，农家孩子的特殊礼品之一，你这绒绒的蜡烛状的精灵！我和小伙伴曾试着薅下你身上几许细柔的绒毛，就像薅下小黄狗身上的几缕细黄的绒毛似的，再让其顺风一吹，你的种子——烛光就飘向四野了。

当你站在这株或那株的顶端，在叶子的窃窃私语中里，在微风中，不无骄傲地晃动着脑袋，似乎在说：人们的红蜡烛、白蜡烛是用来燃烧的，不免有蜡炬成灰泪始干的凄婉；而你是恬淡的，富有亲和力的，你只是点燃孩子们惊喜的瞳子，只点燃老一代孩子对蜡烛拜堂成亲的憧憬。当然，也有孩子摘下你，摘下两支最大的毛蜡烛，插在湿泥巴捏成的烛台上，再和某个女孩可能也是男孩凑合代替，在野外模拟拜堂成亲。也许，然后双双有模有样地坐在你的"烛光"里相视傻笑，笑得鼻涕都流出来了。但你不笑，你只想成全他们，你知道这是童趣。

现在，如果找两支毛蜡烛插在自己书房的笔筒里，会觉得你的绒毛在闪光，在呼吸，在振鬣。

哦，毛蜡烛，你一簇簇，一群群，年年挺立在草莽中的形象，常常温暖并照亮我的梦。

葶壳籽

第一次见到你，是当我的父亲在河堤边割谷子回来吧。当他把你们从浸满新谷新稻草气息的衣袋里抓出来时，我和弟妹们竟惊喜地以为是什么零食哩。哪知你主要还是被人当作精神食粮的。

农人们都把你叫作葶壳籽，大概你叫葶苈。你的叶子有点像高粱叶或芦苇叶，但茎秆没有它们高，你们总爱群居在泽边湿地。葶壳籽这种种子据说可以入药，据说还可以治疗结石之类的病痛。葶壳籽，你们一串串地摇曳着，像一束摇着的省略号，颗粒如黄豆大小，光滑结实如黑色卵石，不，如玉石。你的表面黑灰色间或有少许丝状的白纹。如果捧捏很多颗在两掌间搓动，会发出好听的细响。特别是将你们一颗一颗用五彩的线穿串起来，作饰物最讨人喜爱。男孩子爱戴在项间扮唐僧和尚，女孩子爱戴在手腕上当镯子，别有一种风景，引得不少城里的女孩艳羡不已。有的女孩子两只手都佩戴有她自己缀成的葶壳籽镯子，她在黑板上演算数学题时，这镯子在她腕子上一上一下缓缓晃动着，平添一种生动。

豌豆花

照一些人看来，豌豆花，似乎并不起眼，可不知为什么，你深情的眸子老是闪烁在我的灵魂深处。

当蜜蜂在花蕊里闹得粉嘟嘟的时候，圆形的豌豆叶子格外肥厚多汁，散发出一种有点冲鼻的诱人气息，这时，叶间就不经意间闪出你的明眸——你的每片花瓣，一半是黑中略带紫色，一半是白色，活像人的眼眸，是那样柔和，那样清纯，又那样好奇。你的眸子或调皮地半掩于绿叶间，或坦然地眺望于茎枝上，或密簇拥挤如女伴们忍住笑在偷窥某个人，或如静立独处而眸子不动在悄想心思……

总之，进入豌豆田，就会在你的眸光里徜徉。大眼睛少女凝视你，是想和你比一比，看谁的眼波更会流盼；小眼睛女孩一瞥你而面露嗔怪之色，是怪你为何不借两瓣靓丽的花之眼给她；小男孩红着脸看你又掐疼你，也许是你无意间洞悉了他不羁的小心思……

豌豆花，你其实只看到了小男孩在那里夸张地撒尿，你还看到了一对青年男女躲在豌豆茎丛深处，谈得如火如荼，你似乎更愿意看草长莺飞，看蜂恋蝶舞，看叶筛月影，看霞染银锄，看镰挽麦浪……

是的，至今看惯了形形色色的眼神，我倒格外怀念你——豌豆花带着清露的眼眸。

（刊于《三袁》杂志）

梦溪情歌美

　　孟溪，在"三袁"的诗文中，有时曾写为梦溪。孟溪大垸的西边，是松东河蜿蜒往南，其东边是虎渡河也一路缓缓向南。俯视大垸的话，就会发现这两道河流像是其美丽的脸庞两边飘动的两条乌青乌青的辫子，似乎注定这里会有美丽浪漫的元素。这块神奇的土地，的确也飞出了不少民间情歌。

　　这不，2022年正月初六，全县还笼罩在浓厚的春节喜庆氛围中，天空偶尔还飘飞着轻柔的瑞雪，县委严书记就到孟溪镇黄金堤村原老渡口边给一位年过七旬的民歌手傅绍福老先生拜年，他听说在全县文化普查中，发现了不少这样的老宝贝，也想听听这位远近闻名的老歌手唱唱爱情歌。一行还有县委常委、宣传部部长万治红和文联主席侯丽等，早年一方的"情歌王子"傅绍福，个子较高，可以想见他年轻时和本队武姓女子在田间、河边、湖畔是怎样地唱情歌的。现在傅绍福老人的声音还很有特点，严书记面带微笑，饶有兴致地听着，不时地颔首、鼓掌。

一、质朴而大胆的真情表达

　　孟溪大垸地处吴头楚尾，既有楚文化的滋养，又有湖湘文化的熏陶。有洞庭湖云梦泽的浩渺胸怀，有长江、虎渡松东河的浪漫，还有纵横如网的河湖港汊的切换背景，湘鄂交界，口音较杂，加上筚路蓝缕的开创，锻造了男人女人的无拘无束不拘格套，那些没上过学或者初识文墨的先辈们，就在表达爱情上显得更大胆更有激情和口才。如《灯草花儿黄》是这样唱的：

"灯草花儿黄，听我来开口唱。唱一首情姐想情郎。

一想我的郎，天天把你望，茶不思来饭不想，只想我的郎！

二想我的哥，每晚睡不着，闭上眼睛想哥哥。

三想我的郎，一个人睡床上，抱着枕头喊我郎！"

……

这样一直唱到"十想"。使人想到那个多情少女，穿着朴素别致的印染蓝花土布，用朴素的语言，直白的爱情，呼唤或者说宣泄着爱，张扬着个性。

她们在采茶时，在采桑叶时，在放牛时，在夜里纳鞋底时，在芦苇里寻蘑菇时，在望到心上人在前面竹林边耕田时，在水边木头搭成的埠头上，或对着清澈的水里一对对的小鱼，用捶洗衣服的木棒头，有一搭没一搭地打着拍子似的，就大声地，或者低声地唱着。不远处，或有个闺蜜，悄悄向这个辫子长长的姑娘，投来一小块泥巴，落入水里，发出声响，吓得歌者差点儿掉进水里，嗔道："你个砍脑壳的，鬼头妖精扳泥巴！"两人就哈哈大笑，笑得竹林里一对斑鸠扑棱棱飞起。

是啊，她们想唱就唱，轻轻的南风吹来，带着她们的热情，带着她们的青春气息，带着本地方言，唱着，笑着，互相推搡，捶打着，时唱时笑。歌词也可随口改动一二。就是腔调，也十里不同版本，但大同小异，都是口口相传的简易曲调，也没有高音或者故作华丽的修饰，多是自然真诚纯净的。

孔子说"诗无邪",诗三百,大多是民歌,其中也有一定数量的爱情歌。这些无邪的民歌应该就是孟溪情歌的源头之一吧。

二、大胆直率而不迷失自我

有一首扯草歌,叫《肩背雨伞到姐家》,唱来如同一个爱情小品,有场景、人物和道具等,通过男女对唱的形式,表达炽热的爱情,情歌更是大胆直率,一问一答,情意绵绵。从曲调音效来看,男子唱得有点撩逗,调皮;女子唱得清纯、热烈、多情。特别是"肩背雨伞"的造型亮相,很有水乡特色,那时的雨伞多是暗红色的油纸伞,也有黄色的油布伞,没下雨时,爱用一个蓝色有点肥大的长筒状布袋子装着,斜背在肩上走在烟雨朦胧的乡村阡陌上,一看就是家隔得较远的,例如外乡的赶鸭佬一类人就是这身行头。

关于这首歌,孟溪有个早年在北京读过大学的老诗人跟我讲过,当年他在沙市读高中,放假回家,走到松东河堤东边一个叫沙窝的地方,经过附近一块棉田,先是听到一串银铃似的笑声,接着听到齐人深的棉梗里传出脆生生的莺啭凤鸣般的歌声:

"肩背雨伞到姐家,姐在田里捡棉花!……"

另一个少女唱道:

"肩背雨伞手提鞋,不知哥哥哪里来?……"

接着又一阵旋风似的笑声。把个自认为见过世面的高中生搞得很被动。因为之前下过小雨,他怕妈妈做的新布鞋弄湿了,就肩背雨伞手提鞋,他一时竟不知如何应答,只慌忙低着头,快步走。但又不甘心,还是回过头看了,棉田里露出段姓姐妹美丽的笑脸。待走了好远，听不到她们悦耳的歌声时，他凭借着校园文学社主编的才华，才想出回答的歌句："肩背雨伞手提鞋，想到姐姐田里来。口干舌燥讨水喝，哪个姐儿把水带？"

可惜纵有万般才华，第一时间没对出来，没有她们那种天真烂漫，脱口而出的现场感，补救也是枉然啰。到了80岁了，此公还一拍大腿，连连懊悔不已。

三、本土文人笔下的情歌透着桑叶的清香

孟溪和章田交界的地方，有个古老地名叫杉木桥，据说原来叫纱帽桥，因为明朝有个萧毅中做了大官后在随从前呼后拥中经过一座简易石桥时，被淤泥湖上的风吹掉了乌纱帽，随从捡起递上时，萧毅中笑了。萧毅中遂吟诗解嘲，称此桥可改叫纱帽桥。后群众按谐音叫成杉木桥。杉木桥边有个读书人叫杨润香，喜爱收集民歌，在老辈歌者心里和《孟溪志》中也留下一首长篇情歌，名为《采桑歌》。这首歌有86行，它不同于一般的民歌，较短，口语，没什么情节故事。看来它加入了较多的文人笔致，又不同于那种又长又赚人眼泪的通俗"歌本子"，一句话，它是根植于淤泥湖边有品位的民间文学作品。

《采桑歌》中写女子在桑树下等着男青年来的句子：

"日影已西犹徘徊，欲采不采状若呆。无可奈何将自去，猛然望见一人来。依稀见我未见我，仿佛是他不是他。"那种想见、怯见、怕人看见的情状心理描摹细腻入微。写女子趋前表情的歌句：

"柳眉含笑朱唇启，遥问郎从何处来。携手相将立树旁，琐琐絮絮话

衷肠。"

把女子的美貌、深情以及动作写出来了。当男子出外求学赶考没回时，女子怎么样呢？

"泪眼愁容怕人看，不语低头心自酸。任凭阿母说我懒，哪有闲心去喂蚕。安得蚕大大如山，一路牵丝到长安。留得一线牢不断，频把相思密密牵。"

看看，听听，想想，这种钟情、深爱，不就是我们家乡美丽女子的痴心赤诚吗？这种表达还不够浪漫诗意吗？难怪，即使不是由那些豆蔻年华的美女唱，靠靓丽来吸睛，而由一位年过古稀的老男人在门前塘里枯荷参差、墙上红椒环挂的农户里唱，还是会博得阵阵掌声的。

其实，在孟溪，在如梦如幻的河流溪水边，唱过这类歌谣的大有其人，如段启光唱过《姐儿门前一树槐》："姐儿门前一树槐，手攀槐树望郎来，娘问女儿望什么，我看槐花几时开。"歌中的女子美目流慧，巧妙对答。李祖秀唱的《高粱田里好会郎》："新打的锄头羊角方，打把我幺妹子薅高粱。手下的高粱快快长，高粱田里好会郎。"女子和男子在劳动中生情，红高粱当成了红盖头。陈宏银唱的《十把扇子》："一把扇子两面花，情哥爱我我爱他。情姐爱我会种田，我爱情姐会绣花……"那时爱情崇尚勤劳、聪明，不是追求金钱地位。陈昌明唱的《正月看姐是新年》："正月看姐是新年，两膝跪在姐面前。十指尖尖来扯起，你我相爱拜个什么年？"这个爱得有点作秀的多情男青年的举动，令人忍俊不禁。

当然，梦里溪边的人本是很重美好爱情的。过去，章田寺乡就有多座彰显爱情德行的牌坊；现在，孟溪茶家铺村又有照料病残丈夫十几年的"最美公安人"。

　　爱情，是性灵文化光谱里别样的色彩；情歌，正与爱祖国和人民的大爱合拍共振，唱响未来！

一声呼唤，让我伸起腰来

——回忆陈善文老师

　　听说原公安县文化馆的陈善文老师的一本日记即将出版，又让我想起了陈老师。本应该早就写点什么的，但自己没有什么拿得出手的成绩向已在天国、总是微笑着的慈祥的陈老师汇报，于是就踌躇再三了。

　　20世纪70年代，我才二十啷当岁，在松东河畔的龙兴大队小学当民办教师，有个女同学的名字谐音"真情话"，几个调皮的男生故意唱《红灯记》中李奶奶唱的"说明了真情话，你莫悲伤"，惹得一阵笑声。她也在那教音乐课。当那些结了婚的做了"大人"的同事回家去了，我和她就唱歌、打乒乓球或者爬到树上，去望南边湘鄂交界的黄山——蓝幽幽的，像笔架似的耸立在天地之间。那时我们这批青年似乎不解风情，嘻嘻哈哈逗逗打打，像兄弟姐妹。她有时奉命排几个革命节目，于是要我试着给写点演唱材料。后来，听邻村孟溪大队小学管老师讲县里有个《公安文艺》，可以刊登这些演唱材料，我就萌发了写点什么寄过去的想法。记得这个管老师是被孟溪教育战线教师们背后戏称的"三条妖"之一，缘于他和另两位男老师年轻时都有点女性化味道，走路有点风摆柳，讲话有点娘娘腔，在黑板上写粉笔字，翘着兰花指，比比划划好一阵才悠然下笔。加上都爱文艺，都是全镇学校文艺汇演的校队导演之一，所以获此称号。管老师要我写过一个表演唱《三妯娌比包》，说的是三妯娌约定节日要比包：一个以为是比胸部，就买大胸罩；一个以为是比红包；一位以为是比坤包，有点喜剧色彩，以此反映生活水平提高。这节目还在县里获了奖。

于是我向《公安文艺》投了几次稿。

暑假期间，我们这些"教嘎佬"被要求参加生产队的劳动，因为民办老师本来就没有工资，所得"工分"是比照同龄的青年农民议定的，不听大小队领导安排是不行的。割谷扮板桶，我细皮嫩肉的瘦手十指磨出了血。有个从兰叔跟队长讲让我去栽秧，即下水田栽水稻秧。但在高温下，在洒了石灰以便消杀蚂蟥或促进绿肥分解的热水田里，栽了几天秧，手又和不少青年女基干民兵一样开始刺痛并烂皮。于是，我又被照顾着安排去砍界边，即用镰刀或铁锹去清除水田边的杂草刺树之类，轻省是轻省一些了，但是遇到竹园高嵊，没有一丝风，还有蚂蚁爬上身甚至蛇飕地袭击，也是有难度的。

一天，我站在水田里像在芟夷天下羁绊一般，挥镰不止时，突然有个陌生但亲切的声音喊我："书文，王书文，你是书文啦？"

我直起身来，抹去蒙住眼睛的汗水与草屑或泥水，望着眼前这位戴着草帽穿着白汗衫的中年男人：他中等身材，圆盘脸型，微笑着，很慈祥。

原来是文化馆的陈善文老师！

我于是在小沟里洗了手，请陈老师到我位于高庙湾的家里去坐坐。

到了家里，我那在孟溪水运当船工的祖父在家，于是在那棵楝树冠荫下，坐在木椅上，一边用芭扇扇着，一边从黄色挎包里拿出一本薄薄的《公安文艺》，说我的作品发表了。我的心激动得快要跳出来！忙接过来看，原来是那篇童话处女作《小青虫的胜利》刊发了，这是我的创作第一次变成铅字！是陈老师编发的！陈老师给我讲当时需要什么作品，怎样写，我如饮甘露。

我爹爹和我要留陈老师吃饭，他说去孟溪大队易发平家吃饭的，易发平住在孟溪街边。望着陈老师在田埂上远去，见到他穿着圆领短袖的白汗衫背部湿了一大块，我心里很是过意不去。

第二年 5 月份，陈老师到了我任教的龙兴小学，那次我在《公安文艺》上发表了一篇有关湖北大鼓的文章，上面还有陈应松、黄学农、易发平等骨干作者的作品。陈老师那次多带了几本杂志，分送给了我的同事，自然活泼的"真情话"也有一本。那次是陈老师来通知我去参加县文化馆的暑期创作培训班的，他怕我不能去，亲自下来协商。果然，龙兴小学的校长不同意，说，反正就这么几个人，王书文去参加一个星期的培训会，谁来给他代课呢？

刚好我的母校孟溪中学的严绍武老师来龙兴小学组织一个体育老师参加的民兵拳培训班，讲诸如"马步架冲拳"之类的拳法。陈老师悄悄和严老师讲了什么，他俩要我带路到大队支书聂书记家里去，两位老师跟书记讲了王书文创作有基础，要支持，要让他去参加培训会。聂书记是个给地主打过多年长工的土改根子，他豪爽地说：去！列怎么不去呢！于是两位老师都笑了。我想，人家是何等的人才，还为了我来找书记协商。我虽不是千里马，陈老师笃定是伯乐啊！

后来，连续几年暑假都在县文化馆参加培训，讲课的除了县文化馆的老师外，还有省里来的著名诗人与剧作家等多位老师。当时，午休时，我们这些业余作者就在教室里桌子上或椅子上睡午觉。记得一次当今很出名的作家在黑板上写了几句有点"微黄"的顺口溜，没来得及擦掉，下午上课前，被一向和蔼的陈善文老师看到，他严肃地问：谁写的？你们是作者，是干的人类灵魂工程师的事，怎么写这些话呢？

一时教室鸦雀无声。

陈老师第三次下乡到我家，我那读过十来年诗书的爸爸跟陈老师交谈了好一会，要留他吃中饭，其实我爸爸比我大方多了，我家里一般来客杀鸡招待是常事，有时还到近两里的孟溪街上馆子里用篮子提不少菜肴回来待客，我家里就有几个盘子上有"某某餐馆"字样。但是陈老师还是说到发平那去吃饭，并要我一起去。

易发平老师我知道，老家是甘厂几根老松树边的，在孟溪安家时一无所有，而古典文学功底富庶，他常说平平仄仄平平仄，我当时听来如闻梵语。他在湖南大山里砍树放过排，在孟溪村砖瓦厂嗨的一声搬过泥坯砖，为队上抬水泥电线杆遇到绳子断了，电杆滚下堤坡，砸伤了他的腰，只好让他去孟溪大队小学代课。他写了一个说鼓词《搭车记》，经东港的龙中炎先生修改，后代表公安县优秀节目一直敲到北京城，反响很好。加上他旧体诗写得好，自然引起了出过《古代军旅诗纵横谈》一书的陈善文老师的重视，多次到他家畅谈。

那天，我和陈老师到易老师家时，易老师的爱人高姐割谷累得很，正在一个用铁丝绊着的文物似的竹凉床上睡觉。听说陈老师来了，马上起来做饭。当时弄几个像样的菜肴很不容易，陈老师与我和易发平边吃边讲，讲他过去在部队搞文化工作，讲县里那些青年哪个创作来头大等等。饭后，趁易老师帮助妻子收拾碗筷时，我好奇地问陈老师，您说说易老师的作品有什么长处吧？

"他的作品啊，两个字：嫩蕻！"陈老师不假思索，伸出两个指头说道。

我心里一震，嫩蕻？不是我们这里的方言吗？是讲蔬菜水果之类，鲜嫩爽口，品相好，口感好！与之相反，则是"老梗哒""老得像爹儿嘎公（祖父或外公）"。我揣摩，是说易发平的作品不是那种口号套话，不是那种老腔老调的模拟，而是自出机杼，有来自底层的鲜活的群众口语。后来，陈老师推荐易发平到县里剧团去修改或创作剧本，和人创作了写袁中郎的《明月清风》等剧本，县剧团里的美女名角还给住在楼道转角窄间里的他以粮票等接济。后剧团解散后，陈老师又四处奔走，让易发平成了公办老师。可谓对他负责到底。陈老师逝世后，易发平写诗悼念，我只记得有"硬语仍盘空"句，"盘空"一词出自韩愈，借用来赞扬陈老师作为基层的文化辅导干部，在特殊时期，也能不改初心，仗义执言，热情似火，不求名利地发现并培养文艺新苗的奉献精神。幸而他的这些弟子，有的成了名动全国的著名作家、剧作家、诗人、曲艺家，当然，大多的业余作者秉承陈老师的精神，在基层仍然笔耕不辍，哪怕早没有《公安文艺》了，但即使在某个类似于《公安文艺》的网络平台上发表点作品，也乐在其中，不枉陈老师期待了一番哦！

陈老师，您在田界上，不，在天庭上的声音仍是那么嫩蕻！

2023 年 10 月 5 日于"三袁"故里车台湖畔

视野的优化

视野，是个极富诗意和张力的词，一提到视野，我们总要说开阔视野，或者说力争视野优化。这是为什么呢？

让我们把目光投向一只鹰，它在广阔的天宇翱翔，它的视野一定是开阔的。古诗有句："草枯鹰眼疾"，鹰，能在万里碧空，望见草里的小动物，随即迅速俯冲下来，攫住机遇——这就是视野开阔给它带来的雄视天地的王者之气。

庄子在《逍遥游》中描写的鲲鹏比鹰的视野还要阔达，"其翼若垂天之云"，"抟扶摇而上者九万里"，可想而知，它的视野就不局限于草原上或山岗上几只兔鼠之类的所谓美食了，它的眼里映现的是更宽阔、更蔚蓝的大海！这是视野与力量结合的效果，这是善于借助外力如空气的托举而达到的鹏程万里的理想境界。

而如果只是井底一蛙，那就大煞风景了。即使这口井是古井，是名井，是美玉玛瑙砌就之井，而对蛙的视野没有实质性的改变；即使这井水甘甜如饴，或者清澈如镜，即使这蛙眼如炬，但它的视野，仍然停留在井口大小的范围。要想瞥见丰富多彩的天地，只能等待云彩偶尔飘过，鸟儿偶尔飞过，阳光偶尔洒过。

同样是在水中，黄河中的鲤鱼就不同：为了成功地跳龙门，它们偏要到激浪湍流中作生死一跳！为什么不满足于在某个回流湾里繁衍生息，安逸地摇动红红的尾巴，抖动别致的鳍须，吐出溜圆的水泡，博看客一赏，被食客一箸呢？因为这些鲤鱼知道拼将全身力气，跃过龙门，将发生奇妙的变化，就会化为龙！即使不会化为龙，也是勇敢非凡的鲤鱼。再说这一路逆流而上，冒过多少钩叉网罟的危险，受过多少大鱼吃小鱼的惊骇，只为这跃过龙门的念头，追求一种新视野！在鲤鱼跃起的那一刹那，尊严将蓝天叩得铿然作响！然后扑向陌生的领域，这又是一种新的视野，一种新的升华，一种新的嬗变啊！哪怕越不过去，撞得鳞片纷飞，这鳞片也可看作对这种追求卓越、追求新视野举动的授勋——一枚枚璀璨的勋章！

当然，龙的视野就不用说了，它既能蛰伏于万丈深渊之内，也能腾飞于九天之上，布云播雨，睥睨宇宙，它视野开阔，气魄宏大。于是乎，龙就成了中华民族的神圣图腾。

但说到形似于龙的蚯蚓，虽埋头苦干，但由于视野不开阔（只怕谈不上有眼），只能在泥土中蠕蠕终生，有时被人穿在鱼钩上做诱饵，去引诱同样视野不开阔者上当；再说龙虾，虽带有龙字，有冒充"龙二代"之嫌，由于视野狭窄，只能在浊水腐草中装腔作势；即使大如鳄鱼者，似乎也与龙有点瓜葛，也因视野模糊，既不能飞离滩涂恶水，又不能改良品类，只能流一种称之为鳄鱼眼泪的液体，遭人讥笑。加上其残忍本性，令人避之唯恐不及，哪还谈得上视野的优化呢？

是不是视野越开阔，就越有意义呢？这也未必。如苍蝇蚊子之类，有复眼，可以说是能全方位地扫描目标，一纤一毫也难逃它敏锐的眼光，稍有风吹草动它们就嗡嗡嘤嘤，乱飞乱窜。其实，飞得再高，也就那么高；叫得再响，也就那么响；找得再准确，也就那么点腥秽之物，谈得上有大的视野和追求吗？看来讲视野，还须与讲理想、素质、品位相联系。

动物尚且有优化视野的努力，我们有志之人更应有这种追求。

古人说："不畏浮云遮望眼，只缘身在最高层"，是登峰登塔时的感悟，其实说的是一种高境界、大视野。启示我们不为眼前利益、蝇头小利所纠缠，不为一人、一家、一团体、一地区之私利所困扰，而要从普天下、全人类的大利、大局出发，就会心中块垒顿消，泯仇一笑，打开更宏阔的局面。如鉴真大师六渡日本阐佛教，讲建筑，传道义，其功德虽历久而弥新，漆像虽柔薄而恒固，其精神虽无形而永芳。而且，他后来双目失明，似乎谈不上一般人所说的"视野"，但他却视通古今，烛照未来。

看来，要有大的视野，就要有一双无形的慧眼。而且，"视野"，这两个字的汉语发音与"事业"接近，这又启示我们，要想事业成功，必须要不断优化视野。

（刊于北京《经济视野》杂志）

浴沐书香人更美

我生长于"三袁"故里，从小就被一种浓浓的读书氛围所感染，可以说，书页是我生长的襁褓，书香是我最初的文化乳汁，书本是我最喜爱的宠物与朋友，所以，喜爱读书，沐浴书香，自然深有体会。

说到"书香"这两个字，是富有诗意的，是令人怦然心动的。在这里，我姑且把书香分为浓香型、淡香型、清香型、奇香型等几个种类。

浓香型的书，铸造志向。哪些书可说是浓香型的书呢？如反映革命战争题材的好书与名著，如《林海雪原》中描写在皑皑白雪中追剿土匪的英雄团队，在《烈火金刚》中与日伪周旋的敌后英雄，在《钢铁是怎样炼成的》中顽强成长的保尔·柯察金等，无不散发出浓烈的英雄浩气，其香气摄人心魄，读这些书，犹如进入国色天香的牡丹园，花气袭人，耳濡目染，于是就奠定了我一生热爱祖国，想建功立业的情怀。

淡香型的书，陶冶情操。哪些书是淡香型的书呢？我认为如《红楼梦》，高雅纯正，属于淡香型的好书；它没有大起大跌的扣人心弦的情节，仅林黛玉一颦一笑，一唱一和，足以营造一种儒雅风流、超凡脱俗的人生境界，其淡香在我心里涤除粗俗、追求品位，萦绕一生。还有冰心的散文，也属淡香型的杰作，它们如茉莉花，如幽谷兰花，让人恍如在梦中，陶醉不已。

　　清香型的书，滋润语言。哪些又是清香型的书呢？我认为如诗词曲联之类的书，这当中有李白的飘逸，杜甫的沉郁，孟浩然的清雅，袁中郎的俊朗，培根的隽永等等，无不透出一阵阵清幽之香，如荷风送爽，沁人心脾。我在生活中、教学中、写作中，有时能随手拈来，巧妙引用，或者化为自己诗文中的精炼、灵动，"飞入菜花无处寻"，我知道，我的口头语言、书面用语，之所以有进步，都得益于阅读吸收大量的清香缥缈、如梦如幻、令人如痴如狂的诗词曲联佳作。

　　奇香型的书，飞扬激情。何谓奇香型的书呢？我认为是构思奇妙，人物新奇，语言新奇的书，读了这种书，令人驰魂夺魄，辗转反侧，如饮佳酿，酣畅淋漓中有一种挥笔成诗文，激情奔涌，不吐不快的冲动，这种书，我把它称之为奇香型的书。如蒲松龄的《聊斋志异》，如欧·亨利的《麦琪的礼物》，如当代作家莫言的《红高粱》，陈忠实的《白鹿原》等这类书，如仙子奇葩，可遇而不可求，如遇到，则不可放过，而要认真阅读，使自己凡俗的生活来一次激活，来一次飞扬，激出些火花，创造出工作中、学习中、写作中新的业绩。

　　所以，让我们在琐细的生活中挤出时间，从繁杂的工作中挤出时间，从追名逐利或游戏人生中挤出时间，品读名著，沐浴书香吧，书香是一种奢侈的渗透心灵的沐浴露，会使我们更充实美丽，会使这个世界更纯净更美丽！

崇湖，鸟的天堂

扁嘴潜衔千古月；

青头映染满湖春。

这是我早先给崇湖的仙子——青头鸭写的楹联，当然，仅仅两行短句是不足以写好崇湖的，但可以说它是崇湖的一张名片。

号称"水上大熊猫"的青头鸭，不仅姿态美，色彩美，而且数量少，已成了濒危的珍稀动物，全世界不足 1000 只，而蕞尔之地，原来名不见经传的崇湖居然拥有 157 只，而且是从早先发现的 40 几只，发展到 131 只，继而发展到 157 只！

青头鸭头大体圆，头颈部黑色有时呈绿色光泽，眼部和胸腹部为白色。雌鸟嘴边有一丝红色环绕，似涂了口红。善中外颉颃，南北迁徙。翅膀有力，即使贴水低飞，溅起水花，也显得强劲有力。这些见过大世界的鸟儿，大概在将中西环境对比后，才认定公安县崇湖这块湿地就是它们梦里家园吧。这里是它们的停歇地，繁殖地，越冬地，服务区。

黄胸鹀，在崇湖庶几可坐第二把交椅的名鸟当数黄胸鹀了，它俗称禾花雀，是小巧玲珑型的宝贝。它是工笔花鸟画家的爱物，其颏、头顶等处黑色，翕及尾上覆羽上栗褐色，胸以下鲜黄色。雌鸟的腰和尾巴上点染一点栗红色，也算爱美一族了。别看它小，也善迁徙。一般叫声低弱，可谓低调，而雄鸟在繁殖期，可陡地发出悦耳的声音，可见小鸟也知道爱是永恒的主题。

它爱吃昆虫，如小甲虫、蚂蚁等，当然一些植物种子也可当小吃磕磕牙的。你如果在草丛、灌木中发现碗状的巢，这八成是黄胸鹀爱的港湾，它们那点似被画家精心勾描的小喙，爱衔来牛毛、猪毛、马毛之类软软的铺在巢里。想想吧，它偏着头，多少次看准了才欣喜的衔到巢里，像人类买家具置床上用品。黄胸鹀生的蛋是灰绿色的。唉，崇湖里到处都有鸟儿各种颜色各种大小的卵，使人想到当年女娲采五色石补天，这片神奇洁净，适合鸟儿生儿育女的天地，就经由这些五色彩在点缀着，由日月的经线，水光潋滟的纬线在缝补着，闪出异样的光彩。

小天鹅，洁白如世外高士，大家见得多些，就略而不讲了。

白琵鹭，这个鸟也许大家见过，但这个名字有点陌生。不错，人们常说，林子大了什么鸟都有，未必，崇湖里就有这种稀罕的鸟——白琵鹭。它也是濒危动物，是大型涉禽，全长 85 厘米，对比上面的黄胸鹀来说，它可谓是"航空母舰"了。它全身羽毛白色，眼、颈、喉部的皮黄色，嘴长而直，却扁似琵琶，头部冠羽黄色，颈腿均长，腿的下部裸呈黑色像踩着黑色的高跷。爱筑巢于近水高树上或芦苇中，产卵白色无纹。喜南北迁徙，自然擅长飞翔，双翅每分钟扇动 186 次。亦善于靠热气流滑翔，届时，两脚收起向后，又向前若箭然。其在湖水滩涂中能长时间站立不动，然性机警。记得儿时，和小伙伴们见家乡白湖里的水鸟"青桩"，它也是站立很久，有个女生说听她爷爷说过，"青桩"是鬼变的，不易捉住。不信，你们都闭上眼睛，再睁开时，它会无影无踪。我们停止戏水或摸鱼，闭上眼睛。等了几秒，再睁开眼睛看时，湖滩上的青桩真的不见了，遂悚地一震，基本相信了女生的话。

大约白琵鹭站在那儿是为了捕食，它主要吃虾、蟹等水生物。有时，把长嘴张开，伸入水中，左右横扫，碰到食物，这把暗藏机关的镰刀及时夹住；有时又嘴巴甩向一侧，拖着这个撮瓢，迅速跑动，将小鱼小虾撮入大嘴里，抿而肚之。

它应该没有偷听过小孩读《陋室铭》，但它的巢简陋而大，卵椭圆形，白色。我们在崇湖，应该看到白琵鹭的雏鸟将小而软的嘴伸入亲鸟的长嘴里取食，会怦然心动。

秋沙鸭，那种野生的秋沙鸭，往往机灵地在崇湖中沉浮。家乡人似乎把它称之为"觅鸭子"，因为它善于潜水，当寻找它时，它突然钻出水面，嘎的一声叫时，它又不见了，或许顶着荷叶或者丝苄草又鬼怪精灵地钻出来了，融入它的圈子中。

压轴的是水雉鸟，它有个雅号，叫"水中凤凰"或"凌波仙子"。因为它身形小巧纤细，在水面，在荷叶水草间，或飞或行，柔若无骨，娉婷袅袅。一副老长不大的令人怜爱的样子，所以，叫水雉鸟吧？

水雉张开的薄如蝉翼的翅膀格外引人注目，这对翅膀黑边微描，白羽映照着阳光月色，跃起时，两条细长的腿犹如不小心踏进过满是墨汁的古砚，弄得黑黑的。那细细展开的爪子，像郑燮画的竹枝，像张开，似垂落。细长上翘的灵俏尾巴像美女浴后捋出的一抹秀发。它蹦蹦跳跳，头一低一低的，尾巴一翘一翘的，又似老师在学生作业上潇洒打出的对勾。是啊，在荷叶，在水藻的绿色映衬下飘飘欲仙，还像曹植笔下的洛神的化身。有水雉带着还没长出尾巴的三四只小水雉，在崇湖荷花菱角密布的水面上徜徉，崇湖给了植物动物极大的安全感。

当然还有很多鸟，或飞翔，或潜水，或漫步，或伫立，或私语，或交颈，或轮换孵蛋，或分头觅食……

这里是国家级湿地公园，所以没有过去的隐藏的鸟枪、抬铳，没有毒饵、鸟网，有的是过滤带、排污沟、净化池、生物浮床……是鸟雀等动植物选中的宝地福地，是人与大自然和谐相处的乐园。这方水土，曾经濡染过王竹溪的笔墨，正激活着多少诗人联家摄影家的创作灵感哦，更是让周边乡镇，不，慕名而来的游客赏鸟语花香，赞盛世桃源。

还是用楹联结尾吧：

梦满凫塘，霞飞鹜影，翔集何输丹顶；

惠崇画里，苏轼诗中，风流还数青头。

五彩凤凰展翅牛浪湖

——公安县凤凰村旅游区巡礼

一个美丽的名字叫响她，一块神奇的热土造化她，一批古代文物古迹辉映她，一个"省旅游观光示范点"的美称镀亮它——

它就是公安县章庄铺镇凤凰村。

在景清花明的仲春季节，笔者受省市县作协的委派，慕名踏上了凤凰村之旅。

好一只绿色凤凰！

在章庄铺镇年青热情的宣传委员苏惠的安排下，在凤凰村原支书、现任村民主任杨从华的陪同引导下，我们驱车由207国道通往向南的村级公路，这条总体平坦端直偶有顺弯的硬化水泥路像一条舞台上的启幕绳，逐渐拉开了凤凰村美丽而神秘的画卷。一路经太平村、白鹤村，直奔凤凰村。一进入凤凰村，就见近旁的绿树掩映花香叶馥，春色撩人，橘子花、梨子花泼辣得很。就连不知是谁随手抛网在某棵树枝上的金银花的香气也直沁人心脾，谁如果想躲是躲不掉的，最起码早已把你的衣服染得香香的了。待朝远处望去，丘陵岗地起伏，草木葱郁，翠色满眼。

不一会儿，我们来到了位于村子西南边的凤凰山茶场，这茶场依山傍水——以凤凰山为根基，襟牛浪湖而临湘鄂。在山边，一位姓汪的银发老人讲了凤凰山的来历：传说在很早很早以前，这里就风景优美，引来不少凤凰飞舞栖息，所以就叫凤凰山了。我们在这里的确看见许多有漂亮冠子的一飞就见很多花纹的鸟，有点像戴胜鸟，它们不过都只喜鹊般大小，怀疑和传说中的凤凰有亲缘关系吧。其实，这凤凰山并不高，它很平民化，平均海拔为135米，面积约800亩，茶场戴眼镜的会计告诉我，现种优质茶树300亩。看着梯田似茶园，一层层堆绿叠翠，一行行依山列队，一片片侧耳谛听，使人觉得茶树可爱极了。不觉想起了李俊和先生的一副茶联：

其志难移，纵千般烘炒，万遍搓揉，历尽艰辛成极品；

斯颜不改，况一任卷舒，几番起落，自甘淡泊散清香。

想到这里，我觉得凤凰村的"凤凰春"茶就大有品头了。

手捏捏纤细滑腻的茶树叶，恍如摸着孩童温软的耳朵。看着春风中轻轻拂动的簇簇茶树，使人想到绿浪，不，绿色凤凰的片片羽毛，重重翎翅，在春光的沐浴下，活灵活现地在牛浪湖边精神抖擞地欢迎着八方来客。

下山之后，又参观了茶场制茶设备，这"凤凰春"的生产车间现代化设备不少，有杀青机、揉茶机、烘茶机等几万元的设备。品过几口新茶，顿觉清香满口，神清气爽，有作凤凰腾飞的感觉。也难怪，因为这里空气清新，而且凭牛浪湖无污染的水氤氲孕就，真是"造化钟神秀"啊！

当然，凤凰山上及全村宅后路边还有不少的果树、药材，一起构成凤凰村绿色的底色与基调。凤凰山上已有40亩果树，主要是脐橙。有"国庆一号""山下红"等新品种。果熟时节，游客可参与采摘。当你看到因嗅过茶香、润过牛浪湖的水，摸到长得格外水灵似乎有点性感的脐橙时，你不怦然心动吗？

好一只红色凤凰！

看过了绿意盎然的凤凰山，转过岗峪，忽见前面一片灿若云霞之所在，一问，才知是紧傍茶场植有 3000 株桃树，开起花来，娇艳迷人。十几个采茶少女一边轻轻唱着情歌，一边用纤纤玉指揪采着茶叶，我想，她们的手揪惯了，哪天揪到心上人不听话的耳朵上，那可要受用一番哟。其中一个穿红衣服姑娘唱道：

小妹劝哥莫要慌，花不逢时不开放。

耐心等到三月三，蜜蜂采花分外香。

逗起其他姑娘一阵笑声。笔者又想听这茶园天籁，又想到近处去赏桃花，在左右为难间，凤凰村杨主任拉我去看桃花，这才向前走去。回头一看，姑娘们的发间肩头，落有几瓣红红的桃花，令人一下子想到"人面桃花相映红"的佳句。这里不就是凤凰村最美的桃花吗？

赏罢桃花，再眺望村部那面鲜红的五星红旗，又翻了翻村里干部们写的学习科学发展观的心得体会，使人倍感眼前的凤凰村是一只红色的凤凰！那面迎风飘动的红旗就是凤凰的冠，在蓝天和牛浪湖碧水的映衬下，这只红凤凰正在伺机而飞！

好一只银色凤凰！

凤凰村地处公安县境内最大的淡水湖之一的牛浪湖畔，而牛浪湖方圆几十里没有任何污染源，2 万多亩水域水质清澈见底，是湘鄂闻名的原始生态湖。牛浪湖号称有九十九个汊湾，每个汊湾各有特色，有犹抱琵琶半遮面的清纯与娇羞，汊湾们掩映于绿树与农田之间，鳞浪层层，爽气拂面，令人向往。

笔者见到不少人在湖畔垂钓，一打听，原来建有专供游客垂钓的钓台，只见钓者不时钓起鱼来，活蹦乱跳的鲫鱼或鲩鱼在春阳下闪着银光，那些竹编的鱼篓里有鱼在弄出哗哗的响声，怪诱人的。其实，这湖里的鱼钓得完吗？渔场推广无污染生态养殖技术，加大名优特鱼种投放比重，提高了养殖效益。

笔者就见凤凰山脚、牛浪湖畔正在修建三层楼的渔场厂部，这里推土机的轰鸣与湖面的各种水鸟的鸣叫构成一种特殊的交响曲。水天相接处的远处，一艘快艇破浪驶来，所过之处，有鱼跃出湖面，又落入湖里，惹得游人一阵阵欢叫。原来是开设的快艇项目正在试运行。开快艇的居然是一个妙龄女郎，一副见惯风浪的潇洒样子。

是啊，精明的凤凰村人懂得怎样写好这篇水的华章。

这牛浪湖上闪闪的波光不正是银凤凰在振羽亮姿吗？

银色，是牛浪湖的本色，而又是凤凰村的又一异彩呀！

好一只古色凤凰！

文人雅士说凤凰村是一只古色古香的凤凰，是因为她得天独厚，拥有文物古迹的资源，这给凤凰村平添了一种神奇、古雅的魅力。

中国文学史上晚明改革派——"公安派""三袁"的故里在公安县。"三袁"出生地孟溪镇"三袁"村桂花台距凤凰村仅十几里路，而且公安派的主将袁宏道（"三袁"中的老二），字中郎，生前多次到凤凰村所在地附近刀环里法华寺拜佛览胜，他于万历三十八年（1610）猝逝于沙市，年仅43岁。魂归故里长安里（孟家溪）荷叶山，因渍水遍地，遂暂厝未葬。后移灵法华寺旁，于当年 12 月由其弟中道和其次子彭年主持将之葬于白鹤山。总之，始终在凤凰山一带。他没有像兄长宗道那样葬于孟溪荷叶山（后中道也葬于长兄旁）而是又"不拘格套"地葬于牛浪湖畔。现研究"三袁"已超出了国界，常有不少海内外"三袁""粉丝"前来瞻仰袁宏道的墓冢。

笔者是"三袁"故里桂花台边人，来到中郎先生墓深深鞠躬以表敬意，想到中学、大学课本里都有先生的美文，特觉自豪和仰慕。和陪同人士谈到中郎先生长眠这里，只怕有多种原因：一是中郎先生跟佛结缘颇深，曾著有《西方合论》等至今为佛教界研讨的著作，他还常写有关佛事的诗文，如在《侵晓见闺人礼忏》诗中写到："梵音唱彻声清远，卧阁何人梦不醒？"法华寺边佛的氛围浓。另外，这里风景令中郎着迷，巧合的是，中郎先生曾在现公安县城所在地——斗湖堤柳浪湖隐居六年，其间常和诗友唱和，包括僧人。而柳浪湖和牛浪湖的读音何其相近啊！其实，柳浪湖、牛浪湖的风景都跟他家乡淤泥湖的风景相似，都是"山之苍苍，水之晶晶，树之森森"啊！

当我们一边谈着"三袁"，一边不觉走到邹文盛的墓前，他是明代的户部尚书，墓道旁的石人石马亦在。民间还有传说，说他爱为民请命，被皇帝错斩，后又给赔了个金脑壳，墓里有金脑壳。邹文盛墓在"文化大革命"时被损，后修复，现存石碑一，石人二，石马二。石碑高 3 米，宽 1 米，有二龙图案刻于碑首，碑正面刻有篆体嘉靖御赐祭文，字体佳秀。石人与真人差不多高，石马高 1.57 米，长 2.37 米。马的眼神及鞍辔逼真，纤毫毕现。据当地一位老妈妈说，以前邹文盛墓边的麦子夜间老是被牛马吃一大片，后有人说是石马吃的，就把石马的嘴巴弄坏了一点，夜间再也没东西吃麦苗了。

告别邹文盛墓园，我们又乘车几分钟来参观三国名人刘璋墓，我们一路上似乎肋间生风，似有石马相助。

刘璋墓西北面不远的卷桥水库边，笔者曾常和人来此游泳来对刘璋墓而怀古。

找到一位七十来岁刘姓老农，他两眼炯炯，很健谈，自称乃刘璋后裔。他说，刘璋是东汉末年一军阀，曾任益州牧，后被刘备打败，诸葛亮《隆中对》讲到他。史书上说他也曾施过仁政。他被刘备流放于荆州公安县，易地降职使用后只好随遇而安，曾任过类似县官之类的官。后归隐于老县城（今南平）西25公里处的古堤垱（即今章庄铺镇凤凰村不远处）这里属湘鄂交界，山水俱佳。

老人用手机接了在广东打工的孙子的电话后，继续讲道，刘璋隐居这里后，改姓陈，以农耕为生，病死后葬在这里。他死后恢复姓刘。归葬时，置有双碑，一石一铜，铜碑放于墓内，石碑立于墓外。现可见墓及墓前石碑。据说，墓地附近，曾有祭祀庙，内供刘璋木雕，庙门前有"生陈死刘"四个遒劲有力大字，让人嗟叹，当地现正考虑恢复。

看到这里，我想，凤凰山的文物古迹大概没多少了吧，可杨主任说还有，村南边再去几里，还有一个兵器堆值得一看，杨主任说，这兵器堆高3米左右，老人讲是当年吴三桂造反时留下的一大堆刀枪剑戟，封土成巨冢状，传说夜深人静时，有人路过兵器堆，曾听到兵器相碰击打的声音。"文化大革命"时，农人马立本在其近旁犁田犁出过戈矛，磨洗后，曾用来叉过鱼。真有点"自将磨洗认前朝"的况味啊！

在看罢兵器堆回来的路上，我又想，一个创新立派、睥睨文坛的袁中郎，一个掌印户部、举足轻重的邹文盛，一个叱咤风云、手握重兵的刘璋，都不约而同地选择了把凤凰村这一带作为自己的长眠之地，这绝非偶然，也许他们都认为这里山清水秀，民风淳朴，这里远离尘嚣争斗，是一方净土，是一方宝地吧？

哦，这里有一只古色凤凰从古代飞来，负载着浓浓的古代人文气息，因而别有一种吸引力。

好一只金色凤凰！

凤凰村毕竟是一个农业行政村，除了拥有优质的水产资源、茶药资源、古文化资源及其他旅游资源外，还有约1.2平方千米的平原，主要种植水稻。

当我们一行数人，徜徉在村级水泥硬化公路上，向稻秧拂动的水田眺望时，村主任杨从华不无遗憾地说："王老师，今年低温雨水天气长了一点儿，秧苗长势不太好。要在去年，早就绿得封行了。"是啊，我看得出，虽说全村1597人，有448人出外打工，还有部分人从事旅游接待方面工作，但大家还是把田种得漂漂亮亮的。

不难想象，当到岗地上"小麦覆陇黄"时，当秋果垂枝、橙黄蟹熟时，这只凤凰又悄然变为金色凤凰了！到处熠熠流金，到处暗暗沁香，我们的金凤凰在牛浪湖的明镜前顾盼生辉呢，还是想与荆东高速路上的奔驰宝马一比飞速呢，还是为金秋季节那种纯粹而高贵的金色而陶醉呢？

同时，因农业发展而滋生的农耕文化、饮食文化等也让凤凰村成了鄂南虎西人寻根旅游的一个新的胜地。笔者参观了凤凰村农耕文化展览室，里面展出有榨油、碾米、舂米、榍子、打糍粑、风斗、木水车等久远的工具，大多配有解说文字甚至对联，如：

犁：埋头锐进，餐风沐雨；

　　　　弓背精耕，拓地开疆。

　　耙：铁齿耙泥，梳靓田畴妍色；

　　　　木框过垄，拓开人世丰年。

　　水车：能升能降，百叶掬流低而上；

　　　　　可扶可踏，独梁费力转还来。

　　风斗：大腹便便，坦对白黄，不刮农民血汗；

　　　　　小心翼翼，勇除伪劣，能扬天地清风。

　　向讲解员一打听，这些对联是"三袁"故里孟笔先生写的。看来，凤凰村特色旅游地含金量还不低哩。

　　中午，原湖北车桥公司党委书记、凤凰村旅游投资开发老板之一的钟吉平先生闻讯开车来了，介绍了一些情况，他说，国家发改委的领导曾率专家组来村考察，大加赞赏，表示大力支持。省市县主要领导莅临指导，并指示力争在三年内让凤凰山的果、药、茶面积达 2000 平方千米，全村"农家乐"农庄达 50 户，旅游产值达 300 万元，村民人均旅游收入达 2000 元。荆都集团已决定出资 3000 万元，逐步优化旅游环境，如修建宾馆、码头、钓鱼岛、度假村等。接着，钟老板提出要让大家品尝凤凰村一带的特色菜，他如数家珍，说道，伍婆的土鸡、汪家的三色鱼、牛浪湖的胖蟹、毛哥的猪蹄……总之多得很。如这伍婆的土鸡有祖传烹制秘方，鸡味独特，名扬湘鄂。伍婆说，吃凤凰山林间草丛里虫子树籽长的鸡，是极品。所谓三色鱼，用料是牛浪湖的鳜鱼、草鱼、加上沟沟港港里的土憨宝（当地一种憨丑不堪的鱼）一锅烹鼎，其味稀奇。让荆东高速、207 国道来往客商游人赞不绝口！

　　这些，无疑又为凤凰村的旅游经济添金加银，为这只金凤凰增色不少。

是的，湖浴美凤新姿靓，凤凰村以五彩倩影让人耳目一新。

笔者的参观和采访快结束时，杨主任接到一个电话，对方旅游团问到凤凰村怎样走，杨主任喜气洋洋地说，一条是经 207 国道在 7134 公里碑处南下丁字路处上村级硬化水泥路经太平、白鹤村抵达凤凰村；一条是下荆东高速过联兴村硬化路再上凤凰村硬化路，抵达牛浪湖绕湖环村硬化水泥路。

是啊，李白曾咏凤凰旧台，有人亦游凤凰古城，就让我们喜看凤凰新姿吧！

（刊于湖北省作协《能摸着月亮脸的地方》一书）

美丽神奇的母亲湖——淤泥湖

如果把蜿蜒南去的虎渡河与松东河比喻为两条长长的、曼妙的飘带，把河堤比喻为巨幅画框的话，那么，广袤的孟溪大垸内的迷人风景、神奇传说、人才辈出等等则是万千笔墨描述不尽的。仅就袒腹于天地之间淤泥湖而言，就像是巨幅画框内的瑰宝。

淤泥湖，天造地设地镶嵌在公安县的东南部，其水域面积毗邻并润泽着孟家溪、章田寺、甘家厂三个乡镇，她左邻虎渡河，右傍松东河，其形状独特，湖汊枝布。如航拍俯视，犹如龙舒爪舞，又如观音千手妙指，还如京剧水袖曼舞，收放自如。

淤泥湖，按孟溪大垸内乡党口音，一些老人又读作乌泥湖，传说这里是洞庭湖的区域，后水浅处淤积而成农田，深水处澄波而成湖。有一说，虎渡河某年溃堤，洪水冲击淤泥潴留而成大片的湖区而得名。这一说，也符合荆江洪水威胁下的水乡孟家溪的特点。何况在宋朝公安名士张景回答皇帝询问时说过："两岸绿杨遮虎渡，一湾青草覆龙洲。"说明虎渡河在宋朝已有其名，在漫长的时空中，河堤溃决积淤成湖是很自然的现象。

从"三袁"兄弟的诗文中，常提到辋湖、车台湖等家乡的湖，似少提到淤泥湖，不过，他们的诗文里提到它写的是"乌泥湖"，如袁宏道写淤泥湖边的义堂寺的诗《题义堂寺募修佛宫册》里写道："枳林之南乌泥北，中有林芳大士国。一迦陵引百鹏雏，怒飞皆作垂天翼……"据此，可知，淤泥湖的命名大概在明朝就有了，但不能肯定。这样也好，恰好给她蒙上了一层神秘的面纱。

　　湖汉的传说。俗话说："淤泥湖九十九个汉，抵不上洞庭湖一个巴。"那么，淤泥湖到底多大呢？湖长 25 千米，最宽处 2.5 千米，最窄处约 1 千米，原有水面 23.02 平方千米，承雨面积 152.1 平方千米，湖底高程 27.5 米，水深 2—3 米，最浅处 5 米。

　　传说，有一位神仙站在一个汉湾里，数点着淤泥湖到底有多少汉，数来数去，最后是九十九个汉。有趣的是这位神仙把自己站的汉数漏掉了，应该是一百个汉。另一说，九十九这个数字吉利，有"久久"之谐音。所以，九十九汉，反而别有意趣。的确，其湖有漫四汉、陶家汉、鳈鲅咀、簾子口等众多的汉名，即使是当地人，在雾气迷蒙或者夕霭笼罩中有时也会弄错汉湾，因为湖光山色、竹树村落、牛哞犬吠、芦苇白茅、菰姿蒲影、鸥鹭翔集等景致实在是太接近了，所以会迷路，会让人摇桨操棹，多走一段水路哟。

　　也正是由于汉湾多而复杂，在旧社会，成了土匪的啸聚之处。如1949 年，人民解放军有一支小货轮往湖南运军粮，当满载灰面（面粉）的轮船经过杨家埫河面时，被土匪罗亨富部多只小船围住乱枪截击，几个男战士被害，一个青年女战士被押到淤泥湖边青龙村审讯，后解放军侦察员化装成乞丐寻找，因找错汉湾而失去营救良机，女战士被土匪活埋于湖边。后来烈士墓园成了中小学生德育教育基地。湖上的清波、渔歌及岸边的草花伴随着这位长眠于异乡的上海籍女烈士。

　　淤泥湖的恩泽。淤泥湖贯穿孟溪大垸，其周围还有湖滨垱、郝家湖、仁洋湖等 20 多个小湖泊，像小珍珠拱卫在淤泥湖这颗大珍珠周边，共同形成了一个水域达 2208 公顷的湖泊集群，那么以淤泥湖为主的湖泊就集调蓄、排涝、灌溉于一体，恩泽于沿岸三个乡镇 12 万多人口的生产生活和保障12000 公顷土地的丰稔无虞。

　　在以前，每到旱季，两岸的丘陵岗地边，许多老式的木制水车就排成阵势，从低到高，一个扬程、一个扬程地靠人力将湖水"车"到岗地的旱地水田，一个个淤泥湖孕育的汉子戴着斗笠、水灵灵的淤泥湖妇女包着印花头巾手扶躺杠，脚踏车拐，唱着车水歌，呼啦啦地车着水，把淤泥湖带着一股青草味夹杂着藻荇味的粼粼清水送到稻禾身旁，让稻穗灌浆饱满，让棉桃沉甸甸的。这不，袁中道就在《游荷叶山记》这篇散文中写过故里的车水歌。

　　当然，党和政府重视水利建设，陆续修建了淤泥湖电力排管一站、二站，让渍水下泄排入松东河过黄山后进入洞庭湖，让孟溪大垸真正成了公安县的粮仓、棉海、果园和鱼窝子。

　　淤泥湖的鳊鱼。我们家乡还有一句俗语："淤泥湖的鳊鱼——不把它看扁了！"意思是不要小看，亦即淤泥湖的鳊鱼个体大、斤两重、味道鲜。是的，由于淤泥湖的水深汊多，水质纯净，水草藻荇丰富，有利于各种鱼生长。特别是成了我国第一座团头鲂（俗称武昌鱼、鳊鱼）种质资源人工生态库。在黄金堤西边淤泥湖养殖场门前挂有闪光的基地招牌，1991 年淤泥湖又进行银鱼人工孵化，并大获成功，实现了湖北省银鱼养殖史上重大突破。淤泥湖的鱼越来越多了，在一行行鸥鹭的点缀下，湖面常常浮现青色的鱼群，泼剌剌，在蓝天碧水间常见鱼儿跳跃。

青布精的隐现。在淤泥湖沿岸，大家热衷于讲述青布精的传说。说的是一个常在湖上打渔的老人，他撒网子捕鱼堪称一绝：他稳站小渔船的船头，将网一抛撒出手，圆圆的网在空中散开，圆到极致的瞬间，随着一声细密的水响，网已经罩在湖水上，网底的铁"网脚"立即沉入湖底，倏地将鱼儿罩在网里，然后轻轻收网上船捡鱼。平常时辰老人总要打不少鱼，靠岸后，还随手扔几条给傍湖而居的老哥们下酒。

可那天暮色四合时，他居然没打到什么鱼，他还是衔着竹烟袋，匀匀地呼出一口旱烟，缓缓地撒网，他从手上收网纲绳感到网住了大家伙，更加沉稳收网，待提网上船，竟然是湿漉漉滑溜溜的青布！他想，青布也好，晒干了做衣服也好呀。哪知越收越多，越拉越长，船头吃水较深了！老渔民猛然惊觉：不是什么青布，是精！青布精！他忙把堆在船头的青布推入水中，只见青布悠然滑入湖里，飘飘荡荡，跳跳颤颤，覆盖蜿蜒几里湖面，远处，似有一段青布像龙头一样翘出水面，湿淋淋地回首向老人频频致意……

他回到村子里，讲了自己的奇遇，大家又惊又喜，认为青布精是善良的是可爱的，是湖之精灵。

据说后来，还有人见过巨大海带般的青布，于是，青布精这个传说就活在淤泥湖沿岸人民的心中了。

淤泥湖边的汩汩文脉。淤泥湖两岸不光勤劳智慧的劳动者、能工巧匠辈出，而且历来文风骀荡。明朝万历年间，淤泥湖西岸古镇孟家溪长安里长安村（即今"三袁"村）"一母三进士，南北两天官"格外令人振奋。即文学史上的"公安三袁"就是淤泥湖边长大的。他们的祖墓就在淤泥湖边凤凰山边，他们的出生地荷叶山也离淤泥湖很近，袁中道在文中描述过："山之苍苍，水之晶晶，树之森森"。这水应该就有淤泥湖。想想看，一片硕大无朋的荷叶地，隆起于周遭相对平坦的田畴屋场边，这里诞生的"三袁"开宗立派，以"不拘格套，独抒性灵"的文学主张而标新立异，他们的诗文，如淤泥湖水般纯净灵动。在湖的东岸，有阿凡提似的机智人物——魏国贞，他像淤泥湖的波浪涤除沉渣败叶，让浪花也在风中像大笑般发出声音。东岸，邹家三大家中还出了个举人邹樾阶。在杉木桥附近，还有个广西师大的著名教授、学者欧阳若修。西岸又不甘示弱，孕育了国家一级报告文学作家、"三袁"研究学者李寿和。更年轻的一代，有三根松脱颖而出的青年学者裴端卿。在孟溪松东河边高庙湾有个十三岁考上武大的柳保权。老家是甘厂牧羊岗的易先椿老师三个儿子——"三华"均是北大清华的博士毕业生……

淤泥湖还有将帅之气。双湖村接官厅有个傅绍银，成了解放军空军少将。"三袁"村的呙中安 2017 年晋升少将。祖籍是淤泥湖畔的袁誉柏也是中将，任南部战区司令。往远点儿说，还有国军中将袁亮甫，他是大至岗一带的人。他们肩上的军衔标志、胸前的勋章，与淤泥湖倒映的日月星辰相辉映，给家乡子弟树立了榜样。

淤泥湖畔的钟磬声。淤泥湖区，自古以来，就有浓浓的宗教氛围。如由北向南东岸有章田寺、刻木观、报慈寺等；西岸有义堂寺、高庙古刹等。其中义堂寺在青龙咀边，在"三袁"的诗文里对此亦深情描述。传说是宋朝岳飞奉旨带兵到洞庭湖剿灭了杨幺的农民军，阵亡了不少将士，到义堂寺追悼阵亡将士，其间还亲手栽了两棵银杏树，当地称作白果树。后存活的一棵长得高大丰茂，有几米高，树干的直径达数米，要两三个成年人才牵手才搂抱得过来，成了地方一个标志性的遗存，几里开外可以望见。那些在淤泥湖上起落翔集的鸟儿，很多在这棵大树上筑巢。幼鹤的学语声，似乎在惊叹庙里经声的清越和香火的旺盛。

当然，千年古寺还得以报慈寺堪称翘楚。报慈寺位于淤泥湖的东岸，即章田寺乡的报慈村。相传汉光武帝刘秀 9 岁时，他的父亲南顿县令刘钦病逝，其母樊氏为避王莽改制之祸，将刘秀兄弟委托其叔萧县县令刘良抚养后，带着三个女儿流浪到荆州府屧陵县淤泥湖边结茅念佛。刘秀 14 岁时，到淤泥湖与母亲团聚，刻苦攻读《尚书》，20 岁辞别母亲策马北上打天下。11年后，在河北称帝后定都洛阳接回母亲。下诏让屧陵县令修建国母堂。后刘秀之子汉明帝继位，将国母堂改为报慈寺。该寺三次毁于火灾，七次毁于战乱。清初灰亮法师奔走化缘重修。举人邹樾阶诗曰：

巍峨古庙淤泥东，光孝报慈汉敕封。

慧目楼台观白虎，碧水宫里映潜龙。

2005 年后，各方施主捐赠扩建，现更合符荆楚丛林之冠的美誉。现虽逢盛世，但竞争激烈，各种文化冲撞不已，人们心灵需要慰藉、调节、安顿，报慈寺更显恢宏庄严了。本邑知名联家曹克定联题国母堂：

守苦念民，一朝国母怀天下；

报慈兴寺，万古春晖同佛光。

笔者亦有几联镌于该寺，如鼓楼联，试图写出淤泥湖水与鼓声、梵音的某种契合之妙境：

槌醒迷津，湖上共鸣扬善水；

鼓清心垢，梵音每带报慈声。

现在，淤泥湖已经申报省级湿地公园，据说将命名为天露湖省级湿地公园，成为生态保护与旅游开发相结合的一方乐园。但愿她不被人为地开发而损缺其自然的大美，而是锦上添花，得其所哉！笔者为此撰联曰：

　　神仙数汉，青布成精，迷人传说秋波闪；

　　团鲂听歌，珍鸥逐艇，湿地公园春意浓。

　　哦，淤泥湖，我们的母亲湖，她宽厚、博爱、美丽、神奇，其乳汁、精神，成了我们基因中的独特元素，成了游子梦中舒心陶醉的仙境、她的湖声妙响成了与我们血液和鸣的乐章，她的激滟天姿如母乳馨香般激活着我们不断追求卓越的新能量！

2017 年 12 月 22 日于车台湖畔

（刊于大型散文集《孟溪大垸我的家》第一辑）

梦的遐思

这是一个多梦的季节。

小草的梦是钻出地皮，挂上第一枚雨露的奖章；虫蛹的梦是濡湿茧壳，化蛹为蝶，舞向蓝天；小鸟的梦是啄破蛋壳，睁开晶亮的眼睛，好奇地看着这个多彩的世界；鲜花的梦也许无意争奇斗艳，而是更在意结出酸酸甜甜的果子。

春水的梦是在潺潺的流动中一边歌唱，一边结伴行进，走出小溪小河，汇入大江大海；春绿的梦是有层次的，由鹅黄到嫩绿到青绿，而且是不经意间，不谋而合地绿遍天涯，让那些诗人呀画家呀，既惊叹赞美，又措手不及。春绿是醒了又梦，梦了又醒，好像梦得上了瘾。

蜜蜂的梦是在无边无际的油菜花里、槐花瓣里、桂花丛里滚一身花粉，弄得本来苗条的身材也胖胖的了。反正，它们的梦是被花蕊诱惑出来的。

燕子的梦呢，是成双成对的，在湿湿的河塘边，衔几喙泥巴，到熟识的檐下或梁下，去垒巢，再孵出小燕子。当生着细的绒毛的小燕子，张着黄里带红的小嘴，轻轻叫着，争着去接住父母衔来的小虫子，让呆望着这一幕的小孩羡慕得直流口水。

布谷鸟的梦是在如诗如画的田野上飞过，叫着清脆的四节妙音，有人说它叫的是"豌豆八哥"，有人说它叫的是"割麦插禾"，有的说它叫的是"爹爹烧火"，反正，好听。布谷鸟的梦只怕是让人们一代一代饶有兴趣地翻译它的梦语吧。如此说来，草木虫鸟都有梦，何况善做梦、会解梦的人呢？

这是一个多梦的国度。

谁说我们中国人缺少浪漫，一般只会做一些诸如吃好的、捡小钱、娶媳妇的俗梦呢？

我欲因之梦吴越，一夜飞度镜湖月，是诗仙李白的梦；桃花气暖人自醉，春渚月落梦相牵，是诗圣杜甫的梦；到底是我梦蝴蝶，还是蝴蝶梦见我呢？是庄子的经典哲梦；步步成功终享富贵，是唐代卢生的黄粱美梦；攀龙附凤，须臾辉煌，是淳于棼的大槐奇梦；笔生五色、触处生辉的，是才子江淹的文学梦；笔头生花，诗惊鬼神的，是一代谪仙的神妙梦；满城尽带黄金甲，是黄巢的英雄梦；铁马冰河、收复中原的，是陆游的爱国梦；大奇大幻的，是临川四梦；大彻大悟的，是红楼一梦。而最接地气，改天地的梦是：天下为公，是孙中山的兴中梦；环球同此凉热，是毛泽东的国际梦；为中华之崛起而读书，是周恩来的救国梦；我以我血荐轩辕，是鲁迅的报国梦；甩掉贫油帽子，是王进喜的石油梦，这些梦是滚烫的，是沸腾的，是瑰丽的。梦，是随时代而嬗变的，是随进步而成真的。

这是一个多梦的时代！

是啊，唱着《东方红》，中国人站起来的美梦成真；唱着《春天的故事》，中国人富起来的美梦又成真；唱着《走向复兴》，中国人强起来的美梦正成真！看，神舟上天，正在圆嫦娥飞天的梦；蛟龙号探海，正在圆五洋捉鳖的梦；蠲免田税、种田粮补，早已超出了"耕者有其田"的梦；舰载机起飞于辽宁号航母，正在演绎着富国强兵的梦；"实干兴邦"的承诺，又在圆全面建成小康社会的宏伟梦！走向三沙，走向深蓝，正在圆中华民族伟大复兴的好梦！

梦在富强的国度里，最安稳；梦在振兴的民族中，最自豪；梦在幸福的人民心中，最甜蜜！强盛的中国梦，不会被侵略者的枪炮惊飞；文明的中国梦，不会被蛮野的色彩污染；和谐的中国梦，不会被动乱的瘴气亵渎；美丽的中国梦，不会被丑陋的驳杂所搅和！

这中国梦，是一个感召，是一个引领，是一个憧憬，是凝聚人心的激越号角，是万众瞩望的璀璨星辰和多彩长虹！绝不是海市蜃楼，不是炫目的肥皂泡，因为，我们实现中国梦的基础扎实，实现梦想的人，是13亿中国人！13亿中国人同做一个梦，是亘古未有的！13亿中国人同圆一个梦，定会美梦成真！

大家的梦，大家圆！

（刊于《厦门文艺》）

茅匠秧爹

那年回到家乡，见乡亲们的生活发生了大的变化，特别是住房条件好多了，大多由昔日的茅草房换成了砖瓦房，还有不少楼房。我舒畅之余，也生出几许困惑：为什么有的瓦房，还留一点儿茅草房呢？我问父亲，他说：这些人家多是秧爹的左邻右舍，茅草房是给秧爹留的。

"给秧爹留的？"

"是的，秧爹是有名的茅匠，见大家没有多少茅草房了，他基本失业了，急出一身病来。后来，大家特意留一间半间房子，让他去盖茅草，他才又舒服呢！"

听了父亲的话，我眼前清晰地出现秧爹盖茅草房的情景。

秧爹中等个子，是种田的"大师傅"，育得一手好秧，加之说话声音较低，性格蔫蔫的，在方言中"秧"就有柔弱软绵的意思，被称之为"秧爹"。他却是远近闻名的茅匠。

他翻盖茅草房的工具其实很简陋。一把重十多斤的大铁钩，由于常年穿穿插插，钩尖白白亮亮的，让人想到大海钓鳌鱼的大鱼钩——这是用来插入草房屋面檩子间，防止顺着屋面斜坡滑落的物件。连着这大铁钩的，是一个用细铁链连着的油漆小板凳，秧爹就坐在小板凳上劳作。还有一寸多厚的竹剑，是楠竹片做的，两尺来长，是用来削挑起腐坏的旧草层的。竹剑的一端有一个小孔，它是便于用一尺来高的木棍插入孔中以顶起，撑起竹剑所挑削起的草层，这样，竹剑与屋面构成一个三角形。这时，秧爹就把腐烂的草刮刨掉，熟练地把当年金黄的新稻草在手中几抖几拉弄匀净了像铺新人床一般铺在这"三角形"内，随即抽掉短木棍，旧草贴吻着新草，只见秧爹又优雅地用手扶着拢着，像过去请的儿女双全的妇人铺新人床，又像诸葛城头抚琴，像母亲给嫁女轻绾青丝。这时，秧爹看看自己的杰作，嘴角漾出笑意。

当年，一般农户由于忙和穷，往往待屋漏太厉害了，才请秧爹去补。所以，这些草房，有的是湖边雄鸟在雌鸟面前炫耀觅食本领而刨穿了洞，或老鼠在草层度蜜月而钻出了槽，或是风雨的暴虐而结成了饼，所以，在炎天暑热盖房，下有霉烂的稻草气和女主人做饭的油烟味，上有烈日炙烤，这差事并不诱人。有时，手会触到成团泛动的草履虫，摸到新鲜的老鼠屎，弄疼赤红的幼鼠，甚至会无意中一把拎起一条吐着蛇芯子的花蛇，使人败食欲，做噩梦。但是秧爹为了大家，乐此不疲，有请必到。

每到晚餐前，主妇要伢儿喊屋上的爹爹下来吃饭，秧爹却说："不慌，你们用扭把扭三条长长的草腰子甩上来箍住屋檐再说！"这是防止操檐风把草吹走。于是秧爹指挥着，把三条长龙般的草腰子接过，几荡几移，在"飞山"处绾结紧紧的。这才算大功告成。

大人小孩稳住梯子，迎接秧爹下来，像迎接一位来访的某国贵宾下飞机舷梯。

秧爹这时黑灰满面草屑满身，和善的黑白分明的眸子在动着，牙齿似乎格外的白。

　　他在主人家端来的脸盆边略作停顿，说，先去堰里洗个头道吧！然后再到脸盆边清洗了才上桌喝点小酒吃饭菜。

　　此时，西天的红霞镀得房前树枝上的大铁钩分外鲜亮。至于报酬，或两包廉价的"大公鸡"或一手帕鸡蛋。

　　出得门外，已是银河映跨在屋脊上了，像是给秧爹盖的屋又加了一条银链条。

　　现在，有人热衷谈论茅奖，却淡忘了茅匠，我常常忆起老家的茅匠秧爹。

杵糍粑

冬雾，轻轻蒸起在村子里，这乳白色的雾，就像比水桶还粗的饭甑上的蒸汽。是的，乡亲们又开始蒸糯米杵糍粑准备过年啦！

香，好香，新糯米香！有经验的人，一闻就知道到了该起甑杵糍粑火候了。

"起甑，让开！"

随着一声洪亮而喜悦的吆喝从糯米的浓香中透出，就见一条标准的农家汉子双手提着热气腾腾的一大甑几十斤蒸熟的糯米，奔向堂屋，"扑"地倒进洗得干净的石碓臼里——就是以前舂米的大碓臼窝。

这时，妇女儿童笑嘻嘻涎着脸拢来要尝甑心的热糯米。待如愿后散在一旁时，汉子们蓄了一年的雄性的力量，要爆发，他们各持一根木杵冲将上来，争先恐后地掘进碓窝内杵起来。这木杵三尺来长，形似细长的特大鼓槌，其粗的一头圆圆的，便于插入碓窝内去鼓捣；手攥的一头细点，又好像犁尾巴。

杵糯米是男子汉的力气活，是汉子们尽显阳刚之气的绝佳好机会。

这五六个汉子年龄都在二十至三十岁，正是如龙似虎的当口。个个高挽衣袖，手臂上或腿肚子上的腱子肉欲鼓欲绽，喘气渐粗渐重，不免使人想到河堤边牯牛打架。

几根结实的梨木杵上下插拉，杵得糯米粘粘黏黏，缠缠裹裹，嘶嘶鼓鼓。在这有限的空间内，这软的糯米，硬的碓窝，光的杵，在男性的作用下，相互啮咬、撕扯、消磨着。汉子们杵着，转着，杵着；转着，杵着，释放出热汽朦胧了吊着的电灯光，这堂屋里有点像劲歌舞场。

汉子们在转圈，使力，似有将碓窝杵穿的架势，至少也要将碓窝挪动老远。四邻的妇女们在喊加油在评论。特别是一些丈夫早就到特区什么地方务工的留守妇女，喊着，笑着，看得两眼火辣辣的，似又眼里湿润了。她们在议论谁的力气大，谁的杵劲厉害，谁在磨洋工，谁在因偷瞄姑娘而被踩红了脚背……

"旋得哒，旋得哒！"一听这话，有五个汉子倏地抽出了木杵。杵头上沾着棉花糖似的热糍粑，如举着奥运圣火，意欲塞给就近的妇女尝新。

旋，是杵糍粑的高潮。只见两个力气最大的汉子将木杵再次深深掘入碓臼底，交叉着，把杵尾按下右手攥杵尾，左手扶住杵身，按逆时针方向旋起来。目的是让杵了六七成烂稠的糯米更融更匀，也使糯米裹缠成团离开臼体。

看，他俩，这村子里的男性之最，旋了二十几转了，两人转成了公牛头上的两只犄角，转成了钟面的两根针。旋得臼底嗞嗞响，旋得碓臼左右乱晃、磕动，旋得房子微微震动。

这时，热心的女主人拿来热热的毛巾擦汗，两个"转匠"才瞪着血红的眼睛勉强停住。

夜已深沉，自然又有想吃糖拌糍粑的人各抠一坨，津津有味地嚼着。

然后，由一汉子把碓窝内的大团糍粑抱将出来，腾地甩在大簸箕里，啪啪啪！一阵拍打，手之舞之，整成一个硕大圆实温软的大糍粑。再在其表面搽点植物油，就像少女们保护美肤，怕它皲裂。至此，在灯光的照耀下，一个白生生的大糍粑就成了！

当大伙正待抽烟、品茶，或接受某个大姐幺妹塞入背部隔汗的毛巾或手绢时，邻居家有人就急切地来恭请："请各位师傅到吾家去杵，我家的大甑上汽哒！"

"走，今夜杵个通宵！杵出明早大大的太阳粑粑！"汉子们就嗅着满村的浓酽的糯米香，提着木杵出门，像提着古代某种武器。

1992 年于"三袁"中学

脚印

　　只要你俯下身子，或蹲在地上，凝神细看，就会看到一种特殊的图画——它就是大地上的各种脚印。

　　这些脚印是由各种各样的鞋印留在大地上的木刻画，给人以美的享受和思考。

　　你看，有的双环相连，有的状如蟠桃，有的弯似长虹，有的竖如垂柳，有的密点似繁星，有的疏线似瘦竹。时髦的鞋底有蝌蚪外文，质朴的布鞋有女性的针线……

　　这来来往往、重重叠叠、深深浅浅的脚印，是亿万人民在地球上的"签名"。

　　尖式新颖的皮鞋印，时髦青年春风得意的履痕；清新而踏印较深的球鞋印，匆匆学子的旅印；沉重深陷的凉鞋印，出于荷担前行的劳人；赤足见趾的脚印，是农人的，是孩童的，是村姑的，是不是童心者的脚印；履痕深印距小的脚印，出于身负爱子的母亲；脚印深浅不一，步子大小不等的，出于心思浩茫者，出于醉眼朦胧扶归之人，出于天涯羁旅细雨诗魂……

　　啊，好多脚印！或东或西，或南或北，西去南来，北纬东经。似泯却灿然醒眼，无言却触动人心。

脚印，诗人思绪深深。不少名山胜水的古老岩上，人道是仙人留下的脚印，硕大的凹痕，多少现代少女凝脂般的纤纤美足好奇地踏在这"仙人掌"里，欲与古人脚温相感应，被烙出咯咯的笑声，不必担心"履大人之迹而有娠"；韶山的上屋场上，人们雪泥鸿爪细细寻，寻一代伟人的脚印。竹风拂来似奏的《韶》乐，脚印如埙，发出稀世之音，渐入寻访者瞻仰者的心境；夹金山的雪壁绝道上，青年人在踏寻当年的草鞋印！深圆趔趄的草鞋印啊，早已结成了历史的饼茧，饼茧中有洁白的理想之蛾飞入心宇，喷化出激动人心的泪珠之卵，一颗颗，亮晶晶，经阳光孵化成我辈奋激的眼睛。

哦，脚印，能鼓舞人心。脚印如犁铧，翻耕着古与今爱与恨；脚印如舟子，载满兴与衰、甘与辛。它是解开戈壁死结的粒粒纽扣，它使雪原睁满炯炯的眼睛。珠峰上的脚印，是人类降龙伏虎的链环，月球上留下的脚印，是中华儿女写就的新的《天问》。异国的机场上，学成归国的赤子的脚印，是两抹归箭的雁影，残疾人运动会上一半是脚印，一半是拐杖印，是感叹号与着重号联袂抒情话人生！

是的，脚印看似默然，又是多么的不平静。正义者的脚印，实实在在，奋然前行，鬼祟者的脚印似正实歪，迟疑逡巡。让我们踏断月夜越轨者的鬼蜮般的脚印，抹去弄权者后门边轻如鼠爪的脚印，慑住国境线上锋朝我国寒似刺刀的脚印……

这是一个留脚印、有脚印的时代，因为时代的巨大脚印在阔步前行。我们应该走出藩篱，走出书斋，冲坦途，攀绝顶，凌星河，去留下自己踏实而闪亮的脚印！

1993 年于车台湖

黄猫的恩泽

　　家乡有碧水、红荷、翠竹、绿树和青堤，可最为难忘的是黄猫——一个于我有大恩泽的动物。

　　由于我出生七个月就断乳了，我这个船工的长孙、农民的儿子禀赋颇差，孱弱不堪。一两岁时常患一种被中医称为"惊风"（民间称为"动风"）的病。最严重的一次，我连续几天高烧不退，服了医院的一些药后，仍然收效甚微，正当祖母和爸妈坐在床前看着我发愁时，或许谁把我的被子掖紧了一下，略微有点"风"吧？我突然一声惊叫，两眼一瞪，瞳孔上翻，白多黑少，牙关咬紧，小拳攥紧，鼻息全无——惊风死了！

　　顿时，全家人惊呼我的乳名，祖母的手指死死掐住我的"人中"穴，又哭又喊，力图把我从死神手中唤回。

　　一家人的哭喊恐慌，也惊动了邻居，惊动了附近田间劳动的父老乡亲。大家纷纷赶来，都被眼前的事实惊呆了。按当时当地的经验，这种病，到了这种程度，八成已是没有活的希望了，找街上的医生来不及了，因本地因这种情形"丢破"的小儿的例子不少。

　　我当时脸色如纸，一副标准的死相。我被母亲紧紧搂抱着，爸爸把我的小手捏着乱晃动，呼唤着我的乳名，像面对一部被震坏的失去联络的小电台。他们要我应答："我是爸爸！""我是姆妈！"在场的人都唏嘘饮泣。

这时，邻居的一位伯妈含着眼泪劝我父母："这伢儿，是个化生子，来哄你们两年的。让他去！不要哭坏了身体，你们才二十出头，以后保险会生乖孩子！"

我父母死不放开手，因为我的体温还在。那个伯妈说："你们男子汉来，这号事，要狠点心的，他们哭了两餐饭的时候了，来，掰开他们的手，夺去埋了算了！"

闻听这话，我的家人哭得快要昏过去。

人圈外，有两个积极分子找来了两只挑土的大箢箕，和一把啄锄——大凡几岁小孩死去，地方上就用两只箢箕一扣，提到乱葬岗埋了了事。

有两个汉子拢来要掰开手夺死伢。

"唉，未必硬没得办法了？"

"听说，听说用黄猫子嚼生姜吐出的白泡子加开水灌喉咙，兴许灌得过来？"一个白发婆婆说道。

"对，要黄猫子，黑的花的都没得用的。"

哦，黄猫！就是你呀，我的恩人！你鬼使神差，在这时出现了！未必我家不远的黄土台子上就是高庙古刹，庙里供奉的主神就是观音菩萨！

黄猫，如一道黄色的光闪现，在悲苦愁绝的人群腿边挤着，我的西邻的德珍伯妈顺手一抓，黄猫喵喵喵叫着，大家一看，她一身黄缎子一般，好美哟！

于是他们迅速弄来切成片的生姜，只好粗鲁地塞入黄猫的嘴中，真难为你了，黄猫！抓着，挣脱着，多次被塞入嘴中，几次三番，黄猫痛苦地闷声叫着。人们捏住它的嘴巴，像磨面一样错动，终于，黄猫嘴里流出了白色涎水。他们用调羹刮下接入碗中，然后掺入少量的开水，然后，把这灵芝圣水，一调羹、一调羹地喂入用剪刀撬开的我渐渐发乌的小嘴内，如此反复，我这个倒霉蛋好像死猪不怕开水烫的笃定样子。我父母以及父老乡亲也在等待，黄猫也在喘息等待，这个死鬼不活的话，它还要受磨难。

奇迹终于出现了，我近乎"文雅"地轻哼了一声！这是被黄猫的辣涎弹奏出的幽谷之音，虽低微，不亚于第一声春雷，大家眼里沁出了晶亮的喜泪！我父母差点儿给乡亲和黄猫跪下来。

我，这个孱弱但不失坚强的小生命，在它的拼死救助下，战胜了冰凉慑骨的死神，为我以后对战胜死神打下了精神与物质的基础。大家围着我擦洗高兴之时，那施此大功德的黄猫不知怎么消失了。

乡亲们说，以后，谁也没见这只黄猫。

黄猫，我终生谢谢你！是你给我如许斯年的生命！偶尔，我也有点怪你，是你让我多尝些人生酸甜苦辣。当然，是你的浓辣的琼浆滋育着我这颗驿动的心。

当我快进入古稀时，一天早上，我蓦然发现我那电动车坐垫上蹲着一只眼神炯炯的黄猫！

它一点儿也不怕我。我妻说"赶它，它把坐垫弄脏了"。我不仅不赶，反而俯下身躯，学着猫叫，亲切地与它对话。它呢，从容地跑到油菜花里去了。

我觉得应该是它来了，虽然几十年过去了！

我到家里找来一条带花纹的布垫在那坐垫上，当红地毯来接待它，也让它夜里暖和一些。

真的，多少个夜里它常常蹲在那里，邻居也看到过，它留下了略带泥巴的脚印。

1994 年初稿，2023 年修改

哦，晚霞

七月二十三日傍晚，女儿以惊喜的语调邀我去观霞，我原以为不过是小孩子少见多怪罢了，待我跟她下楼到田畴边，朝西边天空望去，我的心立即被这一屏熠熠霍霍的晚霞所震撼了。

晚霞如一只巨大的火凤凰。在地平线上粘着不愿落山的红日，今晚似乎如朝阳般，特别大，犹如凤凰之头，而整个西天绵延红亮的则是凤凰的金翅、丽尾，那红中透黄、流金溢彩的凤身在向人们展示它鲜亮卓立的造型。我似乎听见这火凤凰——这楚人，不，民族的图腾之一，这火中能再生的霞凤，仪态万方，在振聋发聩地作一声昆山玉碎的长鸣，令天穹为之惊颤，东南北面云层颤出一漪漪瓦青色的鳞波。

晚霞如一个大熔炉。以天为盖、以地为炉，正在呼呼的世纪之交的雄风中熔铸着什么，红焰升腾，赤光诡奇，吞吐喷薄，要炼出新时代的倚天长剑，干将莫邪之剑么？在熔铸出星星、月亮、太阳，熔铸出明天蓝莹莹的清晨。看哟，孤鹜飞向这晚霞的赤液中了，似台似峰的轻云亦欲入霞炉，又多被霞炉的红浪所荡散。霞炉，要熔炼古今吗，熔炼乾坤吗，熔炼亿万双观霞的明眸吗？今晚的天穹，被炼得更青幽更高远。我极想纵身而起，用指头将天穹一弹，返青天——这薄如蝉翼的青天定会铿然发声，如纯钢，如英雄弹响干将莫邪般的脆响，这金声玉振的脆响里，定然会传出晚霞灼人的笑声。

晚霞如一枚硕大无朋的彩石。彩石之核是太阳，它的表层是彤云焕彩而层次分明的彩釉，其色有深红，橘红之分；其线有细丝、宽带之别；其态有工笔、写意之趣。好一缎光的海滩，好一抹丹的浪叠，好一湾霞的潮汐！这潮汐在款款地熔铸着这天造地设的彩石，这宏奇无双的造影，这天的交汇处，这昼夜的交替处，在不经意中打磨出了，孕育出了、奉献出了这霞雕光琢的彩石！这彩石，是"三袁"游彩石洲诗文中的彩石吗？是女娲补天的五色石吗？这彩石，连缀着古今，迎送着昼夜，变幻着人类生存的一方布景。晚霞哟，给即将降临的夜一个震慑吗？给度夜人一个巨大的鼓舞吗？太阳将暂去，霞光镌在西天，彩石嵌在西天，明天会更明媚。

我和爱好文学的女儿久久地凝望着晚霞，像朝圣。远处还有不少人在赏霞，人们沐浴在美丽的晚霞里，被镀染成夏日的金红色的别致的风景。我从女儿被霞映红的脸上，知道，面对晚霞，任凉爽的南风拂衣，真好！面对晚霞，即使憔悴的人也满面红光，好精神啊！

晚霞是朝霞的姐妹篇，我们有理由企盼赏到大气磅礴的朝霞。

（刊于《三袁》杂志）

写作的意义

一

说到写作的意义，似乎应该是文坛的大家来谈的，才有好的效果。我来谈它，犹如在收割过的麦地里，去捡拾没被割断的几根有点扎手的麦穗子遗。

记得十七八岁时，我在家乡龙兴大队小学教民办，有个女同学也在那里执教，她的名字跟现代京剧《红灯记》中李奶奶唱的词有点谐音，李奶奶对孙女李铁梅唱到："说明了，真情话，你莫悲伤，你要坚强。"她叫"真情话"，在中学时就有不少调皮的同学故意唱这句逗她。我们同学中有几个的名字有谐音可循，有个高个子同学乳名叫腊巴子，他腊月生的。当《智取威虎山》中杨子荣唱"哪怕是火海刀山，也扑上前"时，全班不少人陡然在"哪怕是"三个字上高八度，腊巴子听了就额上青筋鼓凸，又不好发火。

我们在龙兴之地教书，每到放学后，那些结了婚的男女老师都匆匆回家了，往往只剩下我和"真情话"唱《战地新歌》书上的红色歌曲，或者打乒乓球，偶尔谈一些校园内发生的令人发笑的事，如有个女老师面对小学生问："老师，唱《东方红》的卫星有好大？"那老师肯定地回答："好大哩，有一石磙大！"石磙是农民碾禾场或碾禾粒的，学生都知道。

另外，有一教红歌的男教师，教《沂蒙颂》中插曲，即红嫂用乳汁救我军伤员的歌曲，唱到"续一把蒙山柴，炉火更旺"时，学生唱了几句不唱了，那老师发了火，用教鞭敲着黑板，提高声音又示范教唱，学生还是不唱，原来，他把"续一把蒙山柴"教成了"继一把蒙山柴"。也写成了这三个字，学生唱着脸红了，男生鬼精鬼灵地大笑，女生低着头不做声。这窘事，在大龄同事回家后，我们谈起后放肆的笑声惊飞了榆树上的鸟。好在那时我们都单纯，不解风情，只当好玩。

但第三年，她的爷爷在淤泥湖渔场退休，让她去顶班了，去干"清早湖上去撒网"的诗意工作了，我就较失落。一次我问她为什么突然去了淤泥湖，她说，只怪小砍脑壳的，她每次喊我回家吃饭我不惹她，她就说我和你在唱歌讲故事啦！这个"小砍脑壳的"是她的妹妹，本是我的学生。于是，我没有伴玩了，就开始写写画画，给县文化馆的《公安文艺》投点鼓词童话之类的小稿，偶尔还被刊登。之后几个暑假，还被通知去参加近一周的写作培训班，听省市县名家讲课，当时陈应松黄学农等先生也是活跃的业余作者。看来，写作可以排遣寂寞。

二

一些小报小刊发表了我的小说散文，特别是后来《芳草》杂志陆续登了我三篇小说，我的爸爸，还有祖父都反复看我的作品。祖父读了六年私塾，毛笔字写得好，他的书法往往在年底椅匠把"楝树"做成新椅子后，祖父就在其靠背的小横牌子上写某孙儿的名字，我们都好奇地看着这个摆渡人写的字。不像我的爸爸，读过十来年私塾，常在春节或者谁结婚时，帮人写对联，接受一盒香烟或一把糖果的感谢。

我爹爹在大江大河行过"长水"，年岁大了才按水运社安排在松东河摆渡。我也曾跟他学过驾船，在夏天的洪流中驾着驾着，船头就偏了，他大喊："挖斗！挖斗！杀斗！杀斗！"我那时细细瘦瘦的，挖不赢，杀不住，他就敏捷地接过桨稳住船，叹口气说，我七八岁就跟大人学会了驾船，你都当老师了，船都驾不好！

一次，他说，你们都拿笔，只我一生就拿这个扁笔哟！意思是我和爸爸都拿笔的时候多，而祖父一生都是拿桨驾船。我爸爸也是当时农村不多的知识分子，任过大小队会计和小公社秘书。的确，我祖父拿着扁笔，认真地在河里写着划着。有时天黑了，在风雨中只见桨桩上挂着的马灯在蔡田湖、天兴垸和高庙湾三个品字形的码头之间闪烁晃动着，我和大妹站在高庙的矶头上大喊："爹爹，回来吃饭啰！"风雨中，传来爹爹略带嘶哑的回应："你们先吃。我把到溪地看夜戏的人接过去了再回来吃饭！"婆婆只好把饭菜热在土灶上有热水的瓮坛上。

我的爸爸曾经想让我效仿那个"真情话"去顶爹爹的班，因为爹爹接近退休了。到孟溪水运主任那里一问，说要是儿子又是青年，就可以填表顶班上船。不过，那个主任念在爹爹一生老实勤苦在水上平安服务的份上，没人符合顶班的年龄了，就建议把我写成海臣大爹的幺儿子，还表示说不定到县局可以批。哪知这表格证明等交到县交通局，办公室里有个孟家溪出去的帅哥是个工作人员，他也单纯，言之凿凿地说："海臣大爹与我父亲是孟溪水运的老职工，都是拿了驾长证的，他只有一个独子，哪里有幺儿子，这个书文是他的孙儿。好像在大队教书的。"这事就黄了。

直到 1980 年，我在龙兴小学被借调到邹家厂中学期间，参加县里第一次民转公考试，以镇里第一名、县里第七名的好成绩被录取，才冲淡了没拿"扁笔"的遗憾与尴尬。

说来，祖父和爸爸都是喜欢看我的作品的，还常常边看边笑，使我觉得高兴。如看我的中篇小说《管校代表》时，他们笑，我也在椅子后面不无得意地笑。看来，写作可以和古时的老莱子一样达到娱亲的效果。

三

我曾在中短篇小说集《端台灯的女人》的后记中写过老家高庙湾宅基地上的一棵柚子树。我家现在没有人在那里住了，我小时候手植的柚子树长得很高大了，每年还结不少柚子，我每年到时候下去摘几个回来品尝，乡亲们也吃过一些，仍然有不少掉落于草丛中，因为它不太甜，还有点儿酸，不如新品种的红心柚子之类品相好味道好。它的确落伍了，但它仍有解渴败火的作用。一如我的小说散文诗联辞赋之类，扎根于乡土，也开点儿花，结点儿果，也有人喜欢。我知道自己的作品不应景，不甜美，如《挂标》《炒骷》《被眉毛绊住的人》等，也没想到怎样去推销，亲友礼节性地尝几口，说还不错，我就乐在心里。看来，写作，往大里说，也有以文化人的作用吧。

◎

辞赋新篇

安泽赋

有客欲别"三袁"故里，经九省通衢，游名山大川，赏海市蜃楼，吾劝客曰：何不放眼安泽，敞怀太行？客奇之，曰：安泽何美？愿闻其详。吾遂欣然作答曰：

凤鸣古塔兮，彩羽何亮；虹照沁河兮，彩色何光；文赋安泽兮，彩墨何香！

其邑也，凭绿妆新也。沁河漾漾，两岸绿鬓临镜；林海绵绵，四围翠色献荫。春鸟啾啾，唱叶间欢曲；池鱼喁喁，作藻底谐音。绿风骀荡，恍言桐叶封弟；春意葱茏，不忘槐根思亲。鸟巢隐隐，孵日月之巨卵；枝蔓连连，牵古今之恒情。安民有树兮，泽怀有恩。我寻梦境兮，应游古邑留杖印；君探桃源兮，何去江南满屐痕？君不见，连翘馥郁，怡情爽目；党参神奇，救死济生。

绿色与红色竞妍，花香与药香共赢。其绿也，含情者，其芳爽人；寓德者，其药活人；抱义者，其值富人。绿色已超百万亩，生机正勃千年兴！

其邑也，凭黑增妍也。森林先祖，亿万斯年。沧海桑田，栋化煤炭。其色也黑，其焰也鲜。可供能电，可驱严寒；可熔剑为犁兮，可铸件而飞天。郭沫若笔下有燃情之黑奴；李太白诗中为炼钢之紫烟。驭黑龙，矿工何惧危和苦？献赤胆，煤炭甘心碎与钻。我矿工，眸发与煤炭共黑；我赤子，红心同炉火共燃！

其邑也，凭红扬名也。煤炭点燃火炬，火炬引领革命。红色安泽乡乡留迹，雪泥鸿爪处处可寻：杜彬乡，太岳军区虎帐谈兵；朱老总，戎马倥偬炕头豪吟。东厢房，陈赓、一波，笑语声声；虎贲师，少奇、小平，嘱托殷殷。几曾老醋泡羊膜，多少辣椒就葱饼。土凳坐强红色江山，补丁封死白色敌人。案头毛笔，点哑敌方喉舌；墙上油灯，逗欢东堡鸡鸣。纳鞋支前少女，难忘首长帮其改名；皮影吼歌小伙，念叨战士教其写信。噫嘻哉，红色旅游意义大，一窗一椽总关情。

其邑也，凭古含幽也。安泽拥此红色之灿灿兮，辉映古色之幽幽也。炎帝伊耆，神秘国都。王气腾腾，古月钩钩。相如墓冢，完璧话头；廉蔺和谐，强国因素。宋朝砖塔，一望田畴；金代道观，满蕴春秋。更有甚者，圣人源头：荀子故里，儒风醇稠。君记否？锲而舍之，朽木不折；锲而不舍，金石可镂。劝学兴国，可启童叟；君记否？水能载舟，亦能覆舟。以民为本，可溯源头。孰青孰蓝，诗意勃勃；性善性恶，哲思悠悠。噫嘻，猗氏之厚土兮，孕育大贤；古都之睿智兮，泽被神州！

噫嘻！千年成古邑，八万绣新天。科学发展，安域有方；持续腾飞，泽人无限。山区经济，强龙腾渊；特色生态，彩凤炫冠；文化品牌，明珠耀眼。

然矣哉！欣看晋南古县之明朝，定为安享福泽之乐园！

客闻之，心乡往之，几度觥筹交错，一番笔墨缠绵，吾欣成此赋，权作荐缘。

公安葡萄赋

"三袁"故里，百万炎黄。葡萄新贵，遐迩流芳。

晶晶之美，颜值无双。古邑公安，葡萄旺相。藤簇千姿，叶摇万状。淡绿宝石，垂悬佳丽之佩；渐红玛瑙，点缀天然之妆。黝黑玉晶，靓于少女明眸；嫩黄琥珀，美超古画质光。静簇玲珑雕饰；颤摇馥郁悬囊。噫嘻！阳光玫瑰灿，红巴拉多靓。夏黑密呈果；晨旭饱含糖。美人指兮蔻丹染；晶凉田兮金殿尝！真个千眸秋水，万乳琼浆！

醇醇之味，品咂无穷。北纬卅度，天赐氧棚。阳光足，糖分丰；雨水多，颗粒萌。其味也，绵绵嫩嫩；幻幻朦朦。甜如蜂蜜却淡；酸似柠檬不浓。优良品质，绿色新宠。樱桃与比，其酸略浓；桃李与比，其甜不丰；荔枝与比，其鲜渐庸；草莓与比，其构呈松！其尝也，如沐霁月新辉，感香妃心动，嗅夏日麦风！于是乎，全国之地理标志商标，高悬墙上；湖北之名优葡萄称号，喜收囊中！美哉，舌尖盛宴；梦里仙琼！

勤勤之植，闯劲无前。言彼葡萄，张骞始衍。物竞天择，适者存焉。公安楚属，宝地荆南。惜权威定论，被贴标签：气候禁区，葡萄易蔫！然斯地也，扬筚路蓝缕之古范，继独抒性灵之先贤。洪水走廊，埠河先放奇葩；娇嫩梦果，孟溪续导甜源。鹅港贯通活水，天心开启窍眼！聘请专家，粗手盘活细芽；搜寻资料，网络联通藤蔓。干部包村，绿荫举起千篷伞；典型引路，紫气凝成万串甜。县中领导，请来教授破瓶颈；村里书记，推出能人作访谈。君不见现场会、推介会、葡交会，会搭平台增喜气；公安奖、荆州奖、国家奖，奖旌大户茂财源。于是乎，客自台湾，藤蔓搭桥海峡；友来法国，金发增色葡园。淘宝畅销；含金名片。温总理进园就夸；"寻食员"尝果辄赞。葡萄架下，步履轻轻；藤蔓荫中，镜头闪闪。俱言道：葡萄天上赐，美味人间啖！湖北"三袁"里，江南吐鲁番！终赢得：十万亩果园，葡萄串串；十五万吨葡萄，客户连连；十亿元收入，笑语喧喧！养在深闺人竞识，二十多春炫名媛！

蔚蔚之文，芳脉不休。谁能忘，长安村里，荷叶与青衫齐舞；崇国寺前，葡萄和文社同俦。卷雪楼边，白浪同诗情骈涌；王家台畔，理科与文典双修。"三袁"文化，滋润葡萄根系；百处湖波，酿鲜梦果甜头。独抒性灵，妙矣清新；文润葡萄，天然纯厚。葡酿家家酒；瓶开处处馋。昔中郎细品兮，《觞政》酬友；小修豪饮兮，珂雪醒眸！然矣哉！吾邑之人，性灵妙手。今诗文韵美，常拔头筹；说鼓腔圆，更上层楼。葡萄文化，魅力浓稠！

盛矣哉！物质与精神，齐攀葡架；文化同经济，共占鳌头。强县途中，葡创名优牌匾；复兴梦里，汁掀甜蜜潮流！

（发表于《中华辞赋》。镌刻于湖北省公安县北闸葡萄园）

鱼糕赋

勤劳智慧，古楚荆民。筚路蓝缕，善于创新。斯地江河棋布，龙凤竞舞；风物星罗，鱼虾涌罾。故地灵人杰，巧匠建勋。

公安鱼糕，中外闻名。闻之沁香，品之滑嫩，营养丰富，老少倾心！

糕以鱼冠，载誉史乘。舜帝南巡，两妃偕行。娥皇女英，车驾辚辚。山高水阔，车马劳顿。一日，娥皇蹙眉，玉面渐成红晕；俄尔，女英执手，轻言安慰病身。跸至公安，欲食鱼羹。惜喉咙肿痛，鱼刺忌为剑戟；樱唇干裂，辣汤似避火刑。时龙心不悦，凤眼含愠。幸古邑渔民，研鱼糕以呈。恹恹妃子，玉齿生津。灿灿鱼糕，金丹去病。鱼中含肉，似素带荤。香濡舌尖，畅舒如入仙境；鲜达体内，通泰似遇神灵。病愈皇妃，感激涕零。纤纤素手，拜师围裙。与民研制法，尔后留雅名：湘妃鱼糕，举世皆钦！

至若战国，纪南名城。庄王驰誉，一鸣惊人。其爱鱼糕，头菜相称。遥想楚宫内外，海味山珍。每席鱼糕先上，当然彰显位尊。

清代乾隆，南视江滨。喜啖鱼糕，惊为仙品！举箸以赞，挥毫而吟。数代名人广夸赞，亿万百姓尤欢迎！

一方水土，孕育佳珍！鱼材来源，鳙草鲢青。古崇湖，鱼沾荷叶馨；淤泥湖，鱼生天露净；陆逊湖，鱼伴古船跃；牛浪湖，鱼醉花鼓声……故鱼肉环保，鱼味绵醇。

制作过程，古韵犹存：精削鱼片，巧涤秽腥。篾篮沥水，快刀剁匀。其单刀剁兮鼟鼓响；双刀剁兮赛马奔；众刀剁兮雷霆震！继而调配佐料，掌握分寸。肥肉掺兮白蝶舞；精盐撒兮雪花纷；姜水加兮夕阳染；淀粉黏兮白雾生。推掌调糊，旋转恍如研墨；弹指验糕，轻敲又似奏琴。刮塑成型，枕白纱如接宝贝；煮蒸渐熟，敷蛋黄似镀纯金。冷却切划，温软沁香，活脱浴中仙子；装盘点红，天然丽质，宛如化外神瑛！带百湖之荷韵，蕴三袁之性灵，沁时代之氤氲！

鱼糕食法，巧拙由君：碗碟盛、雅盘拼、火锅鼎……温婉雅致，蛋白洁纯。其预防高脂肪，降低胆固醇。无煎炸之宿弊；有煮蒸之养生。配以腰花黄花，花花养眼；缀以肚片笋片，片片生津！出御宴，进婚庆，敬寿星。无糕不席，无糕不醮。席上造型，悦目赏心：金梳拱玉，理顺一年祥气；折扇挂珠，逗欢四季风清。一手花牌，黄边增趣添乐；众星拱月，红枣画龙点睛。龙虾卧埠，糕畔憨横红铠；飞燕掠湖，糕翎掠动翠苓；风车旋转，熏风撩拨年轮；琴键高低，红筷弹欢心韵……

噫嘻！公安古邑，百万精英。一肴可测小康；一味能知温馨。丰收佳节，央视群星。席地幕天，鱼糕上镜。真个昔日皇家御膳，今朝百姓席珍。鱼糕巧化凤凰翅，九天云路正飞升！

（刊于《孟溪文艺》）

珏山赋

城连两省，太行蜿蜒；山耸双峰，丹河缠绵。美矣珏山，令人赞叹；奇哉宝地，逗月流连。

阳刚之美，钟此珏山。其双峰也，妙不可言。似双角也，拔地顶天；似双玉也，映月耀眼；似双乳也，滋女哺男；似双偶也，词对句骈。其峭壁也，形如竖拳；其深峡也，势如细线。峰耸如翼飞，渊幽疑龙眠。志豪者，险峰几步，风光无限；声宏者，高啸一声，声震晋南。噫嘻，天门三重扪万星，台阶数百接九天。

阴柔之美，钟此珏山。丹河如带，绕山回环；柔水似诗，贴城咏赞。其柔也，美在河水潺潺，美在山花艳艳，美在鸟声啾啾，美在月色酽酽。阴柔也，与阳刚相济，如双面之绣，各展奇幻。

神秘之美，钟此珏山。其山也，乃佛道名山，寺观巧建。青莲古寺，钟磬悠远。乳窦神泉，清人心眼。建寺者谁？齐隋慧远。东汉道场，玄武镇山。引人者何？飞升成仙，南顶菩萨，慈光施善，求子何往？香火旺间。噫嘻，密禅净土，各宗皆精；宽容融合，诸神共山。至于传说，令人喟叹。舍身崖边，贤媳淑魂渺渺；可遇亭前，善者好运连连。嫦娥乘月，珏山巡玩。可遇而不可求兮，无缘而或可有缘。三圣须髯，同香烟比柔；四王胸襟，与壑谷争宽。

更有甚者，书迹诗篇。"珏山捧月"，天帝留字；"瀑布飞泉"，北魏遗镌；唐朝杜牧，一诗可见；金代文俊，五律凿赞；宋季东坡，牌楼墨染；明时尚书，碣石游观。今有张平之咏叹，存沈鹏之挥椽。噫嘻，天上月光之皎皎兮，山间宝迹之灿灿！天地之与辉映兮，人神之与共欢！

皎洁之美，钟此珏山。双峰捧月，月吐珏山，乃珏山点睛之笔矣，乃天地之所顾眷。其入夜也，珏山万松景仰，丹河亿波静敛。以待天外飞镜兮，以沐云间之玉蟾。所见者，春月薄薄，恍如巧妇纸剪；夏月皓皓，浑似清潭璧圆；秋月弯弯，犹如少女娥眉；冬月淡淡，又像水墨轻染。噫嘻，李太白诗中常仰，苏学士词里盼圆，张若虚花间雅伴，日月潭水面微颤。君不见，山谷有款月亭兮，款月待宾，意切切；山腰有月老亭兮，牵线搭桥，情绵绵；山巅有过月亭兮，仰光沐辉，心虔虔。移步换景，月态万千：月初，娃婴憨憨；月牙，玉梳纤纤；月弦，光影幻幻；月痕，银丝涣涣；月望，步履姗姗；月霁，清光鲜鲜；月斧，伐桂连连；月兔，皓绒团团。噫嘻，月看人兮人看月，天月心月俱婵娟。低碳环境无污染，珏山美月色更妍。光风霁月，天地灿然。古月难散前人胸襟之阴翳兮，今月善照时人和谐之家园！

然矣哉，旅游胜地，神奇珏山！看晋城巧施时政惠风，使泽州满绽盛世花瓣。感人处，有煤矿集团，雅意万千，经营十载，造福千年。倾煤炭之光热，映明月之娇颜。

奇哉，中秋示范之基地；美哉，世人神往之仙园！

（此文获山西晋城"珏山赋"全国大赛二等奖）

蒙城赋

国中古邑，临水踞原；皖北名城，呈景展妍。

蒙城景色，令人流连。淝、涡、芡、新，河便海江之利；狼、黄、尖、灵，山藏煤炭之源。地高西北，峰峦顶巘。鸟鸣上下，谁迷大隐之处？宝蕴幽深，我赞小康之园。形低东南，港汊河湾。帆动晨昏，鱼展如鹏之翼；歌飞田野，龙喷似画之烟。

蒙城古迹，毓秀天然。周之蒙国，楚谓漆园。秦封郡守，汉委县官。清归府治，今属市编。数十代河清海晏，千百年文盛人贤。尉迟遗址，溯古五千慧闪；神器鸟形，称奇万代声喧。七足镂空，盛天盛地之奇器；八方求解，考古考今之趣谈。万佛宝塔，拔地参天而映镜；九鼎灵山，静心明性以结缘。文庙建于元，祭孔闻韶音袅袅；庄祠仿自汉，梦蝶辩乐语翩翩。儒释道，并存三教；山水原，共挺双肩。爱莲亭、光明亭、嵇康亭，亭亭玉立；四牌楼、唤鸡楼、钟鼓楼，楼楼辉闪。甘泉井、刘海井、四眼井，井井涌玉；探花府、马公府、将军府，府府隐仙。

蒙城人文，启后超前。斯地人文荟萃，史册光鲜：庄周故里，神妙章篇。庄周十万言，纵横捭阖，如洋溢岸。鲲鹏从此展垂天之翼；神木于兹生覆地之冠。苏轼一篇记，简约精华，如乐拂弦。县令因之留万代记载；斯祠借墨供千秋仰瞻。将军英勇，名垂青史里；皇后淑贤，德馨山水间。

地灵人杰，代有续笺。楹联国报，纸贵洛阳；散打冠军，名扬武典。中科院士，生命攻关；戏曲名家，梨园头雁。还有那：薄薄烧饼，夹蒜夹葱夹信义；漾漾啥汤，沁香沁味沁缠绵。能体现：无论尊荣低贱，何计小贩大官，唯有蒙城血脉，自有一番贡献。唯传此地精神，就生万斛斑斓！

蒙城今日，敢为人先。物质精神，两个文明齐提速；工商农牧，四维经济共翻番。皇冠雪茄，香醉诗朋联友；优质煤电，步登层楼顶巅。江淮汽车，拉动社会进步；轻纺精品，提升质量领先。

吁嘻哉，宜民宝地兮，绿荫片片；逸民乐境兮，荷韵田田；富民强邑兮，祥光满满；谐民明日兮，醇味甜甜！

云霄宫记

　　吴头楚尾，湘北鄂南。虎渡松河，情牵两水；佛家道教，谐共一山。黄山二顶，宋代谁兴道观？青冥九重，云霄我记宫殿！

　　山不在高，有仙则名；水不在深，有龙则灵。诚然者，道法自然，天人感应。山呈何景，仙道莅临？斯山也，北迎荆客，南揽湘宾，西来爽气，东纳朝暾。金凤冲天而鸣瑞；白龙舞地以施恩。忠济庙高，清官香火常馨；谢公墓伟，公仆正气犹存。南禅古寺，子厚墨痕仍在；望月犀牛，奇形古迹如生。白龙古井，甘泉止渴生津；连理双枝，椰树相依共命。仙人足印，道祖飞升踏就；云霄古观，人心所向建成。

　　云霄宫者，仙人道场。有宋以来，饱经沧桑。昔朝兵燹，民有倒悬之苦；往者纷争，国罹颠覆之殇。所幸昔者，方舟慈航。骑牛老聃，阐无为以济世；梦蝶庄子，扬清净以止狂。仙列天尊，佑苍黎以拯世；教肇道陵，弭灾祸而布祥。本土宗教，人心土壤。与佛联袂，同生共长。

　　因缘际会，仙佛以降。黄山二顶，道帜高扬。其宫也，一进三间，青瓦粉墙。翘檐似翼，逗神鸟纷飞；阶石如书，启慧根生长。山峦隐隐，呈纯清不亚青城；古木森森，宜吸纳欲超武当；麓茶绵绵，皮囊体味煎熬；古钟琅琅，晨昏点醒鄂湘。噫嘻！浮嚣尘世存净土，枯涸心灵沐琼浆。于是乎，游客慕名，摩肩接踵；信徒施礼，拜殿叩堂。

惜乎也者，道宫多舛：屡遭受孽障浩劫，曾毁于日兵魔掌。

幸而矣哉，否极泰来！七星导向，苦海有帆；三教萃峰，道宫焕彩！仁爱者儒，才施功在；释善者佛，因至果来；璞真者道，阳谐阴泰。正之能量，陶冶九陔。

香客游侣，移步宫前。远眺之，鄂湘两省腾真气；俯视之，松虎二河洗尘嚣；近聆之，坝闸百孔涌箫韵；细赏之，毛周双墨灿今朝！

适逢癸巳，因缘一诺；善果千桩。邑有大德，膺顾问于宗教局；广南华于道殿廊。倡襄善举，荐引雅商。遂捐千金重塑观音；积万善再铸辉煌。斯宫也，云麓更名云霄，提升何止霄壤？旧殿换更新殿，功德溢满河江！

入斯宫也，或聆听经卷，或燃点高香；或涅槃旧我，或沐浴心房。寻径悟道非常道，入门觉救赎有方。噫嘻，眼里庄严妙相，心中清净亮堂：虔祷于仙，法门宽敞；反求诸己，参悟精良。恶念生灾，此三界探求妙谛；善行衍福，乃千秋修炼秘方。遵循规律，大象无形生美满；崇尚和平，小鱼有图导康庄。苦乐有由，凭一念此消彼长；瑞祥无限，遍五洲鸟语花香。

适值修缮新竣，仙气漫升之际，眼见者：经幡同岚气竞飘；香火与星辰共醒。心祷者：道启八方，经萦两省；梦圆六合，福佑万民！

是以为记。

于癸巳孟秋

（镌刻于黄山头云霄宫前）

三沙赋

天涯璀璨，一市情牵万眸；海角兴隆，三沙美醉千秋！心潮滚滚，万浪难俦；赋墨涛涛，千年不朽。

三沙诸岛，龙裔留痕。溯追西汉治时，已有儋耳郡名。唐称临振，六合金瓯灿灿；宋取珠崖，九乳螺洲晶晶。元改琼州，守敬西沙以观星；明呼石塘，古庙遗址而存证。九州疆海，正应维护；二战历史，岂容篡更？开罗城也，宣言字在；波茨坦者，公告墨存。昔日哉，中国政府，派员接管；当前也，华夏史碑，欲语揭真。西沙海战，谁能遗忘？东土尊严，岂容挑衅！烈士陵园，吊声缓缓；英雄名字，血色殷殷。三沙属我，无可变更！

三沙诸岛，风月无边。麻风桐叶兮，绿手翩翩；羊角树枝兮，腋叶圆圆；挺拔椰树兮，绿羽芊芊。纵目沙、滩、礁、岛，尽显仙园：其如朵朵睡莲，浮香湛蓝海上；又似只只宝盆，浴身碧绿水边。翠绿琛宝，镶嵌银链；耀眼勋章，佩悬浪苑。谁雕巨砚，以待彩翰？谁浣白纱，而拭婵娟？天上白云笼幔，海中碧玉托盘。更有永兴岛上，国徽耀眼；永乐礁中，红旗映蓝。渔歌互答，游艇往还。且看黄岩宝岛，环礁牵手把关；再瞻天后圣宫，妈祖显灵施援。噫嘻，近赏三叶草，恍如庄子梦蝶；远眺三角礁，恰似女娲遗件。飞鱼与鸥鸟逐浪，海龟同鲸鲨赛潜。至若白浪轻盈，鱼鳍似箭；台风怒吼，豪雨如鞭。

岛岛礁礁，明明暗暗；茂茂丰丰，青青甜甜！幸有三沙气象局，测观雷电风雨；感佩三沙描画者，点缀红绿黄蓝。噫嘻哉！如诗如画净瓶水，亦幻亦真仙界天！三沙诱我，世世年年！

三沙诸岛，资源丰隆。踞数洲之航道，扼两洋之要冲。高产渔场，锦鳞游泳。其鱼也，金带闪光，梅鲷如梦。如旗炫彩，似箭追风。鱼挺金枪，千千冲舞浪里；虾披红铠，万万布阵水中。海参能屈能伸；砗磲可柔可猛。洁净沙滩，窝藏玛瑙——鸟蛋与彩石比美；晶莹水里，生长长虹——珊瑚同月桂比沉。奇矣哉！滔滔兮石油燃气，灿灿兮磷锰铁铜。可与波斯湾媲美兮，能同龙宫宝争雄！三沙富我，道远任重！

亦因宝藏丰隆，竟使外敌蠢动。远贼搅局窥视，恶邻觊觎逞凶。中国政府，谋而后动。成立三沙市，力求万代功！宣告已超公告效，市牌实比战牌重！阻断非非之妄想，震慑跃跃之蠢动！不分汉、黎、苗裔，有梦正圆，临海飞鹏；无论西、中、南岛，聚沙为塔，众志成城！且试看：三沙诸岛，谁下棋枰？南海棋盘，何惧杀声？敢宣告：三沙诸岛，我主阴晴！东方鼙鼓，变奏雅音！

斯时也，三沙诸岛，美妙音键。岛游足抚琴，海眺手铺笺！齐奏和谐乐曲，共成发展鸿篇！噫嘻！万众游矣，五洲陶然！

（本文获"同景杯"《三沙赋》全球华人诗赋大赛优秀奖，曾刊于《中华辞赋》总第三十四期）

妈祖阁赋

神州之湄兮，东海之滨。如妈如祖兮，遐迩闻名；是阁是楼兮，中外拜临。

湄湾敞怀以抱拥兮，麒山拱肩以恭擎，斯阁一矗拄天地兮，伟构四叠已壮乾坤。俯视之若海棠盛开兮，平视之似舞裙初静，襟千亩之翠林兮，拜万梢之绿韵。面祖庙以向南兮，鸣亿波以唤亲，邻故居以东顾兮，链灵气以寻根，翼廿里之堤带兮，助杰阁之飞腾。

登斯阁也，望海天之苍茫兮，思妈祖之德馨。

曩之寰宇兮，陆海昏暝。风箭飙射兮，涛山怒奔。洋海沸腾兮，舟楫旋横。鱼网纠缠兮，渔商断魂。樯橹摧折兮，难者呻吟。父子呼救兮，神鬼悚惊。葬身鱼腹兮，时有船沉。疾呼妈祖兮，祈求庇荫。危苦纵多兮，有求伊必应。驾祥云，着红襟，圣光显，奇迹生。恍惚上岸兮，忽至一岛；倏尔获救兮，又见双亲。久卧病人兮，蒙其回春。迷航小舟兮，赖其指津。前湾阿大兮，常念功德；后村渔姑兮，频说显灵。扬善惩恶兮，历历可信；渔霸覆舟兮，怨怼妈祖；海匪喂鲨兮，快意疍民。

所惋惜者，二八羽化。所幸者兮，千秋铭恩。

沐浴圣光兮，仰其崇德，感受教化兮，弘其仁心。宋皇首封兮，旌其顺济；

清帝承祀兮，褒其女神。北京中枢兮，批示多多；胡总巡闽兮，嘱语殷殷。五洲四海兮，灵庙广布；陆台港澳兮，香火盛萦。古服古乐兮，古仪膜拜；华侨华人兮，华胄朝觐。祭祀规格兮，已升国级。等同祭孔兮，不逊黄陵。得其所哉，吾之妈祖。仁济精神兮，醺醒苍生！

登斯楼也，妈祖血脉兮，融贯信众；妈祖慧目兮，佑助世人。一苇可航兮，吾之海峡。无险无殃兮，一国共亲；一衣带水兮，吾之邻邦；无虞无诈兮，一融其冰。伊土伊湾兮，吾之寰球。无灾无难兮，长享博仁。如是矣哉，登上阁来！心香一炷兮，头叩妈祖；雄风满怀兮，足踏祥云。救赎心灵兮，互惠互济；播撒仁雨兮，和谐和平！

（此文 2010 年获福建莆田"妈祖阁赋"海内外征文大赛优秀奖）

洪洞大槐树赋

时值三春，槐超千载。鹳集洪洞，声索中外。是时也，古槐意雅，广邀汉晋隋唐宋明裔；老鹳情深，尽引东西南北中外亲。饮水思源，寻根祭祖。绍续炎黄之美德，弘扬华夏之雄风。

是槐也，历沧桑而劲勃，见离别而沉思，闻歌哭而淡定，睹衰兴而超迈，承寄托而坚毅，凝同胞而情深。其德也大，其情也殷。故此赋而赞，扬而旌也。

是槐也，根盘黄土，抱故壤而接灵气；须吻黑煤，吸热能而强铁干。径粗数围，作熊腰以抗朔气；干挺几丈，成龙形而傲苍穹。植之先人，魂荫昔之弱苗；仰之后裔，神绕今之壮躯。瘢痕累累，外化拓荒肩膀之痂；皮色深深，内凝寻路泪眼之光。是槐也，枝挺东西，宛如指向之慈手；柯横南北，恰似抗敌之铁矛。几弯几折，流回复流去；数断数生，长江浪落又浪升。秋风萧瑟，曾向游子频招手；春鸟啁啾，又望飞鸿长寄思。何羡灞桥折柳客，只恋洪洞抚槐人。不羡洋槐奇树另类样，独拜古槐祖地发轫枝！

是槐也，叶样纤纤，如柔荑之美指；叶肤嫩嫩，若蜻蛉之雅吟；叶色淡淡，恍天青之古瓷；叶脉青青，拟徘徊之香径。且叶叶弄风，睫睫闪眼；片片细响，声声低语。叶缀冠盖，似麒麟耸甲；叶满长枝，犹飞龙振鳞。槐叶，怀耶？槐叶，怀也！叶夹谱书走西口，叶插发髻下南洋，叶藏行李闯关东，叶当饥粮御北风！然已哉，叶踮万枝以祈槐子福祉，叶倾亿耳以候槐孙佳音。

是槐也，花形筒细，呈儒让之德；花色浅黄，近华裔之肤。不与名花争高下，只求淡馥霜古今。是花也，香伴五洲两瓣小趾甲，韵豪四海九州大中华！

吁嘻哉！张王刘李陈，四百五十姓；工农商学兵，亚欧美非人。问我祖先何处来？指她洪洞槐树根！绵绵槐根，深入人心；巍巍槐干，提振国魂；虬虬槐枝，播布祥云；菁菁槐叶，逗和鹤鸣；簇簇槐花，旌佩子孙！

噫嘻！天下大槐，大怀天下！吾槐本属乔木兮，图腾彰显和平。同根血脉美于虹兮，精神家园灿于心。神圣古槐永繁茂兮，中华儿女长旺兴！

（此文于2010年获山西洪洞"大槐树赋"海内外征文大赛优秀奖）

天下第一牡丹赋

晋地之南，邑名古县。古县古哉，渊源灿烂。仰韶遗址，年溯六千。相如故里，璧映九天。刘邓住房犹在，砚台彩墨香原野；城乡椽笔醮蘸，花枝笔架映花笺。仙葩白色牡丹，雄簪第一王冠。

古县牡丹，仙姿翩然。

株超两米，玉树临风，美男是矣；花放六百，银雪扑面，仙子然焉！绿叶掌柔，托举皎皎古瓷；花光颜洁，放飞馥馥新篇。花瓣片形，花色洁白灿烂；花冠碟状，花蕊鹅黄娇艳。夜光何处？源自昆山。雪塔谁垒？巧结仙缘。雪莲竞放，葆有冰心；白鹤比飞，彰扬雅范。白蝶舞翅，庄子梦牵；白兔炫绒，嫦娥临返。白茸衔枝，俯钦宝地；玉笋耸叶，仰颂尧天。何羡花坛捧圣？不临花镜自恋。花开茎顶，争先意识强哉；蕾满株肩，团队精神昭然。吁嘻哉！贵妃出浴兮，赞引诗仙；青山贯雪兮，景胜仙园；皓月之誉兮，语出枝山；戏花之传兮，典附吕仙；歌赞娇姿，当代大为；图登国币，素雅外观。不因艳丽惊凡世，只献素姿启尘寰。"白也诗无敌"，牡丹世间冠！

古县牡丹，传说神奇。

遥想诸卉畏皇，开花迎奉反季；牡丹抗旨，显节蕴蓄按时。噼啪遭焚火里，顿开凄艳绝版；仓皇被贬途中，宁避洛阳帝气！白衣仙子，深爱三合石壁；

黄卷磬韵，滋生六尺芳躯。古县三合，营就一方净土；马车一辆，运来千古奇诗！牡丹根系，深扎晋南连国运；仙子情怀，洞观宇内兆稀奇：抗战期间，强忍悲伤花不语，草木含悲，四海腥污洁花难洗；动乱岁月，枝桠受损，满怀疑虑蕊不启，一株萎靡香气怎郁？奇矣哉！天安门上，巨手升旗，仙子阁前，千蕊翘首；南海潮边，小平画线，国色园中，万朵盈宇。国运昌时花运盛，相如白璧衍冰枝！

古县牡丹，品质绝伦。

美而不媚，雅而不矜。蓄势时，满树绿绦；绽放季，遍野白瑛。地底广藏黑煤，枝上偏绽白菁；它花竞放红紫，此卉独著瑶晶。荷花也白，茎直稍显自矜；玉兰也素，瓣紧略欠丰盈；栀子也洁，花小难臻神境。不求权势贵封，只展草根雅韵。不向御园添锦，偏依僻壤争荣！大隐隐于市，雅隐隐于根。花白洁于形，人能美于赢。吁嘻哉！古县新矣，景美名盛：牡丹文化，辟出晋南高雅趣；特色品牌，醉酣宇内美纯情。园拥国色，万花衬托柔株；碑镌芳韵，千笔凝聚石林。南山飞瀑，竞绽白花似雪；街市酬宾，还传笑语如铃。游泳弄潮，挥臂频添白蕾；旅游引凤，回眸时漾清音。噫嘻，慕名逢盛，心花繁放九州瓣；凭我讴歌，雅邑广传五洲馨！

西樵山赋

适逢癸巳，中国梦萦。一山征赋，四海飞文。

西樵山者，风光美甚。区名南海，恭显观音之敬；山称西樵，犹享灯塔之名。七十二峰，峰峰激励豪情；三十六洞，洞洞蕴涵灵性。踞大仙之顶，屏依左右二峰；成金子之塔，佛佑乾坤万民。山似青龙蜿蜒，岭如白虎逡巡。后倚玄武垂头，前来朱雀展翅。世上最高大士，人间至美慈亲。法相六十米，立地顶天；莲径九十尺，沁馥吐馨。实难忘，昔日春荒，灾民嗷嗷待哺；妙龄恩赈，善举世世铭心。东西北麓，俱藏祥云。儒佛道教，共醒迷津。若夫四百亩桃花红雨，陶令展颜；几千株名卉彩虹，仙翁惊叹。漏斗奇峡，盛住银河碧水；曲径岫岩，铺成宝地翠帘。榕根如网，裸现蜿蜒血脉；泉响似筝，弹拨澄澈庄严。四方奇竹，立异生楞凝劲节；九孔迷洞，标新通窍见青天。爽风阵阵，泉水涓涓。左右探寻，高低明暗。非惟惊险讴斯洞，实悟人生似此间！至于石燕古岩，燕剪云烟；长坡茶场，绿拖裙衫。无叶神井，千叶纷纷不着一芊；有泉妙涌，万泉漾漾常酿万甜。睡莲捧砚，红荷点簪。金菊烫新卷发，杜鹃竞美红峦。赑屃驮来遐想，铜钟撞响古泉。西樵胜地，莫非西子出浴？胜地西樵，堪比小乔弄弦！双美合音，南粤宝媛！

西樵山者，民俗迷人。西南麓下，禄舟古村。鸿飞凤舞，虎跃龙腾。

黄氏宗祠，飞檐翘角恢宏气象；武魁铜像，伏虎降龙庄重凝情。广场炫阔，南拳逞妙；狮舞争王，西客服膺。怒吼于碧宇之间，声声是胆；腾挪于红桩之上，步步为营。真可谓：降龙有奇术，御虎运大斤。溪涧龙舟，兰桨拼来豪气；山里凤舞，赞声响遏行云！

西樵山者，底蕴丰饶。五千万载，火山地貌。似凤凰涅槃兮，天设地造；如历史卷轴兮，绿肥红娇：双肩石器，锈铲古陶；数处窑坑，凹凸神凿。九龙岩侧，湛甘泉曾传韵语；万壑彀中，何白云亦作长啸。南海有为，藉西樵以润笔；北都变法，自东土而卷潮。南粤理学之摇篮，北国上书之轫肇。一代宗师文墨美，三湖书院吟声豪。陈启沅兴业，蚕丝与文丝谁解；林则徐题匾，字正和品正孰骄？藤藤蔓蔓，熔铸朴初书法；水水山山，陶冶秦牧笔调。普庆坛中，黄大仙香火袅袅；华人圈里，赤松子慕者扰扰。曲径通幽处，宝峰寺现；振聋发聩际，玉磬声飘。楼祀奎光，一笔点开文运；庙参字祖，千秋激沸墨涛。更有甚者，代有天骄：金瓯连金殿，文星常占鳌头；大师启大众，武者频获锦标。噫嘻！西樵山惊艳西洋岸，南粤地助推南海潮！横岭侧峰，中国梦西樵生蔓；嫣红姹紫，复兴龙南粤腾霄！

馨泽园赋

有客钟爱园林，欲出游焉。问于予曰：何所游也？予答曰：皇家古苑，脂粉留痕；名市诸园，仙容失润。客问曰：既如此，景新何处？指点我行。予曰：广东电白，南海之滨。大馨土木，蔚起苑林。山水毓祥光，赋联增彩俊。苑称馨泽，举世闻名。苑主邓公，光前裕后营佳构；嘉宾诸位，智水仁山享太平。客亟曰：愿闻其详。

予曰：首望东门，引朝霞而铺毯；又当游客，伴旭日以作宾。迎面石奇，屏若王冠谁戴？摩顶松美，名为罗汉人崇。书悬牛角，哞韵唤回儿事；志展鹏程，袭衣舞满翼风。反刍昔苦，椰树挺身谈拼搏；回首今甜，花杯联袂赞成功。

屏风左后，梦笔斯楼。游客步轻，恐惊檐翼翔宇；苍松枝茂，正兆贤昆驰骝。月映雕窗，墙添稿纸；铃欢楼角，喙叩清幽。锦鲤跃波，虹生妒意；红灯映水，鱼抢绣球。恍黄石而验才，子房①不远；临碧池以蘸墨，梦笔正道。噫嘻！雅主正期众梦笔兮，嘉宾何妨一登楼！

丹青诗里染，珠履画中行。下楼思梦笔，进亭读雅馨。馨萦绿野，逗

---

① 子房，指儿子之房，也指张良与黄石老人事。

俯馨枝观弈；雅若红船，载欢雅士操琴。粉檐洁白，"人"字架山而抗腐；朗柱澄明，清风拂槛以爽心。

爽心人自醉，有轩曰鸣春。长墙淡雅，人文熏美画幅；圆凳古浑，镂孔鸣悠乐埙。门框弧阔，有孕春风身款款；石具光滑，无羁新雨韵晶晶。珍禽婉转，疑考海归外语；竹影婆娑，如闻郑燮咏声。

至于月亮，昔者写诗欲揽，月容娇矣不应；今人筑榭相邀，月影慨然来亲。门中含月，方圆思哲理；影内横枝，荆桂沁匠心。噫嘻！明月一勋，佩簪苑主；清风两袖，馈赠嘉宾！

渐入西区，由低而隆。邀月亭前，广场恢弘。巍巍然巨石，栩栩矣寿星！凝沧桑而写意，短褐穿结迎远客；蒙天地之雕琢，人参须茎见神功。更有古松侍座，新绿醒瞳。聆松子棋子兮，共敲月色；看寿翁弈翁兮，俱展欣容。

临池建阁，未必右军洗笔？辩乐凭栏，依稀庄子观鱼！萤火添光，以研书美；香荷捧砚，而助文奇！"馨"字雄姿，震怵敧枝绿树；金联豪气，喂骄鼓眼红鱼。

即使围墙，亦腾文气：诗词联赋，腾蛟起凤风格异；真隶草行，铁画银钩点线奇。亦喜苑东石运佳，复迷苑布局匠心显：石来灵璧，方便僧繇点睛；石绽菊花，为难陶潜撷英。吁嘻哉！国泰民安，则苑兴文盛；福浓德厚，则心旷神怡！

客闻此，欣然规往，予记所言，已然成赋，以赞西岸之佳苑，亦谢精神之家园者也。

状元广场赋

焕古辉今，金鸡高唱；崇文扬贾，银邑增光。通城圣域，万众何襄？地标新建：状元广场！

状元故里，文化濡商。宋代状元，笔蘸隽水夺魁；通城骄子，桥架人心报养。一张科卷，济世报君才赫赫；九孔桥墩，感恩馈里德彰彰。斯地也，文登天下首；商旺赣中央。

风光独具，美景衬商。城汇岳、咸、九，省交赣、鄂、湘。奇山峻岭，九宫黄袍洞中；美瀑清波，白水黄龙天上。女娲遗石，金鸡化凤；通城生翼，银邑炫妆。噫嘻！庆峰瑞瑞，天地漾漾。翠岩嫩嫩，金岭昂昂。邀月款款，钟秀汤汤。澜溪碧碧，霞石茫茫。景衬商兮商依景，购物旅游两酣畅！

高楼广场，悦购旺商。丙申吉日，隆重开张。圆梦和风，铸就陶朱雅范；经商宝地，起扬莘祖儿郎！君不见，物萃中西，食香霄壤。歌飘星斗，灯逾汉唐。儿童游乐，心翅翱翔；稚语诵吟，新松成长。折桂基因，人人流淌；占鳌传统，代代传扬。行行竞出状元兮，处处争居金榜！十五层兮，若上蜃楼海市；千余载兮，似穿梦境仙廊。

噫嘻！阶梯送我齐登美境，极顶邀君共品华章！

（通城状元广场，是为纪念通城籍状元杨起莘而建。杨起莘，南宋丙辰科状元，与文天祥并列。此文 2016 年获湖北通城"状元广场"全国征赋大赛三等奖）

村路赋

村路平凡幽远，令人魂牵。

平房茅舍，小径落叶布满；桑梓竹园，鸟巢翅影斑斓。东通国道，西接河湾，南连湖渡，北伸街边。绿荫遮道，月夜如藻荇映路；黄雀赛音，清晨似序曲沸弦。路经堰塘，乌龟荷丛跳水；路绕坡岗，田鼠人前蹦坎；路临企业，喜鹊奖牌翘尾；路展江边，鸬鹚叼鱼撒欢。大槐树下，慈母倚门望路；小堰埠边，贤妻拭汗眺远。谁家摩托，接回城市学子；哪户小车，开到自己家园。村路如弦，奏响团圆之乐；车轮似纹，镶美新路之边。往年村路泥泞，出行多有不便；今岁水泥硬化，环境大为改观。修路资金，留守农户集资；筑桥费用，成功人士捐款。T 形村路，似 T 台诱人表演；井形村路，似古井涌出清泉；A 形村路，似铁塔送来光电；H 形村路，似梯子催人登攀！

村路温馨飘香，令人神往。

村路曾凹凹凸凸、窝窝囊囊；村路又阔阔宽宽，坦坦长长。忆顽皮发友，路边打过泥仗；初恋女孩，路途投射眸光。路畔水沟，捉钓黄鳝半桶；路弯岔道，输赢画儿几张。机灵水鸟，路树展开彩羽；高大水牛，牧童信笛无腔。鞭炮鸣响，推搡贪看新娘；铁环游戏，争先较劲称王。分吃糍粑，糖落草间；争咬锅盔，香满身上。他换军装，伙伴誓言砸地；她上大学，闺密清泪盈眶。

辞旧迎新，路侧祖坟灯亮；爱幼尊老，路中归者脚忙。龙灯狮子，沿路舞红日子；蚌壳采莲，伴歌逗乐吾乡！犁耙牛拽，泥印滑溜点缀；割插机鸣，谷堆灿烂辉煌。田畴之畔，阡陌之旁，棉花白，谷子黄，葡萄垂，瓜果香，莲藕脆，甲鱼胖。产品运出，一派路畅轮响；瓜果上市，吃香北上深广；粮棉抢手，享誉鄂川赣湘；精准扶贫，矗立新舍楼房；返乡兴业，高悬企业星光。信矣哉，路当动脉，律动百湖千港；路是桥梁，互通四面八方。路是家乡叶脉，路是家乡诗章，路是祖先基因，路是未来臂膀。

村路韵味无边，令人流连。

古今村路，发生何等嬗变；中外足音，踏响多少诗篇。垂钓渭水，姜子牙一竿如仙；访贤村舍，刘玄德三顾不倦；索茶农户，苏东坡试叩门环；避雨夏村，辛弃疾路转溪边；访贫湘野，毛泽东布衣雨伞；忍耐赣地，邓小平小道车间；踏石留痕，习近平磨砺铁肩；精种饱国，袁隆平泥腿米仙；反哺家乡，大学生指点江山；叶落归根，老华侨见路泪潸；强国圆梦，航天员村路通天！兄弟姐妹，路路勤劳出彩；工农商艺，行行智慧冒尖。

噫嘻！人多喜赞通衢大道兮，吾独爱其村路且耽！村路普通，犹人之初心纯洁无玷；平凡村路，犹肩之扁担负重向前！

司马光赋

北宋星空，璀璨非常。范公忧乐，欧老轩昂，包拯传奇，安石担当，苏轼旷达，沈括梦扬。司马温公，光山凤凰。光灿千秋，声震万邦！

公之幼年，聪敏异常。七岁童龄，花园徜徉。三五小伴，正捉迷藏。脚底湿滑，小娃坠缸。斯缸也，盛水以防火灾；此儿也，没顶将遭毙殃。众孩惊悸，或呼救声嘶力竭；或奔走魄散魂丧。唯公也，眉头一皱，目露毅光。抱起石头，奋力砸缸！缸破水出也，流向树旁；死里逃生者，哭谢慧郎！此之一砸，初显担当！沉稳机谋，奇声异响！

公耽迷苦学，惜时如金。不为暑废，不为寒荒。走马斗鸡，不污澈目；猜拳行令，不入衷肠。闻鸡起舞，形瘦而目炯；捧卷高吟，夜深而声朗。困极而眠，唯恐超时；和衣小憩，仍觉懒床。遂发奇想，制作警枕。枕由木做，就圆弃方。遥想当年，公睡景象：头枕圆木，倦入梦乡。学子翻身，枕滚一旁。警而跃读，书声琅琅。数篇诵罢，霞染东方。

公出之时，国势难张。仁宗神宗，亟待栋梁。然内忧外患，贫弱积累；惜矛锐盾坚，危机高涨。辽夏觊觎，国体渐僵。有庆历新政，范欧外放；盼革除弊政，君臣彷徨。天降大任，力挽狂浪。

公从政至相，一门家训优良；忠君爱庶，两袖清风荡漾。祖父司马炫，进士也，为令富平；父亲司马池，进士也，任职中央。国史有传，雪泥鸿爪留香；家族悬规，大木成材沃壤。洎乎温公，光大发扬。其简朴厚道，涑水清风醇正；其平和沉稳，高山巍峨景仰。似马也，蹄疾步稳，拉动规圆矩方；犹光也，亮瑰照远，辉映民富国强。几朝谏议，巧奏九阍表章；一任宰相，实谋万众乐康。不贪高位，进退有度君子；没树私敌，乐忧无悔榜样。迂叟、拗相，宋朝天宇双星；君实、介甫，历史航程二桨。政见之争，进似仇雠心洁净；私交之厚，退犹兄弟话绵长。

至若年事渐高，夙夜操劳；废寝忘食，体不如常。夫人亦老，服侍欠详。况且无男，阃阎紧张。遂谋划为之纳妾，细选拔颇费周章。温柔贤淑，女红精良。趁其出外，送之寝房。果然者，铺床叠被，收拾漂亮；摆书搁笔，布置恰当。及至公归，灯下讶见娇娘，窗边询问其详。妾莺声燕语，欲服侍成双。公观其诚挚，且泪滴红妆。遂轻言安慰，即派人送之离房。时灯笼映照归途，环珮响布德香。

公获谥文正，千古辉煌。本两晋皇裔，从无炫耀之语；适父兄在朝，拒做恩荫之郎。唯耽勤学，以遂平生之志；适逢折桂，早登龙凤之榜。年仅廿岁，跻身进士前六；为官四秩，驰誉禹甸尧疆。荣膺文正，文官最高谥号；不擅骄矜，人格不朽荣光。郁郁乎文者，旌扬笔墨沁芳醇；巍巍兮正哉，追认德操高尚。朝野齐讴，表里如一君子；古今同赞，天地无二名相。

公进退则忧，正直官员高素养；仕隐皆勤，杰出史家新绝唱。在朝入值，谏策明规官吏；以史为镜，通鉴默启帝王。编年通史，倾浇十九载心血；皇赐书名，收获三百万字香。治乱溯因，十六朝风云滚滚；成败明理，万千载警钟铿锵。赞誉中兴，感慨乱亡。墨倾经济，税系国昌。噫嘻哉，《史记》

《通鉴》，双星煌煌！史学两司马，中华双宝藏！毛公泽东，十七次批注，感悟政治，曰获益匪浅；东方骄子，八十年倾心，谈写战争，赞神采飞扬！

千年一瞬，千古一相！一门之耀，万姓之光！古为今用，圆我梦想。学其立志，为国争光；学其砸缸，突围开创；学其博学，本领精良；学其忠诚，初心晶亮；学其宽容，不咎既往；学其简朴，不为物伤；学其廉洁，不饱私囊；学其建功，万世流芳！

公安县实验小学赋

刘备安营地，杜甫赋诗乡。两省仰杏坛，"三袁"传绛帐。其校也，听浪卷浪舒，北枕长江；赏梅红梅白，南邻柳浪；沐日落日升，东襟车胤；便车来车往，西傍王岗。随建国礼花而建校，秉实验精神而起航。六十年风雨兼程，数十届栋梁茁壮。多次邀师加盟，几度更名成长。从几百人的小校，到三千多的大庠，春华秋实，由弱变强！

校园新貌，美丽端庄。楼阁修缮，馆室换装。龙腾兮场宽阔，凤引兮梧昂扬。绿染天边，青萌心上。花映童妍，鸟随娃唱。国粹传承，书声琅琅；多媒互动，光影泱泱。活动室中，歌舞翩翩；竞争场里，脚步锵锵。莘莘学子，沐浴阳光；郁郁文风，校园骀荡。园丁与花卉互荣，小树同考分共长。噫嘻！施爱无痕，启智有方！

校园文化，蓬勃俊朗。和乐氛围，凝聚师生力量；性灵营养，铸坚稚嫩脊梁。独抒性灵，融进血脉；不拘格套，形成气场。诗词歌赋，吟咏渐成腔调；中外古今，展示巧设橱窗。想象张弛有度，文思灵动无缰。和和美美，舒舒畅畅。鸟张彩翼，蕾绽清香。张扬个性，发展特长。培育栋梁，放飞梦想。耕耘和谐沃壤，助推快乐课堂，传递名师心烛，浇培儒雅苗床。君不见名校新姿，深孚众望！

　　校园成果，灿若星光。北大清华者，难忘恩师启蒙；牛津哈佛生，念叨偶像开讲。军政工农，百业寻师叙旧；红颜白发，万人进校引吭。君不见考试领先，奖杯排阵；教研夺锦，牌匾成行。历经磨砺，终见辉煌！各层领导关怀广，学校领军谋划长。撸高袖子加油干，鼓满帆儿提速航！实小美名不小，路长宏图更长。大爱传薪，梦圆金榜；小荷出水，笔点春光！

　　值此校园修缮竣工之良辰，欣成此赋以记其盛且祝恒昌！

（镌刻于县实验小学内）

桂花台碑记

　　文星故里，长安古村。荷叶山北，天官府西。有台隆然，名以桂花。其如巨鳌之背，若巨砚之盒，犹巨鼓之面也。遥想明万历年间，袁氏居此耕读传家，祈盼子孙步蟾折桂，乃筑台于斯，移桂植焉。是时，桂花灿灿，书声琅琅。翰墨木樨，并传遐迩。台边深港，碧水潺潺，望处河湖，白帆点点。登台纵目，则黄山青青，淤湖晶晶，桑梓蓊郁，清风涤怀，不亦快哉！吸丹桂之馥馥，濡稻香之沁沁，纳明月之空灵，含山水之氤氲，此诚为创性灵而孕巨擘之福地也！斯人虽远，吟欬犹闻。其文笔不老，旗帜犹鲜，足以励后生而超先贤，不亦豪哉！

　　然四百年矣，云烟聚散，沧海桑田，台荒事非，遗址难寻。海内外文人学子，慕名而至，欲叩贤问道，浸润文气，却有效古贤题咏凤凰台而又无处着屐之憾。且喜邑内刘公才万者，名士也。适壬辰之秋，梦与"三袁"晤于台上，言谈甚欢，醒后激奋，旋偕文友王、吴二先生，询访翁姬，勘踏其处，遂辨方位于苕苤之宙，定台址于竹树之间。故具立碑之请，以励后人。

　　雅事也者，幸有因缘。林庭武者，名镇孟溪之书记也。治镇有方，兴文无悔。慨然支持，以襄雅举。刘才万先生主膺立碑之任并撰其联，文化学者、"三袁"研究院领导张遵明先生欣然书之。特请中国书法家协会著名书家、性灵派书法首倡者田耕之先生为碑名书丹。碑立吉辰，三桂复植焉。王书文、吴丕中先生共拟碑文。

是以为记。

（镌刻于桂花台碑的背面）

己亥清明公祭"三袁"文

时维公元二零一九年四月五日，己亥清明。阳光柔嫩，春色澄明，湖丘恬静，鸥鹤缓翔。公安县人民政府领导率"三袁"故里各界人士，秉虔诚之心，备鲜花果品，敬献于袁宗道、袁中道之墓陵，公祭晚明文学革新之公安派领袖袁氏兄弟于墓前。文曰：

"三袁"功伟，云水苍苍。

开宗立派，文纛高张。独抒性灵，思想解放。不拘格套，冲破框框。改革先驱，载誉流芳！

三笔参天，诗文非常。求新求真，至趣至香。彪炳史册，天外奇光。大中课堂，诵读琅琅。

研佛论道，哲思煌煌。西方合论，佛界宝藏。雅趣小品，瓶史酒觞。灵魂救赎，净土琼浆。

善于调适，敢于担当。性灵荡雾，旗帜导航。一派四海，千波万浪。革故鼎新，文脉绵长。

南北天官，风清月朗。力除弊政，打虎斗狼。家国情怀，忧乐衷肠。官洁珂雪，文美春阳。安卧故里，御赐祭葬。仰之弥高，碑巷流香！

夫性灵有根，遇春即长。一县一品，大力弘扬。承传自觉，代有栋梁。

小说大家，荣获国奖。公安说鼓，捷登金榜。歌剧进京，一曲铿锵。诗联书法，匾授华堂。"三袁"家风，德润家邦。研究"三袁"，联动九壤。传承文脉，两岸同襄。更龙腾凤舞，学子争光。新星闪烁，竞彩棣棠。

昔日"三袁"，挥斥大匠；今朝万众，圆梦小康。经济文化，两翼翱翔。东风骀荡，虎步龙骧。先贤助力，民富国昌！

今祭袁公，来格来享！

"三袁"家风赋

　　长江之畔，荆州之南。虎渡之泽，淤泥之原。民风勤劳淳朴，文化昌明灿烂。袁氏择基卜地，族人耕读承传。一母三进士，南北两天官。创新立派，文帜高悬！何以为者？参天之木，必有深根；汇海之流，可溯其源。

　　家规家教，精神初乳；家训家风，航向司南。

　　教遵孝慈，础基稳垫。在家者，孝子也；出仕者，忠臣焉。

　　笃行友恭，待人宝鉴。兄弟和睦，朋友谐谦。

　　急担国课，尽责乐捐。无论贵贱，诚交课税；不分显达，共赴国难。

　　修正心术，摒除邪念。幸福或与祸灾相系；成功或与失败相连。戒恶意，萌善念；初心守，家国建。

　　树立人品，言轨行端。品正者，名高美德；德污者，名毁邪钱。不当虚伪君子，宁做德高凡汉。

　　精专执业，实干争先。执业不分高下，奋斗赛出后先。稻谷灿灿，葡萄串串，龙虾跳跳，科技尖尖，要当圈里大工匠，争做业中新状元！

　　广修忠厚，抛弃奸瞒。安守本分，爱家抱团。

　　善设义学，开发智源。族内捐资学校；乡邻免费杏坛。

　　谨遵礼制，共享尧天。社会典章，遵规范；家庭细胞，促康健。

二王高雅，数代挥笺；三苏旷达，八家灿卷；"三袁"清畅，一派扬帆。家风家训传承兮，孟溪沃土续新篇。学者李寿和，精心写出《三袁传》；将军吕中安，南部战区纪检官；将军傅绍银，带领机群翔蓝天；最美村妇，孝顺久病公婆不弃嫌；勤学儿女，年年考取清华或燕园……

"三袁"家风驰荡兮，佳美基因代代传。

（展示于"三袁"村村部性灵源长廊）

江南一菊续，宇内九州香

——赋赠邓传杰老师

百汉淤泥，形同巨砚；两河松虎，飘若披肩。性灵浩浩兮，四百余年；文脉绵绵兮，万千呈现。

湖畔山名荷叶，进士有三；岸东菊馥江南，邓林无限。昔伯修有妹，才追咏絮；中郎称姊，可展涛笺。未必是，芳魂渺渺兮，降临湖岸；淑墨晶晶兮，汇闪汉边？

于是乎，慧目精光，映射碧波之野；朗声才气，广传黄壤之原。其私塾笔墨，不让三乡娇女；西学新知，岂输两省俊男！才貌双全，心远街衢眷属；运时具备，情钟偏隅教员。陋房光烛，滋润莘莘学子；雏凤清音，醉欢美美师颜。师姐师妈师奶，自青丝而白发；学童学子学孙，从湖畔而天边。开谈绛帐，称终身师表人梯楷模；退隐林泉，获全国楹联优秀教师牌匾。

雅号诗疯，通宵达旦敲韵；真情词圃，废寝忘食无怨。期颐移情，耽迷五句子；杖朝不悔，韵解九连环。诗超三百，歌逾数千。联涌长江，赋排藕簪。

君不见，风梳华发，鸟瞰钟山。秦淮灯影，桨笔画船。慧眸健步，彩墨黄山。云凝碧汉，气冠峰峦。黄河蘸墨，古州幕兰。塑像母子，炎黄脉连。荷香两袖；痴情一丹。绍兴探雅，乌蓬荡船。五泄瀑飞，千雷鸣弦。曲水流觞孕兰序，钗头一凤舞沈园。巨匠鲁迅，血荐轩辕。梦里水乡，吴音阆苑。

笔横洞庭，屡叩君山。滔滔万浪，点点千帆。湘妃斑竹千秋泪；范氏乐忧两字源。西子湖畔，驻足流连。三秋桂子菊相伴；十里荷花诗点燃。观潮谁赞叹；飞韵伊壮观！杂交水稻，济世米仙。三系奇株谁发现？九州饭碗我来端！岳麓爱晚，科研争先。乘凉禾下，造福人间。俯首五洲穗；含悲四海田……

笔花万蕊，诗词联赋香盈誉；弟子三千，栋梁硕果誉满园。幸逢续帙，祝老树著花花烂漫；蒙允呓言，学生交卷卷颟顸。

壬寅菊月于车台湖畔

聚贤楼赋

　　荆南虎渡，人杰龙洲；邑内沟陵，地灵闸口。翼德屯田，叱咤风云雷吼；左公品酒，芬芳琼浆名留。千年风雨，未销三国古痕；百年曲蘖，陈酿一方佳售。军旅生涯，经理胸存豪气；特区历练，弟兄力搏潮头。美酒千坛，仕民争购；游园万态，远近飞眸。

　　画龙须点睛，描凤应冠头。出湖北，进湘西，花代价，购木楼。自能工巧匠，其榫卯妙构。向东而立，纳紫而修。名谓聚贤，园佩冕旒。

　　聚哉楼雅，一邑谁俦？高台立柱，古壁透幽。檐角欲飞兮，甍脊翘翼钩；栋梁力挺兮，紫瓦耸画轴。窗棂精致，方里含圆；门格吉祥，福中毓秀。迴廊转角，可眺可讴。叩发古声，百年不朽；闻沁沉香，万馥萦收。

　　聚哉境美，襟带田畴。和祥村部，红帜飘柔。果园流蜜，花树鸣鸠。池塘泛碧，鱼跃逗鸥。寮棚远望，古道驰骝。

　　聚哉人贤，堂纳宏猷。智囊智库，聚气聚谋。楼成吉日，紫气悠悠。恍恍兮，云梦洞庭，引洞宾醉酒；渺渺兮，皇叔君臣，回故地重游；潺潺兮，江倌渡口，孙夫人沐手；缓缓兮，电波不逝，王灿然回眸。至若当年模范，党徽映秋；电排工匠，老茧尤留；龙虾大户，致富推手；乡贤反哺，奉献频稠；成才学子，鄂湘最牛；电商美女，明星相侔……

级级阶梯，行稳致远；盈盈笑语，嗓大声道！噫嘻，踔厉众贤行健步，

风流人物上层楼！

（刻于闸口张飞田遗址游园内聚贤楼中）

东南醇赋

长江牵带，牛牧三春；南郡烹肴，香飘九鼎。

东南醇也，味含异秉。草原风味，本土基因。汉回联袂，手足共情。糯绵似吻爱，劲道如抚琴。微辣兮红椒翘指，浓香兮汤汁跃金。独特配方，精心烹饪。远方的家，央视上镜；地理标志，国家颁新。鄂省农博金杯奖，神州消费满意称：鲜美浓郁，口舌生津。刘备城中翘楚，杜息亭里馐珍！成功秘诀何在？心真巧配清真！

东南醇也，材质精纯。本土养牛百里奚，庖丁游刃九州醺。畅饮长江水，细嚼野草菁。牛蹄盖印，弯角捧勋。种好草，牛料绿茵茵；养好牛，牛体劲腾腾；出好肉，牛肴干净净；扶好贫，牛气喜盈盈。

东南醇也，品类缤纷。纯牛肉，片片泳汤羹；牛三鲜，勺勺萦氤氲；牛杂烩，丝丝撩味蕾；牛腩餐，汩汩沁性灵；牛排膳，键键奏佳音……罐装桶装，装新生活；袋提网提，提味温馨……

东南醇也，产业扶贫。牛眼看清新径，牛鼻拴牢机遇，牛角挑飞困顿，牛哞唤醒乾坤！一杨垂范，三牛精神。杨总者，能人也！据荆南宝地，开业内宏猷。拓荒牛，异军突起，狭路相逢勇胜；老黄牛，深耕膳亩，舌尖自有分寸；孺子牛，反哺家乡，祖德仁布慈云！牵头公益蓝丝带，施爱帮扶弱势人。

嘻嘻！卅年创业，升级传薪！质量上乘，产值飙升，妖娆西北一枝秀，踔厉东南万里醇！腾蛟起凤，舞爪奋鳞。佳肴强铁骨，美味壮精神。圆梦中国，造福人民！

（刻于公安县城东南醇文化园）

◎

水乡素描

"三袁"故里农堰情

2012 年 3 月 1 日下午 5 点左右，公安县孟家溪镇东街、南街、北街相交处，即乳白色的"三袁"塑像矗立的地方，一时热闹非凡：有舞龙的，蜿蜒盘旋；有舞狮的，欢蹦偎依；有玩采莲船的，翘翘晃晃，大红大绿的打扮，土腔土调地演唱着：

"欢送亲人（嘛哟哟）到路旁（呀伙计），

今天不把（哟哎哟）别的唱（啊划着）。

单唱感谢（嘛哟哟）工作队（呀伙计），

帮助我们（哟哎哟）挖堰塘（啊划着）。"

原来这是孟溪镇"三袁"村的村民自发组织的人员，在欢送荆州市卫生局驻"三袁"村三万工作组圆满完成"万名干部进万村挖万塘"活动而到县市去总结汇报。被龙灯、狮子和采莲船簇拥着的工作组胡洪江等四位同志，满面红光，谦和地笑着。还有不少群众围过来看这热闹、别致的送行场面。

虽然，工作组的同志原本打算低调离开的，反复说别这样，但村民坚持要依依不舍地把他们送上车，直到汽车远去，锣鼓还在响着。是啊，"三袁"故里人是重情分的，因为是工作组帮助挖好了一口口农堰，修通了一条条渠道，解决了一个个难题，更留下了浓酽的真情。

一、喊党胜过喊天

2011 年 11 月 20 日，荆州市卫生局三万活动工作组一参加完公安县召开的有关动员培训大会，该县县委书记张万超等同志的讲话还在耳边回响时，他们一行四人就风尘仆仆地进驻了孟溪镇"三袁"村，该村 45 岁的支部书记吴昌元显得精明能干，立马向领导们介绍情况，他说："我们'三袁'村，处于孟溪镇东南方向，是一个紧傍街市的城郊村，也是一个历史文化名村，因为明朝著名文学革新派公安派的领袖人物——'三袁'（袁宗道、袁宏道、袁中道）兄弟就出生于我们村 11 组，他们在朝廷当过吏部郎之类的官，县里花几十万修缮过的墓园是旅游景点之一。这里在明朝叫长安里，这里不少地名，包括堰塘名，都在'三袁'的诗文中出现过……"

工作组组长胡洪江和同志们都仔细地记着笔记。

"我们三袁村又是一个合并村，是原孟溪村和原高庙村合并的，现有 20 个村民小组，有 2900 人，田少人多，还比较穷。这两年才有了明显的发展变化。由于我们村，西有松东河，东有淤泥湖，北有车台湖、郝家湖，南有黄田湖等加上沟港纵横，照说不缺水，但由于水利设施这些年的残损弃置，困扰农业、养殖业等的发展。又由于是血吸虫疫区范围，时有病情发生。另外，遭遇 1980 年和 1998 年两次河堤溃口洪灾，我们损失很大，发展缓慢，经济还是很脆弱的。"吴书记缓缓谈着，大家不停地点头。

"正因为如此，我们村最怕自然灾害干扰了，如去冬今春连旱几月，我村的农业、养殖业等受害严重。因为不少堰塘干涸或者变浅了，是水土流失、溃口淤塞弄成的。有的堰塘成了挺心碟子，浅得很，尽是杂草、垃圾，干旱时，看得到的河水、大湖水却引不进来，蓄不住。"吴昌元书记说得痛心疾首。

"是的，吴书记，我们这次就是来帮助解决这个问题的！走，我们下去调查。"胡组长说话声音洪亮。

"您们明天再下去看堰吧。"村主任陈忠富说。

"明天？我们等不得！"工作组的同志说走就走出门了，只是胡组长走路有点欠稳的样子。于是吴书记带大家到10组的喊天堰。

这喊天堰，离"三袁"墓不远，它本可以蓄水4400立方米，可灌溉周边180亩水田，但因年久淤塞，已长满杂草、藁草、蒲草猬生。大雨后，蓄水也仅有30厘米，所以，不知哪年群众叫它喊天堰，是说要喊老天爷帮衬下点雨才有点蛤蟆尿润田；如果不下雨，就会田荒地芜，周边的180多亩田成了"望天收"。

其实，还不仅是种田歉收问题，还关系到结婚传代的问题。村里副主任刘金中说："大前年，村里有个袁姓的男青年，谈了个女朋友，人家来这里一看一访，一票否决——说伢儿是个好伢儿，就是门口堰塘里没有水，恐怕我女儿像山古佬无水洗澡。"

工作组同志忙问："后来搞成功没有呢？"

"没有，那男青年听了女方亲友的话，一拳头砸在腿上，第二天就出门打工去了。"

工作组同志和村干部都沉默了一会。胡洪江组长说："好，我们就从这喊天堰打响挖堰塘的第一炮！"回来路上，有村民跟吴书记开玩笑说："吴书记，带客人想挖几条野生鳝鱼下酒吧？"

"不是的，兄弟，我们是准备挖堰塘的。"胡洪江同志微笑着说。

"真的挖堰塘？好呀！"他把这信息传开了，当然也有人不相信上级领导会把真金白银甩在这些鸟不生蛋的废弃堰塘里。

"我们要把喊天堰变成谢党堰！"工作组当着村组干部表了硬态。

二、"横幅"强过"倒福"

荆州市卫生局驻"三袁"村"三万"工作组一行四人在该村干部支持下，又实地调查了十多口当家堰后，展开了轰轰烈烈的宣传活动，他们在几个主干道拉起红红的横幅，上面有醒目的大字："进万村、挖万塘、强基础、惠民生！"引得不少村民驻足观看、品评。同时，在村部设立宣传栏，还挨家挨户送去了致村民公开信，将这红红的公开信贴到每家每户的大门上，老农民说是送的新财神哩。

工作组还召开老党员会、老干部会、村民代表议事会等会议，统一思想，讨论方案，筹措资金，近60岁的村民代表徐云阶高兴地说："以前过年，大家要我给写红对联、红福字，他们把福字倒贴在门上，取福到了的吉庆，但遇到自然灾害，福还是难得到我们农民家。今年党送来挖万塘的横幅，真正送来福啊！"他的话，代表了该村2900名村民的心声。

三、"挖机"重过"晋级"

开始挖喊天堰时，只租到一台小型的挖掘机，工作组同志就带头下到黑色黏稠的污泥里挖呀、掀呀，老百姓说搞得像泥神菩萨，其中不少村民就回家找工具来帮忙了。

村里有个年近六十的农民叫马经帮，家里几代人有篾匠绝活，可惜有好些年没人重视水利建设，他家编织的筲箕之类篾货无人问津了。这次挖堰搞到眼皮子跟前了，他要大显身手！他把自家竹园的竹子砍了一大堆，发动家里人协助，几天就编出几十担筲箕，免费送到工地上供群众挑堰泥巴，受到工作组的表扬。

12月22日，荆州市委书记李新华，市委副书记、市长李建明等领导到"三袁"村南边的金桥村参加挖堰塘后，又上来对"三袁"村的挖堰塘活动予以肯定，李新华书记说："你们正在解决农业用水最后200米的难题。"不久，市卫生局局长张大平、副局长罗运贵等同志也来到"三袁"村和大家一起挖堰塘、清沟渠，他俩还和村民比赛，看谁一锹泥巴甩得远些，引得村民开心大笑，这是久违了的干群融洽的笑声啊！市卫生局领导代表工作组捐出5万元现金，还和吴书记等一道去慰问特困户、老党员，如慰问了10组的袁丹灶、吕升英等，走访了25户，共送上了5000元。

几天后，工作组同志要和市里派出的其他7个组比进度，这样就要增加挖机，可这当口，找挖机比谋白八哥子还要难——大家都要用嘛。工作组同志在网上查询，发现湖南有挖机租！

第二天，组长胡洪江约吴书记一道下湖南调挖机。可这天晚上，老胡的家里来电话，说家里评职称晋级正在申报中，要老胡赶回荆州帮点儿忙。但老胡立马拒绝了，他说："挖机的分量比晋级重啊，我要去湖南调挖机，争第一！"这样，两天奔波，从湖南调来两台200型大型挖机，村民像迎接大花轿一样围着看，看它轰隆隆开挖，高兴地说："这阵势大呢！"

是啊，几台挖机像巨人伸展铁手臂，把堰泥深深地挖，高高地放。干群用其他工具配合挖，工地上热火朝天、喜气洋洋。县诗词学会会员王佐斌当场赋诗，其结尾这样说："挖掘机声隆泵沟，泥沙竞相挤破天。吊钩钢缆吼管道，清淤堰渠万民欢！"例如喊天堰，就又深挖了1.5米，还挖出一只多少年的老乌龟，有2斤多重，它的底板上刻有文字，经懂点神秘文化的老人唐会计鉴定，这上面刻的是一个已逝世多年的老私塾先生龚先生的生辰八字。过去放生这种乌龟，是祈求某小孩不被水淹死，长命百岁。有人把这个难得的野生龟送到龚先生的孙子手上，这龚姓汉子说："不如把它送给工作组同志炖汤补补身子吧。"后来，工作组在大家的注视下，又把这只见证了喊天堰今昔的老龟，重放到挖好并蓄了水的喊天堰里。它也许是这堰塘的精灵。

四、"堰塘"甜于"喜糖"

市驻"三袁"村工作组里有个帅哥叫徐辉，今年27岁，是研究生毕业，在市疾控中心工作，平时常发表科研论文，有时参加演讲比赛。去年报名参加工作组，家里老人不同意，因为他的婚期临近了，要作点准备。可他毅然将之推迟，说："上溯三代，我家也是农民，我要下乡挖万塘！"他说服父母、女朋友，高高兴兴到了"三袁"村。

来后，他搞调研、访农户、挖堰塘、写日志，忙得不亦乐乎。有一天傍晚，胡组长故意跟小徐说："小徐呀，你天天跑坛子堰、严家堰、鲁田湖、曾氏堰、大冲潭，又写文章，又摄影，你真的都到了实地？"

小徐急了，把裤管一指，说"您看您闻，这上面粘的狗毛骚，就是证明啦！"

胡组长哈哈大笑，帮他又是拍打，又是揪拈。原来这种当地称之为狗毛骚的东西是一种植物种子，蛮爱粘上人的衣裤之类，不易弄掉不说，还有臊臭味。过去放牛伢儿用火烧它，嗞嗞一阵响。现在，城里的干部下来闻点狗毛骚、污泥巴腥气，蛮提神哩。

小徐这婚，2011 年没结成，今年正月又没结成。他说："等把挖万塘任务圆满完成了，再请各位吃喜糖。"

是的，在他心里，堰塘比喜糖还甜哩。

五、"刚毅"硬过"钢钉"

说到驻"三袁"村工作组组长胡洪江，年已 55 岁，是荆州市卫生局人事科科长，他有伤，颈椎、膝盖都打上了钢钉固定，完全可以借此不下乡的。但他听到有这个给农村出力的机会，犹如一匹久经沙场的战马听到军号声，硬是要来，而且一来"三袁"村就很少回荆州。挖塘泥、安涵管、修泵站、调挖机，查疫情，总是身先士卒，忘了伤病，同志们劝他休息一下，他说："都说共产党人是特殊材料做成的，我的身上有钢呢。"

"三袁"村鲁田湖有 200 亩水田常被干旱所困，如在松东河抽水，要 3 级或 4 级才能提水上来，老胡和吴书记积极奔走，建起了小泵站，修起了蓄水库，可蓄水 7000 立方米。

他听说高庙湾和轧头湾之间的虹吸管功率小，效果差，老胡和村里吴书记、陈主任及该组组长邓长文研究落实改造方案，现在，古老的高庙旧址，机器轰鸣代替了钟磬悠扬。

老胡和小徐去年在"三袁"村鸭棚嘴一沟渠发现了阳性钉螺，觉得危害性大，及时向市卫生局罗运贵副局长汇报，向省血防办争取灭螺工程项目，其3000米灭螺工程已立项，可争取到整治专项资金10万元。

在挖堰塘的过程中，遇到个别"讲经坨"说堰泥巴压住了他的田或豌豆苗，要赔多少多少钱，不然，就要抱住工作组同志去滚稀泥，老胡总是微笑解释，合理解决；还有些人，栽在堰边的树，不准动一片叶子，说："谁砍我的树，我就砍他的人！"老胡和吴书记冒着危险耐心讲道理，还自己贴钱请人用电锯将影响挖堰的杂七杂八的树锯了，找树贩子卖了，将钱一分不少地交到"讲经坨"的手中，以诚感人，以情动人。

这样，以老胡为组长的荆州市卫生局"三万"工作组对"三袁"村直接投入5万元，还有后续资金几万元即将到位。已实施升级改造当家堰15口；开挖沟渠9000米；对20组的电房进行了维修，完成土方89000立方米，用去36.4万元，其中村里投入28万元（村里用投工投劳、以奖代补、向财政争取等形式解决部分资金问题）。还协助村里为确保现有水利设施安全、有效，制定了《三袁村村级农田水利工程管护责任书》。他们的做法在全镇其他驻村工作组中影响大，在这次活动中，对孟溪镇共投资7427678元，整治当家堰186口，疏挖沟渠167500米，维修泵站37座，其他工程14处。群众代表评价他们："进村早，宣传广，进展快，投入大，工作实"。孟溪镇楹联学会的孟笔先生欣然写了这样一副对联："万村万塘，楚天贮满农民笑；一县一品，祖国舞红文化旗"。

这当中都倾注了老胡和同志们的心血。老胡即便是这样的刚毅，但他还是几次累倒在工地上。2012年3月1日，村民欢送他们上车回城，他实在站不稳了，气温还低，但他头上冒出了豆大的汗珠，好不容易上了车。一进城，就住进了医院，他爱人赶来看他，见他憔悴不堪，眼睛湿润了，可他笑着说："小事，我身上有钢，响当当哩。"

现在，由于工作组帮助挖堰疏渠，改造水利设施，在外打工的回来承包种田的大户多了，大搞养殖当老板的多了，依托"三袁"故里景点，打造文化旅游景区的新举措多了。总之，"三袁"文化的发祥地——"三袁"村正以崭新的业绩、崭新的姿态，喜迎党的十八大的胜利召开。

（刊于湖北省作家协会出版《堰塘印象》一书）

杉木做桥道路宽

做生意，一般都希望客户蜂拥而入。在"三袁"故里，真有那么一个人，他所创建的公司，吸引了成千上万的甜蜜工作者，蜂拥而入！

他就是湖北省华亚蜂具木业有限公司的董事长谭传斌。

贫寒农家磨砺不屈的进取心

章田寺乡与孟家溪镇毗邻位置，有个朴质的地名，叫杉木桥，这里两边高岗地，低处是由北向南的一条港沟，以前是用杉木搭成的桥梁，后来当然是钢筋水泥涵管支撑的桥了，但是杉木桥这个名字却远近闻名。桥的东边有个村子，包括大路边的街道，就叫杉木桥村。这里在明末清初出过一个文人叫杨润香，写过著名的爱情民歌体诗歌《采桑歌》，中华人民共和国成立后，有位欧阳若修先生是广西师范大学的著名教授、学者、诗人。这些成功人士的故事，无疑对1962年知了声声中出生的谭传斌有潜移默化的作用。这个眉清目秀、身子骨略显单薄的孩子，看到老党员、当了20多年生产队长的父亲泥里水里勤劳奉献，自然就默默承传了谭氏家风，他以优异成绩毕业于杉木中学，由于四兄弟一个妹妹，仅靠父母劳动确实生活艰难，年年成超支户，穷得很，于是谭传斌就开始了他的木匠生涯，准确说，开始了他与杉木等木材结缘的不平凡的岁月。

他难忘，自己还是青工时，一个大清早，母亲从杉木桥提着一袋子扁豆来孟溪建筑公司给儿子交菜金，她头发上还有霜！这些都给谭传斌注入了坚毅进取、干好一番事业的动力。

应该说当时的谭传斌胳膊腿脚还不十分茁壮有力，挥舞斧头往往累得满头大汗，但是他咬紧牙关坚持。改革开放后的 1990 年，他自告奋勇承包了孟溪建筑公司木材加工厂，主要是门窗制作，供应雨后春笋般崛起的新建房屋的门窗。由于谭传斌是从普通工人干起直到厂长的，所以，名为厂长，实际哪里需要出现在哪里，其加工厂成了建筑公司的亮点窗口。他常常是立足孟甘章，上到斗市的长江旁，勤奋跑业务，锻炼胆魄，开拓视野，增加经济效益。不管效益多好，他不忘初心，保持农民儿子的本色，单位没房子，他住在杉木桥，清早等在路边，看准谁的汽车或者拖拉机，就敏捷地跑步一跃，抓爬在上面，不顾危险，搭那种灰尘满面的顺风车，只有这样，才上班或跑业务，不误时间，而且还节省经费。这些车子的司机，未必知道，后面抓趴在拖箱上的汉子，还是一个厂长。这就是起步时期的谭传斌。

稳步发展壮大的木业实体

谭传斌，是个善于动脑动手的人，他的身上具备了优秀工匠的良好素质与新一代管理者的真知灼见。因此，他经过审慎分析，认为蜂具行业大有可为，于是在 1993 年开始做蜂箱，1997 年规模渐渐大起来。当然，也有关心他的领导和师傅，认为做蜂箱成不了大气候，靠几块杉木板子去赚一丁点儿蜜蜂的钱，好像针尖上削铁，难呐！

但是谭传斌看准了的事，坚持干，而且要干得风生水起。

1997 年，位于"三袁"塑像东北边的工商银行因亏损撤并等原因停业，其四层楼房要卖，喊价 30 万元，不少人望而却步，谭传斌东挪西借，果断买下，逐步改为蜂具加工厂。人们看到，这儿电锯声声，锤钉起落，工人上下班，订户徐来。不久，又买了原孟溪供销社 1000 多平方米，一楼一底 10 间房间，扩大了场地。谭传斌就这样一步步布局实施着他的蓝图。

而且，他还有个贤内助龚德芬。她本来是公务员，共产党员，在孟溪计生办任副主任，在 45 岁时提前内退，到公司辅助丈夫。现在负责民用建筑门市部。他们的儿子儿媳研究生毕业，在荆州工作，也表示到时回到家乡，子承父业。

2010 年，他因原两处厂地已显狭窄，又将该厂的大本营迁到孟溪北街 159 号，即港黄公路西侧、松东河左岸。从此，公司顺风顺水，平台逐步扩大。2014 年，将原来的平房淘汰，建了四层 3000 平方米的车间与办公综合大楼，大大改善了生产生活条件。2016 年又建造了第二栋 4000 平方米五层的仓库大楼，用来存放成品半成品，造价 900 万元。现在该公司占地面积 25000 平方米，总投资 4000 万元。

公司已是国内大型蜂具生产基地，现有员工 120 人，专业技术人员 20 人，拥有各类专业设备 120 台（套），年生产能力达 40 万件，产品热销全国除了西藏外，几乎涵盖辐射所有省市自治区。

所造的蜂箱全是用杉木，其标准主要是长 51 厘米，宽 41 厘米，高 26 厘米。还生产塑料巢础框、蜂箱巢框、单排浆框、双排浆框、纱盖架、大小隔板、隔王板、迷彩蜂衣、巢础、塑料蜂扫、不锈钢摇蜜机、镀锌板摇蜜机、喂水器、三用刮刀、割蜜刀、塑料王笼等产品。这些是意大利蜂和中国蜂通用，用户非常满意，自然效益很好。

打造质量名片践行办厂的金字宗旨

华亚蜂具木业公司在销售上有个令人称奇的现象，厂家没有销售人员，不像谭传斌当年东奔西走跑业务，他们在销售上可以用一个成语表达：坐收渔利！靠的什么？形式上靠的是淘宝网，即阿里巴巴的淘宝店，他们在网上商铺销售，在《中国蜂业》《蜜蜂》等高端杂志上常年登有广告，上面有专页介绍华亚蜂具木业有限公司，图文并茂，网址清晰。自然新老客户订单雪片似的飞来，人气很旺。销售量稳居同类产品前列，其中企业店铺即将达到三皇冠级别。现在毫不夸张地说，全国、全世界都知名了！现在该公司已有7个网站即7个营销窗口，谭传斌自豪地对笔者说着，在雪后的初阳中见他眉尖带彩，踌躇满志。是啊，该公司之所以能从无到有、从小到大、从籍籍无名到赫赫有名，原因何在？秘诀为何？谭传斌云淡风轻，娓娓道来：主要是不忘初心，践行办厂宗旨。

这宗旨是八个字：诚信、坚持、创新、发展。

在诚信方面，该公司几十年如一日，说到做到。由于已经习惯网上销售蜂箱，现在百分之九十的客户没有见过面，一个电话，一条信息就可订货，往往购货方先打款到华亚的账上，再发货，人家信得过，放心。如果在运输过程中偶尔因天气、因路况有损坏，华亚坚决主动理赔，取信于天下。在进原材料上，也就是购，范围广，都是打电话订购上好的杉树，如湖南桑植、张家界、桃源、沅陵，湖北的利川、恩施、宣恩，四川重庆等地的深山老林里的木材商，大多成了谭传斌的朋友，常常在闲暇时邀请谭传斌去山区玩，双方融洽，来自于诚实守信。例如木材检尺，华亚检出的数据，无论粗细长短等，对方就相信，不会有争议，因为华亚是三个检尺员，谭传斌对他们说："一个钢卷尺连接几省甚至全国，你们要客观公正检尺，要维护双方老板的利益。"加之华亚信誉度高，人家相信。

谭传斌反复说："我们看重回报，更看重几十年呵护的这份市场。"

在这种理念支配下，很多外地司机朋友，帮助找货源，所以，华亚不愁货源。每年总要购进上万方的杉木，没有纠纷，合作愉快。

创新，是一个企业的灵魂。华亚之所以渐入佳境，创新意识强是一个重要因素。前面讲过的网上销售，网上发货通过物流公司把孟家溪"三袁"故里的蜂箱运到四面八方，这本身就是创新。

还有厂内机械方面的创新。如厂内原先主要是木工手工操作，木工技术纵然很好，也不能适应发展壮大的形势。后来机械介入制作了，普工也可操作制作出标准的产品。后来甚至女普工也可以操作了。

再如在大卡车上卸下杉木，原先是选择彪形大汉人抱肩扛，累死累活，还有工伤的风险。现在用机械手操作，使用十几万元的抓木机，其机械手可以抓起800公斤。虽然是购进的设备，但是谭传斌爱钻研，改进，使之更安全更省力更适合本厂生产。

每个车间内，安有转运的吊车，工人只需把电钮一按，吊车在固定的轨道内运行，把木材或半成品运到相应的位置。

使用断料锯提高效率。过去请木工"解"（锯）板子，后来用那种转盘电锯效率还是不太高。现在使用多片锯，根据宽、厚、大、中、小等规格，先设定好，再启动锯出规范的木板。同一尺寸，多个锯片可同时锯出木片。

而且，大多都是根据华亚的实际需要进行了改进。由于谭传斌是从基层一步步走过来的，他又是蛮肯钻研的，所以，他常常先拿思路，再找科研团队实施。

他作为董事长，很注意团结并发挥团队作用，如管收购的经理严祖文，管技术的经理张贤才，管生产的经理姚永大，团队配合默契。

谈到发展，谭传斌的眼里闪出熠熠的光，语速显然快了一些，看得出，平稳斯文的他抑制不住激动了。

他说"发展才有竞争力，才能无愧于家乡父老的厚望，虽然现在已经有一百来个员工就业，"2016年，公司进一步扩大生产规模，投资 2000 万元引进全新自动化设备，年销售收入达 5000 万元以上，力争 3 年内打造蜂具产销亿元企业。

2017 年华亚已经申报 200 千伏光伏发电工程。这个设施成功运行后，除解决本公司自发自用外，余热余电上网可卖给国家电网，一度电获补贴 4 毛 2 分。一旦投入，有百分之十五至二十的回报率。投入将近 100 万元。

2018 年，为了更好地解决粉尘污染等问题，把环保当作大事来抓，不能鼓了荷包忘了环保。把锯末等生物颗粒转化为燃料代替煤炭，做到无烟无味无尘。其设备是把锯末等通过挤压、膨胀成颗粒，取代用煤炭烧锅炉，而且食堂也可用。华亚拟配备四组 25 千瓦的集成机，解决粉尘污染的问题，通过吸尘管道到吸尘房集中，该公司自己内部可以完成装配操作。

在弥漫着杉木香气的车间，笔者和谭传斌边走边谈，说到发展，谭传斌认为要以人为本，他善于发挥领导层的集体智囊的作用，还注意吸收新的生力军加盟，这些大学生将是公司后续发展的保证之一。他还注意关心员工，激发其积极性。给达到一定年限的工人买保险，解决困难。如员工中有对30多岁的夫妇，男的健全，但是工作老是不安心，原来他爱人是聋哑人，在农村是贫困户，也不放心，谭传斌特意安排他残疾的爱人也在公司上班，每月可领2000多元工资。每年给员工进行体检，平时发口罩、手套，发防暑降温物品。

含金量颇高的奖励牌匾

虽然谭传斌董事长办企业红红火火，成绩斐然，但是他是个低调的人。他不抽烟、不喝酒，不打牌，一心一意扑在他热爱的蜂具木业上。就连各级领导来公司视察，他也不夸张地汇报，总是实事求是，谦逊朴实。领导要他当人大代表候选人，他谢绝了；要他当政协委员，他也推辞了。不过，一些业内有关荣誉，他还是蛮看重的。

2015年，湖北省华亚蜂具有限公司获荆州市商务局授予"荆州市电子商务2015年度示范企业"牌匾；获公安县"第四届2013至2014年文明诚信私营企业"牌匾；2016年获荆州市人民政府授予的"守合同重信用企业"称号；获县"十星文明企业"等多个光荣称号。

谭传斌，这个出生于杉木桥，在杉木上写出了大块华章的能人，正在筹划湖北华亚蜂具有限公司新的飞跃！

2018 年 2 月 2 日于车台湖畔

（刊于《孟溪大垸我的家》第一辑）

淤泥湖畔青龙忠魂

——无名女英烈传奇

　　风雷激荡、除旧布新的 1949 年，人民解放军挥戈南下，广大人民群众的脸上泛出了春色。6 月的一天，在公安县甘家厂的一个渡口边，两个老人小声交谈着："听说湖南正在打仗，解放军正不断往那边开拔！"

　　"嘘，少说点儿，亲家。"

　　"嘟——"一只小火轮突然出现在河道上，人们惊讶地望着这被俗称为"汽划子"的新鲜玩艺。"靠岸！靠岸！"随着几声粗暴的吆喝，汽划子靠向堤边，没等跳板搭稳，几个五大三粗的汉子就跳上岸，手持盒子炮，凶声恶气地控制了来往行人，堤上戒严了。

　　有经验的两亲家一看势头不对，忙催渡船开船。渡船老人从破斗笠下眯眼一看，不好，那不是罗亨富他们吗！罗亨富是什么人？他就是混迹在湘鄂边界的大土匪、明面上的公职是公安县孟溪区区中队长。此时他满脸杀气，立在汽划子甲板上，公鸭嗓子吼道："下了三个疙瘩子，最后那个给我带到老地方去！"

　　一阵脚板响，一位高挑个儿身穿旗袍的青年女子被推搡着带下船。她双手被反捆着，鄙夷地看了看这群土匪，昂然走向这陌生的土地。她是谁？为何遇此厄运，落在这帮土匪手里？

一、土匪劫船穷凶极恶，战士护粮碧血丹心

话说与公安县交界的湖南澧县杨家垱，虽名不见经传，却因水陆交通便利，便也成了湘鄂两省一般生意人的落脚处，三山五岳各色人来此聚散，还算热闹。五黄六月，人们爱在树荫下歇歇凉，谈庄稼，讲水汛，扯行情。

突然，"砰、砰"几声枪响，随着几个破锣般的声音吼叫："靠过来，汽划子靠过来，不然，老子们的枪子不是吃素的！"原来，罗亨富一窝土匪在拦截一艘汽划子。船头上一青年女子操一口浓重的上海沪东口音大声喊道："你们是什么人？敢向商船开枪？"

这时，汽划子开得更快了。

"什么屁的商船！"罗亨富一个手势，下游几只小船迅急地冲向河心。卧在小船上的几个匪徒连连放枪。汽划子上也开始还击，顿时河面上枪声大作。在这兵荒马乱年月，一些世故的老人早"趋吉避凶"躲着了，偶有几个胆大的青年小伙爬上树在看稀奇。小船上的匪徒被撂掉几个。罗亨富大骂匪徒无能，硬逼匪众紧追汽划子。这时，汽划子上一名穿长衫的男青年倒下了，另三名男青年仍在还击，但他们的枪声渐渐稀疏下来，他们的子弹打完了。这时，匪徒匪气正旺，嗷嗷叫着，冲向汽划子。三名男青年子弹打完了，便用木棒打。女青年忙着烧掉了一个信封模样的东西，原来这是人民解放军的一只运粮船，女青年烧的是部队的一叠文件。匪徒又冲上来二三十人，包围了汽划子。

"你们是什么人，敢来拦截津市商会会长的灰面（即面粉）船？"女青年机智地责问匪首罗亨富。

"什么商会会长！你们是解放军！情报我早就掌握了！"罗亨富狂吠着。

"掌握了又怎么样？我人民解放军正以排山倒海之势解放全中国，你们要老实认罪才有出路，怎敢拦截大军粮船"。

"我们跟你们姓共的是死对头！走！跟我们到甘家厂喝水去！"

就这样，汽划子被押到了甘家厂附近。灭绝人性的匪徒将我军三名男战士绑了，推入水中，叫"下疙瘩子"。看到战友被害，年仅十九岁的女战士眼中喷火，罗亨富一双贼眼直盯着女战士，狡黠地对匪徒说，"把她带到老地方审问！"

女战士几次用头撞向敌人，欲拼一死，但被敌人死死捆绑，求死不能，终被众匪连推带搡地押走了。

二、贼匪首百般诱供，女英雄坚贞不屈

女战士被匪徒带到了号称九十九汊的淤泥湖的汊湾——鳡鲏嘴（现孟溪区青龙村二组）。罗亨富在这里设有一个据点，即借着湖边李姓地主几大间房屋，干着杀人越货、醉生梦死的勾当。他依仗淤泥湖号称百汊的有利地势，百般作恶，一有机会，便四处骚扰，遇到强手，则负隅龟守，以待来日。

开始，匪首们用软招诱供，妄想让女战士说出面粉接受部队的番号，驻扎位置，以便冒充解放军押粮小组混进部队，干罪恶勾当。女战士不为所诱，守口如瓶，除了因手绢上绣有一"王"字让匪徒知道了她的姓氏外，什

么也没让匪徒们了解到。

尔后，匪首们又残酷地折磨她，毒打她，但仍一无所获，面对这伙土匪，女战士丝毫没有屈服表现，还不时宣传党的政策，高唱革命歌曲："解放区的天是明朗的天………"

她坚贞不屈，义正词严，惊得匪徒们目瞪口呆。

三、救战友，部队暗查留遗憾；遭活埋，巾帼含恨谱壮歌

淤泥湖边青龙村的群众那几天在"封闭"状态中生活，心想救阶级姊妹出魔掌，只恨身无一翅。这时解放军侦察员终于探知女战士仍在敌人巢穴里顽强地斗争着，但不知具体地点。上级指示定要救出女战士，派出两名侦察员扮成乞丐暗中探访。哪知有一位被一匪徒看出破绽，这匪徒当即报告在甘家厂姘头处的另一匪首汪治国。汪见情况紧急，随即来找罗亨富。汪和另外几个土匪头早就对罗"吞整黄鲷"有一肚子火，见罗亨富正色眯眯地看女战士在树荫下摇芭扇，就一脚踏在稻场上的石磙上，拿腔拿调地说："罗哥啊，我看你是麻雀子吃酒糟，晕头甩脑，如今解放军在找这个婆娘！"

"啊，不会吧？"汪治国于是把情况对罗耳语了一阵子。

"两个讨米佬，怕什么！"

"讨米佬，拄着青竹棍的讨米佬，你跟我再找第二个！"

"这……"

"伙计，把她办了算了！"汪说。

"这……"罗犹豫着。

"你罗亨富贪色，因小失大！"汪大声说。

　　罗亨富这才下了杀害王烈士的决心。大声怪叫："来人呀！"三个匪徒背着锄头、锨子依罗的吩咐向湖边去了。罗亨富、汪治国于是上前狡黠地对女战士说："带你到湖边上吹水面风去。"女战士对敌人的预谋早有察觉，心想：在地下党老师的教育下，一腔热情参加解放军，自告奋勇押送粮食，不想在这里遇害。欣慰的是，我没有辱没党和人民，也对得起牺牲的战友。今天到湖上，要见机行事，最好与匪徒同归于尽！

　　"美人啦，走吧……"罗亨富阴森森地说。

　　女战士边走边摇着那把当地李婆送的芭扇。那镇定的神态，就像太平天国时在黄浦江边英勇就义的那些女英雄。

　　"这边来，这边来！"两个奉命在挖黄土坑的匪徒喘着粗气叫着。女战士完全明白了。她回眸看了看那些破烂低矮的农舍，仍泰然地款款地走着。

　　"咳！"罗亨富干咳一声，发出杀人暗号，一个匪徒把绾好套的绳头套向了我们的女战士的脖子！

　　"啊！"女战士被拉倒了，被拖到已挖好的黄土坑里。她手中的芭扇飘出好远……

　　就这样，王烈士被活埋在淤泥湖边了。这伙杀人不眨眼的恶魔望着仍在地上翻扑的那把芭扇，心惊肉跳，冷汗直冒。

　　几乎在王烈士遇害同时，我人民解放军某部为救战友，派出一支精悍的小分队，包围了淤泥湖的鲢鱼咀。其实，匪徒们将王烈士杀害在鳑鲏咀——青龙村二组。因淤泥湖汊多，致使营救未成。

　　后来，当地群众也许是太怀念王烈士了，他们说有时夜间听到她的歌声，也有人在有雾的时候，分明见到湖面上一个高挑的身材，着天蓝色旗袍，凌波踏浪走来……是啊，人们怎会忘记她呢！烈士的敌人，早被人民消灭；烈士的忠骨，人民早含泪捧土移葬高地，修了陵墓，立了碑坊，牌坊式的山门的柱子上镌刻着毛主席的诗句：为有牺牲多壮志，敢教日月换新天。陵墓、碧波、苍松，鲜花四季掩映；墓前石碑上镌刻着"王烈士永垂不朽"七个大字。来这里瞻仰扫墓的人络绎不绝，特别是孟溪中小学的师生在每年清明节来这里扫墓，红旗红领巾红扑扑的脸蛋，和青松、青草、清清的湖水组成独特的风景。孩子们也和女烈士一样，用青春的歌喉唱着，吟诵着。

这就是无名女英雄年青生命的崇高价值！

（本文 1987 年刊于县政协《文史资料》第二辑）

"臭皮囊"逸事

在古镇孟家溪，有个人，早些年几乎无人不知。他就是"臭皮囊"，而他的真名、真情、真痛、真才又鲜为人知。

他中等个子，肤色颇黑，两眼较大但是右眼似有云翳、有点鼓凸。走路常常有些夸张地一前一后交替甩着手，摇头晃脑的样子。

六十岁左右时，他常常在街上或斗黄公路边徘徊，看见汽车开来，就飞一般上前，把公路上的纸屑或者砖头之类捡来捏在手里，站在路边长舒了一口气。据说，他以前在孟溪小学校园里，提着个篾篓子，拿着一把火钳，发现字纸就用火钳夹着丢到篾篓里，装满后，就提到偏僻处烧掉。他是敬惜字纸，也怕砖头石块把汽车弄翻了。

当然，小学生也知道，这个人叫"臭皮囊"。据说是他自己取的外号。臭皮囊三字，实际是佛教著作里的字眼。臭皮囊，亦作"臭皮袋"，喻指人之躯壳。释道以人体内多污秽不洁之物，如痰、涕、屎、尿等，故有是称。如明朝李贽《复马历山书》："甚快活，甚自在，但形神离矣，虽有快活自在不顾矣。此自是恋臭皮囊者宜为之，非达人事也。"这些大意是说人的肉体，只是一具臭皮囊，要修炼高贵的灵魂。

直到 2016 年夏天，我从与"臭皮囊"有较为密切交往的老司机吕杰林先生口中才得知有关他的较为真切的情况。

一

"臭皮囊"真名叫陈沛东，原是孟溪镇西边松东河再往西，过蔡田湖小河所在村——木鱼山的人，生于 1930 年。家里原来是地主，有大量的田地。他的父亲叫严子君，是个方圆几十里有名的私塾先生，曾经不少外地的书生拜他为师，以求科举跃龙门。严子君还是湘鄂边界人爱人怕的讼师，也就是说帮人打官司蛮厉害。用老百姓话说："写的状子，闹得死鱼。"因此被官司输了的一方怀恨，请人用竹筒子对着严子君的右眼，然后用手板死劲一拍——啪的一声，将他的右眼珠拍掉了。严子君后来搬家到孟溪镇双湖村一组避祸。

"臭皮囊"随母姓，他有同父异母的兄长，他本人是严子君后来妻子所生，他还有个妹妹。"臭皮囊"小时候就非常聪明，虽顽皮好动，但读书过目成诵。他读过六年私塾，他后来对人说：我是小学文凭。他小时候家里给他开了"摇窝亲"，即男女双方还在睡摇篮时大人给订了婚。

世事难料，1949 年他被划成地主成分，那个女方家就与他退婚了。可是，近 20 岁的人，正是青春萌动的岁月，何况还是如此聪明敏感的陈沛东呢！

他整天郁郁不乐，不过由于他有文化，当地开始还让他教书，参与扫盲。不久这些事也不要他干了，为什么？

他喜欢议论时政，例如，他教书期间，写了反对简化字的文章。所以，耕读教师就干不成了。他在迷惘中，开始研究佛教，说些一般人不懂的话。

他又请人或自己到女方家里去求婚，但还是遭到拒绝。

他一腔悲愤无处诉，一身力气无处消，就找队长要求去双湖大队一队的茅草山去砍茅草，以便晒干了好给生产队猪场煮猪食。

他砍着砍着，觉得镰刀不锋利了，就到石头上去磨。哗哗地磨了很久，镰刀在阳光下闪闪发光，用拇指一摸，好快呀！

他突然想到：我要结婚，她不要我。而我裆里的东西又不听话，干脆，把它割了算了！古人说"万恶淫为首"，此物不除，实为大害！再说，我今割了这蠢物，方显自己堂堂男儿不求人之刚性与决绝！

于是他用刚磨快的镰刀迅速地把裆内裸露之物全割掉了！自然他马上昏死过去，等他苏醒过来，地上血水已被太阳晒干，几个近两寸长的黑蚂蚁在他身上爬来爬去。他咬咬牙站起来，想到哪本书上说的太监阉割后要用签子插在尿孔处，不然它长着长着堵住了会出危险的。他就用一小段茅草插在那里。然后扯了一些止血消炎的草药，如八哥子草、车前草之类揉碎了敷在那里，撕下一块衣片包好后，再一步一步踉跄着回家去。

伤处好后，他还故作轻松对人说："我手拿镰刀一把，呼啦啦就弄掉啦！"群众听了都惊悚不已。

二

从此后，他参加农业劳动，力气就锐减了，可想而知，这事对他的生理和心理都造成多大的戕害。他也一度成了被人取笑的人，成了一方为子弟戒的负面形象。

生产队还是因人派活，让他到猪场喂猪。这个猪场偏远，在一片坟山旁，一般人不愿在那里过夜，他就把自己的破烂行李搬到猪场这个"鬼不生蛋"

的位置。常常深更半夜在月下大声地背诵优美的古诗文，朗诵着自己作的格律诗词。他有时背诵通俗唱本《罗通盘肠大战》全文，有时背诵《毛泽东选集》某篇章。他虽然政治上受压抑，但是他真的很欣赏毛主席诗文，他买了《毛泽东选集》四卷，把封面用生产队油水车盘子的桐油涂得闪闪亮，读后放在一个小木箱里，还上锁。

当时有人检举他天天背诵"封资修"的诗文，写些旧体诗，于是上边派来了专门整别人材料的外调人员。那天，他看见两个挎着黄色挎包、表情严肃的陌生外调员在本大队有关干部带领下向猪场走来，他情知不妙，说时迟那时快，他以一个鲤鱼扳籽动作，倒在刚刚下了猪崽的约克夏母猪身边，推开一个正吃奶的猪崽，他竟然一口咬住了呈粉红色的猪奶，吸吮起来，吸得嗞嗞响，吞得打嗝。

待三个干部走拢来时，他陶醉地闭着眼，跟十来个猪崽抢着吃猪奶。两个外调员看了觉得恶心，说："活见鬼，一个神经病，整啥个材料呢？"大队干部巴不得大事化小小事化了，也点点头，跟着几翘大步走了。看见他们走远了，臭皮囊翻将起来，像个婴儿般冒出一口猪奶溢流颈脖间，双手一拍："果然中计，果然中计！走也走也，快哉快哉！"

"文化大革命"开始，距离双湖大队不远的桂花大队的"三袁"墓前的碑被当作"四旧"砸成三截，他听说了，很伤感，坐在简易床铺上写了一首《碑巷》诗：

碑巷天官昔哪住？

天官一去古碑无。

山坡尚有一堆土，

世间只存两卷书。

义华参差白果树，

桂花浩淼黄田湖。

人生知己在何处？

蛙鼓三更漫上铺。

他把这首诗托人交给当时在水利分部工作的大学生刘才万先生看，刘才万先生看后，和了他一首：

读罢碑诗念一孤，

量才有斗但非无。

绝弦故事能为续，

扣马遗风不可书。

鹤舞千秋白果树，

鸿飞万顷黄田湖。

珠林宝地风光好。

当建新铺换旧铺。

当知道陈、刘两位诗人写了碑巷诗后，住在争食堰边的老塾师龚光龙先生也和诗一首：

大名久仰不为孤，

盟主骚坛存若无。

弦断铿然留雅句，

脉传莞尔有遗书。

丰碑碎渺桂花地，

文采风流柳浪湖。

眼底沧桑凭谁是？

莫夸新墨抹前儒。

这些诗作首先反映了"臭皮囊"对传统文化的深爱与维护，对失去美好的文化遗产显得多么无奈与无助！同时也看出，哪怕"臭皮囊"是一个草根，是一个有争议的怪人，但还是有不少文化人与之唱和，这也是他感受到的别样的温暖。

<h2 style="text-align:center">三</h2>

孟溪大垸，乃至整个公安县历来文风骀荡。但是又有多少人乐意与"臭皮囊"这样的人交往呢？因为与之交往，当时还要冒政治上的风险。可是他又非常想跟当地文人交往，事实上他还是收获不少文友诗友。

他当时很仰慕水利战线工作读过大学的工程师刘才万。有一天晚上，有毛泽东思想文艺宣传队在双湖大队演出，刘才万也是宣传队带队人之一。人们说："刘才万来了。"他马上赶到演出后台，自报家门，和刘才万先生吟诗作对，写了一首《颂刘才万》：

面如满月貌非凡，

等是昙花世所罕。

福广恒河自觉信，

道高喜玛人生观。

顶天立地才当伴，

博古通今学敢参。

一夕舞台闻姓字，

大惊红色总兵团。

此诗描写了刘先生的相貌，赞颂了其福与才，还写出了其在群众组织的职务。总之，钦佩之情，溢于言表。

由于"臭皮囊"诗名远扬，也引来外乡镇的知音，如南平镇的夏德全，是华师中文系毕业的老师，自视甚高，慕名前来以诗会友，赠诗一首：

忧情满纸几时休？

何必惆怅对骷髅。

一生不施云雨事，

敢将热血写春秋。

他在"臭皮囊"喂猪的环境中，还玩了两天。入夜，"臭皮囊"背诵自己创作的《人生歌》给夏听，夏为他的坎坷遭遇和对人生的大彻大悟所感动。

对于夏德全老师诗里说他"一生不施云雨事"，他用诗回应道：

八斗才情偏小迷，

黄金万两一家妻。

千秋使我人不在，

心随江南永不离。

他自豪地说自己的才华就是黄金和贤妻。"心随江南永不离"，何等豪迈超然！他还写道：

鸣雷贯耳拜争先，

敢对高明陈浅言。

十年寒窗千里马，

一支画笔九重天！

他那种倔强，那种矢志不渝的硬汉精神的确掷地有声！他善用数词，如此诗的后两句，在气势上完全不输夏老师。

这些诗词作品是他积极面对生活，面对曲折人生的心路历程。

四

"臭皮囊"的诗词创作还有更加彰显正能量的作品，即他打从心眼里讴歌新的进步。他不是心如古井，波澜不惊，而是激情澎湃，自发放歌。如他在王家大湖做堤，看见当时那种用柴油机把推土的手推"鸡公车"拉上去的加坡机，他情不能已，提笔写道：

开响雷霆似万钧，

风轮转滚滚转绳。

车装满土百千数，

人上高坡七丈零。

干劲冲天龙搅水，

威声震地虎掏心。

工农联盟今无敌，

建设新华亿万春。

是的，原先他和伙伴们为了把重重的一车土推上堤坡，该是费了多大的劲。现在有了加坡机，他和大家在这会儿可以松一口气，该有多欣慰？他能不诗兴大发吗？

五

"臭皮囊"除了写格律诗外，还写一些自由体的东西，他称之为"歌"。如前面提到的《人生歌》。再如他有段时间，被双湖大队安排到河堤上的哨棚里防汛，这就给他提供了与水利分部的"刘大学"才万先生交往的机会，如臭皮囊给刘才万先生写了一首《认真歌》：

"三十三天高没足，太虚空中像窄屋。四大部洲细如黍，亘古至今嫌短促。刘才万，果何如？黄卷名流，青云得步。青云得步，跟共产党走，为人民服务。我看他，真的是个逍遥儒。非不想，持长素。难得活佛来亲渡。世界潮流不马虎，况且要轰轰烈烈才舒服。美非不爱，功名要等马相如；豪富非不喜，难得石崇七根珠；功名非不想，时运且待江尚父；手法非不显，难得田横五百徒……芙蓉如面柳如眉，秋水为神玉为骨……遥遥数千年，无事谈今古。沧海横流白浪鼓……然矣非耶而否乎！实赛过古人德不孤！"

这首《认真歌》虽似自由体，又带有李白等诗人的歌行体的某些特点，收放自如，真情灼灼。

他还爱朗诵诗，一开始朗诵，即立马进入状态，手舞足蹈，足踮起，手扬起，似乎个子突然间长高，人也正要御风飞翔的样子。可谓兴奋至极，如有神灵附体，高声亮嗓、抑扬顿挫、不疾不徐、字字清楚明白。每首朗诵完，他双手抱拳，两脚踏稳，四方施礼，说："耽搁大家，几句浅薄话！"大家或喝彩，或大笑，他就满面红光。

他的作品编集《陈沛东诗选》曾请刘才万作序，序中有句："陈沛东者，何许人也？对曰：乃疏狂也……诉苦诉悲，乃歌乃咏；避殃避祸，以傻以狂……"臭皮囊看了,大笑不已。

这位"三袁"故里的民间诗人年过花甲后,曾有段时间在孟溪卫生院边一个石拱桥的肩拱洞里安"家"。1991年初,他被位于孟溪北街的湖北海玲服装厂请到厂里照夜值守,他似乎终于有了工作、生活之所了,哪知一天他搭凳子换电灯泡时突然触电倒地身亡。

"臭皮囊"殁后,刘才万写了《祭悼陈沛东》一诗:

斯人孤苦吃长斋,壮事农耕晚拾街。

双割恨逢难处境,一癫更是不平怀。

形看邋遢心清洁,貌似迂蒙性巧乖。

修得金身名不朽,归天去也列仙阶。

2016年7月31日于车台湖畔

(刊于县政协《性灵文史》和《孟溪大垸我的家》)

长堤巍巍

　　"山随平野尽，江入大荒流"。长江自通天河，过金沙江，经新崩滩，破夔门，穿三峡，一路上浪与天接，所向披靡。至西陵峡，越枝城，进入到"极目楚天舒"的中游两湖平原，更是松辔弛缰，放浪恣肆。由于这个地方为上古大禹治水时所定的九州之一，以当时境内荆山而得名，故被封为荆州，这一段的长江也被称为"荆江"。当然，长江在其他地段还有金沙江、川江、浔阳江、扬子江等诸多美名。

　　"万里长江，险在荆江"，荆江一段，无山屏障，平野如砥，大江奔流其上，势不可当，至汛期自然就险象环生了。

　　荆江河道自湖北枝城至湖南城陵矶，全长 347.2 公里。又分为上下两段，上段从枝城至藕池口，长约 171.7 公里；称为上荆江；下段从藕池口到城陵矶，长约 175.5 公里，称为下荆江。站在大堤上极目远望，万里长江滚滚而来，直逼荆江大堤。下荆江河道蜿蜒曲折，素有"九曲回肠"之称，因此水流宣泄不畅，极易溃堤决口。荆江形成了长江最险要的河段，也是历史上长江水患最为频繁的地区。

一

古人云：水坊，邑之命脉！堤防者，民之命也，为了家园与性命，荆江之旁，人们筑大堤护之。因此，对于护卫着千百万人民的荆江堤防，人们自然生出无限的敬意。

荆江两岸，是江汉平原、洞庭湖平原，千里沃野，无山可据，两岸的人民以及生命财产安全就必须靠堤防来保护。傍水而居，依堤为命。没有坚固的堤防，就没有一切。可是，这赖以为生的堤防又是建筑在冲积平原上的。所谓冲积平原，就是长江和汉水的千万年肆虐挟带的上游泥沙和原本的湖底沉淀物淤积而成，其地质基础多沙，渗透性大，汛期极易出现管涌，从而形成溃堤、决口，灾害惨烈。大汛期期间，水位常常高出两岸地面数米甚至十几米，成了悬河，江水成了悬在两岸人民头上的一把"利剑"。江内波涛汹涌，堤下万千苍生，如果一旦溃口，两岸家园必成泽国，堪称灭顶之灾。

荆江大堤肇始于晋，扩建于隋，形成于明清，加固于今。史称金堤，亦曰皇堤，民谓命堤。

有了堤，堤内居者渐多，遂形成了大大小小的垸子，就像古代大船一个一个的船舱，或者像是万千民众赖以生存的硕大的生命链环。

昔日，江堤矮小单薄，百孔千疮，洪水时常为患。清乾隆五十三年溃堤22处，水高丈余，兵民溺毙无计，四乡田庐尽淹，由此被革官职者20有余。民国时期，一年两溃或连年皆溃，甚至一年三溃，每每哀鸿遍野，民不聊生。中华人民共和国建立以后，荆江堤防展现超亘古的历史跨越，党和政府率民众兴水利，除水害，筑堤抗洪。如今的荆江大堤，驰名遐迩，巍巍壮观，同时，更向世人展示，旧时代任凭洪水肆虐的光景已一去不返了。

二

"人往高处走，水往低处流"。受洪水威胁的荆江区域的先民，都择高而居，后逐年垦荒种地，一点点地挽垸。垸子成了后，人更多了，加上朝廷重视，江堤的雏形终于显现。公安县有三个口与长江相通，二圣寺、油江河、黄金口、十垸三洲基本形成。官有九品，堤分五类。俗话说："皇、干、支、民、巴，一级更比一级差。"荆江南岸堤防最早记载，明清时是十七个垸子，民国时是十垸三洲。公安县依堤为命，见于记载的，陆游在《泊公安县》里写道："无穷江水与天接，不断海风吹月来。"就感叹江水的浩大。他在《入蜀记》中写公安县城："县本在近，北枕汉水。沙虚岸摧，渐徙而南，今江流乃昔市邑也。堤防数坏，岁岁增筑不止"。范成大在《公安渡江》诗中吟道："食罢雨方作，起行泥已深。"可见雨之大，江堤路面之浸泡日久。当时最直接的办法是挽垸求存，或外出求发展。于是荆江大堤逐渐修成，长江慢慢形成了主洪道，历届的县令，所患莫大于水。历届的政府对堤防不敢不重视，他们知道"为政之要，在于江防"。

位于湘鄂交界黄山头东边的南线大堤建于 1952 年，在原安乡河北堤（建于清咸丰、光绪年间）基础上扩建而成，大堤西起虎渡河拦河坝与虎东干堤衔接，东至藕池河何家湾与荆南干堤相连，全长 22 公里，其中有险工险段 4 处，长 2.8 公里。防洪标准为荆江分洪工程蓄洪水位 42 米，堤顶高程 45.6 米，堤顶宽 8 米，内外堤坡 1：3。南线大堤既是荆江分洪工程重要组成部分，也是安乡河防洪重要堤防。建成后1954年分洪，大堤发挥了巨大作用，1955年后，国家投巨资加高培厚，整险加固，南线大堤真正成为一等Ⅰ级确保堤防。

荆南干堤地处荆江右岸，创建于东晋，距今约1600余年。其方位在长江南岸，后人将其名为荆南干堤。

虎渡河堤初创何时无史可考，北宋张景答对皇上时说："两岸绿杨遮虎渡，一弯芳草护龙洲。"可见虎渡河在北宋时已是一条两岸绿杨成荫，风景秀丽宜人的河道了。1952年，为确保荆江大堤，修建举世闻名的荆江分洪工程，虎渡河左岸堤防成为荆江分洪区围堤的一部分，该堤上起与沙市一江之隔的北闸，它与长江相接，下至南闸与拦河坝相连，今称虎东干堤。

虎西干堤位于虎渡河右岸，为虎西备蓄区东围堤，从王家岗起，至黄山头止。20世纪50年代初，新中国政府为解除长江水患，确定在荆江以南公安县境内建设"荆江分洪区"，30万军民奋战75天，奇迹般完成了北进洪闸（北闸）、南节制闸（南闸）、南线大堤等主体工程，继后并对荆江大堤进行了加固，形成了"东滨长江，西临虎渡河，北起太平口，南抵黄山头"的荆江分洪区。同时，开辟虎西干堤与山丘岗地之间的平原地带为备蓄区，虎西干堤由此而来。

三

忙时种田，闲时修堤。"民工挑堤多辛苦，多少篾箕挑穿兜。"这是公安县农民以前经常说的一句话。荆江河床形成之后，由于水流归槽，水位抬高，低矮堤埂已不能抗御洪水，于是东晋桓温始筑江堤之举，《水经注》

有记载。荆江大堤由于建筑在冲积平原上，大堤为砂、卵石基础，地面黏土覆盖层薄；又系多段堤防连接，多年加培而成，堤质不良，土质结构复杂，堤身堤基遗留隐患多，部分堤段堤外无滩，堤防迎流顶冲，存在许多先天性缺陷，主要易发险情有三类：堤基渗漏严重、堤身隐患和崩岸。所以，筑堤必以质量为重。

公安县的农民每年搞农田基本建设时间都有大半年左右，最紧张的莫过于掉几斤肉、死几层皮的"双抢"（抢割抢插），其次就是上堤了。从秋收后至冬季开始，一直到第二年春耕时节，岁修筑堤就是责无旁贷的工作。成千上万的男女劳力，俗称作民工（过去被称作土伕子）毅然决然抛下农事和家事，背着行李、挑着柴米油盐，到江河边住户家睡地铺，过集体生活，听军号嘀嘀的号令，开始了用啄锛镐头挖、用篾箕装土、用扁担挑上江堤的繁重劳动。在男人眼里，加固堤防这样的强体力活，实在不是女人们做的事，但"半边天"也不输男人上了堤。就说筑堤吧，别说一担土100多斤要一担一担挑上堤去，就是空着手一天到晚在大堤上爬上爬下也够难受的。腰酸腿痛，肩膀磨破皮是家常便饭。挑堤的人经常是自己安慰自己："三天的肩膀，四天的脚板"，意思是说，过了三天，肩膀就不痛了；过了四天，腿脚就不痛了。其实，几天过后，与其说肩膀、脚板不痛了，不如说疼痛得不那么厉害了。或者说，肩膀和腿脚都麻木了。那时候农民有一句顺口溜，叫"试挑不试挑，一头三大锹"。意思是说，不论你力气大小，一担篾箕土每只都要装三锹土。一锹土10公斤左右，也就是说，一担土总在60公斤上下。那时的战斗口号："冬闲变冬忙，陡坡提前上。""锁门办水利，摇窝上工地，不筑起荆江大堤，腊月三十不休息。""抢晴天，战雪天，小风小雨不收兵。"

那时筑堤的人们每天劳动都是十多个小时。用上过工地老人的话说，现在一天上班八小时还觉得时间长了，一星期休息两天还嫌少。那时，农闲时一月只休息一天，农忙时一天也不休息。很多人的肩膀磨破了皮，手心打出了血泡，由于生活差，很多人吃的自带的鲊胡椒、酱萝卜，喝的江河水，发烧咳嗽浑身酸疼，还坚持出工。在住户家或工地简易厕所里，甚至留下了不少令人揪心的鲜红，但我们的父母兄妹还是咬紧牙关，跟洪水抢时间，给垸子里的老人孩子挑出一个结实的江堤和安全的家园！从堤坡上望去，一条条弯弯的扁担，像射蛟的长弓，似组成长长的云梯直达堤顶；一对对箢箕在跟进，次第而上，散发着热气的泥土——几千年来农民手摸脚踩的田园上的沃土，就燕子般的飞上了堤顶；姑娘们脖子上系的红色围巾，在寒风中飘着，像火炬，在点燃时代的激情。

几千米长的修堤工地上，上万的民工挑着箢箕从离大堤 500 米以外的农田或荒地取来黏土，运送到大堤上。运距很远，担子也很重，人们在大堤与取土场间来回奔走，工作量大，所挑的土壤一路颠簸，挑到大堤上所剩也很有限。后来有了独轮车，先是木轮，车轴柄推时发出吱吱呀呀的声音，像是鸡公叫，加上它的样子也有点像昂头的鸡公，因此叫它鸡公车。再后来车轮用旧板车轮胎改装，用来推土，就轻松多了。车上是大箢箕，装满泥土，200 公斤左右，相当土方 0.11 立方米，工效一般高于人工肩挑的 4 倍。但推上堤坡。但坡又陡阻力又大，又是独轮，弄不好就翻车，影响后面的人和车上坡。聪明的农民们发明了用钩子拉坡，直至用简易的动力机械绞动皮带拉坡，对此，当时公安县孟溪公社有个叫陈沛东的民工写诗赞道：

开响雷霆似万钧，

风轮转滚滚转绳。

车装满土百千数，

人上高坡七丈零。

干劲冲天龙搅水，

威声震地虎掏心。

工农联盟今无敌，

建设新华亿万春。

是的，正是这批貌似憨厚，实则聪明能干的农民在真诚付出，在加高加固这道江边河道的长城！

当然，后来有了翻斗车、甚至用上了挖掘机，减轻了劳动的强度，但是这大堤的基础或者说这道长城的主要身躯，还是劳动人民用原始的方法使用蛮力一锹土一担土垒建而成的。他们牺牲自己小家的利益，有的弄得浑身伤病，拔火罐、扎钢针、贴膏药，有些当年的精壮小伙进入古稀耄耋，早已腰弓背驼，但没有谁怪怨一声党和政府，因为他们知道，当年是为大家，是为子孙后代的安宁，值得。

四

荆江蜿蜒曲折，上下荆江河形变化较大，上荆江为微弯形分汊河形，下荆江蜿蜒更甚，犹如九曲回肠。因为地势总体平坦无碍，江水在这片流金泄银的土地上摇摆晃荡，左冲右突，行动迟缓，有龙行之姿，但水流因壅塞，水位高，对沿江的大堤浸泡的时间更长，冲击力更大，故而更容易出问题，出险情，酿悲剧。

这段江堤维系着两湖平原的安全，也是祖国的粮仓，国家的粮食安全在这里显得尤为重要，大堤的质量是来不得半点含糊的，那些树蔸、草刺、坟山等等杂物是绝对不允许混进大堤里的。即使是较纯粹的泥土，也要一层一层地进行夯筑，一层亦即一踩，要坚持一踩一踩地夯实把关。50 年代建设之初，这种夯筑主要采用打石硪的办法。

这些经由石硪击打的泥土质量，其实主要是按规定在大堤外有较宽的外洲上取土，在外平台 50 米布置土场。需要在大堤内取土的，规定在内平台 30 米至 550 米外布置土场同时，要注意结合改田平衡取土，取土深度不得超过一米。取土前必须清基、排淤、禁止杂物混杂入堤。

为了筑堤，不少生产队或后来的村组，作出了极大的贡献，因为，这些沿江沿河的农田常常被岁修挖得大眼小窟窿，差不多年年要改田。这些肥沃的土壤被挖去做大堤了，剩下的是不规则的深层的贫瘠的淤沙泥巴或啄锄都啄不开的僵死黄土，多年都盘不活，长不好什么庄稼。所以，沿堤人民为江堤作出了巨大的贡献。

很长一段时间，江堤的质量是靠沉重的石硪一硪一硪打出来的，硪工的汗水砸进了江堤，硪工的手掌磨出了老茧，石硪也因多年使用，而磨得光光滑滑，似乎小了许多，它仍像一个个朴实的民工，闲时，静静地蹲在某个角落里不言不语，满面风尘。

所谓硪，是一方经过凿刻的夯土石头工具。又分飞硪和抬硪。飞硪，两尺见方，20 厘米厚、50 公斤重的一块结实的青石，四角凿有孔。可系八根绳子，由八名民工各扯一根，从不同角度站在飞硪的四面八方，随着号子，沿着河堤上新铺的泥土一硪一硪地抛上砸下夯打下去，直到浮土结实为止。抬硪，就是一根麻石柱，约1米来高，直径约30厘米，80公斤左右，用四根结木棒在石硪上端捆扎出八个木把手。八个彪形大汉各攥一个把手，随着硪歌尽力将石硪抬高，然后突然松手让其落下抬硪将松土砸实。

打石硪时，每人抓住一根硪辫（麻绳）或者硪杆，一齐使劲，高高抬起，重重落下，为了使动作一致，打石硪时一定要喊号子，号子由一个领，众人合，号子的种类很多，如四硪号子、六硪号子、八硪号子等，其节奏或快或慢，可随着打硪人的体力情况而灵活变化。精彩的是领唱的功夫，还有众人的唱和，配合默契，高亢优美，昂扬向上，动人心魄，鼓舞士气。飞硪、抬硪的歌词互通，曲调在节奏节拍及演唱风格上略有区别。如果领唱忘了词，可以随意发挥，不得中断。让大家听得动情，忘记疲劳，让石硪飞上砸下，其乐无穷。

领：抬硪的同志哥哟，

合：嗨呀嗨嗬哟，嗨呀嗨嗬哟！

领：齐心合力地抬哟，

合：哟啰嗬嗬嗨呀，哟啰嗬嗬嗨呀！

领：抬得哟是高来哟嗬，

合：抬得哟哟快呀哩！

领：一抬去哒呀吆，

合：一呀一抬来哟！

领：抬了哦一硪哟，

合：又一呀碴哟哈！

领：挑了哦一踩哟，

合：又一呀踩哟哈！

领：抬得是猛来哟，

合：挑得哟快哟啢，

领：要和挑工哦，

合：来比呀赛哟哈！

领：看谁呀登上哦，

合：领奖哟台哟哈！

领：功劳哦簿上哟，

合：把名哟载哟哈！

在千军万马的大堤上，听到这些男人的碴歌，你会情不自禁地增添力量，热血沸腾。

还有一种样子跟抬碴差不多的木夯，是用结实沉重的杂木做成的，一般由年纪大些的两个或四个男子抬着在大堤的边边角角砸实新土。为检验碴踩的质量，让打好的堤牢固而且坚实，有人用锥子在堤上打半尺深的洞，装水 20 分钟都没有漏完。

那个年代，石碴打出的印记，就如江堤这条长龙身上的鳞片，这条几百公里长的巨龙身上该有多少这样的鳞片呀？

后来，有了机械碾压，按规定，每一踩新土，必须碾压几道才算达标。每一踩的松土不得超过 0.3 米，用履带式拖拉机碾压，前进速度不得超过三挡，每踩碾压 3 遍至 5 遍，方能再进新踩。在这些机械碾压的机械中，有"徐工""铁牛""柳工"字样的挖土机或压路机，特别是"铁牛"，使人们不由得想起古代为了镇水，而放置于江边的巨大的铁铸镇河兽大铁牛，它头朝大江怒涛，微张阔口，怒目圆睁、四蹄奋蹬，似在哞哞吼叫，以无边神力吓退洪水。

机器的轰鸣代替了悦耳的石硪号子，江堤在千里沃野上如巨龙不断长高延长。

荆江堤防，最早的堤基恐怕有几千年的历史。

虽然如此，牺牲巨大，但在过去依然灾害连连，水患不断，人们纵然拼将性命，也无法驯服荆江这条凶悍的"恶龙"。在封建社会，生产力落后，人们在洪水这种自然伟力的摧残折磨下，为祈求神灵的保佑，曾多次铸"铁牛"镇江安澜。

但洪灾从不理睬人们的意志与祈愿，一尊尊铁牛无法阻挡疯狂的洪水，大自然时有发威肆虐，仅近代荆江南岸堤防 1860 年、1870 年、1931 年、1935 年就有四次大溃口，荆楚大地一片泽国，家园尽毁，瘟疫滋生，尸横遍野，富庶的平原如人间炼狱。由于当时政府腐败，战火不断，无暇顾及修堤，到中华人民共和国成立前夕，不仅铁牛委弃于堤畔泥中、破败不堪，荆江大堤也杂草丛生，蚁穴历历，灾难频发，人民生活于水深火热之中。

中华人民共和国成立，大堤迎来新生，由于荆江大堤的安危关系到江汉平原乃至武汉三镇人民生命财产的安全，尤其是郝穴地段特别险要，1958年周恩来总理等领导人亲临铁牛矶视察，进一步推进荆江堤防的建设，建设技艺及水平迈上新的台阶。1998 年，荆江承载百年一遇特大洪水过境，抗洪最紧张时刻，江泽民、朱镕基、李瑞环、温家宝等党和国家领导人都来到铁牛矶，指导抗洪，镇定自若，坚如磐石，夺取了九八抗洪的伟大胜利。汛后，国家再次安排专款对铁牛矶一带进行综合整治。工程于 1999 年 4 月 28 日开工，2000 年 6 月底竣工。整治后彻底根治了险情，保持了滩岸稳定，提高了边坡、滩面的抗冲能力。同时，把咸丰九年所铸铁牛修缮一新，并置铁牛于九八最高洪水位，并在铁牛旁竖立了"九八抗洪纪念碑"，悠久的铁牛代表着历史，也印证着开天辟地、坚忍不拔、众志成城的新历史。

对于那些历史上有名的险工险段，还要在江河大堤的内部打造一条不易看见的"防渗墙"。这种防渗墙是用机械在大堤的顶部垂直钻下一个个直径 50 厘米的圆孔，且一直向下探掘，同时在圆孔里灌进水泥搅拌浆，直到在某段大堤内部灌注出一条坚固的暗藏的内堤，就像给大堤暗暗加上了一层"脊骨"，有效地防治散浸毁堤。这种防渗墙的造价比征地拆迁取土加固大堤造价低，目前多在那些危险堤段使用。

有些险工险段，为了避免迎水面水毁损堤，每到枯水季节，还用石头一块块堆砌护坡面。此工程不仅需要细致，也具有很大的危险性。劳动量大，又在江边作业，且作业面陡峭泥泞。如今，为了更加便于施工与稳固，采用专用的六角形规则水泥预制件砌筑护坡。这条蜿蜒的巨龙，身上真正像披上了漂亮的鳞甲，更加精神威武，成为驯服的祥龙，守土护民，福佑苍生！

挑堤治水是中华人民共和国成立后大兴水利的历史。而且，只要长江存在，人类存在，这历史还将一直演绎下去。好在现在国家富裕了，科技发达了，堤防的加固培修都由政府负责，投入巨资，全部机械化，像过去那样辛辛苦苦地用肩挑人扛、用独轮车运载的时代一去不复返。荆江大堤已今非昔比，40 余年，荆江堤防经受了 1954 年和以后几次较大洪水的严峻考验，确保了安全度汛，成绩斐然，成效显著，已成铜墙铁壁。但荆江支流因为投入问题和先天不足，堤防、涵闸出现过几次溃口事故，给受灾地区人民生命财产造成损失，这就更需要我们旷日持久地守卫养护好江河大堤。

五

对于荆江大堤的守护，是一个长期的任务，可以说犹如国防，不可一日懈怠。这当中也凝聚了广大科技工程人员和普通劳动者的心血。

在过去年代，都是用山上的石头护坦。以前的抛石固脚工程，是先将船上运来的蛮石（山上炸出的大小不一的石头）卸到岸上收方，再从岸上抛到水中，不光是费工费时，而且抛的不均匀，以致工效很差。后来采用了抛水方的办法，就是直接从船上将石头抛到水里，省去了将蛮石运到岸上又重抛水中的过程。这种抛石护脚的特点是蛮石块头大，质量好，每块石头重量最小是 50 公斤，一般的 130 公斤，最重的有 300 公斤，投抛到水里不容易被冲走，比抛竹笼、柳枕省费用省工时，而且在离低水位水边以外 30 米以内的范围，抛散均匀，改变和调整了原来的坡度，对于稳定河床和保护岸脚起了一定的作用。现在出现了六角形的规则的水泥片，专门用来护坡，质量和效果更好了。

荆江大堤沿岸旧有条石坦坡驳岸，长约 15 公里，较大矶头有 10 座，历年受水流冲蚀，逐渐崩裂，亟须修理。因此加固用水泥沙浆浇缝。之前，所有条石均加以洗濯清缝，然后再用灰浆补修。

加强工程有六处，经过汛期，半坦上部都被风浪打成陡坎，加固时，以铺砌补救，因地制宜，使削坦坡度坚实，铺砌之法能做到使石块竖立靠紧，石缝之间用小石和水泥嵌缝。

开工前由各段技术人员根据计划图表，放定脚桩，并按照负担工程乡、区的人力和工效，分工砍段，划定土场。

土方培修中发现的漏洞杂洞，翻筑要求更严：一般漏洞里面多白蚁窝，翻筑采取由出口洞向内赶挖的方法，挖出白蚁窝即用火焚烧，或者倾倒在深水中。翻挖土方按实际收方，回填用好土夯实。对于人民群众的创造，1956年3月的《人民长江》杂志，曾刊登文章予以宣传报道。

荆江大堤经过几次加固，它的防洪能力得到了很大的提高，在内帮外帮加培方面，堤顶高度达到了1949年当地最高洪水位以上一米要求，加强了堤的承水力和堤基的稳固性。抽槽翻筑，起到了降低浸润线的作用，减少了汛期隐患，为今后防汛打下了有力的基础。在护岸方面，起石抛方，创造了新的工作方法，不仅节省财力和人力，缩短了时间，还使工程效率提高了好多倍。在低水位离水边三十公尺范围内，投抛100公斤至200公斤的大块石，起了稳固岸坡的作用。据测验和当地民众反映，自从抛石护岸工程以后，河水有逐渐往外移动之势。其他零星修补，也起到了加强原有护岸工程的防护作用。

养护江堤的措施还有培养植被。从航拍的效果看，荆江大堤的堤面是干干净净的白色长带，它的两边镶嵌的是绿色的宽边，宛若漫长的玉带，玉带的外边，是碧绿的长江水。那白色的是水泥铺就的堤面，能承受汛期军车或一般拉器材的卡车顺利通行。那绿色的宽边则是大堤两边坡上的草皮，这种蔓生的附着性能强的益草、巴地虎苍翠可爱。更惹眼的是高大绵长的防浪林。这些防浪林，平时防浪遮阴，汛期时便于抢险采伐急用。

栽植防浪林，早见于南朝，到了清朝，已形成林带。清同治壬申年（1872）荆州知府倪文蔚就主张在堤外数丈遍插杨筒，要求"每株相隔五尺，两行参差取势"，并作诗记之：

绿荫新种万杨筒，次第分行布势工。

不为浓荫覆洲骑，为留枝叶护江风。

1953 年，就在南线大堤内距堤脚 5 米以外栽植 3 排至 5 排，数量 5 万株。当时以杨柳为主，继而发展为山杉、水杉、针杉，过了些年以意杨水杉为主，现在大多是欧美杨，也有部分樟树等。一般栽植 5 排至 10 排，个别堤外滩达 10 排至 30 排。现有树木 100 多万株，平均每公里有防浪林 5000 多株。采用三年一换，即还林间伐的方法更新换代，保证永远郁郁葱葱，成为一道亮丽的风景。不少株欧美杨的主干底部，即离地几尺高的位置，系着黄色的塑料带子，像是谁浪漫地弄的小点缀，其实是捕捉知了的，是为了让其幼虫从泥土里爬到黄带子这里，因滑溜而坠下，成为药材。还有"环卫工人"——道班工人负责在树林里打草，以前还要收牛粪，专人分段管理。堤防人，伴水度日，依堤为命。其权限责任也大，除了管所辖堤段外，还要管长江，即以江心为界，靠堤这侧归其所管，监督不让谁随意采砂取土。

守堤还包括防汛。每到汛期，民工上江堤，住哨棚防汛，不说别的，仅防汛查漏的马灯就是一道特殊的风景：这江堤上万千盏马灯，这些马灯似乎突然从历史的隧洞里次第而出，非常壮观，晃得人热血沸腾。

马灯是 19 世纪国产的一种照明工具，它以煤油当灯油，再配上一根扁扁的灯芯，外面罩上玻璃罩子，以防风。农民防汛时，巡查江堤时，在风雨之夜，大多手提一盏马灯，这些马灯的灯罩大多被熏得乌黑，虽然每天擦拭也不如新的透亮，所以马灯在走路人的不平稳中晃晃荡荡，射出不太亮的光，但是那些散浸、管涌什么的，肯定是逃不过民工的锐眼。这些马灯有时密，有时稀疏，在大堤上，成了大堤的胆和魂魄，有了这些光亮，气势汹汹的江水尽管咆哮，尽管飞扬跋扈，大堤还是纹丝不动。有了这些灯亮，听着他们"啪"的一声拍死毛茸茸的汗腿上蚊子的声音，城乡的老人孩子就会睡得安稳。那些夜猫子似工作的人们就会安心尽力地进行各自的创造与奉献。

六

由于长江干堤始建于东晋永和年间（345年），南线大堤和虎渡河西堤也始建于清光绪年间，年代久远，遗留下的蚁患相当严重。荆江分洪区干堤工程在1960年就开始了灭蚁，有蚁段达135公里，个别位置还有蚁穴。最大的蚁穴达1.5米×2米×1.2米。1954年荆江分洪干堤出险1538处，其中跌窝185处，主要是白蚁作祟。公安县河道管理局早就成立了锥探灭蚁队。并有论文《黑翅土栖白蚁初见群伴的研究》等获省水利厅一等奖。发动群众采用"查找、翻筑、烟熏、灌浆"等方法，效果不错，达到活捉蚁王蚁后，消灭蚁兵蚁将蚁子蚁孙的目的。

早期从1954年冬季开始人工锥探，4人一锥，凭臂力往堤身有白蚁形迹的位置像打钢针一样使劲锥下去，那些臂力可扳倒牯牛的汉子，面对面站着抓着6米长、直径16毫米的锥杆，嘿吪嘿吪的喊着，每锥一天，也只能锥200个至300个洞眼。锥好一串串洞眼后，再往里灌砂浆灭蚁。

到了1974年，人工锥探已改为机械锥探，每小时可以锥出洞眼240眼至 400 眼，采用压力灌浆，而且对于险工险段则采用普锥普灌的新方法，这样就让白蚁遭受了毁灭性打击。1998 年是大洪水之年，这些有"溃于蚁穴"之忧的堤段安然无恙。

还有河道管理范围内，禁止修建围堤、阻水渠道等等，严禁随意堆积石渣、煤灰，像有些不规范的码头有这些，就要清理、搬迁。还如在堤身和护堤地，禁止建房、放牧、葬坟、考古等。如近年公安县发现一块清代的古碑早就记载了这些类似禁令。

<h2 style="text-align:center">七</h2>

1949 年，中华人民共和国成立，革故鼎新，根治荆江水患的历史重任就落到中国共产党人及其人民的肩上。

党中央、国务院高瞻远瞩，为民造福，为结束荆江两岸人民的洪水威胁，消弭荆江洪患，拿掉悬在人民头上的利剑，在百废待兴的 1952 年 3 月，就作出了兴建荆江分洪区的重大决定。这一决定，是新中国第一个大型水利工程，是政治工程，也是民生工程。更是我党显示让人民利益高于一切的一次伟大探索。经过科学、缜密考察论证，提出"确保荆江大堤，江湖两利，蓄泄兼筹，以泄为主，上下荆江统筹考虑"的综合治理方针，一场和千百年肆虐在荆州平原上"恶龙"的战斗正式打响！

这也是改天换地的一战！科学监测，特大洪水从枝城到荆江沙市河段 92 公里流程只需 9 个小时，而荆江分洪区的作用，就是在这短暂的时段里，要将猛虎饿狼般洪水的威胁解决在荆江分洪区所在的（公安县到洞庭湖）区域里，何其不易！洞庭湖区由于在清代后期以来荆南四口形成，泥沙大量淤积、盲目围垦等原因，蓄水功能大大衰减，所以，荆州平原的"汛情"，平时就靠荆江大堤"维稳"！非常时期，则要依靠位于公安县的北闸分洪。所以，无论平日防守还是关键时刻分洪，公安人民都需要生死值守或离家别园，作出极大的牺牲。

荆江分洪工程的进洪闸工程，位于长江南岸的公安县之虎渡河口，也称太平口。长江从这里分流，沿虎渡河往下流入洞庭湖，进洪闸就设在虎渡河的左岸。荆江分洪时，河水由进洪闸进入荆江分洪区，分泄长江超额洪水，以降低沙市水位，也减少大量洪水经虎渡河流入洞庭湖，所以进洪闸为荆江分洪的主要工程之一。分洪区在荆江南岸太平口虎渡河以东、荆江右堤以西、藕池河安乡县西北，面积 921.34 平方公里。分两期完成：第一期为主体工程，第二期为辅助工程。第一期主体工程于 1952 年 4 月 5 日开工，6 月 20 日竣工，75 天大功告成！

从此荆江两岸千百万人民逐步摆脱了历史上水患的灾难，开始自己的新时代。他们已拥有一座像长城似的 54 孔的进洪闸，坐落在分洪区的北端，长达一公里余（1054 米），将吞吐着从长江三峡奔放出来的超额分洪水量。并拥有一座同样雄伟的 32 孔的节制水闸，坐落在分洪区南端，长达 336 米，调节和拦蓄住巨量的洪流。分洪区围堤从四面八方构成了一座天然的蓄水库，计划蓄纳洪水量为五六十亿立方米，将可以用为消除水患发展水利灌溉之需。

旧社会的荆江大堤，人民曾称之为"煤灰砖渣豆腐皮"，现在一变而为长达数百公里的铜墙铁壁。按中央人民政府政务院暨中南军政委员会批准之原定三个月（90 天）计划，缩短 15 天，以 75 天时间胜利完成了任务。

两个半月来，三十万劳动人民和人民军队，发挥了无比的积极性和创造性。

整个工程规模大、时间短、困难多，是在中国当时的技术水平和技术条件下进行的，但我们仍然做到了"好、快、节省"，取得了胜利。我们依靠的是毛泽东主席、共产党领导的千千万万群众！大胆发挥群众的创造性和不间断发挥群众的积极性，以及说干就干敢于胜利的英雄主义精神。按照党中央国务院建设荆江分洪区的方略，自1952年就开始行动起来。几十年不懈建设，卓有成效。于是，位于公安县的荆江分洪区全新干堤横空出世，巍然耸立！荆江分洪区干堤（含虎西备蓄区山岗围堤）东临长江，西靠虎渡河两岸，北起太平口，南讫黄山头，其中含始建于清咸丰年间的南线大堤和光绪年间的虎渡河东西干堤等，全长348.649公里，俨然成为隆起在荆州平原上、长江水道旁的巍巍长城！

其中包括湘鄂两省的防洪屏障南线大堤荆右干堤。这个工程是葛洲坝工程，乃至于三峡工程的前奏曲。它和荆江大堤是一个攻守进退的整体，它们之所以巍巍屹立，不仅是土石钢筋垒成的，更是人民血汗浇筑的，更是民族精神镀亮的！

荆江分洪工程在遭遇特大洪水的1954年，三次开闸分洪，使荆江河槽的洪水降了一米左右，保护了荆江大堤和江汉平原，也减少洞庭湖来水的威胁。一时，蓄洪区一片汪洋，公安人民做出了巨大的历史性牺牲！

滔滔东逝水，悠悠万代情。与江水的抗争是史诗，与大堤的共存也是史诗。诗圣杜甫在唐大历三年（768）深秋因好友严武去世，便离开蜀地到荆楚一带的公安县的江堤上暂住。他有感于江堤与人民命运的依存关系，写了不少诗作，其中《公安县怀古》脍炙人口：

野旷吕蒙营，江深刘备城。

寒天催日短，风浪与云平。

洒落君臣契，飞腾战伐名。

维舟倚前浦，长啸一含情。

后来，公安县还在江堤上修了杜息亭来纪念这位客居的大诗人。

明代文坛"公安派"的主帅袁宏道在《江崩及城》一诗中写长江大水："江通夔子国，潮打武侯祠。"他对江堤崩溃让人民受难深以为然，他还在《东门护城堤记》中写道："公安治倚江，江水啮岸者百有余年，至近岁遂割城之半以予水。"犹可闻当时悲怆之音。在《新修钱公堤碑记》中他这样感叹："泽国之有江警，犹西北之有虏警，东南之有倭警也。"可见，治理荆江水患，已成定国、安邦、乐民之基，无论放多高的位置，均不为过。袁中道也关心荆江两岸的民生，据其《游居柿录》载，他船过郝穴时，见江水从切口奔入内河，想到朝廷里关于这切口的开、合之争，他写道："按郝穴，旧议开，开则江汉合流，其利甚大……予谓荆之江水，实为民害，岁议捍蔽，年年奔决。夫古以九穴十三口泄水之势，故江势有所分，今诸穴口皆淤，而止于一郝穴泄之，恐三湖两岸之田庐，所伤必甚，故不得不议止也。"他认为郝穴之切口不要"开"，而要"合"了。

当代著名作家陈应松在虎渡河边生长，青年时曾在长江里行船当水手，他对江河，对大堤，特别是对依水而生的乡亲是一往情深的，他在散文《一湾青草虎渡河》中写道："虎渡河是水患之河……历史上的水患，锤炼了虎渡河人不甘屈服的壮士性格，你涨你的水，我筑我的堤。你啮我的家，我垦我的荒。"大堤，既铸造虎渡河流域人民的倔强勇敢，也铸造了作家硬骨铮铮的文字。

　　是啊，荆江大堤强健的臂膀，保护了农田稻麦、棉花、油菜、大豆等的生长，还有不断扩大的工业园，荆江也成就了黄金水道。习总书记考察长江，颔首荆江大堤，瞩望公安，强调长江不搞大开发，注重大保护。这是指示，更是福音。今天的荆江大堤，堤身段面较新中国成立之前扩大了三分之一，沧桑巨变，御洪能力与昔日殊异。加之三峡工程建成运用，荆江的防洪能力彻底改观。现在想想，我们的父母，我们的兄弟姐妹几十年来虽然吃了不少苦，但那是在给子孙后代造福。如果没有他们艰辛的付出与劳作，农村近几十年是不可能年年丰收的，工业及第三产业等是不会安然发展这么强劲的。幸而那一代人的精神正在被传承，两岸、百湖的人们都因水而生，傍水而居，视水如金。江流浩荡，碧绿澄澈的江水从我们身边酣畅流过，是一幅蔚为壮观的水环家园图。水边，堤下，麦浪滚滚，棉花朵朵，葡萄串串，橘柚灿灿，鱼群阵阵，厂房座座，书声琅琅，好一个性灵江南！这都得益于一个事实——"盛世安澜"。是的，莽莽江汉，岁岁安澜，荆楚大地，祥和圆满。

　　堤防巍巍，盛世安澜。

（刊于长江河道局《长堤巍巍》一书）

辛志英的堤防情缘

在中国历史上，女英雄、女强人、女汉子，独具风采，各领风骚。说来也就是随夫商王武丁杀敌的妇好、敢当女皇的武则天、替父从军的花木兰、女中豪杰穆桂英等，似乎都离不开刀光剑影。然而，她们却没有挡住权欲的洪水、思乡的泪水、战场上拼杀出来的血水……

在历史的长河中，有没有纯粹为了老百姓的利益，为抗住大自然滚滚洪水而舍生忘己的奇女子呢？只怕寥若晨星。但跟治理洪水沾边的倒是有大禹的妻子涂山氏。涂山氏虽然没有直接参与治理洪水，但却间接地支持丈夫，敬慕他为了治理洪水，"三过家门而不入"。

在当代中国，在荆楚大地荆江抗洪年度的英雄谱上，出现了一位胜过涂山氏，挥锤碎顽石，跺脚镇蛟龙的巾帼英雄，她就是辛志英！

一、纪念碑不会忘记

1952 年初冬，为纪念有 30 万军民参加、仅用 75 天建成的荆江分洪主体工程，在南闸右岸的黄山脚下，矗立一座巍峨丰碑，一面是毛泽东主席的题词："为了广大人民的利益，争取荆江分洪工程的胜利。"一面是周恩来总理的题词："要使江湖都对人民有利。"

在庄重而坚实的塔座上方，有一幅用汉白玉雕琢而成的工农兵三人浮雕群像，其中那位肩抗锄头的农村青年妇女原型，就是当年十九岁的女民工、特等劳模辛志英。把劳模镌刻在丰碑上，是荆江分洪工程总指挥唐天际作出的决定。他把《湖北日报》摄影记者请来，给工人代表夏汉卿、解放军代表郭天模和农民代表辛志英照了相。再由雕塑家以他们为原型进行创作塑造，让三人代表 30 万人的旷世奇功，永远载入史册。

1952 年 5 月 13 日，是荆江分洪工程南闸工地一个火热欢腾的日子——湖北省民工指挥部的指挥长王建国，亲自把一头麻色大牿牛，奖给了特等模范辛志英！于是，整个南闸工地响起了山呼海啸般的欢呼和掌声，一时间人头攒动，万人争睹英雄芳容，巍峨的黄山一带的山山水水都为之沸腾。

二、八磅锤不会忘记

六十年光阴荏苒，白驹过隙。虽然时间已经久远，但公安县人民却忘不了辛志英。2016 年的早春，县委县政府派人前往松滋拜访了这位遐迩闻名的女劳模。在她家里，看到了她当年使用过的八磅大锤，上面有打裂的铁缝，其木柄磨得发光，似乎还有辛志英当年青春的手温和汗水。铁锤上那些不规则的细细裂缝，似乎在向我们讲述她那段难忘而辉煌的历史。

辛志英，出生于 1933 年，松滋米积台人，参加荆江分洪南闸工程后，被评为"特等劳动模范"。她在修建节制闸的碎石工程中，倡立了自由组合劳动小组，创造了"鹞子翻身碎石法"，极大地提高了劳动功效，并在整个工地引起轰动。那时，辛志英正值 19 岁的青春芳华。

辛志英的家紧倚在米积台镇的松滋河边上。每到汛期，看到洪水快要漫过大堤，她就忧心忡忡。有一年六月间，她和父亲在大雨中卷着行李跑上大堤躲水，跌了几次跤，给她留下了难以磨灭的印象。她从识字夜校班里学到了不少新知识，知道东北的水利岁修用上了拖拉机，淮河又修建了不少水库等好消息。她想，什么时候才能把长江的洪水驯服呢？

1952年春，党中央批准修建的公安县荆江分洪工程正式动工，中央调集了10万子弟兵，并决定动用20万民工参加工程建设，力争抢在当年汛期前完成这一宏伟工程。辛志英知道后激动万分，彻夜难眠。到了这年三月，她又得知中南军政委员会颁发了组织民工到工程一线的有关通知，乐得脚不点地地跟伙伴们报告好消息，逢人就说："吃了长江多年水患的苦，现在要到我们手里把它治好！"她立即动员许纪凤、蔡洪英等十几个朝气蓬勃的青年妇女，参加了民工队伍。

辛志英18岁嫁到附近的小镇米积台，带着翻身农民的喜悦和年轻人的朝气，积极参加镇上各种社会活动，被群众用原始的"投豆子"的选举方式，选为镇妇女委员。从此，她更加积极地为党和人民工作。1952年，她第一个报名参加荆江分洪工程的建设。4月1日，她这个19岁的镇妇女委员带着镇上50多个乡亲响应党中央的号召，挑着铺盖行李和口粮，快步紧走，用了一天半时间，行程100多里，来到了湖北湖南交界地——黄山头荆江分洪工程南闸工地。

荆江分洪工程开始不久，松滋南线民工指挥部接到了一个艰巨的任务——要完成16420立方米的碎石。如果不能按时完成这一任务，黄山节制闸混凝土就不能如期浇灌。

但是和辛志英一起参与碎石工作的九千多人，都是农民和镇上的一些小生产者，他们只知道用锤子锤钉子，谁都没有用锤子打石头的经历，因此工程进度非常缓慢，平均每天二十人还打不到一立方米。4月14日，工程指挥部召开全体民工大会，号召大家开动脑筋，克服困难，提高功效，早日完成光荣而艰巨的碎石任务。

夜深人静，辛志英心急如焚，她把飘到眼前的一缕秀发咬在口里，怔怔地思索，到底怎样提高功效呢？她把八磅锤提在手里颠来倒去看着、抡着，走来走去，就像古代花木兰在军帐中挑灯看剑。她想，参加荆江分洪工程建设的民工，大都来自平原，从来没有跟山上石头打过交道，尽管每天拼命干活，但每天收方时，每人每天只能打0.03立方米的碎石。如果能将各自为阵，变成团结互助，让大家取长补短各显其能，就一定能提高功效，事半功倍。

辛志英于是就进工棚、访老乡，串联了四个人。她们是范典丰、蔡洪英、袁祖训和杨世金，都是能挑能扛的女汉子。最开始，也没怎么分工，只是大家对着石头堆，人自然而然地坐在一起，大家你看我打，我看你打，边打边总结经验。到了收方时，竟然五个人碎了两个立方米！辛志英受到了极大的鼓舞，认识到了组织起来一起干这条路子是对的！

当晚，辛志英趁热打铁，和范典丰一起又在本镇一同来到工地的民工中说服动员，很快就组成了一个碎石小组。辛志英还组织开了一个战地会，会上明确分工：三人抡大锤，两人运石头，其他人打小锤。灯光下，年轻的辛志英，乌黑油亮的头发自然披在她圆润的脸颊两边，炯炯有神的眼睛越说越兴奋，大家都深受感染，信心倍增。

到了4月24日，辛志英小组的平均功效是0.512立方米，最后提高到0.6

立方米，辛志英本人甚至打到1.38立方米。

开始，大家恨不得一锤砸开石头，但不是石渣溅伤了眼睛，就是锤柄震裂了虎口，从黄山上炸山运来的石头，形状怪异，棱角锋利，真是不好对付！不断提高的功效仍然无法满足工地浇筑的需求。时间紧，任务重，辛志英心急如焚，寝食难安，她无时无刻不在思考着怎样提高功效的办法。

那一夜，在简易工棚里的地铺上，劳累一天的姐妹们都已酣然入睡，几缕月光射进工棚的缝隙，照在辛志英美丽坚毅的脸上。她辗转反侧，索性起床，抓起一把铁锤几步就跑到工地上，对着月光下的嶙峋顽石，竟然挥臂叮叮当当猛砸起来。

如乳汁泄地的月光，映照在石头上，纤毫毕现。辛志英蹲下来细细观察，突然，她有了新的发现。这些石头，似乎都有细细的淡淡的不易发现的痕迹或者说缝隙。虽然弯弯曲曲，若有若无，但毕竟能看出大致的轮廓和纹理，而且，裂开的位置大致是与这些纹路重合的。辛志英于是迎着一块较大的石头，照着纹路位置，飞起一锤，咣当一响，石头果然顺次裂开了。

"好好，谢谢月光！"辛志英忘情地大喊，这喊声及飞锤砸击石头的声音，惊起黄山边上和黄天湖边鸟儿的飞翔和一阵鸣叫。黄山上寺庙里的灯光似乎在眨眼，雾气像薄纱一样轻轻地擦过辛志英热汗涔涔的额头。叮叮当当的锤石声音一刻没停，辛志英要进一步验证自己最新的发现。

但是，砸开的石块碎末还是四外飞溅的问题怎么解决呢？因为工地要的就是这些石块与碎末呀。

辛志英又环顾四周，发现白天是谁用来休息垫坐过的稻草，在月光和雾气的濡染下，软软的。她在无意中把稻草编成粗粗的辫子状，在寂静无人的深夜里，她把它抓起来，凌空猛甩了几下，想象自己就是策马扬鞭、阵前杀敌的穆桂英。忽然一个灵感在她的脑海里闪现，她迅速弯下腰，把草辫围在一块磨子大的石头上，然后寻找石头缝隙，说时迟那时快，飞起一锤，石头应声而开。可喜的是，碎石碎末，没有四处飞溅，因为坚硬的石头，被软软的草辫给缠围住了！

就这样，兴奋使辛志英忘记了疲劳，一直干到不远处哪家农户的公鸡叫了头口，接着次第远近的公鸡都带着不同音色喔喔叫了起来，辛志英这才感觉天快亮了，可她一点儿也不觉得累，一股难以言喻的成就感，满满地充斥在她的心里头。

当她回到工棚时，睡在她旁边地铺上的姐妹，悄悄问她："志英姐，你怎么又是一夜没睡呀？"

辛志英喜不自禁道："姐妹们，我找到了如期完成碎石任务的好方法，天一亮，我就带着你们去试试！"

三、黄山石不会忘记

黄山石，当然采自黄山，但不是安徽的黄山，而是公安的"黄山头"。到了五月份，工地展开了你追我赶的劳动竞赛，辛志英一马当先地投入到了火热的竞赛活动中。她有时抡大锤，有时使小锤，让铁锤在旋转中增加敲击力度，使铁锤落在石头上的力度足够大。当然，这样不停地旋转身子，非常吃力地锤击石头，挥锤者体力的消耗是很大的。她在不断地琢磨和完善那夜甩草辫时的整个过程，让她慢慢悟出了一种既快捷又省工的碎石办法。抡大锤的循着石头的纹路打，这边打不破的石头，就翻过来打另一边。使小锤的用草辫围住石头打，碎石全部落在了草辫内圈里。这就是"鹞子翻身碎石法"的雏形。

辛志英善于做思想工作，如组员杨先珍、杨文寿认为在这个组里碎石太累了，加上身体有伤，思想上发生了动摇。辛志英连夜为他俩买药，还苦口婆心地给他们讲了抢修南闸工程的重要意义。结果，这两个组员不仅第二天早早上了工，还超额完成了当天的碎石任务。

不久，工地指挥部再次发出动员会，号召每四人一组，每天碎石一方，十个工作日务必完成。永不言败、从不服输的辛志英，正是用她摸索的一套日臻成熟的碎石方法，让她带领的小组，提前三天完成了任务。

辛志英的吃苦精神和劳动功效，深深地影响着大家，工地上的83个碎石小组，每天你追我赶，叮叮当当，锤落石开，火星四溅。就在这个当口，辛志英终于摸索出了完整的"鹞子翻身碎石法"。接着她又邀约了三四十个人自由组合成了一个互动小组，通过分工合作，运用新的碎石方法，平均让每人每天碎石功效提高了7倍。

辛志英小组的经验，立即轰动了黄山头工地，并迅速传播开来，工程总部指挥长唐天际知道后，立即号召全体工地人员向辛志英学习，推广辛志英碎石方法。最终，工地上的80多个碎石互助小组，按照"鹞子翻身碎石法"，日夜奋战，保质保量地完成了碎石任务。完成任务后，辛志英本来可以回老家参加劳动生产，但是她坚持留了下来，又和范典丰、蔡洪英等同村的妇女们一起，起早摸黑地参加了最艰巨的虎渡河拦河坝工程，挑土，挖泥，处处争先。那时，河水涨得很快，指挥部命令各路民工必须抢在涨水之前完成拦河坝施工。可是天不作美，偏偏遇上连阴雨而导致气温下降，路面湿滑不堪，这么多人肩挑手抬、来往穿梭，但谁也不甘落后，拼命拼时间！

四、怀仁堂不会忘记

1952年6月20日，中华人民共和国成立后第一个全国最大的水利工程——伟大的荆江分洪工程胜利竣工！第二天，荆江分洪工程指挥部总政委李先念、指挥长唐天际马上向党中央、毛主席报喜。第三天，在沙市召开劳模表彰会，辛志英作为特等劳模登上主席台。在雷鸣般的掌声中，她带着灿烂的笑容向毛主席像鞠了一躬。在毛主席像下，她激动地说："没有毛主席，我们妇女不能翻身，更不能参加这样伟大的工程，也就不会有今天的光荣！"顿时，台上台下掌声如雷，经久不息，回荡在会场的上空！

会后，辛志英牵着特殊奖品——麻牯牛踏上返乡路程。一路上，群众争睹英雄风采，还有人敲锣打鼓，舞龙玩狮，这种万人空巷欢送特等劳模的盛大场面，正是对特等劳模辛志英的最好礼赞！

这年9月的一天，辛志英接到了让她前去北京参加国庆三周年庆祝活动、去见伟大领袖毛泽东主席的特大喜讯！她那幸福的泪水顿时夺眶而出，激动的心情难以言表，恨不得生出翅膀快快飞到北京，见到日夜思念的伟大领袖毛泽东主席。

到了北京天安门前，辛志英心情异常激动，她说："我们做了应该做的贡献，党和国家给我们基层劳动者这么高的荣誉，我们更要奋发图强，为实现建设祖国的远大目标，甘愿奉献一切！"

应该说，当时可谓"一时多少豪杰"的与会，见证了各路英雄豪杰的勃勃英姿与豪气干云，见证了开国领袖与普通工农商学兵共商国是的情景。

　　来到北京的辛志英，坐在汽车里，希望早点看到毛泽东主席他老人家！9月30日中午，辛志英等十一位住在水利部招待所里的荆江分洪英模代表，接到了不要外出的通知。工作人员交代他们洗个澡、理个发，并发给每个代表一套崭新的蓝色的中山装。

　　下午，工作人员又给辛志英等人送来了大信封，她拆开一看，喜得一蹦好高。原来里面装有一个三十二开书本大小的大请柬，署有伟大领袖毛泽东主席的名字，原来他们这些英模人物，是以毛主席名义邀请的！请柬上的金边金字，闪闪发光！还有一个红布做成的、便于胸前佩戴的国庆观礼证。辛志英激动地一遍又一遍地说道："是毛主席邀请我们参加国庆招待会的呀！"

　　盼呀盼，盼到了下午6点30分，水利部部长傅作义等领导带领辛志英等劳模，走进了灯火辉煌的中南海怀仁堂。正当辛志英东张西望时，迎面过来的接待人员对她说："你们是毛主席请来的客人，请在前排就座。"辛志英听后激动的泪水霎时润湿了眼眶。

　　晚上7点整，雄壮的《东方红》乐曲响起，毛泽东主席、刘少奇、朱德、周恩来总理和宋庆龄等中央领导同志步入大厅，辛志英和大家热烈欢呼。巧的是，毛泽东主席的座位刚好在辛志英条桌的前一排，辛志英目不转睛地看着身材魁梧的毛泽东主席，聆听着毛泽东主席热情洋溢的讲话。

　　晚宴开始，水利部傅作义部长对辛志英和另一位女劳模说："你们两个就代表我们这一桌，去向毛泽东主席敬酒！"辛志英一听，又惊喜又紧张，她俩跟着傅作义部长走到毛泽东主席面前，满脸绯红，高高地举起酒杯，清脆地说："祝毛主席身体健康！"毛泽东主席高兴地站了起来，看到辛志英两个女同志穿着中山服，留着短发，也举起酒杯，微笑着用浓浓的湖南湘潭口音问傅作义部长："这两位小同志是男孩还是女孩？"傅部长回答道："是女孩。她们是代表荆江分洪工程的 30 万军民，来向主席敬酒的！"

周围的同志都好奇又羡慕地看着辛志英和她的同伴，这时毛泽东主席高兴地笑了，说："好，好！新社会了，男女都一样！"

毛泽东主席慈祥地看着辛志英，又说："把家乡的水治好，为民治水，造福子孙！"

泪水再一次模糊了辛志英的双眼，这是伟大领袖亲自在向她下达指示啊！此时的她，只会一个劲儿地点头。事后她说，从那时起，她就牢牢铭记毛泽东主席的教导，下定决心，把自己的一生心血，献给家乡的治水大业！

五、天安门不会忘记

辛志英由于出色的表现，多次受到周恩来总理的接见。

1957 年，辛志英参加全国妇女代表大会，周恩来总理对辛志英说："劳动模范要永远保持劳动人民的本色，尽心尽力为群众办事。"辛志英激动地连连点头。

1966 年国庆节，辛志英和铁人王进喜等登上天安门城楼，周恩来总理说记得辛志英这个荆江分洪工程的劳模，辛志英激动地要周恩来总理保重身体，周恩来总理说："谢谢你，谢谢全国农民。"

1975 年，在第四届全国人民代表大会上，辛志英被选为主席团成员。周恩来总理又一次对辛志英说："辛志英同志，许多全国劳模都脱产了，你身体不好，可以考虑脱产。"辛志英热泪滚滚，因为多年高强度的劳动，她的确伤病在身，她感谢周恩来总理的关怀，又坚持在一线工作了一段，才调到省里工作。而她丈夫周天成原来就是城里人，为了跟爱人同甘共苦，也甘愿扎根农村 40 多年，除了完成公家的劳动任务外，还要照顾老人和小孩。每想到这儿，辛志英这个"铁石心肠"的女性，也忍不住热泪盈眶。

辛志英先后担任大队党支部副书记、副乡长、县农委副主任、县委常委、荆州地区妇联副主任、地委委员、湖北省贫协常委、省妇联副主任、湖北省人大一至六届代表和全国人大三、四、五届代表。曾参加以贺龙为团长的赴朝慰问团，还三次参加了全国妇代会和多次首都观礼活动。

六十七年峥嵘岁月，六十七年风雨历程，辛志英把青春献给了伟大的荆江分洪工程，把汗水洒在了广阔的田野。多少年来，不论职位高低，无论命运跌宕，她都不忘初心，心系荆江，梦回公安，她把自己的整个生命，都融入构筑安澜长江的伟大事业之中。

（刊于长江河道局《长堤巍巍》一书）

开闸泄洪，公安人民舍家为国的大担当

——1954 年北闸首次泄洪

荆江分洪工程在 1952 年，仅仅用了 75 天就奇迹般地抢在汛期到来之前完成，它横空出世，举世惊叹！到底它有何作用？有多大作用？对于党和国家领导人，以及广大的公安人民内心是矛盾的：不想有特大洪水肆虐，无须使用分洪计划，又隐隐觉得在关键时候，试用这个工程计划，为荆江分洪，亦即为国分忧。

北闸，就像一柄神奇的利剑，要倚天抽剑，以屠孽龙；又像一个镇水宝物，时刻准备发挥巨大的作用。它建成后，连续两年的汛期，洪水与北闸南闸相互对峙、呼应，都严阵以待，似不敢轻易出手，即两年基本无事。

但是时光到了 1954 年，雨水洪水终于忍不住了，蠢蠢欲动，开始贸然挑战荆江分洪工程，挑战伟大的共和国的楚南子民，挑战荆江两岸智慧勇敢的儿女！

雨水洪水天地合谋

1954 年长江出现了全流域百年罕见的特大洪水，其中以荆江的防洪斗争最为艰难，损失也最为惨重。是在极其困难的情况下进行的一场没有硝烟的人民战争，是中华人民共和国成立后经受的严峻考验！

当年的防汛特点是：汛期长，雨日多，水位高，险情多。先涝后洪，纠缠日久。

那时，从5月上旬到6月底，天穿窟窿，霆雨连绵。时而阴霾密布，时而惊雷滚滚，时而大雨如注，时而狂风助虐。荆江两岸的降雨量已达1035.88毫米—1709.5毫米，内垸普遍受涝，先插的早稻秧苗在浩浩荡荡的水中浸泡、挣扎。道路或被淹，或被躲水的群众踏成泥浆。不少土墙房屋颓然倒塌，鸟雀惊飞乱叫。

即便如此，广大的翻身农民还是在各级党组织和政府的领导下，戴着斗笠，穿着蓑衣或者塑料布结成的雨衣，积极抗灾自救，积极走上荆江大堤或其他堤段，准备与气势汹汹的河伯孽龙决一雌雄！

沿江七县，即松滋、公安、荆江、石首、江陵、监利、洪湖组织防汛大军40万人，正严阵以待。

查堤加工，荆江大堤完成预备土方26478立方米，即准备枪炮火药，修筑工事，准备与水决战。

铲草除障，安装水尺，随时监督敌情，有了"顺风耳""千里眼"，防备洪水偷袭。

准备抢险物资器材，按堤段险工险段情况，分别予以存放。后勤保障也积极配合，堤防就是前线，备战就有胜算。

大堤内的隐患在窃笑

但是荆江大堤、长江干堤虽经过 1949 年冬到 1954 年春的除险加固工程（如公安县当时只管辖今虎西地区，除小虎西堤外，其余全为分散的民垸。荆江县管辖荆江分洪区，含虎东虎西干堤和南线大堤，均已按超过最高水位 1 米完成）。1949 年抗洪能力较以前有了提高，但是堤身隐患较多，堤基渗透和崩岸情况仍不容乐观。

中华人民共和国成立初，为了保证荆江大堤万无一失，也必须对大堤内的各种"匪"予以清剿。这些主要包括白蚁、狗獾。的确是大堤的心腹之患。白蚁，繁殖能力强，筑巢为患，大搞"小圈子"。有蚁王蚁后和徒子徒孙大群喽啰。有时扇动着半透明的翅膀，嗡嗡私语，有时勾肩搭背钻营破坏；狗獾，善于钻洞，且经营多窟以待逃窜。每到暗夜或者昏暗月夜，狗獾就小心翼翼跑出洞穴，对着一点光亮，翕动着它的尖长的浅红色的吻部，其吻部沾着大堤内细碎的腥湿的土，捕捉到食物后，在水边和草丛中，时隐时现，发疯似的跳跃嬉戏，惹得蚂蚱或者土色小蛙四散惊逃。当然，巍巍大堤岂是这种东西作祟的舞台？锥探、灌浆、药熏等方法成了其克星。

还有暗剖、暗管、坟墓、砖窑、树蔸等也是助纣为虐的隐患，必须清除。但是仍然有不少堤段存在危险。

特别是，4 月至 6 月，锦江两岸连降大雨和大暴雨，不少农田渍涝成灾，河湖水位迅速猛涨。从 7 月到 9 月，出现了九次洪峰。九次洪峰像凶神恶煞般一次次冲过来，意欲冲毁荆江大堤，意欲突破道道防线，意欲再制造出堤破人亡、城乡浮尸千里的惨象！

"三同"勇对"九峰"

面对大江里的洪峰，鼓鼓荡荡，浑黄暴戾，带着团团泡沫，气鼓鼓地扑来，挟着上游倒垸溃口后的房屋树木，家具之类时浮时沉而来，怎么办？

各级干部与民工实行"三同"，即同吃、同住、同劳动，分段包干，严防死守，人在堤在！由于雨季长，人踏马践，地面泥泞，淤泥深有10厘米至20厘米，几乎无法下脚，大多数干群，打着赤脚行进。24万防汛大军在雨中搭棚栖身、吃住休息。衣服常常是干干湿湿，纵然如此，几个月间大家就是这样滚过来的。不少干部5月起就在垸内组织排涝，7月份又上堤防汛，大家很难分清谁是官谁是民，反正都胡子拉碴，头发眉毛都是雨水或泥浆痕迹，但个个精神抖擞。

那时候，无论是干部还是转移的群众或者民工，生活是很艰苦的。人们挤在哨棚里或窝棚里，外面下大雨，里面下小雨。偶尔晴几天，棚子里温度高，气味大，加上大堤内外人畜随地便溺，更是难堪，还有江河里常常漂来牛猪狗的动物尸体与浪渣团团簇簇有的贴近岸边，在回流里徘徊流连，令人作呕。但是，能吃上政府从四川运来的大米，吃上四川的榨菜就很高兴了。因为方圆几百里，天水相连，哪里去找青菜之类呀？加餐是吃河里捞上来的鱼，吃这种河水煮河鱼，又喝生水，加上风餐露宿，拉肚子是常事。还有生疥疮，手指上脚丫里又痒又疼还流脓，但是，"三同"缩短了干群的距离，鼓舞了广大群众战胜洪魔的决心与信心。

开闸泄洪，震古烁今

1954 年 7 月中旬，注定是个载入史册的时段，要么是重蹈覆辙——堤溃人亡，哀鸿遍野；要么众志成城，战胜洪水，功比大禹。要知道，在共产党领导下，早已今非昔比！

但是，当时长江上游，三峡地区及清江流域，普降暴雨，荆江两岸也普降大到暴雨，不少洲滩民垸已经溃决。纵然如此，荆江河道的泄洪量仍然有限，超额洪水必须找地方处置。否则，一旦溃决，江汉平原顿成泽国，沙市武汉这种人口密集的工业城市，将会有灭顶之灾，其经济损失不可估量，政治影响更是巨大。

在这期间，各处传来险情讯息：

7 月 7 日，荆江县南阳湾戴皮塔溃口；

7 月 8 日，石首堤溃口；

同日，石首张智垸金鱼沟堤溃口；

7 月 14 日，路途湾、穆家河、仰口三处溃口；

同日，监利长江干堤外垸唐家洲沙墩堤溃口！

……

到了 7 月 21 日，沙市水位已经涨至 43.63 米，荆江大堤一天出现浑水漏洞 25 个，看来，大堤已经不堪重负，到了溃决的临界点了！

与沙市一江之隔的北闸早已接到准备分洪的通知，白天自不待言，夜晚灯火通明，枕戈待旦。训练有素的千名启闸工都是遴选于政治上可靠、体能上精壮有力的农家青年汉子，他们集结于北闸，进行了多次启闭闸门的模拟演习，他们像跃马挥刀的轻骑兵，不，屠龙手，正摩拳擦掌，要建立旷世奇功！

一条条的电话线和 54 孔闸门的 108 部绞车连为一体，时刻听从来自高层的号令！

大闸的东西两头还架设了高音喇叭，闸的桥面上还配备了 4 部当时较为先进的步话机。还有一部昼夜值班的电话机和一部昼夜嘀嗒作响，保持畅通的电台，都与沙市中山横街的总指挥部保持全天 24 小时的联系。一句话，有形的无形的神经都高度绷紧着！

如果从空中俯瞰，即使入夜了，可以看到荆江的洪水在奔涌，在横冲直闯，急于闯下滔天大祸。北闸灯火闪烁，人影幢幢。大堤内或者说堤南的公安县，大批的县乡干部正在最后一次按紧急转移令搜寻没有转移到安全区的群众，包括犟如牯牛的莽汉或者鳏寡孤独者，也包括行无定所的渔民。民兵持枪或拿着梭镖，封锁进入乡村集镇的路口，示警的哒哒哒的机枪声和哐哐哐的铜锣声此起彼伏，分外恓惶的响着，意在要人们赶快撤离，否则，将成泡骸。

7 月 22 日，情况更为严重。沙市二郎矶边红白相间标出的水位可读杆上江水如沸，令人揪心地上窜！

中山路横街总指挥部的大幅显眼的水位示意图水位标示也跟着上升。

武汉中南区防汛总指挥部水位示意图自然又刷新一格数字。

北京水利部、中南海西花厅的神经中枢早已牵动了——周恩来总理浓眉紧锁，盯着电话机……

沙市中山路横街指挥总部指挥长单一介神情凝重，躬身于电话机旁。

44.37 米！

44.38 米！

7 月 22 日 2 时 20 分，单一介脸色由红转白、热汗浸湿耳机，右手微颤，突然，中南区防总传来一个缓慢清晰庄严的声音："开闸！"

单一介浑身一震，但他顷刻镇定，立即向北闸传达，同样清晰沉稳、庄严道："开闸！"

此时的北闸啊，正沐浴在夜色中，天上的星星在闪烁，似乎在向闸边的灯火示警，肃立在 108 部绞车旁的启闸工鼻尖冒汗，两眼晶亮，十指在暗暗攥紧。

闸边的浪拍打着、拥挤着，急于一逞其凶。大家心情矛盾，希望开闸，减轻大堤的重负，也好检验荆江分洪工程的威力；又不希望开闸，又那么一丝侥幸，希望生我养我的家乡躲过这一劫！

令人心疼和惋惜的是，公安县分洪区的家园，浑然不觉，水稻棉花还在竞高赛绿，园林竹树，水果瓜菜还在牵藤着花，招蜂惹蝶；鱼鳖鸟虫还在窝里水中安眠或许正做着搏斗和飞翔的梦，老屋旧家具，有点塌陷的祖坟、有点倾斜的古迹，留在墙上的幼儿画图、奶奶剪纸还在等待第二天朝霞的濡染……

"开闸！"

"开闸！"

无情的是，北闸所有电话机、步话机、高音喇叭都在重复这个命令！闸上面的开闸信号灯刺眼地亮了，千名汉子旋转推动当时那种开闸绞车，当绞车内俗称的"神仙葫芦"提起千钧闸门时，大家顿时感到一股冷风唰地掠过闸身，脚下似乎有放走妖魔般的颤抖，接着听到闷雷般的巨响，似乎撕裂了乾坤，撕裂了时空之门！只见闸孔的内测即南边江水偷袭成功般地卷地而起，如万马奔腾、亿鸦齐鸣！无辜的土地，我们的家园遭此亘古未有的一袭，疼痛般、猛醒般地战栗不已！溅起的水雾，雨点般落下，与启闸工的眼泪一起弹向夜空！

洪流汪洋恣肆，席卷一切，似乎把久受抵御的怨气一股脑儿地在公安县这块土地上发泄。

水流由北向南，由高向低，真正像袁中郎所说"直捣其背"，一座座村庄被淹没，一座座祖传的茅草房、砖瓦房轰然倒塌，一座座桥梁折断，坍塌，一园园竹树折断，被水死死地按毙在黄汤里……

一群群乌鸦"哇哇"叫得人很慌张，一只只野兔、狗獾、黄鼠狼等逃生不及，葬身鱼腹或者浮尸水面，随波逐流，一盘盘一绺绺的蛇鳝，缠绕于树枝上或屋檐上，一团团的白蚁或蚂蚁抱成一个车轮状的群体，滚动在水面上……

躲在大堤上窝棚里、或者迁到安全区多水楼上灾民，看着昔日的家园田地庄稼一片泽国，自然热泪滚滚，但一想到听党和毛泽东主席的话，保住了荆江大堤，保住了江汉平原，保住了武汉沙市等，又觉得值得。

古往今来，这个著名的太平口，是这一方的通往长江的脐带，是智顗、邹文盛、"三袁"等家乡知名古贤乘船跃浪走向更广阔的舞台的通道，也是历朝历代抗洪严防死守的位置，没有听说为了保护别市别县，本地汉子亲手开门揖盗般将洪水放进祖祖辈辈耕耘生息的热土的先例！

然而，这就是公安人的舍己为国、舍小家保大家的大义情怀！那时没有哪个想到拆迁式的赔偿、讨价还价，只要党和政府一动员、一宣传，扶老携幼、拖家带口、背包提袋就转移了！多么可爱的乡亲啊！多么淳朴的风气啊！

启闸工、技术员、解放军战士和领导干部瞬间都被震撼、震惊，久久无语，相顾无言。

洪流的魔掌与尖牙利齿，所到之处，玉石俱焚，苗草皆靡，很快就卷过了百里分洪区，洪水的先头部队，在一天左右即到达公安县南端最低洼的黄山脚下的黄天湖。这里有南线大堤巍然横卧，还有南闸，即荆江分洪工程节制闸，它是为了荆江分洪工程达到江河两利的目的而特意修建的。如果没有这座节制闸，分洪后冲来的洪水，冲破南线大堤，直灌湖南安乡等多个县市。所以，这南线大堤，这南闸所挡住的、所节制的滚滚北来之水，就像是顶在湖南人民头上的一大盆水，是悬在他们头上的一柄利剑。因此，这一次泄洪的大水，还需在公安县人民的家园留置、滞留。公安人民啊，上要保武汉沙市等位置，下要保湖南部分县市，唯独处于分洪区的公安人民就甘愿受洪水吞没之苦！这些勤劳朴实的人民胸怀何等宽阔，品质何等高尚啊！过去所谓退让三尺巷的佳话在这种大爱大担当面前似乎就显得苍白了。

三天后，洪流开始由南向北倒灌，一个星期后，分洪区全部成为泽国，荆江与分洪区水位持平。当时分洪流量每秒 4400 立方米，至 27 日 13 时关闸，分洪总量 23.53 亿立方米。分洪区内黄天湖水位 38.10 米，加上分洪区内原有渍水 8.2 亿立方米，分洪区共蓄水 31.73 亿立方米。分洪后仅两小时，沙市水位降了 0.47 米，郝穴和藕池口水位也明显回落。

第一次泄洪后，不久，长江荆江段第四次洪峰又卷土重来，于是又于 7

月 29 日 6 时 15 分 55 秒，第二次开启北站分洪，并配合泄洪，在洪湖新堤镇蒋家码头扒口分洪。

但是荆江和城陵矶河段水位仍然余怒未消，居高不下，有势必让荆江大堤溃决而后快之狂。怎么办？

当第四次洪峰到来时，在 8 月 1 日，北闸关闸仅 6 个小时后，第三次开闸分洪！

这浩浩的一县之水，与其说是分洪区装着的，不如说是公安人民坦荡宽阔的心胸承载着的！

一架军用飞机翱翔于天际

就在分洪成功后一天下午，一架军用飞机，在北闸和分洪区的上空翱翔，民工和灾民等都翘首而望，有的说："看，来了飞机，只怕是中央领导视察吧？"

飞机在这一带不停地环绕着飞来飞去，显然是视察荆江分洪工程，是关心人民大众的安危疾苦的。是的，飞机上坐的是唐天际将军，他在两年前是荆江分洪工程的总指挥，现在是中央军委防空部队的政委。

他坚毅的脸紧贴飞机窗玻璃，看得异常专注，他见北闸接受了洪水与历史的考验，安然无恙，分洪区成功泄了洪，人民群众在各级政府的安排下，有序地度过洪灾年月，他作为打赢了这场特殊硬仗的将军，觉得放了心。当然，看到鱼米之乡的公安县在洪水中煎熬，又鼻子一酸，要求飞机飞得再低些，他忽的举起右手，向这片光荣而富饶的土地及广大人民行了一个长长的军礼！

　　他想到自己在广西带领部队剿匪时，奉命立即到公安县领导修建荆江分洪工程，也是相当于剿匪——剿的是洪水这个"惯匪""顽匪"。

　　在来公安县之前，即 1952 年 3 月，唐天际，这位湖南衡阳师范毕业、进过黄埔军校的将军、还是人民解放军第二十一兵团政委，当时正在桂林主持剿匪斗争总结会和部队"三反"斗争动员会，突然接到中南军区的命令，要他立即乘飞机赶到武汉，接受新的重要任务。他赶到中南政委会大院，见到邓子恢等领导，听到了毛主席关于荆江分洪工程的三点指示，才知道是派他修建荆江分洪工程，后来听到李先念讲要用非常办法完成非常任务，必须于六月底前完成任务！唐天际虽然身材高大，浓眉上翘，但由于是知识分子出身，颇有儒将风度，他当即表态，坚决完成党中央毛主席交给的光荣任务。

　　当看到荆江分洪工程委员会主任李先念，副主任唐天际、刘斐，秘书长郑绍文，委员黄克诚、程潜等 20 个名字，看到总指挥唐天际、总政委李先念、副总指挥王树声、林一山等将军、专家名字时，唐天际的剑眉一跳一跳的，他更有信心了。是啊，历史选择了这个豪迈的名字担任总指挥，湖南方言发音把"唐"读为"挡"的音，要他牵头来挡住天际的洪流！

　　现在，大功告成，江河两利，两湖同喜，想到这里，将军的嘴角显出了一丝微笑。

　　书写历史鸿篇的人，有些内容也许是出乎其意料的。这分洪区工程是"长江王"林一山等设计成功的，第一次分洪是党和毛主席拍板的，如诸葛亮《出师表》中所言："试用于昔日，先帝称之曰能。"但是分洪当时对公安人民的影响是巨大的，对以后的影响也是巨大的。即使到了改革开放时期，多少年来，公安县的招商引资，都还有人怕到这方来——老板商家有"鸡蛋也要放稳处的心理"，怕某一天，又启闸分洪，就会将坛坛罐罐付之东流！直到看到公安人民抗洪的坚强意志和业绩，看到三峡工程的建成后，才有所好转。但公安人无怨无悔，咬紧牙关，绝处逆转，又迎来了新的辉煌！

（刊于长江河道局《长堤巍巍》一书）

公安民俗中的禁忌

　　湖北省公安县位于北纬 30°，东经 112°，地灵人杰，加之地处湘鄂交界带，既有楚文化的影响，又有湖湘文化的熏陶，所以，古今出了很多名人，其民俗也是有鲜明特色的，就连禁忌也显得那么耐人寻味。

　　本文大致从婚丧嫁娶、生老病死等方面谈一谈这个话题。

　　如一个人要结婚了，要去剃新人头，这时候，不能乱说，不能说"破口话"。有个男青年平时有钱无钱都不爱付"活钱"，即买东西爱赊账，常常有句口头禅："二回啰！"到了他结婚的前几天，找理发师傅剃新人头，过去剃新人头，不仅给钱，而且要加钱，还要给烟糖之类才好。这位老兄说剃新人头，理发师傅给他修了又修，摸了又摸，搞得头光面光，蛮标致。理发师傅把手啪地一拍，围兜一抖，准备收钱，可这老兄又把两个指头一伸，说："二回啰！"理发师傅说："新人头，不能说二回啰！"旁边几个顾客也说："年青人，你今天讲点礼行，结婚忌讳说二回的。"

　　"二回啰！"这老兄照旧斜着肩晃着膀子扬长而去了。结果，这老兄后来还是真的结了二回婚。

　　婚礼上也不能乱说。20 世纪 60 年代，农村结婚有人想弄点新潮做法，就用红纸扎了两朵红花，用别针别在新郎新娘胸前，结果被亲友讨喜糖吃挤呀挤的，把红花给挤掉了，小孩见了，就喊："哟，红花掉了，掉了！"新郎新娘都觉得兆头不好，面面相觑。有个大嫂会"救场"，忙说："不要紧，不要紧，这是好兆头，是花落果团圆啦！"于是大家鼓掌，后来这对新人儿女双全，伉俪情深。

也有一个在地方上读过诗书的资深老司仪，红白事都请他司仪，他有时主持老人追悼大会，有时主持青年人的婚礼。一次，他主持一个队长儿子的婚礼，由于他上午主持了一个老人的追悼大会，喝了酒，没休息好，晚上在婚礼上鬼使神差居然说："下面，追悼大会开始！"话一说出口，全场一片死寂，他也连忙抽打自己的嘴巴，并说自己老了，从此再不主持任何活动了。幸有一个老伯圆得快，说，"刚才他说，醉倒大会开始，我们今天参加婚礼，就是都要醉得倒下，所以，是醉倒大会么！"大家这才有了笑意，东家也转忧为喜，后来这家也还平安。

过去，抬新人的花轿打开轿门时，要请专门的老先生唱拦轿歌，说吉利话，撒五谷之类于天地，再开轿门，请交亲婆婆之类的妇人牵新人出轿。这时，一般人，哪怕是争着看新姑娘的孩子们，也不能对着轿门站，据说有煞。被煞着了，那可不是开玩笑的。

公安县一带，过去，新娘子进洞房了，和几个送亲的姐姐妹妹一起，喜欢在新床的帐子上摸来摸去，为什么呢？看有没有别着的针线之类（过去针线习惯别在帐子上），如有，新娘子就会发脾气，说是婆家用针线缝住她的口，以后，她在这家开不了口，没话语权。所以，哪怕缝被子了，也忌讳把针线别在新人的帐子上。

还有男女双方坐在新床上也有规矩，一般女方贤淑温柔，就会主动将

"大一手"（左边）让给男方坐，表明丈夫这一家之主有权有势，万事顺利，女方自己则先坐在床的右边；而如果女方不懂，则交亲婆婆或者某嫂嫂就会告诉她。而如果女方性情暴烈，要女掌男权，她木着脸装作不懂，硬要坐"大一首"（左边），不坐"小一首"（右边），则为了好日好事不闹矛盾，就只好依着她。那么，就会有人窃窃私语指指点点。

即使在结婚之前，去找弹匠师傅弹新人床上的絮，也有忌讳。一般每床要弹六斤半、八斤半等，总之，故意要加一个"半"斤，意思是取其吉利。有"半"就有"伴"，夫妻白头到老。铺新人床，也要请儿女双全的大嫂铺，忌讳请离异"拆伴"或无儿女的妇人铺新人床。

生小孩，送祝米（即择日由娘家准备多少鸡蛋多少米、面粉糖之类，还有花花绿绿的布匹鞭炮等物品，送到坐了月子的女儿家去祝贺）也讲"禁矩"不能乱说的。据说公安某乡镇有一个叫圣甫的人，他的姐姐或妹妹生了头胎孩子，满月后"出窝"（新生儿第一次出门到姥姥家），人们都围拢来看孩子，说着祝福的吉利话，孩子的舅舅圣甫也笑着探头看着外甥，不知谁说："哟，奶宝子蛮像舅舅哩！"圣甫听了，就学着平时别人说的谦虚话："哎哟，像我没得益！像我一死相，好大益咧？"大家听了一惊，怪他说了不吉利的话。不久，这孩子长"马牙"发烧死了，家里人都怪圣甫说了不讲"禁矩"的话。圣甫说话就更少了。后来，他姐妹又生了第二胎，要他挑送祝米的担子去，他硬是犟着不去，他父母拉他，说："做舅舅的，挑东西送祝米，蛮有面子的。"他把头一昂，说："不去就不去！"

"为的耸事咧？"

"免得死了又找我！"亲友听了，愕然无语，因为他又犯了忌讳。

其实，生小孩，即使接生婆也有忌讳的。如果是男孩，则忌讳他从母体出来，就冲人一泡尿。一般认为这泡尿不吉利，要尽量避开，这泡尿虽细小，却如同一支箭或者一束激光，会置人于病或死地。所以，一旦发现这男婴撒尿，接生婆就立马避开，避不及，则要用手将之拨向一边。如果他全部屙到自己身上，则他要么重病要么误命。而生女孩呢，一般忌讳仰卧，如接生婆发现女婴刚一生下来，就仰卧，则要把她弄成侧卧。如女婴又自动恢复成仰卧，接生婆婆则一般会皱着眉头或轻叹一声，意思是担心这女婴长大后生活作风不好。对仗得住的人家，接生婆婆则会对大人说："这伢儿蛮烈俏，长大要管紧点咧。"

新生儿长牙本来是好事，但在公安一带，忌讳先长门牙。如果小孩先长一颗或两颗门牙，有些迷信贯顶的老人则面露愁色，为什么呢？他们认为这是"啄锛（一种取土的工具）牙"，这种牙预示家里有人要死，因为死了人，要用"啄锛"挖土取土埋葬的。老人怕家里中青年出问题，往往就舍己身以救后人，就大招大揽地说："不要紧不要紧，要啄，就让它啄我咧！"于是，大家又逗起小宝宝来。当然，有个别人家，真的在这年有老人逝世，也许是巧合。

在住的方面有禁忌。如做房子选址忌讳门前一条大路直冲大门而来，据说这也谓之一箭穿堂，会煞房子主人。私人做楼房，忌讳做得又高又陡又窄，被人称为"灵屋子"形状。有人在做楼房时有压住邻居的心理，搞鹤立鸡群，把楼房搞成这样，反而犯了忌讳。做平房自然也有忌讳，如把房子后面的"进身"或拖檐做得太长，据说这会像是道士的帽子，曾有这样的房子的人家犯了牢狱之灾，在江北农场劳动了很多年。

　　女子结婚后回娘家或在其他人家做客过夜，过去，夫妻是不安排睡一张床上的，据说，如果他们把控不住发生了关系，就会冲撞祖先，对主人不利，要背时的。俗话说："宁可让人停丧，不可让人成双。"同理，男人如果把野女人带到自己家里发生关系，也是踩红线的大败作。俗话说："野花进房，家破人亡。"

　　女人的内裤之类也不能跟男子的帽子、褂子泡在一个盆子里洗。过去是迷信，轻视妇女。现在或可视为讲卫生。

　　女人的手也不能随便打男人的头，更不能打男人的耳光。如被女人这样打了，则被视为背大时了。俗话说："男人的头，女人的腰，只能看，不能捞。"当然现在，个别男子被爱人敲头如敲木鱼，也未见有何闪失。

　　另外，结婚之前，男方给女方家送礼，也要成双成对，尽量吉利为好。如定亲"过礼"到女家，男方要送多少斤肉，多少斤鱼，在公安县，一般以大鲤鱼、大鲩鱼为好。如果男方送几条鳡鱼，越大越使人看了别扭，一般会认为不吉利，为什么？因为鳡鱼细长，如杉木杆子，使人想到抬丧送葬的杠子。如果这家福大命大，不出问题则皆大欢喜；出了问题，就会使讲迷信的人说是男方"过礼"犯了忌讳所致。

　　出门在外，也有讲究的。如突然被树上的或飞过的鸟屙一粒白色的屎粘在身上，是很不吉利的。落在头上，这被认为要戴重孝，可能死父母或者岳父母；落在身体的其他地方，有可能是戴偏孝，可能是其他亲戚家某老人要逝世。所以，鸟屎落在身上，是很不好的。当然也许鸟类学家，研究鸟的食性或消化的专家见到这种飞来的点缀可能很高兴。

　　凡是男人挑东西的工具，如扁担之类，女人是不能从上面跨过去的，见了要将之捡顺后再走过去。如女人冒冒失失跨过去了，男人就大发脾气，被视为不吉利，这条扁担一般不会再使用了。过河上船，女子也不能跨或踩船篙绳子，开车行船的，讲安全，怕出问题。男子也不能从晒有女人衣裤的竹篙绳子底下走过，即使是床单也要尽量避免。

公安一带把老人逝世称为"放寿"。在这方面也有忌讳。如哪家请大木匠（对做棺材师傅的称呼）给老人做棺材，木匠师傅开工备料的第一天，则观察兆头，忌讳有人背着啄锛、铁锨的、挑箢箕的人走过，甚至与这家人打招呼，因为这就兆示这家老人（或许正生病卧床）会不久于人世——因为下葬的工具都出现了。另外，把师傅接到家里给老人做棺材，是儿孙的孝心体现，一般是希望师傅慢慢完成，所以本来两三天可做起的，木匠师傅按习俗故意从从容容拖拖拉拉摸上一星期或更长时间，因为只有不得善终的逝者才急急忙忙地赶工完成这东西。所以，这师傅慢慢地工作，天天坐在上席，喝酒品菜，满面红光，讲古谈今。主人不仅不怪，反而高兴，特别是准备"享用"这"老屋"的老人，更是觉得自己自然会寿终正寝。

老人逝世后，收殓"上材"（将逝者装入棺材内），必须慎重，敬重逝者不必说了，规矩不少。忌讳之一是逝者的头部不能高于脚尖，也就是说不能让他（她）看得见自己的脚尖，老人说如果让他（她）看见自己脚尖了，他（她）会经常回到家里，弄出声响或者摸摸孙辈重孙辈哪个孩子，使孩子发烧说胡话。反正会影响活着的人的正常生活。

出柩时，人们不能对着棺材出来的方向站：一方面，死者为大，不能挡着；一方面据说挡着棺材，怕遇煞气，轻者患病，重则昏倒口鼻流血，有生命之虞。再说，出柩时，棺材不能擦靠着大门的门框。每到这种时候，总有老人大声提醒"负重"的"八大金刚"（指抬棺的八个人）注意，或有人站在门框边挡着。出枢后，总有一个年纪大的人在屋里用扫帚胡乱地迅速地扫几下，表示晦气已扫出去了，以利后人。抬棺材经过某邻居的门前，邻居事先就要把门关上，并把竹扫帚之类倒着立在门前（这大约也是避晦气煞气）。待其经过时放鞭子（表哀悼诀别），丧家孝子会向邻居行跪礼，丧家帮忙的人会甩去一包香烟之类东西以表回谢。

公安县农村老人逝世送葬时，一般有孙辈"骑棺"（逝者孙辈骑在棺材上由八大金刚抬着到墓地）的风俗，一般由男性孙子骑，戴纸扎的孝帽。如果只有女性孙辈，也只限于幼童可骑，如果孙女进入青春期，一般也忌讳再骑到棺材上去。当然，这是陋习，是对女性的歧视，是愚昧的禁忌风俗。

逝者下葬时，棺材要请风水师用罗盘定向用吊线砣、水平仪测量棺材盖脊上的中线正不正。不能偏向左或右。偏了，说不定只发长房的，或只发么房的，就有失公允了。

另外，老人逝世的日子如果按道士和尚算法，忌"撞头七"。如"撞了头七"，则对死者在阴间不利（过去农村有人恨某人，则用恶毒的老话骂他："你这个撞头七的！"），解法就是孝子要讨一百家的米来煮着吃了。而且，每讨一家，就要给人磕头，用这种方法，给死者悔罪。有人心疼心情悲伤或有几天没休息好的孝子，就想出巧妙办法：要他到木匠裁缝等手艺人的家里讨米，说只讨这一家就可以了，为什么？因为手艺人是吃"百家饭"的，他家的米就是"百家米"。

当然，祭拜祖先或神灵，月母子或来例假者一般是不参加的。其他人也要庄重恭敬，忌疯疯癫癫、乱说乱道。如俗话说有些不规矩的人："装香抠屁股，搞惯了的手脚！"意思说上香时磕头时，不能手乱抠乱来的。

此外，还有一些小的忌讳。如娘家的韭菜蔸子是忌讳让出嫁的女儿挖到其夫家去的，意思是发了女儿家，影响儿子家的财运。

清明节"踏青"，过去是不准出嫁的女儿上祖坟放鞭磕头的，也是说怕财运会发偏了，偏到女儿这个"外人"家了。看来还是重男轻女思想所致。

大年初一，不能乱说话，要说吉利话。这天的垃圾也要放在家里改天再提出去。不能初一就把家里的东西甩出去，恐怕一年都把东西拿出去。这天也不能动刀砍这砍那，一般吃熟菜，或早备好的菜肴，要讲一年的好兆头。

人们也忌讳偶然看见男女在哪里行苟且之事，甚至看见狗子连裆，蛇"失误"（交配），都忌讳，认为不吉利，据说见了这种不洁之事，要背时，只好连喊三声"呸呸呸"，吐三泡恶涎水于地。

看见南瓜、黄瓜之类的农家作物开花了，忌讳你用手指着说："一朵、两朵"，老人说你指了花，它就会气死的。还有在路上、沟边或草里，若看见蛇了，小孩也不能用手指它，老人说指了蛇，手会长毒疔之类。记得小时候，哪个小伙伴忘记这禁忌，指了蛇，立马就用老人说的歌谣破解厄运："金叉叉，银叉叉，叉到蛇的花尾巴。"大家一边反复说，一边用两只手的指头互相叉来叉去，直到看着蛇溜进草里逃走了，才放心了。

吃饭和睡觉时，大人要求小孩不能讲话，所谓"吃不言，睡不语"。夫妻不能分梨子吃，免得分离。早晨起来，不能说找针，说了今天有可能和人争吵闹口嘴。钓鱼打鱼前，别人问你到哪口堰或哪个湖去，你不可讲出来，讲出来，鱼儿听到，早做防备，你会打空网。

公安人口口相传的禁忌，和公安的物产一样丰富，和公安的歌谣一样芜杂，如此等等，不一而足。

　　现在虽说社会进步了，人们科学知识丰富了，对一些旧风俗，老禁忌不大讲了，但又有新的禁忌出现了，如个别当官的，忌讳别人送他"双龟"，怕被"双规"；斗地主，他出了双 J 牌后，怕下家说"双 K 压起！"——怕"双开"。开小车，一般也是只开一边的车门，有的也是怕"双开"。打牌买码的，忌讳正月初一或一天的清晨，有人送书，怕输钱。甚至有一户人家墙边，被钉了个"全光宽带"的牌子，她也忌讳，因为她打牌常常输钱，每次"宽带"很多钱，都是"全光"而归，后来看到这牌子，才悟出是这劳什子作的怪！

　　我们听老人讲一些禁忌，或者给后人传一些有积极意义的禁忌，知道公安的人民是热爱生活的，是尊重生命的，是本分守规矩的，是趋吉避凶的，是有厚重的文化积淀的，对我们今天光前裕后，实现中国梦，是有一定启示意义的。

（刊于县政协《公安文史》）

踏访江南葡萄第一村

——公安县"三万"工作组天心眼村纪实

　　四月的江南，正是温风如酒、鸟声似琴的时节，笔者随公安县教育局"三万"工作组一次次踏进了一个温馨而神奇的村子，该村所处区位，与荆州市沙市区仅一江之隔，又一桥相连，该村以江南葡萄第一村的美誉而闻名遐迩，因为该村1500多人就有300户种植葡萄，种了1800亩优质葡萄，年产颗粒如乒乓球大小的葡萄3吨多，产值达1500万元，该村楼房林立，多是富户，少则有几十万元，多则拥有百多万元，再说村名也很别致，叫天心眼村，属埠河镇。

　　那么，天心眼村到底是如何发展葡萄产业的呢？

一、老辈传说的"天外客"

　　"三万"工作组的张文平主任和笔者对"天心眼"这个村名很感兴趣，为此，我们先走访了六十来岁的老村委会主任姚启权，他刚从葡萄园里回来，光头上沁着汗珠，憨厚地笑着，向我们讲起了村名的由来：

　　天心眼村可真是块宝地，你看，长江在它的北面和东面依依不舍绕了半圈才离去，虎渡河在它的北面由北而南潺潺流去，一江一河中间一块平坦沃土，又有东面的京东高速公路和 207 国道像两条佩带由北而南垂挂而下，本身村子就美，加上名字特殊，就添了一种魅力啦！

解放后，这里曾叫义和大队，后改为五星大队。1983 年改名叫天心洲村，1984 年又改为过去的名字叫天心眼村。

原来在很久很久以前，一个夏夜，一颗流星划过大气层，拉出炫目的火光，竟直直朝村子砸下来，只听轰的一声巨响，天上的陨石落在村子一个叫三座桥和四道闸的地方，落地时火星四溅，似乎是一串串闪光的花或者果子挂在树上，一晃就消失了，溅起的泥浪有几丈高啊，村民在眩晕害怕之后，还是忍不住朝那里跑去只看到一个稻场大的深坑，热气土灰腾腾而起。

人们把这个坑叫天星眼，后来这里就被叫成了"天心眼"这个名字。多数老人是这么讲的。

啊，那颗天外来的硕大红果就这样种在这块热土上了！

当然，还有一种解释，说是这个村子在长江边，四周高，中间低，形成一个"眼"状的地势，而且有一处泉眼，泉眼水质清澈甘甜，还可治疗一些病。所以呀，这个村子就叫天心眼。听了老村长的介绍，张文平主任说：这两个传说一个神奇粗犷，一个神秘秀雅富有诗意。不管怎么说，天心眼，这三个字，有它不同凡响的过去，更兆示了它大放异彩的未来！

二、敢破禁区的"五勇士"

其实，在改革开放之初，天心眼村的不少人还说老天爷"偏心眼"，不庇护这里，因为，那时他们主要种棉花水稻，由于村子中间地带有点低洼，一遇大雨内涝，水利沟渠排放一不及时，就受灾减产。即使不减产，那时的粮棉也卖不了好价钱。他们曾伤感地说：过江入城市，归来泪满襟。潇洒消费者，不是种田人！怎么办？

一方水土养一方人，一方人中出俊杰。

埠河人毕竟是埠河人，天心眼村有五个农民，他们在一起一商量，说：活人子不被尿胀死，也不能砍倒树捉八哥！我们另谋出路——试种经济作物：葡萄！

他们是陈光中、徐祥平、胡志华、胡昌金、邓和平。

他们拿出捂得滚烫的几张票子，买了葡萄苗，偷偷地在自家的自留地里种起了葡萄，有的种了3分地，有的种了4分地，都是实验性的。他们的爱人有的还怕别人笑，有点像一个大姑娘，养了私生子，藏着，掖着，蛮不自在。

我们"三万"工作组听了村支书谢为忠的简介，大家忍不住就开始了追访。

这几天，他们在葡萄园里起早贪黑忙得很啦。我们在白色薄膜覆盖的温棚葡萄园，找五勇士之一的邓和平，沿路只见薄膜在风中微微飘动着，像是新娘头上的婚纱，而葡萄叶蔓像是新娘的鬈发。邓和平从里面出来了，我们一看，是个富态、敦实的汉子，今年42岁，搓着两只带泥的茧手，一笑，两眼眯着，更显朴实厚道了。

他先谢谢"三万"工作组给他送来了化肥和葡萄科学种植书籍，然后慢慢谈起来："我当时很穷，为了脱贫，搞了蛮多名堂咧。那时，一年到头，倒欠别人一万多元，我先出外打工，做木工，赚不了钱；回家喂猪，风险大，猪病死不少。1989年，我开始种'巨峰'葡萄，赚了3000元，这一下，把我的胆子搞大了。后来改种早熟'京亚'和中熟'藤稔'。"

谢书记插话说他是科技示范户，邓和平点点头，笑得更灿烂了，他接着说："我开始也不懂科学种植，就一年4次跑浙江金华，向专家赵京卫、喻才澜请教，慢慢将葡萄效益搞到亩产8000元，一直到现在的亩产15000元。"

"你自己也成了乡土专家，给村民讲课吗？"笔者问他。

"讲，竹筒子倒豆子，无偿地讲，不保守，有钱同赚，有福同享，肉不埋在饭碗里吃嘛。"

多么朴实的话语啊，这就是天心眼人的胸襟！

邓和平还谈到在2004年至2006年间他已种到12亩，而且是时兴的大棚模式，年赚十多万元，现已有大几十万元积蓄了。在去年表彰会上，公安县委书记给他披红挂彩颁发荣誉证书。这是一个老实人的人生辉煌篇章。

"三万"工作组一行告别了邓和平，又穿行在无数水泥柱为主架组成的迷宫一般的葡萄园里，去找最先种葡萄的另一位代表人物徐祥平。

徐祥平是一个有点儒雅的偏瘦的中高个子的男人，头发稀疏，背有点弯曲，也像葡萄藤上的细须在春风里漂浮着，他穿着一条黄色的警裤，有着格外显眼的两道红"筋"。他当过赤脚医生，当时一家人本来过得不太差，为什么也要种葡萄呢？

看来他外表文静，内心也是驿动而不安分的。

他说，是1987年开始在自留地种"高麦""巨峰"葡萄的，当时不懂科技，滥用肥，见藤叶太茂盛，不知怎样修剪，竟用镰刀割，还是枝繁叶茂葡萄少。

他跑遍荆沙书店竟买不到一本种葡萄的书！烦恼而回。有乡亲找这个徐医生买鱼肝丸，他笑着说，对不起，我没干医生了，我这里有大的鱼肝丸，他指着架上晶莹的葡萄说，乡亲以为他着了魔哩。

"后来您是怎样学到技术的呢？"笔者和"三万"工作组的张友爱同志都问他。

"我呀，那年冬天，我到安徽去找专家，去买葡萄苗，当时穷，穿了一双还算客气的力士鞋，到了那里，天寒地冻，我的脚冻得又红又麻木，到蚌埠下车，到处买棉鞋。后来又到北京，带着钱怕小偷，穿旧大衣在火车厕所位置躺在地上睡，受的罪说不完。"

"效益呢？"

"好呀，当时我卖900斤棉花，没几个钱，棉花每亩只卖300元。现在我的露地葡萄，每亩赚1.5万元，温棚葡萄买抢新货每亩赚2万至4万元。所谓抢新货，就是我们天心眼村的早熟葡萄要抢占市场先机，错峰，比北方的葡萄前一个月，比南方广西的葡萄上市迟些日子，在这黄金空档里卖！"

"刚开始搞的时候，我们用纸盒子竹篮子提到沙市去卖，机会好卖一元一斤喜得像中了举；机会不好的人，卖不出，天气热，不好保存，烦得把葡萄倒在长江里。曾有邻居问我，老徐，真的卖了好价？你不是白日扯谎吧？我赌咒他才信。后来大家都搞起来了，人家将军县也是先有人搞"革命"，我们葡萄村，也是我们几个先闹起来的。"他不无自豪地说。

不远处，喜鹊在喳喳叫着，似乎对他的话，也表赞叹。

他自豪地指着不远处的大楼房说，这是我1995年做的全村当时最大的楼房，造价20万元，我用照相机在埠河街上摄了一天，选的最好的样式修的。看来，徐祥平是个角色，敢第一个吃螃蟹，敢超前，敢领风骚。

"那么请问，为什么说您五位是敢闯禁区的勇士呢？"

"这个禁区呀，是说我们江南，长江中下游平原，梅雨季节长，潮湿，入夏后高温影响葡萄生长，滋生病菌多，所以早被一些专家定为葡萄生长的禁区。当时葡萄的黑痘病、炭疽病，一来就是毁灭性的灾难，当然现在是小儿科了。所以后来农业部的专家看到我们的成果，说天心眼创造了奇迹！说我们五个是闯禁区的勇士。"

临别时，"三万"工作组的同志抢着握老徐的手，我看着他多年被葡萄叶芽染绿的秃短的指甲，心里顿生波澜。

笔者一路上反复回味"三万"工作组张文平主任在该村农户大会上说的一句话：昔日的水窝子、穷村子，实现了华丽的转身！

三、撑起一片天的"犟书记"

天心眼村种植葡萄虽有近 20 年的历史，但其产业在"十一五"期间才蓬勃发展、掀起高潮，这与该村年轻的支书谢为忠的一股"犟"劲是分不开的。

谢为忠书记，中等个子，不胖，爱穿红色 T 恤，显得精明能干，充满朝气和自信。

"我啊，小时候就犟，也凭这犟把我们村的葡萄产业搞起来了。"在他简陋但整洁的平房里，在两窝燕子飞进飞出的氛围中，他对"三万"工作组同志如是说。

是的，他的犟是一种个性的闪光，是一种执着的追求。

他犟在临危受命，知难而上。2007 年冬，天寒地冻，埠河义和办事处同志踏雪登门要他勇挑重担，不久他高票当选书记，面临烂摊子和村民频繁到市县上访的局面，他凭犟劲，反复走访老党员老农户调查鼓劲，增强凝聚力。

他犟在转变职能，侧重服务。他不搞绷着脸收费摊派那一套，一心只为葡萄产业服务，他磨破嘴皮贷款 20 万元打开局面，出门引来了山东、北京、石家庄、郴州等地的客户，使村民看到了希望。

他犟在调整产业，促进增收。他和支部一班人，提出将重产量变为重质量，将葡萄品种"巨峰""高麦"换为"京亚""藤稔"等。注册荆州市天心眼葡萄专业合作社，注册"荆楚天心眼"品牌，吸引了各级专家和各地客户。

他犟在承担风险，取信于民。那年，京亚等早熟葡萄由每斤 2.20 元被降到 1.2 元，有农户到谢书记门前哭诉，他心疼得很，就说，你的 8000 斤给我从沙市拖回来，我出 1.8 元一斤全收购！他爱人不理解，因为这样一"犟"，就每斤倒贴 0.6 元，损失达几千元，但谢书记为了稳价、稳民心，偏要做犟事。

他四年来，共为农户贷款作担保 4000 多万元，为村民垫付贷款有 7 家，计 35 万元，他采用挪大户帮小户、东坛的盖网西坛的办法，解大家的燃眉之急。该村的杨科元，谢书记帮他贷款 7 万元，后杨科元出门多年没有消息，谢书记也不急，只好把自己的楼房推迟修建。

他犟在不摆架子，亦官亦民。他白天和大家在葡萄园里忙，晚上和村民一起玩。他为了便于葡萄交易有个像样的场所，想法筹足 10 万元在村部修起了 12 根钢柱、6 米高的拱状钢架大棚，同时，农闲时和村民在大棚内跳舞、讲故事。

他犟在热爱本村，为民奉献。他的小妹在福建承包了一座山，办了酒店、工厂，一天的毛收入近2万元，他的父亲去帮忙了，小妹多次要他去加盟赚大钱，他说过，我不当书记可能去了，既然当了，就要对村里负责，对葡萄产业负责。

当"三万"工作组要看他的各种荣誉证书（如"十大经济能手""十佳党支部书记"等）时，他谦虚地说，等得了更大的荣誉再展示。

四、神出鬼没的"夜袭队"

说起"夜袭队"，在天心眼村，出现过两种"夜袭队"：一种是在20世纪90年代初，他们开始种葡萄不久，附近村组有些人趁夜色来偷。葡萄成熟季节，夜袭者把箩筐放在远处，提篮子到园里来偷，种葡萄户只好用鸟枪赶，将上了铁砂子弹的鸟枪朝天放，"砰"的一声，吓跑强盗。有些老手，他不跑，晓得不敢朝人打，照守葡萄的人只好用手电、蜡烛照着去找，一照一赶，往往在沟里田里找到他们丢下的几箩筐的葡萄。

当然，随着大家都有了葡萄，都有钱了，提高素质了，这种"夜袭队"就没有了。另一种"夜袭队"又出现了。

原来，开始天心眼村种葡萄，缺科技知识，一般白天打农药，灭害虫，有时越打越多。请教专家才知道，有些虫子要晚上打，如绿盲蝽，白天躲进花穗里，黄昏、黑夜出来，于是，治虫"夜袭队"就身背电瓶喷雾器开始行动了。如四月中旬的夜晚，只见叶蔓婆娑，人影幢幢，灯火点点，喷雾声声——这是"夜袭队"在用"劲打""狂刺"药雾制服那些昼伏夜出的"采花大盗"哩。

是啊，藤蔓联通因特网。天心眼人是会使用科技这把"金钥匙"的。

他们目前使用的葡萄专用有机肥，是请农业部的专家来天心眼测土化验配方后，请石家庄的科研单位配制的，还有艳阳天等复合肥，也是巧施巧用的。他们常年有专家指点，如北京农业大学的肖燕博士后，就来村讲植物营养学。郑州果树研究所的刘善军教授也来村讲葡萄特性。浙江的专家赵京卫、喻才澜还经常在网上通过视频解难题等，还有华中农业大学、长江大学、荆州农科院的专家更是常来指导。这是一个高科技的"天心眼"在照看着、护佑着一方勤劳的人们！

五、能说会跳的"文化人"

天心眼村的葡萄产业发展带动了科技的推广与进步，也提升了他们文化生活的品位。

该村有个陈启凤，四十出头，健康漂亮、乐观、会讲故事，她下巴上有一颗显眼的黑痣，似乎是在园里粘上的一粒黑葡萄，人称"陈花嘴"，她平时讲故事笑话，乐得大家哈哈打过墙。大家鼓励她到荆州电视台"垄上故事会"去讲故事，她去录了两期节目，讲了《打牌》和《葡萄》两个自编故事获观众和评委的好评，成了名人。

该村上"垄上故事会"讲故事的还有徐启猛、熊生斌，他们讲的《误会》《强盗悔过》，逗起的笑声一串串，一缕缕，跟架上的葡萄挤呀挤的。还被评为"故事大王"，获得了电视机、空调等奖品。

天心眼村不光只有会讲故事的群体，还有会说顺口溜的奇才，他叫夏中友，49岁，壮实、精神、头发浓且硬，一笑一口洁白牙齿，我们"三万"工作组的同志请他用顺口溜讲体会，他张口就来：

"改革开放政策好，产业优化换新貌。昔日经济靠棉花，如今改变种葡萄。种植管理有难题，科技服务来指导。技术培训发资料，整枝疏果绑枝条。病虫对症来配药，配方施肥很重要。氮磷钾肥要配套，微量元素不能少。生活水平大提高，绿色食品讲环保。利用纸袋把果套，有害药剂不能搞。避雨设施搭大棚，安装滴管把水浇。品种改良又换代，可与乒乓球比大小。品质优良味道好，全国各地都畅销。"

"真的全国都畅销？"工作组的甘永新同志故意问道。

"真的，连香港、台湾都要我们天心眼的葡萄呢！"夏中友认真地回答。

他接着说，我们谢书记积极支持妇女跳广场舞，我给她们也编了顺口溜。

他更加眉飞色舞了，埠河方言似乎更浓了，一些翘舌弹音、拔高音点缀其中，别有风味："农村娱乐喜在眉梢，广场跳舞开心热闹。喇叭一响都来报到，村民结伴有说有笑。全民健身不分老少，和谐社会精神面貌。买码赌博全都戒掉，当初买码好逸恶劳。良田荒芜专看码报，倾家荡产生活难保。社会不安犯罪上升，家庭破裂喝药上吊。昔日爱赌斗殴争吵，朋友伤和家庭糟糕。无钱再赌明抢暗盗，伤人违纪蹲监坐牢。如今健身掀起高潮，和睦相处一起蹦跳。乡村文化正确引导，健康发展农村新貌！"

他口似悬河，思路清晰，我记了十多页，他还没打住。我想，这是顺口溜，也是诗，是一种精神葡萄。是天心眼村一抹亮色，是新农民醒着的智慧神经，像"豌豆八哥"雀子的叫声令人耳目一新！

正如他所说，天心眼村的广场舞也是了不得的。陈启凤等50多个姐妹在农闲时的夜晚，在村部钢架大棚里跳广场舞，谢书记带头给她们安电灯，买音响，县"三万"工作组多次帮他们联系县舞协的老师来村辅导联欢，还给她们配了红红的服装道具，她们跳得更酣畅了，看看，入夜了，远处的葡萄在微风中，一串串轻轻晃动着，这里的姐妹们一排排，一队队，在舞动着，颤动着，灵巧的手白天会掐葡萄副梢、赘须，晚上会执扇曼舞，敏捷的腿白天会避让葡萄藤蔓，会登凳采摘，此时也会踏准音乐的节奏点，进退自如。洋溢的微笑是对丰收的憧憬，也是为生活而陶醉啊！

她们的《逛新城》《我从草原来》等广场舞，经"三万"工作组推荐到市县镇表演都获得满堂彩，还拿了奖。平时，在阳光下，她们头戴惠安女式的布制遮阳帽，在葡萄园劳作，这种有点点小碎花的遮阳帽的帽檐布一直延垂至妇女的肩部，褶叠出一种韵致，成了天心眼村一道新的风景。葡萄园里时不时传出《逛新城》之类的歌声："喇叭树上开金花，感谢伟大的共产党！"不知是 MP4 里放的，还是姐妹们唱的，反正，好听。

六、甜汁四溢的"紫乒乓"

这里的葡萄颗粒大如乒乓球，外面有很多人不信，于是，天心眼村倡议在埠河镇举办了两届"葡交会"——葡萄交易会。

"葡交会"上，全县、全市乃至全国的有关专家和客户来了，亲眼目睹了天心眼村的"藤稔"品种的葡萄，真的如紫红的乒乓球，晶莹剔透独领风骚。这种葡萄叶片呈五裂状，叶片大，较粗糙，较厚，毛茸茸的。群众说"像母猪的耳朵"；我们"三万"工作组的同志说像绿色的手掌，在向大家招手。葡萄颗粒平均重 15—35 克，经科学疏穗疏果后，每串为 25—30 粒为好，最大的颗粒纵径 4.31 厘米，横径为 2.99 厘米，重 30 克（乒乓球直径是 3.8 厘米），所以说它如乒乓球大小是恰当的。

来宾们对这种抗性好、颗粒大、口感好的葡萄赞不绝口，都想摸点秘诀回去，天心眼村的乡土专家们则表示说：一是按专家指导，二是自己巧妙调控、精心呵护。徐祥平就说："对葡萄，也要实行计划生育政策，还要精心美容。"

他说，别人一株 30 串，我的 15 串，我卖的钱比他还多。所谓美容，我们绝不用不环保的增色药剂之类，而是从水、肥、光等方面拿捏调控。再把串形整成上下圆柱状，颗粒大小均匀。

谢书记说，我们对品种蛮挑剔的，这些年，前后试种过一百来个品种，现在"京亚""藤稔"是主打产品。在"葡交会"上，荆州市委应代明书记对埠河天心眼村一手抓产业发展，一手抓文化引领给予很高评价。会上，有评葡萄的环节，天心眼村一串葡萄被评为"葡萄王"，并以 12000 元被拍卖。

天心眼，这么多圆圆的葡萄像亮晶晶的眼睛在看着，看着这块热土的新发展。现在，谢书记和"三万"工作组已多次讨论，如何将葡萄产业做大做强，在发展精深加工方面再出新招，如兴建葡萄酒厂、葡萄罐头厂等方面搞突破，让天心眼村成为社会主义新农村的乐园。

（刊于《三袁》杂志 2011 年秋季号）

"三袁"故里不会沉没

孤岛上飘扬的党旗

公安县孟家溪镇是明代著名文学家袁宗道、袁宏道、袁中道三兄弟的故乡。一座乳白色的"三袁"塑像就耸立在孟家溪镇街市的中心，为这座繁华的集镇增添了无穷的历史文化韵味。

如今水灾中的孟家溪镇却是一片浊浪滔滔，白水茫茫。车水马龙的街道成了鱼虾龟鳖遨游横行的通道。

标志孟溪灿烂历史文化的"三袁故里"牌坊，成了插在水中的标杆，但"三袁故里"四个雄劲的大字，却昂然挺立于浪涛之上，显示着不甘沉没的气概。

从1998年8月7日凌晨孟溪北部严家台溃口到第二天即8月8日凌晨，被水逼到河堤上的孟家溪镇居民大多粒米未进，因无食可进。即使有食物，谁又咽得下？大家都眼巴巴地望着镇抗洪救灾指挥部所在地——孟家溪水管所。

孟家溪镇西枕松东河，主要街市顺堤呈南北走向。这水管所的三层楼房就建在镇西堤外幸福闸以北的压浸台上。水管所东边靠堤处有一门楼，耸立数米高，如碑如栀。水管所被水淹及2尺深，水在墙边———漾一漾的，如浪拍船舷，楼房就像行驶在汪洋中的轮船。这里灾民云集，孟家溪的领导中枢在这里办公。有人就说："现在这水管所成了我们孟家溪镇一艘不沉的'泰坦尼克'号。"

8日凌晨河面上来了一只大铁驳子船，这是公安县民政局副局长彭基才带队送来的一船方便面，由于水位高，装得又多，这10000件快餐面的确码得像一座山。镇里当时负责指挥救灾的副书记文良华立即组织发放。

"民政局送吃的来了，快去领啊！"灾民们奔走相告。溃口近两天，灾民终于啃上快餐面，但因只能喝河水，不少人拉肚子了。

当时这近万人就在这"泰坦尼克"号西侧临河处唯一的厕所前排队方便，有人一等就是一两个小时。

当天赶来的省民政厅纪检组长何运杰对公安县民政局局长颜昌学说："我们民政部门要想法帮助解决这些切身问题。"于是县镇民政干部和镇救灾指挥部连夜开会，研究解决这些亟待解决的问题。因断电，会议是在烛光下召开的。民政部门提出要保证灾民有住、有吃、有医、有清洁水喝。决定组织搭盖灾民棚，每个灾民每天补助1斤米，1块蜂窝煤，0.5元钱，每家发漂白粉、消毒药，同时在灾民点建医疗站。会开得很晚，灾民们都翘首望着这烛光闪烁的地方，眼中闪着希望的火花。

次日，民政局运来10万公斤大米，1000公斤油，在大至岗、孟家溪水管段、港关、斋公垴、黄金堤等灾民集中处设供应点发放。接着又运来搭灾民棚的彩条塑料布发给灾民。一个个帐篷顿时像鲜花开放在了这洪水肆虐的孟溪垸边。点点炊烟在这外河内洪夹逼的蜿蜒如一线天的长堤上袅袅升起。

县民政局又组织配合卫生部门办起了一处处医疗点，这样就在上至港关金岗村，下至金桥村，由北至南 20 公里，营造了灾民生存的环境。

10 日，县镇民政部门又调船只给灾民运来了煤球、牙膏、卫生纸之类。孟家溪镇抗灾指挥部领导沿堤走访动员个体工商户开业，迅即开了 5 个供销点。

县民政局又用船拖来楠竹和彩条塑料布在适宜处所搭盖简易厕所，并打开水管所唯一的一眼机井供应生活用水。县救灾办及时下发供应粮票。灾民每人可按月领取 15 公斤米，15 元菜金，1 斤食油。

那几天，民政局和镇委、镇政府、镇民政办的工作人员忙得脚不沾地，头不沾枕。有些夜晚，他们就和很多灾民一道如同田里放倒的谷把子睡在水管所内外随便一块空地上。那一段时期，来得最多的是民政人。如民政部部长多吉才让，民政部副部长范宝俊都关注过这里；省民政厅厅长张牢生率省驻公安抗灾组从这里开始了一周的亲自查灾；省民政厅副厅长陈正森、章和旭及纪检组长何运杰视察过这里；省民政厅救灾处处长余琳、核灾储备中心主任李光华在这里一个村一个村调查灾情。县民政局局长颜昌学亲自在这里解决一个又一个问题。

民政人在与灾民患难与共中建立了自己的威望，当时有不少人困在孤岛上，民政部门和镇里从外河征调铁壳机动船入内救援，这就需组织人从外河将船拖过大堤放入堤内去救人。一只铁壳船，重约数吨，可只要民政干部一声："大家来推船啰！"立刻灾民就围了上来，齐心协力推船。上至民政局局长，镇里书记，下至灾民，手拖肩顶，一声声号子起，一个个弓步移，一团团肌腱鼓，一次次合力聚，拖过堤，推下水，多么壮观！骄阳下，臂肌在闪光，汗珠在闪光，精神在闪光！就连镇上有名的懒汉佑安也加入了拖船队伍。

这些拖船者中，有饥饿者，有红眼病者，有腹泻无力者，有屋倒失所者，有亲人溺死化悲痛为力量者。然而，他们都听从民政干部的召唤，协力同心在滔天洪水中送去救人的方舟。从这可以看出，老百姓对民政干部的拥护和民政干部在群众中的威望。从 8 月 7 日至 10 日共调进堤内 50 多只船，配合解放军的冲锋舟，救出了困在"孤岛上"、危楼上、树杈上 12000 多个灾民，抢运出了 300 多万公斤粮食。

灾民安置好后，民政部门配合镇委、镇政府就把重点放在抓基层组织建设上。特别是注意发挥村党支部的战斗力。他们帮助树立了两个抗灾中的先进党支部典型，两面飘扬的党旗。

一个典型是溃口处金岗村党支部书记邹先培。他现年五十挂零，略显单薄的身子，乍一看，与一般农民没有多大不同。然而正是他在倒口之际，仅穿一条短裤在洪流如钱江潮杀气腾腾咆哮而来时，他骑着摩托，像独闯敌营的单骑，不顾水来车翻人亡的危险，边骑边呼："堤倒了，快往高处跑哇！"后来副书记汪应楚也和他一道，挨家挨户督促群众转移。往港关这段堤上，往四门岗，桂家嘴转移出 2000 多人。邹先培自己却和一些村民被洪水围困在岗地"孤岛"上。他将村部二楼的一面党旗插在最高处，并说：党旗在，我们支部还在，大家不要慌！

这面党旗，在最艰苦时，鼓舞了大家的信心。

金岗村的党旗迎风飘扬。

孟家溪东南角青龙村"孤岛"上，也有一面党旗在呼呼迎风斗浪。

青龙村是个依岗临湖的美丽村子，紧临公安县第一大湖——淤泥湖。

这淤泥湖有 3 万多亩水面，素有"九十九汊"之称，在地图上活像一条鳞爪飞扬的龙。平时，蓝晶晶的湖面从汊湾里流出，映着岗坡上的金黄油菜花或紫红的高粱穗，透出一股诗意美。谁家来了稀客，小伙子随便在哪个地方也能弄来几尾活蹦乱跳的鲤鱼或淤泥湖的特产——团头鲂（鳊鱼）待客，这团头鲂与毛泽东主席"又食武昌鱼"诗句中的"武昌鱼"属同一种类。再加上青龙村哮天龙月亮坎等地也有天然茶场，又产省优名茶"柳浪雀舌"。这样，美景、名肴、香茗，使这里魅力无穷。然而，1998 年洪水是暴殄天物的怪孽，溃口 6 天后，美丽的青龙岗地大面积上了水。全村 13 个组，有 10 个组全淹，只有哮天龙、月亮坎、义堂寺所在的 3 个组部分地方未淹，成了"孤岛"。

在水漫青龙村的日子里，党支部书记陈忠科带领党支部一班人一起奋战三天三夜，转移人畜粮食，高处淹了又往更高处转移，最后退守到义堂古寺所在的青龙小学校园内。

陈忠科和党支部的几位成员带头不住学校楼房，就住在如鱼脊窄而险的渠道沟界子上，率妻儿老小住灾民棚，日晒夜露，四周皆水，蛇鼠成群，昼热夜险。然而，他们不顾个人安危，迎风斗浪，尽心尽责地为村民领取救济款物、照顾老弱病残，受到村民的夸赞。

民政部门和新组建的镇党委在灾区各村党支部推广这两个村党支部典型，使各村党组织在灾难面前发挥了战斗堡垒作用。在抗洪救灾的日子里，孟家溪镇像这样的以党员干部为主心骨坚守抗灾的"孤岛"就有 20 多个。从北边的严家台到南边旗杆汊边的治麻风病的向阳医院所在地，均有这种"孤岛"。只要有党的旗帜飘拂，就会拂去人民群众心中的重重阴翳。

这一面面党旗，熊熊燃烧着民政人的一片片赤诚。

济渡苍生的方舟

溃口初，灾民只好在河边用桶提浑浊的水，待澄一下后饮用，而河边浪渣泡沫成团，脏腻腻的，回水湾里甚至有泡得鼓胀胀的死猪死狗之类。饮用这种水后，腹泻腹痛者频增。河西边三营村的陈克林每天搭船给河东的受灾亲人送一担水，这只能表表心意。这么多灾民的饮水问题怎么解决？仅凭少量的一点儿自来水仍是杯水车薪。还有不少偏远的灾民仍在被迫任浑脏的河水侵蚀肠胃肌体。当时甲肝、伤寒、痢疾、霍乱等疾病也助纣为虐，严重威胁着孟家溪灾民。

为解决这个问题，民政部门充当了济渡苍生的"方舟"。

湖北省民政厅为灾区争取了一批纯净水制水设备！县民政局迅速告知孟家溪镇。8月15日，公安县民政局颜昌学局长和彭基才副局长亲自送孟溪镇副镇长袁彦军和孟家溪镇财办主任吕于松赶上一趟去武昌的汽车，到省民政厅去争取纯净水制水设备。他们对这两个年轻人说："快！迟了恐被人捷足先登。"这辆车上挤满鳝鱼贩子，袁、吕二人弄得浑身鳝鱼涎也在所不惜。

到省民政厅后一切顺利。原来省民政厅正准备将这些设备送往公安灾区。第二天两个年轻人就把宁波新声环保有限公司赠送的50台纯净水设备拖回到公安县民政局。县民政局统筹安排，优先拨给孟家溪镇10台纯水机。

这种每台值7000元的纯水机形似热水器，每台每天可制纯净水2.5—3吨，原理是通过臭氧杀菌循环过滤，效果比市场上卖的矿泉水还好。装上后可解决全镇5万人的饮水问题（原镇自来水仅解决8000—10000人的饮水问题）。

　　尤为感人的是宁波新声环保公司总经理金正淼带了该公司驻京机构的6名技术人员随所赠机器赴灾区指导操作。他们来之前在天安门广场举着拳头宣誓: "誓与灾民共生死!" 其中有3位着淡绿色工作服的姑娘自告奋勇留在孟家溪镇工作。

　　这两个多月里,她们亲手或指导其他工作人员,制出了汩汩的净水,镇里用2000多个可装10斤、20斤的白色塑料桶灌装,上书 "民政救灾纯净水" 字样,由专人专班专船 (配备两条送水专船,每船10人护送分发) 送到各村组专点,甚至送到每个 "孤岛上"。平均每个灾民每天可用上1公斤纯水。受灾前,一般农户喝纯水还是一种 "奢侈",受灾后每天居然有人送纯水,然而这又不是梦境。

　　民政部门牵线搭桥给灾民解决了急需的 "喝" 的问题,下一步则是想法给解决 "吃" 和 "穿" 等方面的问题了。

　　县镇民政工作人员最难忘的是协助台湾慈济佛教基金会发放救灾物资的日日夜夜。

　　台湾慈济佛教基金会,对孟家溪的救灾极细致极严谨。他们在大溃口时就来了人,前后5次共近百人次到孟家溪亲自核灾或发放救灾物资。民政部门协助他们先把重灾的名单打印上册,输入计算机。该慈济组织再派人下村组去核实,先后更换了3次花名册,县民政局为此花去近万元。但民政工作者每次都热情给台湾亲人联系冲锋舟或其他船只并陪同台湾同胞到灾民中去。

　　12月23日一场寒潮过后,天气转晴。台湾慈济会在孟家溪镇南边的真寺包上举行隆重的救灾物资发放仪式。写有 "台湾慈济佛教基金会救灾物资发放仪式"的大红横幅在微风中激动地鼓动着。省民政厅陈正森副厅长、荆州市副市长王贤玖及县镇有关领导出席了发放仪式。身着各种救灾衣服的灾民万头攒动，望着主席台。

该组织的 46 位男女客人排队庄重入场。

会上，县镇有关领导对充满爱心的台湾亲人致答谢词。

会间，还宣读了在台颇有影响的证严法师给孟家溪灾区人民的慰问祝福信。

该组织的代表作了慰问讲话，讲话中，有几位台湾亲人同时在给聋哑人打哑语。灾民又激动又觉得新奇。

接着是发放物资，有大米、棉衣、棉被等，价值约 500 万元。

当灾民排队前来领取物资时，他们发现有的灾民的手皲裂现血丝，就含着泪用早已备好的润肤膏亲手帮助灾民涂抹，灾民中不少人被感动得流泪。县民政局、镇民政办的同志也上前协助，两岸同胞共献爱心。

在真寺包上当时就发放了 30000 件真空棉蓝色棉袄和 240 斤大米，棉袄是该组织在黄石市美尔雅服装公司订做的。其棉袄左胸处印有"台湾慈济佛教基金会赠"一行小字，字上有该会的会徽：一朵白莲花图案既有佛教意蕴，又有洁雅之情。

最后，该会 46 位慈善使者和民政工作者与灾民联欢，台湾亲人手舞足蹈，尽力想使灾民开心一些。

民政部门牵线搭桥，参与组织了不少这种仪式，如温州市政府捐款 100 万元的仪式、香港英皇集团捐赠大米仪式、新疆伊犁市接 10 名孟家溪中小学生到那里免费读到大学的仪式。香港救世军官员在金岗村现场发米的仪式，都有民政工作者的心血，千头万绪，甘苦自知。

孟溪镇民政办主任柳保元，这个当过兵的农民的儿子，其家史颇具传奇。他的祖母当年捡了一个小竹篮，上盖红布，一看，内有一男婴，于是将男婴养大，这男婴后来就是柳保元的父亲。柳保元不忘本，常见他与盲病老人亲切交谈，常见他扶着瘸腿老人慢慢走过大街……

溃口之夜，他在郝岗村堤段防汛，听到溃口消息后，没命地冲到镇民政办旁的福利院，一边喊民政办同志转移账簿、档案，一边去背30多个孤寡老人上堤。镇纪委书记张兴发也赶来参加背孤寡老人上堤。等他们背完又下来时，水已涨到一丈多高。最后离开的柳保元只好抓起个大塑料油壶当救生圈游向大堤，洪水冲得他差点儿撞死在楼角上。他抓住电线，爬上"天官大酒楼"，才被人救上堤。他没有喘一口气又湿漉漉地去与南平镇民政办联系，和张兴发等将堤上瑟瑟发抖的福利院老人们全部转移到南平福利院。而这时，柳保元还不知近70岁的双亲以及妻子孩子的下落。接着，他又看望金明村一个因屋倒而突然精神失常的灾民去了……

这就是甘作方舟的民政人。

从帐篷小学到"海市蜃楼"

孟家溪镇是一个有着深厚文化底蕴的人才摇篮，古有"三袁"辉映中国文学史，"一母三进士，南北两天官"的故事使不少勤劳的父母盼子成龙成凤意识更强烈。近来获国际奥林匹克物理竞赛金奖和13岁就上大学的学生柳保全，就出自孟溪中学。多少孟家溪镇的新一代在求学路上腾蛟起凤，正成为跨世纪的人才呀！

　　但水毁家园、校园，新学期在何处开学？救灾棚里的孩子们扳着汗濡濡的手指头数日子，非常焦急。

　　8月底，一所由民政部门帮助搭盖起来的灾区帐篷希望小学在孟家溪镇诞生了！

　　孟家溪小学，这是一所有光荣革命传统的小学。20世纪30年代，中共地下党员彭维西曾在该小学任过教，又从这里奔赴延安。解放后，他任武汉同济医科大学党委副书记，在其回忆录《红梅不屈服》中回忆过孟小。

　　洪水冲毁孟小美丽的校园，直接经济损失483万元。县镇民政干部和学校校长魏开作商量，决定在水管所后面堤外河滩边先搭起帐篷希望小学，不误开学。

　　8月20日开始，民政部门拨款后魏校长带领老师们顶着酷烈的阳光在外河滩边砍芦苇，辟校址，然后不顾苇丛滩地有血吸虫病感染的危险，在水浸淤泥地上挖沟清淤。一天下来，不少女教师，如陈志兰、肖才珍、陈士春等皮肤晒得黝黑且开裂。

　　到8月24日上午，湖北省武警总队捐赠的价值20万元的30顶帐篷，在团市委、团县委、县民政的帮助下全部运到孟家溪，先给了孟小18顶帐篷，基本可解决孟小828名学生的入学问题。

　　在县镇民政干部、孟小领导、教师和武警战士共同支撑起帐篷时，中央电视台"焦点访谈"的记者到场录了像，并采访了魏校长。

　　魏校长被晒得面色黑红，眼眶深陷，但高挺的身子没有弯，仍娓娓而谈，谈抗灾复校的决心与举措。

　　可是白天支起的帐篷，被当夜一阵大风吹倒了。民政干部和男老师又连夜重修到东方红。此时，红日映波，四周环场有点水泊梁山的意境，他们乐观激昂地唱起了流行的《好汉歌》："大河向东流，天上的星星参北斗啊……"

支好帐篷后，民政干部和老师们到长堤上和孤岛上走访学生。为了不漏访一个学生，孟小的中年老师鄢业发，忘了住在别处亲戚家里也在焦急盼开学的两个女儿。直到开学前一天的晚上，鄢老师才拖着疲惫的身子从远在"孤岛"上的学生家走访回到堤上。妻子要他把刚从亲戚家赶回的孩子引到被水困的宿舍楼上去收拾各自的学习用具。

全家四口人坐上了一只小小的机动渡船。

当时洪水在孟家溪街市中仍恣意狂吼乱蹿，楼房间，街道口的水流如浪吼峡谷。孟家溪酒厂的几个每个可装近万斤白酒的空酒桶被水浮上来顶穿了房顶，空酒桶在激流冲击下，醉汉般在房间咣咣乱撞，其响声几里可闻，令人毛骨悚然。

已近黄昏，鄢老师一家所坐的船突然被水中的高压线一绊，船一晃，舀水翻沉了！一家四口和船工全部落水！船在水中像一柄勺子转了 360 度的圈，盛满了水又浮出水面。船工抓住舵浑身惊颤。体弱的鄢老师虽会水，但一时难救三个亲人。鄢老师的妻子在北，船在中间，两个孩子在南边，船和人迅速从街中心的"三袁"塑像边冲过，向南边邮局方向时沉时浮而去。鄢老师让爱人抓紧船舷，他又抓住了大女儿。好不容易才让大女儿抓住电缆，才去追救小女儿。眼见得小女儿离他只一米多远了，几次冒出熟悉的发辫，但父亲仍够不着！倏地小女儿沉下了。鄢老师疯了似的扑游上去，但手手摸捞皆虚！再说，他本人如若被洪水卷入下游街道两侧无门的黑洞洞的楼房内，冲不出来，不淹死也要被闷死或撞死。正当此时，派出所的快艇利箭般射来，才救起了他们。

但鄢老师这个小升初考试成绩全镇第一名的小女儿就永远去了。他和妻子彻夜大哭，民政部门给他家送去抚恤金。

9月1日，读初三的大女儿由别人送去孟溪中学报名。强忍悲痛的鄢老师又红着双眼站立在河外洲上帐篷希望小学湿湿的操场上，和他难以割舍的几百名师生一道唱起国歌，仰望新学期第一面五星红旗冉冉升起。

公安县灾区第一所帐篷希望小学——孟家溪镇帐篷希望小学如期开学了！前来参加开学典礼的有副省长王少阶，市县领导和民政干部，还有中央电视台、中国教育报等5家新闻媒体作了现场采访与报道。魏校长向社会庄严承诺：一定把我们的希望小学办得更加充满希望。

开学典礼后，鄢老师又哑着嗓子上灾后第一节语文课。在学生琅琅的读书声中，他无法再听见小女儿雏凤般的声音了！因他小女儿的遗体还在下游村子洪水里打捞！

这，就是灾区优秀园丁血染的风采！

帐篷小学是开学了，但课桌椅奇缺（虽50多岁的甘恢荣老师坚持数天从水中打捞了一部分），办学经费奇缺。民政部门又帮助孟小采取了不少措施，争取若干外援，解决了一些亟待解决的问题。

中秋节那天，民政干部陪着广州羊城晚报政法部主任张洪潮、记者孙璇，带着中秋月饼和报社的2000元现金，还有广州某公司慰问他俩的2万元现金到帐篷小学捐赠。他们还与师生在河滩上开了一个别开生面的中秋篝火晚会。天上一轮中秋月朗朗地映在河外堤内浑黄的水中，也清晰温馨地映在师生的心海里。篝火映得师生的脸红红的，泪晶晶的。

民政人和全县人民的无限挚爱也如篝火在学生们心中熊熊燃烧。

孟溪中学也是民政人以这种帐篷小学的精神帮助按时开学的。孟溪中学有1200多名住宿生110名教职工，仅靠帐篷是不能解决问题的，民政部门于8月20日就开始给他们联系转移地点。经和校长李世才、副校长魏清共同努力，联系到了离校20多里的夹竹园镇的原龙翔中学.这所废校曾开办过省警校，后已荒草萋萋。它有13个教室，基本可容纳孟中全体师生。

县民政局运来了一车车楠竹，送来了舟桥旅捐赠的5万元的课桌凳和武警部队送来的一项项帐篷，师生就用楠竹扎架蒙上彩条油布当宿舍。还用楠竹捆扎成上下铺，比睡地铺又"进化"多了。

9月1日开学后，县民政局又当"红娘"联系上了美国亚特兰大市华侨陈明权先生，组织当地华侨同乡会捐款16万元人民币给了孟溪中学。学校用这钱赶做了木床课桌等，添置了些急需的教学与后勤方面的设备。

民政局介绍香港的廖黎细英女士千里迢迢济助孟中的义举，成为最动人心弦的一首诗。廖黎细英已年过花甲，退休前在香港一家医院当护士，是个优秀的南丁格尔式的人物。她和经商的丈夫廖英池先生积攒了些钱，一直从事慈善事业。她原本是到另一个县去救灾的，其汽车行走在那个县的公路上，车轮带走了一些晒在公路上的谷物，被人索要高额赔款。于是，她给了"赔款"，掉转车头直奔公安县民政局，受到民政局长颜昌学的热情接待。他派人陪同廖黎细英女士来到孟溪中学所在地夹竹园。

廖女士的车队给这所流亡中学带来了180套新课桌、500张钢制上下铺的床、500床棉絮被套，共4万多元，真是雪中送炭。

在师生举行的隆重欢迎仪式上，在看到学生睡的地铺和嘎嘎作响的竹"床"时，她多次流泪。在 1200 多名学生在小雨中喊着"奶奶，谢谢您"夹道为她送行时，她泪飞如雨了。

她表示要和香港另一位有爱心的富商任桓君先生和她原工作医院的院长一起来看望孟中师生。

她感谢民政局的同志使她的善心得以实现。

民政人没有在群众的赞扬声中陶醉。他们知道任重而道远。他们又发扬帐篷小学精神投入到了灾后重建工作中。

民政部门经过查灾核灾，与有关部门一起对倒房户提出了四种恢复重建方案，一是迁居建镇型，让倒房户按城镇格局，重建新房；二是开发安居型，在镇内倒房地开发居民小区；三是灾后新村型，集中建房，便于发展经济；四是就地重建型。全倒户每户补助 3000 元，迁居户每户补助 4000 元。县委同意了他们的重建方案，指示城建部门迅速设计图纸，公路部门帮助清基。县委发出了"帮助孟溪灾后重建"的号召。孟溪立刻掀起了灾后重建热潮。省民政厅张牢生厅长和陈正森副厅长多次来孟溪指导，对孟溪的灾后重建倾注了不少心血。

10 月 9 日，全国人大常委会委员长李鹏在视察三峡工地后即路奔来看望孟家溪灾区人民。10 点钟，李鹏及夫人朱琳，还有布赫副委员长等冒雨来到了金岗村新村建设工地。

灾区没有红地毯。新村工地泥泞难走，大家就用编织袋铺了一条长长的路迎接委员长。陪同的有省委书记贾志杰，省人大常委会主任关广富及市县主要领导。

李鹏看到印有"规划一步到位，建设量力而行，分步实施，逐年建成"字样的横幅，又见机关干部和群众组成的劳动大军的汗水与雨水齐流时，他很高兴。

县委书记黄建宏指着大幅彩色的新村规划图，对李鹏说，这里将在 400 亩的土地上建成集住房、学校、医院及水、电、路等设施于一体的新村。现动工的是每户总面积达 120 平方米的住房（两户一联）。委员长频频点头赞许。

李鹏当场作了鼓舞人心的讲话。

又有不少农户选在委员长来的这个"吉日"动工下墙脚。但好事多磨，一波三折。10 日到 25 日是备受考验的日子。这块征用的新村土地虽只直接涉及金岗六、七两组的田，但一调整，全村都会错位，500 户的田，户户要调整。起初开全村调田大会时，有人掀墙，有人拔标桩。

灾民议论纷纷："住到一起，打个屁都听得到，有么好？""土地 30 年不变，怎么说变就变了？"县民政局彭基才副局长亲自到六组召集 13 个倒房户开座谈会，向他们讲述集中建灾民新村对发展经济、节约用地的好处，讲国家对灾民的关心以及抓住机遇治水致富的道理，并对其中重点特困户进行补助。灾民说："只要民政说是好事，我们就一定积极办。"这 13 户成了建房的积极户，并帮助镇干部做其他"钉子户"的工作，矛盾很快解决。在民政干部和镇干部的努力下，仅用三天调整了 500 户 3000 亩耕地。

接着，民政部门又帮助镇干部在永新村开展类似工作，采取打篮球"人盯人"的办法把这种"第二次土改"式的调田定宅基搞得有声有色。前后共用 14 天调田。

　　现在，黑狗档大桥至港关南平大桥之间的这段 207 国道两边已奇妙地矗立起孟家溪镇两个迁居建镇型灾民新村。207 国道东南边是金岗的新村，西北边是永新的新村。一排一排、一户一户于公路两旁立起的两层楼房，整齐壮观，好似道道铁壁在傲笑洪魔。室内厅室，城市风格；外墙装饰，马赛克闪亮；又好像一幅幅书写大块华章的雪白稿纸，在喜迎春风。通畅的道路上汽车来往奔驰，明亮的玻璃窗内，电话铃时时响起，使人忘却这里是水刚退去曾是淤泥覆盖的重灾村子。

　　现金岗的新村已实行"五通"：通水、通路（村庄有 12 米宽主干道、6 米宽次干道、3 米宽人行道）、通电、通电话、通有线电视。这里成了代表孟家溪镇的新景点。民政干部又及时实行"三帮扶"：精神帮扶、物资帮扶、科技帮扶，帮助金岗村民进行产业结构的调整：少种稻棉，多栽脆冠 8-2 等新梨苗及样楂柑等优质果树。用科技致富来夺回水毁损失，使新村更美丽。

　　"三袁"故里不但没有沉没，而且已重新崛起，正昂首阔步奔向更加辉煌的 21 世纪……

　　（本文是国家一级作家李寿和带王书文一起在灾区采访，曾共同署名，刊于省民政厅、省作家协会编著的《真情》一书）

◎

性灵传薪

追求"第一"的文化人

——李寿和先生侧记

在中华人民共和国成立 70 周年大庆之际，我们欣喜地看到公安县各行各业都风生水起，硕果累累。仅就文化方面看，就有很多埋头苦干，勇于创新，且卓有成就的风云人物。在"三袁"研究方面，李寿和先生是一位专家，他几十年来，在文化与创作方面与多个"第一"结缘，说似巧遇，又实属必然。

第一部"三袁"传记

李寿和先生是"三袁"故里孟家溪镇的人，他的旧居在"三袁"里古镇孟家溪街市的一步街，这里是他童年、少年时期的乐园。这一步街是一条西起松东河堤边、东到原孟家溪小学和中学地段的一里多长的街道，两边是居民或上梭板门窗的商铺，街道上有走得光亮的铺得断断续续的青石板。每到早中晚三个时段，一步街上就有不少中小学生在嬉笑奔走、在呼朋唤友、在围观某个有趣的人或事。因为这条街有行走如明眼人的魏瞎子，有算命很准的金瞎子，有打枪时因枪管爆裂而只剩一只胳膊的杨牙医，有腿残疾却裁缝手艺高的邹跛子，有手拿两块搓板把拧蚕丝的一长串金属坠子搓得嗡嗡响的游丝匠，有一位天门腔喝酒后爱讲国际国内形势的鄢老师，有经常吓唬学生皱着眉头挑河水的光头聂哑巴，有身材高挑喜欢拉二胡的邱会计，有不爱言谈善用小炉子熔化金银铜铁锡、其小屋子上面的架子上老是挂满铜勺和挖耳子之类稍一晃动就叮当作响的范铜匠……

当然，谁也没有料到，一步街南边面朝北的普通平房里的读书人李寿和先生有一天要名扬天下。他的家里似乎一般只见三个人，即李寿和与母亲，还有个妹妹李寿平。他的爸爸在章田寺公社一个单位上班，很少回来。

深夜里，他书房里一盏小煤油灯常常亮着，是这条街最后熄灯的人，因为他从小就勤奋好学，到夜深了还要记日记。他家所在位置也够独特的了：前面是街市，市声嘈杂，但不是主街，又相对安静些；西边是河街河堤，偶尔有轮船到岸的汽笛声或行长水船拉纤的嗨嗬声；西南边是邱家铁匠铺，红红的炉火和闪闪射射着刺眼的红铁火花，叮叮当当的锤击声和铁匠父子师徒的坚毅神情也是一种滋养。屋后，即南边是一个不小的湖，湖上荷叶田田，鹅鸭浮游，湖边垂杨映水，更远处农田一片葱绿，秧鸡躲在庄稼深处发出短促的叫声，都是李寿和读书写作的伴奏和映衬。

加之，他常常听老人们讲"三袁"、即袁天官如何聪明，他们的姆妈的脚如何大得出奇，他有一回真的看到了碑巷边"三袁"的墓园，看到了"御赐祭葬"的丰碑，就更加坚定了他要认真学习，做一个为家乡争光的人，朦朦胧胧中似乎产生了要写"三袁"故事的念头。

他果然以优秀的成绩考上了荆州师范专科学校，他的视野更开阔了，因为他看到了中国文学史上有专门的章节讲"公安派"，讲"三袁"，并说他们是湖北公安人，这样，李寿和愈加激动不已。

他从荆州师范专科学校毕业后，没有像一些同学那样在市县高就，而是毅然回到家乡——孟家溪工作，即热情地在孟家溪小学教书。在这段时间，他给学生们讲"三袁"，讲本地有为的先贤，清明节带学生去给王烈士扫墓，也给"三袁"扫墓。这段时间，处于青春期的李寿和，精力旺盛，爱音乐，爱演奏，什么笛子、黑管、风琴他都能自如地演奏，他还和其他音乐老师一道自编自演一些宣传"三袁"的节目，加在那些革命节目中，如一股清新的风从荷叶柳枝间吹来。

不久，由于他出色的表现和扎实的文学功底，得以到华中师范学院中文系继续深造，这对于他来说是更上一层楼的标志。特别是他的老师中有对明清文学卓有研究的黄清泉教授、还有也出生于公安的张永健教授，他崇拜这些学富五车的名士，名师也喜欢这位沉静睿智的学生。有点当年"三袁"见李贽等先生的感觉。他常常和老乡、女友、华师的同学杨国英一起在桂子山、在东湖、在长江边畅谈自己的理想，要当一个文学家！

这时期，李寿和不仅写日记，实际已开始写小说、散文、诗歌等等，他手中这支经"三袁"故里的热风濡染的笔，再也停不下来了！

他华师毕业后，相继到县志办、公安县文化馆担任创作干部，后来又担任文化局副局长。当时除了大量的辅导群众文艺创作外，他挤出时间自己创作，这个荆江分洪区所在的百湖之县文化底蕴丰富，可写的东西实在太多太多了！他开始写水，写长篇小说《荆江怒涛》，但是当时所谓三突出，很多条条框框，很多"婆婆"要求这样改那样改，他这个人有倔强的个性，这样一来，就搁下了。

好在1983年秋，领导交给他一个任务：写一本"三袁"故事。他喜出望外，一下子触动了内心那根弦。他一边阅读"三袁"著作，一边外出查阅资料和实地考察。他首先要追寻袁中郎的足迹远走吴越一带。通过考察，一个大胆的想法萌生了：干脆写"三袁"传！他说："既不像《列朝诗集小传》那样把"三袁"分开来写，也不像《明史·文苑传》那样把伯修、小修附于中郎传中，更不像当代出版的一些文学家传记中只写中郎而置伯修、小修于不顾。而应该用'互见法'把他们组合在一起写。因为"三袁"是一个整体、一个梯队，正是这个'三'字，才是最值得一书的。"

说到"三袁"，其著作，在清代遭到"抽毁"，在民国遭到冷遇，在新中国建立后特殊年月，因其"独抒性灵"而被视为唯心的东西，其墓其碑亦平毁。李寿和先生要写出传记谈何容易？

可是，他在袁中郎诞辰 415 周年的前 5 天写出了《三袁传》第一稿。到 1989 年春节才完成第三稿。到这年的 6 月，他才将第三稿打印成册征求各方面意见，直到 1990 年盛夏才最后定稿。他像一个武林高手，平静地看着有些人花式拳脚屡获彩头，不为所动。他自己轻易不出手，似乎没有什么功夫，当看客露出不屑或者竞斗者也懈怠了，或者极需要他出手了，他才不声不响似乎随意地入场，一出手则所向披靡。

人们看到一本《三袁传》的打印稿，不少领导都带着惊讶的神情近前摸了摸，这是真的吗？我们公安县还没人写这么厚的传记呀，一些常给领导写过如山材料的"笔杆子"也面面相觑，佩服之至。

其实，在这构思、写作的七八年中，李寿和先生甘苦自知。他挤出时间，常常在各大图书馆啃线装书，在昨是今非的城乡故地踏访"三袁"踪迹，乐此不疲。如为了浏览一本记载有袁中郎轶事的孤本《皇明世说新语》，他曾申请进入上海图书馆显微阅览室，亲手操作幻灯机，通读了该书的显微胶卷，还去北京看当年国子监街边孔庙里的进士题名碑。为了探寻袁中郎当年处理"天池山之讼"的蛛丝马迹，他冒烈日、登当时游人少去的吴县天池山，为了搜集民间传说，他暑天严寒骑车去田间地头访问老人或袁氏后裔，他还尽量拜访专家学者，如上海古籍出版社总编辑钱伯城、湖北大学中文系教授张国光、华师大中文系教授黄清泉、武汉大学副教授熊礼汇、河南大学中文系教授任访秋等，得到那些先生的鼓励支持。特别是华师副教授张永健为之请诗坛泰斗臧克家题写书名。如此一来，该书应该是呼之欲出了。不，李寿和先生还请他的老师黄清泉教授审稿，请他在书稿上加了不少画龙点睛的议论，并把书稿原来的八个小标题改成了一首七言律诗。即散开每句是一个小标题，合起来，又是一首赞赏"三袁"的格律诗。黄教授的诗句是这样的：白苇黄茅三慧童，斗堤襟带孟溪雄。江南芳草随心绿，冀北朝霞载誉红。河柳频摇云梦浪，篷帆直挂海天风。楚才不幸诗坛幸，自有名山事业功。

黄教授书稿即将付印前，冒着武汉的酷暑，赶写长序。这样，李寿和先生的《三袁传》披挂齐整，隆重登场了！

《三袁传》的出版，在晚明文学，特别是"三袁"研究这一块是一件大事，因为它是海内外第一部"三袁"合传，它应该不在于写了多少万字多少卷本，如何精彩生动，主要是尊重史实、提出见解、有筚路蓝缕的开山之功，也吸引了海内外"三袁"研究者的注意，成了研究"三袁"的重要的权威的参考著作之一。

第一个国外来访者

1994 年的春夏之交的一天，李寿和先生在油江桥东南边文化局宿舍楼三楼写作，突然有人敲门，他习惯地把写作的一摊子物件，包括电脑用一块红绒布盖好，前去开门，只见一男一女两个青年人微笑地用标准的普通话作自我介绍。原来，这个不到 30 岁的男青年是韩国釜山大学副教授，叫南德铉，现在中国社会科学院读硕士研究生，作为访问学者，课题是研究"三袁"，同来的女士也是"三袁"崇拜者。是湖北大学张国光教授介绍来拜访李寿和先生的。

在客厅坐下后，宾主相谈甚欢。在解答了南德铉的许多问题后，李寿和先生送了他有关论文集，南德铉看到论文集中有李寿和先生的两篇文章，激动地说："非常重要！我的论文就需要这些材料！"

他还谈到如何到袁中郎任过县令的苏州，怎样查资料，访街巷，看方志的经历。那女士又谈到如何请张国光教授写亲笔介绍信的，又如何两人在当下共同阅读张国光教授赠送的《三袁传》的。一边品着李寿和夫人杨老师续上的茶水，一边畅谈，宾主间或发出爽朗的笑声。

当南德铉拿出自己论文的提纲请李寿和先生指导时，南德铉的女友竟然很"中国"地去厨房给杨老师帮厨，她说今天还要借这里的锅灶做一道地道的韩国风味的菜给尊敬的李寿和先生和杨老师品尝哩。结果她也许是有点激动或紧张，放多了盐，端到餐桌上的时候，大家一尝，很咸。那女士羞得满脸桃花，连说对不起对不起，还是杨老师会解窘，说："不要紧，还加点糖压咸味。"果然，味道很别致。南德铉拿出专程从韩国带来的高丽参酒请李寿和先生夫妇品尝，平时较少喝酒的李寿和先生那天脸上喝出了酡红。后来，李寿和先生在《长江文艺》上发表题为《探访韩国"公安派"》一文，写到这次相会，说"我与他在我家里举行了一次国际公安派研讨会。"

后来，南德铉写成了大部头的有关"三袁"的博士论文《公安派文学理论研究——以袁氏三兄弟为代表》，并赠给李寿和先生一本，他后来把它捐给了位于县一中的"三袁"纪念馆。然而，与南德炫的情谊，或者说，经由"三袁"牵线的跨国忘年交还远远没有画上句号。如南德炫与李寿和先生结伴到公安县卷桥水库附近去找刘璋墓邹文盛墓，游许昌、赤壁等地，话题形散神聚——总之离不开"三袁"。

第一次到韩国讲"三袁"

那个帅气的"三袁"粉丝南德炫回国后，继续在釜山大学任教，他身边簇拥着一批"三袁"粉丝，大家常常听他在课堂上或者文章中谈到非常珍视到"三袁"故里拜访李寿和先生的事，于是，大家建议他把李寿和先生邀请来韩国让大家一睹尊容聆听教诲，于是他多次邀请李寿和先生访韩。

李寿和先生知道以这种形式的讲学，自己要花费不少开支，但是为了"三袁"，他这次走出书斋，亲自出国去宣讲"三袁"，这大概是天纵之才"三袁"万万没有料到的呀！

李寿和于 2000 年 6 月中旬，在前来迎接的南德铉陪同下，乘飞机抵达韩国，受到南德铉的夫人和釜山大学人文学院师生的热情欢迎。李寿和一介书生模样，此次赴韩仅仅带了一支钢笔，几页稿纸，大概比"三袁"当年赶考带的资料还要少。然而，作为"三袁"故里的特殊代表，他携带着丰富的"三袁"文化遗产去进行中韩文化交流，所承载的厚重与珍贵是无法衡量的。

李寿和先生在釜山大学人文学院进行了专题演讲，题目为《从袁宏道、三袁到公安派——中国文学史上的一道奇观》，听众主要是专家、教授及研究生。演讲结束后，还回答了朴美见等多位同学的提问，他们望着这位来自遥远而神秘的"三袁"故里的学者作家，眼中流露出无限的仰慕之情，似乎在端详他，想象着四百多年前"三袁"的俊朗风神。

事后，李寿和先生写了《韩国访问三日记》刊登在《荆州文史》杂志上。

2002 年冬季，他又在斗湖堤接待了南德铉的老师——韩国著名汉学家、高丽大学退休教授许世旭先生，应许教授之请，谈了"三袁"的成长与家乡特别是出生地的自然环境和人文环境的关系，因为许教授正在写这样的一本书。

第一届公安派文学讨论会

1985 年春，李寿和先生正在精心撰写《三袁传》，还应邀参加了在湖北省天门县召开的首届竟陵派文学讨论会。竟陵派是与公安派一脉相承的，某种程度上是为纠正公安派某些偏颇而后起的文学流派，而当时，天门县竟然走在公安的前面了，这对小时候，老师评语说他"占强"的李寿和来说，虽觉得大受鼓舞，又心里不是滋味。特别是湖北大学的张国光教授在闭幕式上特意说："学生动起来了，老师怎么办？"意思是作为竟陵派的"老师"的公安派怎么办。

李寿和先生当着与会的专家学者，大声回答："老师也会动起来！"激起一片掌声。

开一个这么高规格的全国性的学术会议谈何容易？

于是李寿和先生一回到公安县就开始上下联系，未雨绸缪，干好这件大事。他以自己的母校华中师范学院为智库，从学校领导到有关教授专家他在县里有关领导陪同下一一登门拜访，到后来，甚至在出版《晚明文学革新派公安三袁研究》这本论文集时，华师出书号，还提供了经费支持。由于李寿和先生出色的工作，张国光教授要把李寿和先生加在"副主编"之列，而李寿和谢绝了，他认为当时自己还不够格。他就是这样一个实在的人。对此，张国光教授只好让李寿和在此书里多发一篇论文。

1986 年初冬，李寿和先生请来湖北大学、华中师大的张国光、李悔吾、黄清泉、张永健等四位教授，到公安县召开了首届公安派文学讨论会的筹备会。

在筹备会上，李寿和先生提出了一个大胆的设想：编一本论文集，作为学术丛刊第一辑，而且要赶在开幕式发到与会者手中！几位教授和有关领导非常赞同。于是，李寿和先生通过函电与省内外专家学者联系，不久就收到论文 50 多篇，最后由张、黄两位教授定稿，由华师出版社正式出版。这期间，李寿和先生在武汉，跑大学跑出版社跑印刷厂，忙得不亦乐乎。同时，他又请县图书馆党支部书记蒋凯负责将"袁中郎故里碑"正式立在油江河边，将位于孟家溪镇荷叶山的"三袁"墓进行培冢立碑（明朝万历年间的"御赐祭葬"碑已不知所终），让与会的专家学者有地方踏看、凭吊。

1987 年 5 月 11 日上午，是个可以载入历史的日子，首届公安派全国学术讨论会在"三袁"故里公安县隆重开幕，同时湖北省公安派文学研究会宣告成立！与会的有全国 18 个省市 40 多所高校和科研院所的 100 多名专家学者。参加会议共 200 人济济一堂，盛况空前。与会者中，可谓名流云集。如湖南师大教授马积高，西北大学教授王拾遗，中国社科院文学研究所研究员邓绍基，湘潭大学教授羊春秋，湖北大学教授李悔吾、张国光，南京大学教授吴调公，华东师大教授徐中玉，北京师大教授郭预衡，河北大学教授魏际昌，华中师大教授黄清泉等。

会议还收到中共湖北省委顾问委员会副主任、公安派文学研究会名誉会长李尔重，上海古籍出版社编审、总编辑钱伯城，武汉大学中文系教授李健章等发来的的贺函、贺诗、贺电 24 件。国务院古籍整理小组组长、南京大学中文系教授程千帆为"公安派文学研究会"题写了会名。武汉大学李健章教授是"三袁"研究专家，因年高体弱未能到会，还是发来最能概括当时盛况的贺诗：

一堂文学辈，三日会群英。

高论入青冥，人人说性灵。

这次会议，在学术界引起了很大的反响，被认为"填补了明清文学史研究的一项空白"。《光明日报》《文艺报》《文学报》《文摘报》《文学遗产》等几十家报刊作了报道。权威的《国务院古籍整理小组简报》发表了中华书局编辑赵伯陶的长篇述评。多年后，他还邀约武大熊礼汇教授和李寿和先生注释出版了十卷本的《晚明小品十家》丛书。当然，会议前出版的《晚明文学革新派公安三袁研究》一书是会议的硕果之一，另外，由县总工会领导张遵明牵头，在三天会议出了四期《首届公安派文学讨论会简报》，图文并茂的简报在 1987 年四通打字机时期还是稀奇，亦受到与会专家称赞。

三天的盛会在 5 月 3 日结束前县委书记等和大家合影，哪知照片洗出

来后，大家才发现没有李寿和的影子。原来。他实在太疲倦了，当大家高兴
地合影时，他居然伏在办公桌上睡着了！由于人多，有人在为位置而客套谦
让，竟然没有注意为这次会议付出了极大热情和辛劳的李寿和在合影中缺
席了！

第二天，他又送走了各路专家学者，才猛然记起，今天居然还是自己
四十岁的生日！他激动不已，他望着远去的车影，口占四首诗记其事。如第
四首是这样写的：四十方强路犹远，万事今日成头桩。诸公誉此填空白，空
白正好出华章。

他不仅让"三袁"——这张独特名片为更多的人士所了解，也增强了
公安县的知名度与美誉度，还引领了一批文化追梦者前行的脚步。

第一部写"三袁"的电影

李寿和先生往往爱创新，出奇招。他写传记，搞注释，开讲座，不少
方面研究"三袁"，弘扬"三袁"文化，但是他不满足于已有的成绩与盛名，
他又开始着手写以"三袁"为主角的电影了。须知，这既是新招，又是险招。
为什么？因为，"三袁"不是有非常惊险经历的武将或者官场宫廷勾心斗角
的角儿，也不适合去戏说去让它市场化娱乐化，他们是正儿八经的文人、廉
洁的官员，写的电影有人拍吗？有票房吗？搞得不好，真应了当地一句歇后
语：顶起碓窝子唱戏——人吃了亏戏不好看。然而，李寿和先生就是要多侧
面多种艺术形式地尝试去表现"三袁"。

于是他决定写袁中郎，写他在吴县当县令时的一段故事。他开始撰写
电影剧本《大明县令袁宏道》，策划方要李寿和先生到袁宏道当过县令的苏

州以及横店电影基地去体验生活，这期间，李寿和设想让这部电影的音乐有"三袁"故里公安县的音乐元素，想让公安地花鼓为音乐底色，于是，他找到原文化馆老同事、著名音乐人毛祖贵先生，请他准备素材，创作电影音乐。毛祖贵很高兴，查资料，动手创作起来，音乐准备也很好，可惜后来，没用上，毛祖贵老师很是惋惜和生气。

　　影片于 2010 年 10 月 26 日在湖北省荆州市公安县开机。由中国新闻社湖北分社出品并制作。高级记者、中国新闻社湖北分社社长章敦华担任该片出品人兼制片人，导演为陈志平。影片主要讲述明代文学流派"公安派"旗手、"公安三袁"之一的袁宏道，在万历年间任江苏吴县县令两年期间的故事。该片通过袁宏道拒收贿金、纠正弊政、勤政为民、刚正不阿、除恶扬善等一个个历史故事，反映出他清正廉洁的品格，体现"府县兴，国家兴，府县衰，国家衰"的主题。影片长总计 90 分钟，计划 11 月中旬杀青，2010年底在北京进行后期制作，于 2011 年上映。史上第一部写"三袁"的电影，在公安县"三袁"研究院成立的活动中，第一次与"三袁"故里的各界人士见面了，自然受到了高度评价，大家祝贺李寿和先生又为"三袁"作了一个大胆而成功的尝试。在改革开放之前，家乡的老一辈往往在稻场上、广场上，嘻嘻哈哈挤挤搡搡地看一些露天电影，做梦也没想到会有公安人写出一部电影，电影中竟有熟悉的场景和人物，所以分外亲切。

　　其实，在庆祝中华人民共和国成立 70 周年之际，回顾李寿和先生的文化成就，又岂止这些"第一"？他与熊永、丁楚章等先生一道收集编写了第一部"三袁"传说，第一次竖起了"三袁"雕塑，建立了第一个"三袁"纪念馆，建立了第一座袁中郎故里碑亭，第一次出版写荆江分洪的长篇报告文学《荆江分洪大特写》，第一部写开闸与大转移的长篇报告文学《共和国没有开闸》，第一次获得广东省鲁迅文学奖等等。

是啊，与其说李寿和先生追求"第一"的成就是他的勤奋天分所致，不如说是这70年伟大变革的风云际会所致。我们感谢卓有成就的李寿和先生，也要感恩这个改变了每个人和每个角落的伟大时代！它激励我们去奋力书写更为辉煌的壮丽篇章！

（刊于大型散文集《孟溪大垸我的家》第二辑）

我为什么要为袁中道立传？

——《袁中道传》后记

在一个大转型、大变革的社会里，在一个紧张纷繁的生存环境中，有人会从偏僻的乡野立志走向大都市走向京城吗？有人会在名利场上做一个清醒者、儒释道兼修以给心灵一片净土吗？有人会在琐细的日子里发现并坚持记录美，留下优秀的诗文日记吗？有人会不惧挫折困顿最终如愿吗？有人会直面悲苦挺直腰杆力振家声吗？有人会开宗立派、敢擎大旗、勇当掌门吗？有人会身居高位关注草根心存忧乐吗？有人会不戴面具独抒性灵感动千古吗？

有的，他们就是"三袁"，即晚明文坛"公安派"的代表人物袁宗道、袁宏道和袁中道。

在海内外日渐热络的"三袁"研究者中，有专家学者，有名人宿儒，也有普通的"三袁"爱好者。我是"三袁"故里的一位中学高级教师，中国楹联学会会员，湖北省作家协会会员，也是"三袁"研究院院务委员。我读了公安县孟家溪出生的国家一级作家、中国作家协会会员、"三袁"研究专家李寿和先生在1991年出版的《三袁传》，又读了在"三袁"故里西边只

隔两条河的牛浪湖出生的国家一级作家、中国作家协会会员曾纪鑫先生在
2012 年出版的《晚明风骨·袁宏道传》，我想应该试着为袁中道作传，以
便从多侧面介绍"三袁"了。

　　袁中道为什么值得越来越多的人去关注，去研究呢？"三袁"的原著
会告诉我们答案，这本《袁中道传》也会以它的文本面貌告诉我们鲜活的
答案。

　　袁中道（1570—1626），字小修。他出生时，爱做梦的祖母，没像两个
哥哥出生时做神奇的梦，这也许就注定了他从一落地就不带奇幻色彩，而
更多的是兆示他有接地气、性情更平民化经历。他虽然也很聪明，但是他多
少年久困科场郁郁不得志而又时时不辍笔，万历三十一年始举于乡，万历
四十四年中进士，万历四十五年授徽州府教授，后升南京吏部郎中。天启六
年病逝于南京，终年五十七岁（一说五十五岁）。中道少年聪慧，十余岁即
作《黄山》《雪》二赋，洋洋五千余言。中道早期诗集《南游稿》《小修
诗》所收录诗歌是公安派文学发轫之作，是公安派"独抒性灵，不拘格套"
创作土壤上开出的绚烂桂花，为袁宏道性灵说理论提供了一个较有说服力的
样本。万历后期，公安派主要成员纷纷谢世，中道成为公安派理论激浊扬清
的集大成者、不惧毁誉的擎旗手和再续荣光的最后掌门人。他在诗文创作和
尺牍序跋中，批评了性灵文学创作末流之弊病，在万历末年七子派和公安派
的融合趋势中作出了贡献。中道多才多艺，精于书法绘画鉴赏，是一位多产
的作家，现存诗文近四十卷，达六十万余言，主要有《珂雪斋前集》《珂雪
斋近集》《珂雪斋集选》以及日记体散文《游居柿录》，是一笔丰富的优秀
的古代文化遗产。

　　那么，深入阅读袁中道的原著或读这本有关他的传记文学《袁中道传》，一个较为模糊的袁中道形象就会变得更加清晰起来。

　　袁中道是"公安派"文学活动的积极实践者。大家知道，袁宗道、袁宏道和袁中道三兄弟是晚明文坛"公安派"的主将，虽说一般观点认为袁宏道是主帅，但是袁中道一直追随二哥袁宏道，很长时间形影不离，受其影响很深，在很大程度上被袁宏道的光芒所笼盖，在文学上的成就至少应该说仅次于袁宏道，如著名学者钱伯城说："只是他过去的文名为其兄中郎所掩，受人重视不够。其实他是可以与中郎相颉颃的，至少文学见解方面不弱于中郎。"

　　这是很公允的评价，如小修在万历二十二年（1594），年仅二十五岁就写出《南游稿》，受到两位兄长的高度评价。这也是"三袁"早期推出的有分量的"性灵派"诗集。第二年，梅国祯等读《南游稿》甚激赏。就是有名的"独抒性灵，不拘格套"八个字，也是袁宏道在万历二十四年（1596）《叙小修诗》中提出来的。袁中道在以后的创作实践理论的继承与发扬中，更是功勋卓著。所以说，袁中道首先是一位有个性的有魅力的作家。

　　袁中道是不向命运低头的成功的拼搏者。袁中道在万历十三年（1585）十六岁时就考中秀才，可是直到万历四十四年（1616），四十七岁时考中了进士！中间苦熬了三十一年！而其大哥袁宗道在二十七岁时就考中进士，而且是会元，殿试二甲。二哥袁宏道在二十五岁时也考中进士。袁中道这个十岁出头就写出《黄山》《雪》二赋的才子竟奔波场屋这么多年，一次次地应试下第，虽说这个少年有奇气的青年才俊有块垒难平，但也没有磨损他的进取之锐气。他利用这几十年时间，读书、出游，交友、拜师、写作，得到了很好的历练。这期间，两个哥哥逝世，后来他父亲逝世，他悲痛欲绝，运灵柩、操办安葬事宜，身心俱疲，旧病复发，几致不保。其间几多师友辞世，他对人生对前途，产生过迷惘，但是他还是挺过来了，不仅保住了身体，而且终于在四十七岁时不负众望考中了那个当时体现某种人生价值的进士！

袁中道是"公安派"后期的擎旗手与掌门人。当两位兄长逝世后，袁中道一面强忍悲痛，疗心灵创伤，一面不断与文朋诗友交往，通过给兄长、文友编集子、写书序、发书信等多种活动让更多的人了解袁宗道、袁宏道和追随他们的一批作家，继续高举性灵派的旗帜，实际上成了这一派的掌门人。如他在万历四十七年（1619），在徽州府学任上，刻印了《袁中郎先生全集》，并写了有名的《中郎先生全集序》，序中除了维护以往的观点主张外，也对渐渐显露的弊端作了公正的评价，对中郎在前期的矫枉过正后在创作中显露出的丰富特色与本来面目，予以澄清，这不是仅仅基于兄弟之情，而更多的是对文学与历史的负责。应该说，依袁中道的声望、身份做这种工作，是很恰当的，是有激浊扬清、推波助澜的积极影响的。

他除在理论上有所建树外，还在心情、生活很不稳定中，写下了六十万字的诗文作品，甚至还包括一部难得的日记体自传《游居柿录》，这是可以和黄庭坚的《宜州家乘》、陆游的《入蜀记》相提并论的具有史料价值、文学价值的优秀散文。

袁中道是著名的旅游家与散文家。他的二哥袁宏道常常被后世评为八大散文家、十大散文家之列，其实中道也是直追中郎的散文家。而他的散文又以写景叙事的游记散文（小品文）见长。如大家耳熟能详的《清荫台记》《远帆楼记》《杜园记》《荷叶山房消夏记》《游荷叶山记》《游西山十记》

《游石首绣林山记》《游岳阳楼记》等，又无一不是在全身心地游山玩水中写成的。他时而在家乡留恋风景，时而到北方感受风沙，时而到南方领略风情，时而到东边寻找知音，他常常乘着自己的汛凫之舟，在风波中祛除郁结，激活能量，磨炼胆识，寻求灵感，陶冶性情，开阔胸襟，所以他的视野很开阔，文笔很优美。特别是由于他多年科考偃蹇，对家乡公安县涉墨多，其中又以家乡孟溪长安里一带景物描写为最多，所以，他的游记散文格外灵动可爱。当然，他的散文（小品文）还包括他富有个性的亲友尺牍、人物传记，日记散文、序引文字，应该说他和两个兄长是一个整体，是一个被文学史记载的"三袁组合"，三兄弟的散文已有不少专家置评，应该说各有千秋。

袁中道是儒释道兼修的著名学者。袁中道从小受父亲袁士瑜和两个兄长的家庭教育，加私塾学堂里有万二酉、王以明、吕邦永、刘福井等老师的学校教育，还有舅家外祖父龚大器、舅舅龚惟学的家庭熏陶及课外补习式教育，以及后来受李贽、焦竑等的深造点化进修式教育，使得袁中道在儒学方面可以写一手好文章以博取功名；在佛教方面，写了很有见地的佛学理论文章《心律》等；道教方面，他和二哥中郎一起写了《导庄》这样的论文，再加上他热爱山水，与大自然融为一体，本身就是对道家理论的亲身实践。他甚至尝试着接触西方传教士利玛窦之类人物，当然囿于其局限性，他没能探求更远。总之，可以说，他是多种文化、多种理论兼收并蓄并学有所成的学者。

袁中道是清廉自守的末世官员。袁中道所处的时代，是晚明政治腐败、矛盾激化、大厦将倾的特殊时期，但是那些从小就胸怀大志，想在修齐治平方面一试身手的人们处于进退两难的境地。袁中道的两个哥哥袁宗道、袁宏道洁身自好，作为清官对袁中道是有很好的示范作用的。所以，他在四十七岁得了个徽州府学官后，还是很爱惜自己的羽毛的，平时交往，谢绝不当的吃请等，参与主持科考，严格按规矩办事，闭门做他的案头文字工作，稳妥规范。后直到升任南京吏部郎中，他仍然清正廉洁，官声清越。虽然没有多少很具体的政绩故事，但是从他留下的上表之类文字，和他没有遭到常见官场倾轧诋毁等情况看，已可知道他为官的无懈可击了。

袁中道是热爱家乡、热爱自然、率真爽直的真名士。在那个以功名求官施展才华的封建社会，读书人讲究温良恭俭让，有的搞得未老先衰，失去了个性，磨平了棱角，以为循规蹈矩才像一个标准的读书人，才像一个官员。而袁中道却很有个性，年轻时"的然以豪杰自命，而欲与一世之豪杰为友。其视妻子之相聚，如鹿豕之与群而不相属也；其视乡里小儿，如牛马之尾行而不可与一日居也。泛舟西陵，走马塞上，穷览燕、赵、齐、鲁、吴、越之地，足迹所至，几半天下"。这种豪侠名士之风，在两个兄长身上似乎不明显，至少大哥袁宗道是没有这样的风格的。

对于自己在较长的时间跨度里和较大的空间领域里的漫游、交友、饮酒等方面的得失，袁中道很直率地检讨，如他给好友钱谦益的信里说："自念平生，无一事不被酒误。学道不成，读书不多，名行不立，皆此物之为祟也。甚者。乘兴大饮后，兼之纵欲，因而发病，几不保躯命。"虽然当时的社会，有一定地位的人的生活就是这样，但有几人像他这样坦诚写出呢？这才是真性情之名士。这才是他在这种状态中挣扎，力求有更佳的生活方式。

在袁中道的诗文日记中，看不到他写多少俗事，看不到他写吃吃喝喝、吹吹拍拍，看不到他在那里刻意臧否人物，怨天尤人，有的是一派超然的真情雅趣。他甚至不是一味从俗地去写名山大川、皇家林苑，而是把很多笔墨用来写家乡的一草一木一山一水，不以黄茅白苇偏僻的荆南之地为讳，反而深情描写，昂然讴歌。

中道还很推崇唐朝的张志和与陶岘，他也效法他们陶醉于大自然的怀抱里流连忘返。袁中道就是像他们一样浮家泛宅，作南北漫游的。张志和的《渔歌子》中"西塞山前白鹭飞。桃花流水鳜鱼肥。青箬笠，绿蓑衣，斜风细雨不须归"的吟唱迷倒了袁中道，所以他也驾汎凫之舟，冲浪远游了。陶岘是唐开元时人，是名士，本来可有大作为，却认为生不逢时，过着淡泊功名、酷爱旅游的浪漫生活。他说："某尝慕谢康乐之为人，云终当乐死山水间。"袁中道和张志和、陶岘两位前贤，心有灵犀一点通，都是用放浪形骸、寄情山水来表达一种大志难酬的不满，同时，在寻求心灵慰藉的同时，用行走江湖的形式读大自然这部奇书，又获得新的创作灵感。这也是袁中道区别于一般旅游者的又一闪光点。

以上简述的袁中道形象，我都试图较好地在《袁中道传》中艺术地体现出来。

我是"三袁"故里孟家溪镇的人，我的出生地是离"三袁"出生地荷叶山只三四里路的高庙湾，其工作的地方就是"三袁"诗文中多次提到的风光旖旎的车台湖，我经常给前来瞻仰"三袁"墓的学者游客当义务讲解员，甚至在孟溪镇立"三袁"塑像的那段日子，应邀在孟溪镇的电视节目中讲过一段时间的"三袁史话"，应该说有得天独厚的条件，所以自己对"三袁"有了新的认识，萌生了写袁中道的强烈愿望，于是花了三年时间，完成了这部书稿。全书稿近16万字，把袁中道这位公安派后期的集大成者、掌门人、擎旗手的一生用文学性、史料性、科学性的文字，以严肃的态度、较生动的文字展现出来了。全稿主要材料来自于"三袁"著作，如《袁宏道集笺校》《白素斋类集》《珂雪斋集》等一系列著作，参阅了大量的"三袁"研究著作，如《三袁传》《晚明风骨·袁宏道传》等几十种著作，加之我有多年创作发表小说、散文、诗词、辞赋、楹联的文字实践，在形式上让每章用一副楹联作小标题，以增添点"古味"。全稿有 57 章，寓意是袁中道享年五十七岁。从袁中道的出生到他的出游，从他的艰难的科考到终于中进士当官，从他追随二哥参与公安派的活动到他的卓越文学实践扬名海内，以时间为经，以与二位兄长及各位文友交往、游历、科考、为官等为纬，以期发掘新的史实，再现天才性灵之光，复活一代文星的鲜活形象。同时，让读者看到晚明的社会万象，悟出袁中道曲折而传奇的一生的舞台背景，特别是具有公安乡土气息的人和事的叙述，以及我特意使文稿有别于以往有些"三袁"故事的粗线条叙述，注意沉下去从细处塑造人物，使得书稿具有较强的可读性，可以说是袁中道在海内外第一部传记，也可以作为一部散文作品来阅读。至少让人看了，认为写的不是别人，是写的袁中道。对人们进一步了解"三袁"，弘扬"三袁"文化，是一个有益的尝试。

全文打印成样书稿后，我两次到深圳将书稿交"三袁"专家李寿和先生审读，他在肯定我研究"三袁"热情的同时，发现我由于手头资料欠丰富、视野欠开阔等原因，认为文稿还需作一定的修改。于是在 2013 年炎热之夏，就书稿存在的一些问题与我三次视频长谈，提出了若干的修改意见。我又花了几个月时间去较大的图书馆查阅新的研究资料，尽可能地到"三袁"足迹所及的地方踏访了解，再打印成书。继而将之交由县文联主席、"三袁"研究院常务院长李瑞平、"三袁"研究院副院长张遵明、县作协主席饶岱华、县一中高级讲师翁承新和县楹联学会副会长刘才万等先生审读，在 2014 年秋果飘香的时节，请国家一级作家、中国作家协会会员曾纪鑫先生对书稿审读，均获得了热情的接待和提出了中肯的意见与建议。如李寿和、曾纪鑫两位先生在创作和编辑的百忙中抽出时间对我的书稿耐心审读，大到写作的角度思想深度等方面点拨，小到一些标点符号的纠正，（当然我限于水平有些还没能完全调整到位）都不吝赐教。对此，我深深感谢！

（长篇历史文化名人传记《袁中道传》后记）

"三袁"诗句启心扉

一、亲友唱和透真爱

《读小修南游稿志喜》

袁宗道

怪尔新诗好,居然下里稀。

眉端沧海色,江上白云衣。

鼓楫三湘去,携图五岳归。

能令名利客,一倍宦情微。

袁宗道这首诗是写在三弟袁中道东游携稿归来后,他以欣喜的心情,赞扬袁中道的诗作是稀有的好诗,有着沧海白云的气息与不羁的风格,也就是"三袁"兄弟正着力追求的性灵风格。后老二袁宏道在《序小修诗》一文中正式亮出了"不拘格套,独抒性灵"的观点。

《万二酉老师有垂老之疾惑而赋此

万里中老儒余家父子兄弟祖孙皆从之游其人可知其一》

袁宏道

青袍横看世途欺，百岁萧条只故离。

吾道春秋生死在，世情天地古今疑。

五男差得如陶令，一女何曾有蔡姬。

楚士从乘多寂寞，为君挥袖泪成丝。

"三袁"是所以能够从黄茅白苇之地走出荆楚，走向全国，走进文学史，除了本身聪慧过人、舅家辅导影响外，与家乡一些学富五车的老师的教诲也是分不开的，如王以明、万二酉、吕邦永、刘福井等老师常常在"三袁"的诗文中出现，当然还有李贽的指导。这首诗就是袁中郎写给万老师万莹的。万老师穷愁潦倒，但是才华横溢。袁中郎感叹不已。

《九日登中郎沙市宅上三层楼》

袁中道

满眼伤心处，谁能上此楼。

林烟迷蜀道，帆影识吴舟。

砚北人何在，江南草又秋。

茱萸空到手，欲插泪先流。

上面这首诗是袁中道怀念二哥袁宏道的。袁宏道在沙市江边置有砚北楼和卷雪楼。他突然发病逝世于砚北楼后，小修重登此楼，悲从中来，深深怀念这位天纵之才，这位公安派的主帅加亦师亦友的好兄长。

《未央侄应省试，口占赠别》

袁中道

造物酬阴德，朝廷急异才。

捷音吾久得，五月桂花开。

这是袁中道赠给袁祈年的迎考诗。袁祈年，本来是袁中道的儿子，但因大哥儿子早夭，于是将袁祈年过继给大哥，所以称为"未央侄"。袁祈年，曾有字为未央，后经钱谦益改字为田祖。诗中"五月桂花开"，祝贺袁祈年这位老家桂花台的后裔争取科考折桂，特别是袁家凋落待振之时，急需有人出来再创佳绩。

二、反对模拟倡真知

《同惟长舅读唐诗有感》

袁宗道

数卷陈言逐字新，眼前君是赏音人。

家家椟玉谁知赝，处处描龙总忌真。

再舍肉黔居易句，重捐金铸浪仙身。

一从马粪厄言出，难洗诗林入骨尘。

上诗是写给二舅龚惟长的，诗中强烈地表达了对于前后七子模拟守旧的反感，认为当时文坛的所谓佳作是"赝品"，要力推白居易等作者明白晓畅的文风。作为一直稳重的老大，居然把当时全国知名人物王世贞的《艺苑卮言》斥之为"马粪"，而且极大地污染了"诗林"。前后七子标榜的"文必秦汉，诗必盛唐"就是出自此书。

《答李子髯》（节选）

袁宏道

草昧推何李，闻知与见知。

机轴虽不异，尔雅良足师。

后来富文藻，诎理竞修辞。

挥斤薄大匠，裹足戒旁岐。

模拟成俭狭，莽荡取世讥。

直欲凌苏柳，斯言无乃欺。

当代无文字，闾巷有真诗。

却沽一壶酒，携君听《竹枝》。

袁中郎在这首诗中做了一个评估或提出了一个观点：当代无文字，闾巷有真诗。这对那些以模拟雕琢成为文坛旗手的人是当头棒喝。他认为真正的好诗在民间，在底层，例如似民歌民谣的竹枝词。

《中郎生日同大兄》（节选）

袁中道

……

不见下笔时，新诗如溅玉。

尽扫野狐禅，不作前人仆。

精光万丈长，雄文从此复。

……

袁中道这首写给老大的诗，发自内心地赞扬二哥的才华与作品，说他"尽扫野狐禅，不作前人仆"。

三、关心世道有真忧

《过旧叶城有感，是时两弟已行五六日矣，三弟留题荒亭》

袁宗道

佩犊风犹在，画龙迹已陈。

有情伤暴骨，无计起枯鳞。

饱食惭官吏，停车问窦人。

腐儒甘脱粟，不敢厌劳薪。

老大此诗，写路途中所见凄凉情景，对于饱食终日的官吏和无病呻吟的腐儒，提出了批评，也做出了反省。

《江涨》

袁宏道

滟滪三冬雪，潇湘五月波。

疾流翻地转，远势触云过。

县尉临江祭，巴人下水歌。

世平无孟琪，父老恨如何。

作者对于家乡荆江一带的洪水非常关注，因为时有溃堤酿成洪灾。作者笔下，这种浩大的洪水压来之际，县里的官员还在搞什么"临江祭"，求助于鬼神保佑，这不是把父老们的生命财产视如儿戏吗？

《显灵宫集诸公，以"城市山林"为韵》

袁宏道

野花遮眼酒沾涕，塞耳愁听新朝事。

邸报束作一筐灰，朝衣典与栽花市。

新诗日日千余言，诗中无一忧民字。

旁人道我真聩聩，口不能答指山翠。

自从老杜得诗名，忧君爱国成儿戏。

言既无庸默不可，阮家那得不沉醉。

眼底浓浓一杯春，恸于洛阳年少泪！

这首诗袁中郎表面上赏花饮酒写些闲雅长诗，实际上对于国事日非忧心如焚。从"旁人道我真聩聩"句即可看出中郎不是吟风弄月，对国事也是"进亦忧，退亦忧"。

《裕州道中》

袁中道

千古中原路，萧条似大荒。

朝廷急赋税，刺史叹流亡。

原兔藏烟突，春禽乳画梁。

从来啸聚地，招抚有遗岗。

袁中道笔下的晚明王朝也是一片萧条衰败景象，完全没有粉饰太平的笔墨，甚至还不无隐忧地提醒为政者：民不聊生时，可能有"啸聚"出现啊！

四、欲离官场显真厌

《初春和陆放翁韵》

袁宗道

四十方强已厌官，催人头白是长安。

新诗繁芜多随意，夜读昏花觉损肝。

懒向时人争巧拙，久游畏路耐咸酸。

春来转忆家园好，社鼓村醪日日欢。

这首七律以"厌官"总起，后来叙述厌官的缘由。内中透露出长安（这里代指北京）催人头白，把官场视为"危路"，而"家园好""日日欢"。

《戏题斋壁》
袁宏道
一作刀笔吏，通身埋故纸。
鞭笞惨容颜，簿记枯心髓。
奔走疲马牛，跪拜羞奴婢。
复衣炎日中，赤面霜风里。
心若捕鼠猫，身似近膻蚁。
举眼尽无欢，垂衣私自鄙。
南山一顷豆，可以没馀齿。
千钟曲与糟，百城经若史。
结庐甑箪峰，系艇车台水。
至理本无非，从心即为是。
岂不爱热官，思之烂熟尔。

袁中郎在此诗和与亲友的尺牍中，描述了当官的种种不堪，怀念家乡的自然美好，如"结庐甑箪峰，系艇车台水"句，就令人倍感亲切，因为这个车台水就是车台湖，"三袁"诗文中常常出现写它的文字，这里河湖相间，丘岗隐现，风景优美，也是现在孟溪中学所在的地方。

五、赏景记游写真趣

《荷花池》

袁宗道

绿水映红莲，莲叶何田田。

身在众香国，沉醉复高眠。

这首古风诗，语言通俗近似口语，表达对荷花池的喜爱，体现一种自然旨趣。没有故作高深，或者说要鲤鱼跳龙门，干一番大事业，而是说"沉醉复高眠"，真的我手写我心。

《赴栖霞》

袁宏道

黄叶三秋后，青烟一派中。

天寒虫蛰雨，江阔鲤鱼风。

鹤瘦行藏劲，鸥闲饮啄工。

艇迂迷去处，小立问渔翁。

这首五律几乎全是对仗，技巧难度高，但是出之自然，一句一景，一诗一画，趣味盎然。

《舟行黄金口同散木、王回饮》

袁宏道

乡落也陶然，篱花古岸边。

田翁扪虱坐，溪女带竿眠。

小港芦租户，低仓米税船。

河刀与生酒，兴剧不论钱。

这是袁宏道有名的写家乡风貌的五言律诗，有美景还有美味；有动有静。只是"河刀"，疑为"河刀"，一种鱼，乡人称为"刀子鱼"。如果是"河刀"，注为"一种小船"，它能吃吗、能下酒吗？还"兴趣浓烈时不讲价钱啦"？

《王郡丞邀饮阳和楼》

袁宏道

青天一碧翠遮空，浪捲云奔夕照中。

郭外荷花三十里，清香散作满城风。

这首七绝，以青天碧水映衬夕照荷花，尾句"清香散作满城风"，气势大，香气浓，是赏景，也是讲性灵之风。

《初至村中》

袁中道

历尽繁华始爱贫，布袍芒履混村民。

止为荷叶山上树，又作柞林潭上人。

鸟不伤弓宁纵翩，鱼经劳尾也收鳞。

从今饱啖长腰米，任运腾腾即净因。

小修的这首七律，满怀深情地写出了老家孟溪荷叶山一带的美好诱人，地名入诗："荷叶山""柞林潭"。他的喜好"饱啖长腰米"，只怕是当时的优质米。

《将赴新安任，出都门》

袁中道

喧极翻成静，悠然出帝畿。

人因南去喜，春在腊前归。

风软貂犹谢，晴酣羽尚挥。

不须吹玉律，到眼尽芳菲。

袁中道好不容易中进士后，得了个安徽新安教授的官职，出都门赴任时，一来心情好，二来沿途风景好，"到眼尽芳菲"，一语双关，否极泰来。

（县诗词学会集中学习专题讲稿提要）

关心世道　笔带深情

——"三袁"关心世道摭谈

对晚明文坛"公安派""三袁""不拘格套，独抒性灵"的文学主张及其清新的诗文，喜爱和研究的人是越来越多了，但是一些人有这样的看法："三袁"是游山玩水的雅士，似乎不大关心世道，不大关心民间疾苦之类的，亦所谓其作品思想性不强，或曰深度不够，因而其影响就受到局限了。其实不然，且不论对文学作品而言，到底要怎样才算有思想深度，单从"三袁"作品和为人来看，其实他们是很关心世道的。

一、关心世道见于诗作

"三袁"出生于公安县长安里（即今湖北省公安县孟溪镇），青少年时期，早就对民生疾苦有真切的了解，在成长、为官、游历的过程中，对明代中后期政治黑暗、宦官专权、边患频发、土地高度集中等社会矛盾尖锐复杂，更是感同身受，在诗文中有关表达，是自然流露的。

如袁宏道在万历十八年（1590）五月作于公安的《江涨》一诗就很典型："……疾流翻地转，运势触云过。县尉临江祭，巴人下水歌。世平无孟琪，父老恨如何？"诗中写地方官吏侵吞堤款，江堤危在旦夕，但县尉却在搞什么"临江祭"的把戏，求神灵保佑，敷衍了事，不是真心治理水患。

他在万历二十年（1592）写的《感事》诗中写道："不见两关传露布，尚闻三殿未垂衣。边筹自古无中下，朝论于今有是非。"看来，他像杜甫一样忧国忧民，他说"两关"都有战患，但统治者还想"垂衣"而治，实是讽刺当权者不理朝政。宏道先生在万历二十六年（1598）作于入京途中的《猛虎行》更是直指宦官专权之弊。其诗曰："甲虫蠹太平，搜利及丘空。板卒附中官，钻簇如蜂踊。抚按不敢问，州县被问斥。槌掠及平人，千里旱沙赤。兵卫与邮传，供亿不知几。即使沙沙金，官支已倍蓰……"这首诗写神宗时矿税之祸、阉党插手以图利，矿税为害尤烈。宦官中陈增、高淮、陈奉等骚扰地方，危害极大。中郎先生此诗暗含"苛政猛于虎"之主题。

他在万历二十年（1592）写于沙市的《竹枝词》很尖锐："雪里山茶取次红，白媚商妇哭春风。自从貂虎横行后，十室金钱九室空。"也是揭露宦官专权敛财之弊的。

袁宏道有一首作于万历二十七年（1599）的诗，题为《显灵宫集诸公，以"城市山林"为韵》，诗句有："野花遮眼酒沾涕，塞耳愁听新朝事。邸报束作一筐灰，朝衣典与栽花市。新诗日日千余言，诗中无一忧民字。旁人道我真聩聩，口不能答指山翠……"这也是他忧时伤乱反映现实的作品。表面上写自己不做忧民诗，实是激愤语，是反语，是无可奈何之语。

袁宏道在《巷门歌》一诗中通过贫民为富翁保卫财产的现象，抨击了人间的不平，诗曰："猫竹为墙杉作城，白日赤丸盗公行。官军防御无计策，逐户排门乎士兵。卫尉呵持急如虎，老弱十家充一伍。本是市上佣工儿，身无尺籍在官府。东家黄金高于天，食指盈千皆少年。朝朝门前科子母，何曾饶得半文钱？富儿积财贫儿守，父老吞声叹未有。"揭示了贫富的悬殊，社会矛盾的尖锐。

袁宏道是这样关注民生和世道的，袁中道也有这方面的作品。中道先生在《裕州道中》写道："千里中原地，萧条似大荒。朝廷急赋税，刺史叹流亡。原兔藏烟突，春禽乳画梁。从来啸聚地，招抚有遗岗。"这首诗勾画了一幅官逼民反的流亡图，"急赋税"是因，"叹流亡"是果。尾联中诗人说他们这样搞激化了矛盾，等人民啸聚山林再来安抚就难了。

小修先生还在《黄鹤楼》诗中写道："楚稔关天下，民鱼亦可忧。"意思是说楚地丰收关系到天下的饥饱，可现在经过水灾后，百姓像鱼儿一样流浪，令人担忧。

看来，"三袁"反映民生疾苦的诗作，还是不少的，还是很自然、自觉的。

二、关心世道见于文牍

"三袁"关心世道，在其所作文章中、包括亲朋来往的尺牍中亦很醒目。

袁宗道在致《某邑令》一函中写道"足下赋性爽朗真诚，开口见心……以此治邑，决能使士民无疑，欢然信怀，真无庸过虑过防"，他对这县令能真心诚意待人民予以赞许，这是从正面关心世事，也反映他本人为官清正的操守。

袁宏道在万历三十八年（即去世之年）在《上孙立亭太宰书》中写道："今正论虽伸，阴机犹伏，崇正之本，在于择人；抑阴之道，在于速断……在外则东北之虏是已。为今之计，莫若起一二畅晓军事曾经战阵者，分领蓟、辽，毋以才朽为弃。而又取监司五品以上才望出类者，尽补京卿，以实朝廷。有缺则实补，无缺则添补。"他在文中一方面为朝廷规划安边之策，如防后金崛起，觊觎中原，一方面建议朝廷大胆使用人才。这不是直接关注世事吗？难怪后来清朝统治者"抽毁""三袁"著作的，因为他们文章的用词或观点曾大大刺痛了后金的神经。

万历三十三年，袁宏道在《与黄平倩》一函中写道："每日一见邸报，必令人愤发裂眦，时事如此，将何底止？因念山中殊乐，不见此光景也。然世有陶唐，防有巢、由，万一世界扰扰，山中人岂能高枕？此亦静退者之忧也。"想效巢、由隐居却还这样激动，不是说明他的爱国思想、忧民意识强烈吗？

袁宏道的关心世道还表现在为官场画像上："然上官只消一副贱皮骨，过客只消一副笑嘴脸，钱谷只消一副狠心肠。"（《与沈广乘》）

他还说："大约遇上官则奴，候过客则妓，治钱谷则仓老人，谕百姓则保山婆。"（《与丘长儒》）"乌纱如粪箕，青袍类败网，角带似老囚长枷，进退狼狈，实可哀怜。"（《与罗郢南》）

这些话语，虽是他为本人当的那个所厌之官画像的，何尝又不是用漫画笔调勾画当时官场丑态呢？高雅如中郎者都如此，其官场其他衮衮诸公的种种丑态就可以想见了。

三、关心世道见于定评

"三袁"的思想虽融儒、道、佛等于一炉，但无论是昂扬或低回，其主旋律还是儒家的修齐治平的入世进取精神，即使借故退隐林泉也实属无奈。

仅就他们在为官方面的关心世事并留清名，就见于正史、方志和其他文集。

如《明史·袁宏道传》上就载袁宏道"选吴县知县，听断敏决，公庭无事。"还说："寻以清望擢吏部验封司主事……言：'外官三岁一察，京官六岁，武官五岁，此曹安得独免？'疏上，报可，遂为定制。"他任吴县知县政声远扬，吴县籍的首辅申时行就大加赞扬："二百年来无此令矣！"（载《江南通志·吴县名宦》）可见，当时的反腐败既要他这样的清官以身作则，还要他这样有胆有识的清醒者制定规则。不关心世事、做一天和尚撞一天钟的庸官敢做吗，能做吗？

清代受林则徐赏识的监察御史袁铣评袁宏道说："其摄选（这里指吏部职）也，举数百年之积弊，一立谈之顷而除之。其主秦试也，所取之士大夫半于落卷中搜出。"他关心世事且政绩斐然连后世粉丝也赞叹不已。

明清时期著名文人钱谦益说："中郎之论出，天下之云雾一扫。"（《列朝诗集小传》）袁宏道于万历二十七年在《答李元善》中也说："弟才虽绵薄，至于扫时诗之陋习，为末季之先驱，辩韩欧之极冤，捣钝贼之巢穴，自我而前，未见有先发者，亦弟得意事也。"这虽主要是说"三袁"及公安派的文学影响大，但他们振聋发聩的文学理论和等身的传世著作也恰是关心世道的最好证明啊。

鲁迅先生说："中郎还有更重要的一方面么？有的。万历三十七年，顾宪成辞官，时中郎主陕西乡试，发策，有'过劣巢由'之语。临监者问：'意云何？'袁曰：'今吴中大贤亦不出，将令世道何所倚，故发此感尔（《顾端文公年谱》）。'中郎正是一个关心世道，佩服方巾气人物的人，赞《金瓶梅》，作小品文，并不是他的全部。"

由此可见，"三袁"是很关心世道的。虽然他们时官时隐时进时退，虽然他们主要是在文学上（主要亮点在创新立派、散文创作）出成就，但他们的社会责任心、他们的良知、他们的勇气与担当（如出有锋芒的策论试题、揭露宦官专权等，在政治上是要冒风险的）等促使他们去关注世道，（他们有时候即使是在潇洒闲适饮酒赏月，只怕也是如一个满怀酸楚的人在强演喜剧或一个大志难酬的人在微笑临风）。总之，他们这种关注世道精神和其艺术的表达是值得我们研究和学习的。

（载县政协《性灵文史》"三袁"文化专辑）

诗语创新例谈

　　关于诗语的创新可不是一件容易的事，它涉及作者的修养、悟性、识见、文学品位及是否有强烈的创新意识等等方面，不然，为什么古人说"两句三年得，一吟双泪流"呢？当然，也有"妙手偶得之"的邂逅。即便如此，应该也是作者读书、生活、写作积累使然。所以，诗语创新不是可遇而不可求的，今人也是可以学习借鉴写出佳作的。

　　古人的诗语创新有哪些光照千秋的例子或曰经验呢？

　　用对偶创新。古诗词，特别是格律诗词自然少不了对偶。对偶虽然是一种形式，但是它常常碰撞出新的火花，两两呼应，有意想不到的效果。如王勃的《杜少府之任蜀州》中的名句："海内存知己，天涯若比邻。"作者送这个姓杜的少府（官名，即县尉）到蜀州任职，这里说只要四海之内存有你这样的知己，虽然远在天涯只当是紧挨着的邻居。这是对这个友人的安慰与赞扬。诗句通过远与近的对比，写心灵的贴近，新颖熨帖。其实，之前曹植有诗："丈夫四海志，万里犹比邻。"王勃在曹植的基础上又有创新。还有王之涣《登鹳雀楼》中"欲穷千里目，更上一层楼。"表达了高瞻远瞩把握宏观的道理。也是用对仗，用"千里目"与"一层楼"，配合副词"欲"和"更"、动词"穷"与"上"，平添气概。诗人王之涣也有诗赞鹳雀楼：

“迴临飞鸟上，高出尘世间”。写楼高出飞鸟之上，气势也大，但是缺少人的奋发向上精神及敢于挑战追求卓越之意趣。

用比喻创新。用新颖精到的比喻使诗词有意象美，摆脱空洞的口号与陈词滥调，使诗词有个性。如贺知章的诗“不知细叶谁裁出，二月春风似剪刀。”那美丽的柳叶是谁裁出的呢？是二月春风这把神奇的剪刀呀！用剪刀来比春风，它剪破冰霜，剪出春叶，裁出不同的纤细样式，该有多神奇！

王昌龄的《芙蓉楼送辛渐》中有句：“洛阳亲友如相问，一片冰心在玉壶。”写自己的高洁志趣与操守。作者时在江苏镇江，他说，如果洛阳的亲友问到我这个仕途坎坷的人现在怎样，就说我如同冰心在玉壶。看看，这个比喻，这个回答，一下就让人眼前一亮。其实，陆机在《汉高祖功臣颂》中也用“心若怀冰”，鲍照在《白头吟》中也写过“直如朱丝绳，清如玉壶冰”，姚崇在《玉壶赋》中也有类似句子，只是没有王昌龄这个人官场时挫却操守无瑕，也没有他这两句一问一答，清新爽口。

用夸张创新。用夸大或缩小来塑造形象、表达诗意。如李白《望庐山瀑布》中：“飞流直下三千尺，疑是银河落九天。”谪仙用“三千尺”，本已夸张，不曾想后句又用比喻兼夸张，写出“银河落九天”！写他仰望瀑布产生的奇特想象，疑似九重天上的银河倾泻，其势不可当，其美不可言。试想，如果一般诗人也许这样写：“漂流直下一千尺，回味惊奇好几天。”似乎也可以算诗，但是没有创新，与李白的诗就有霄壤之别了。

用拟人创新。拟人手法也可达到传神的效果。如杜甫的《春夜喜雨》中颔联：“随风潜入夜，润物细无声。”就把春雨人格化，写它的乖觉轻柔、善解人意，随风而潜，润物且细，说明是春天的杏花时雨，不是夏天的暴风骤雨，不是秋天的萧瑟冷雨，也不是冬天的雪风冰雨，它还像有点调皮的小精灵，在不经意间给大家以惊喜，它似乎蹑手蹑脚偷偷降临、悄悄助人，这就紧扣住了"喜雨"或"好雨"这个诗眼般的关键词。

杜甫的《春望》里有这样两句诗："感时花溅泪，恨别鸟惊心。"这是诗人春望遭安史之乱蹂躏的长安时的所见所感，意为感伤时事，连花也飞溅出泪水，怅恨离别，连鸟儿也感到触目惊心！诗人的忧国忧民之情借花与鸟的行为得到了艺术的强化。

王安石的《书湖阴先生壁》后两句是这样的："一水护田将绿绕，两山排闼送青来。"特别是"两山排闼送青来"有味，门前的两座山居然推开门有点用力地撞将进来，干什么？送青呗！作者不像一般作者写王、杨两家爱山，所以不关门，或者门被风吹开了，偏要说对面的青山多情，硬把苍翠之景赠送给雅邻，甚至推门而入，不是无礼，而是青色的力量，是生命、是自然的"上帝之手"推开的！这就透出王安石的风骨，一如他的文章，甚至一如他的变法。

用双关创新。一首诗中如果有那么两句一语双关的句子定会增色不少。如李商隐的"春蚕到死丝方尽，蜡炬成灰泪始干。"不管他是写男女爱情还是写对理想的追求，这两句诗都凄美动人，这两个比喻且不说，单是"丝"与"思"的双关，这种相思至死方休，还不撼人心魄？

用通感创新。诗句的形象表达，将视觉、听觉、触觉、嗅觉、味觉等互通转换运用，突破某种感觉局限，跨入另一种感觉，给人一种全新的审美冲击。如王维的《山石》中句子："山路元无雨，空翠湿人衣。"山路上本来没有雨，空明的翠色像液体的雨雾一般打湿了行人的衣服。这就将视觉（空翠）转换成触觉（雨、湿）了。宋祁的《玉楼春》中脍炙人口的诗句："红杏枝头春意闹。"一个"闹"字，将视觉的形象转换成听觉形象，似乎这红杏蓬勃旺盛、竞相怒放，热热闹闹、争先恐后，动静还蛮大。王国维在《人间词话》中说一闹字，境界全出。

用理趣创新。一首诗通过一定的意象表达某种哲理，这就是理趣。如朱熹的"问渠那得清如许，为有源头活水来"即是。

当然，诗语创新的路径还有很多，让我们努力探寻吧！

（刊于《中华楹联报》）

试谈对联语言的风格

对联，说到底，是一门语言艺术，而且特别讲究语言艺术。不然，为什么说它是诗中之诗呢？

那么，我们常见的有哪些语言风格呢？

一、诗意风格的对联

所谓诗意语言风格，即指对联的措词造句，讲究典雅，有文采。如杭州灵隐寺大雄宝殿有一副江庸先生撰写的对联：

古迹重湖山，历数名贤，最难忘白傅留诗，苏公判牍；

胜缘结香火，来游福地，莫虚负荷花十里，桂子三秋。

对联中的"白傅"，指白居易，他曾任杭州刺史，任过太子太傅，人称"白傅"。"苏公"即苏轼，他任过杭州通判。这副诗意盎然的对联，赞誉古寺的人文氛围、湖光山色。下联中，暗引柳永在《望海潮》中的名句："三秋桂子，十里荷花"，又添一种气象，写文人足迹为美景古寺添彩，读来觉得文采斐然。

另外，朱其亮先生在石首市"高陵杯"中获奖联是题范蠡墓的，也是这路风格：

权有何贵，荣有何求？身同鹿角千般贵；

进无所恋，退无所惜，名并桃花一样香。

上下联，都在前面用反问句陈述句表达了对"权""荣""进""退"的超然态度，尤其后面两句，用"鹿角""桃花"两个既高贵又芳香的形象赞美范蠡，还切合石首扬名遐迩的麋鹿基地和桃花山景区，可谓不求诗意而诗意四溢。

二、口语风格的对联

口语风格，即看似平白口语，实则蕴含颇深，骨子里仍含诗意风格。这种口语，活泼、浅俗、俏皮，接近街巷俚语、妇幼土话。也近似于散曲的语言风格。如蒋东永先生描写农民工的一副对联：

我回工地强多了；

你在家乡还好吗？

上联向家里报告平安及工地情况，下联问候留守家乡的妻子，朴实憨厚中凸显情感细腻，如璞玉天成，比有些有雕琢痕迹的造作对联要水灵得多，接地气得多，他有一种清水出芙蓉的自然美，所以，它反而给人耳目一新的感觉。

胡适先生为家乡安徽绩溪农家写的一副对联：

种瓜得瓜，种豆得豆；

遇饭即饭，遇茶即茶。

也是再口语不过了，几近老农对话，他用对联创作践行着当时的新文学革新主张，真的如风行水上，自然成文。

三、散文风格的对联

这里说的散文风格的对联，是指其语言自然流畅，且几个分句有长有短，交替出现，如散文或散文诗般随意自然，舒缓灵动。如陈自如先生在"扶残助残杯"联赛中获一等奖的作品：

相扶相助，看援手伸来，一双，两双，三双，把冰雪融化；

自立自强，喜残翮振起，百里，千里，万里，让彩梦飞翔。

句子呈散文化倾向，"一双，两双，三双"，节奏故意放慢，由少到多，反映出人们助残意识的逐渐苏醒。下联中"百里，千里，万里"，写"残翮"飞翔的范围由窄到宽，由近而远，最后推出"让彩梦飞翔"句。至此，奏出了华丽的高音。而如果概括成"两三双"或"千万里"，就没有这种散文化的韵味，没有这种渐进的、渐显的效果，也许就流于一般了。

还如清代钟云舫贺梅臣移居近里联：

斯世太尘嚣，我近还乡，一点林泉甘自乐；

此间好山水，君来做主，两家风月要平分。

此联既口语化，也散文化，叙情谊，作展望，悠闲自在，真是百炼钢化为绕指柔。

四、豪放风格的对联

所谓豪放，即"境象阔大，气势恢宏，感情激越冲宕"。这些对联爱用一些豪放大气的词语，喜欢雄阔意象，即使是数量词也喜用"千""万"之类；动词则用一些力度大、气魄雄的词。如清人俞樾贺清末诗人金安清六十寿联：

推倒一世豪杰，开拓万古心胸，陈同甫一流人物，如是如是；

醉吟几篇旧诗，闲尝数盏新酒，白香山六十岁时，仙乎仙乎。

吴恭亨在《对联话》中评此联"浑成可喜"，意即浑然天成，有气势。如"推倒""开拓"语，畏首畏尾者能出之？

曹克定先生题潍坊风筝城对联：

一线飞鸢牵世界；

九天云路借长风。

这里一"牵"一"借"，写出了潍坊市在改革开放的浩浩春风中，居高望远，建功立业的豪迈形象，也是作者心志的吐露。

再如，南京"凤凰台杯"一等奖获得者武文宝先生的联作：

虽凤去台空，仍留豪气三千丈；

恰龙腾虎跃，再振雄风一万年。

完全荡去古人有关"凤去台空"的惆怅，代之以豪雄之气。

五、婉约风格的对联

这种对联也和这种风格的诗词一样，显出委婉和丽，和顺含蓄的风格。在今天，婉约不再是写凄风苦雨、离愁别绪之类了。应该是用来写新的形象和情感，只是写得云淡风轻，举重如轻。有时似故意规避张狂之语，与豪放风格也形成一种映衬。如施子江题《荷塘月色》联：

自自然然荷出水；

清清白白月当空。

好一幅月夜碧荷图，清丽喜人。

卜用可女士题文化风情园联：

春风偕鸟唱，越飞瀑流泉，遍吹花满定情谷；

月色笑人痴，隐高台密树，羞看影双如意潭。

鸟鸣人笑，泉流花落，月羞影双，这不是蛮野风情，是文化园雅致的风情。

六、谐趣风格的对联

诙谐风趣的语言在对联中也常常见到。这种语言嬉笑怒骂，涉笔成趣，化严肃为轻松，变板滞为灵动，自有一种趣味，且格外容易流传。

如郭沫若先生小时候，大约那时还叫郭开贞，在私塾时偷别人的桃子吃了，先生知道后，对学生批评，不像我们一般老师呵斥怒骂，而是出一上联，并说谁对出来了，就可以免罚：

昨日偷桃钻狗洞，不知是谁？

小小郭沫若即对道：

他年攀桂步蟾宫，必定有我。

先生转怒为喜，因为他问的是实，答的是虚，且又浪漫，有抱负。"钻狗洞"与"步蟾宫"的巨大反差，"是谁"的追问与"有我"的坦然承认，均构成诙谐风趣。

七、质朴风格的对联

这里说的质朴风格几近白描手法。白描手法，原指中国画的一种画法，指用墨线勾勒形象，不着颜色。用于对联，则指语言朴实简洁。介于诗意风格与口语风格之间。如袁枚自嘲联：

　　不作公卿，非无福命都缘懒；

　　难成仙佛，为爱文章又恋花。

　　联作对自己这种性情中人的爱恶作了质朴的陈述，透出浓浓的反讽意味。没有浓妆艳抹，而是出于平淡。

　　还请看公安县"三袁杯"联赛中获一等奖的对联：

　　性灵贵独行，当年谁觅童心，律度总随新世变；

　　窠臼宜常破，今日我吟柳浪，风光不与旧时同。

　　作者用质朴的议论语言，赞"三袁"主张，赏今日风光，抒阔大之怀。就不纠缠于花花草草、景景点点上细描细写，只从大处点评，反觉大气扑面。

　　当然，对联的语言风格是多种多样的，千姿百态的，跟作者的生活态度、精神风貌、文化修养、时代环境、所写对象等都有密切关系。我们会扬长避短，适时取舍，创作出人们喜闻乐见的好联的。

（刊于《中华楹联报》）

诗词带给我们不竭的能量

说到诗词的社会作用，主要是教化作用和娱乐作用。而教化作用在《礼记》中记载着孔子的论述："入其国，其教可知也，其为人也，温柔敦厚，《诗》教也。"这大约说的是《诗经》对人的教化作用。在这方面，讲来讲去。似又离不开孔子说过的"小子何莫学夫诗？可以兴，可以观，可以群，可以怨。"对此，我从以下几方面谈点体会。

一、诗词激荡着爱国豪情

古人说："诗言志"。的确，我们中华民族，几千年历史，被誉为"诗国"，虽有金戈铁马，名将强兵开疆守土，但是诗词作为一种软实力的东西，它在激荡爱国豪情方面有着其他武器不可替代的作用。

如陆游在《示儿》中写道："死去元知万事空，但悲不见九州同。王师北定中原日，家祭无忘告乃翁。"他们那个时代，一些知识分子不是抱膝哀歌，而是拔剑四顾，诗里洋溢着一股浓得化不开的爱国豪情。像辛弃疾也是这样。

有些令人深思的是，真正谁谁谁打了一场硬仗，也许知道的人不多，但是一首爱国诗词却让人牢牢记住了某个诗人，因为这些诗句引起了我们的共鸣，激励着一代代的热血志士。

夏明翰烈士的《就义诗》:"砍头不要紧,只要主义真。杀了夏明翰,还有后来人。"

用晓畅如话的语言,掷地有声的音韵,写出了献身祖国解放事业的壮烈之情。

英雄血脉,大有传人。如袁玉广先生在纪念《开罗宣言》70周年诗中写道:"开罗会址今犹在,三国宣言字赫然。倭鬼不还吾钓岛,为奸狼狈敢欺天。"

作者一介书生,年过八旬,然壮怀激烈,诗作常议国事,殊为难得。

二、诗词照亮了我们的视野

古往今来,不少诗人用他们的真知灼见,用他们终生的感悟,给我们留下了照亮千古的妙句。如苏轼《题西林壁》里写道:"横看成岭侧成峰,远近高低各不同。不识庐山真面目,只缘身在此山中。"

后两句,表面写庐山之景,实含人生哲理,点化我们要高瞻远瞩,总揽全局。

还有王安石在《登飞来峰》中写道:"飞来山上千寻塔,闻说鸡鸣见日升。不畏浮云遮望眼,只缘身在最高层。"

也是叫我们不要纠缠于枝枝叶叶和坠入云山雾罩中,而要从大处着眼,有阔大的胸怀、广阔的视野去处理问题。即要用政治和历史的大视野去处理纷繁而棘手的事情。

周一法先生一首咏《鸡》的诗这样写道:"道是斯君居五德,逸生起舞功难没。寄言切勿妄贪功,不唱临晨天也白。"

后两句,貌似戏言,确是讽刺一些贪天之功以为己功的人,他们装模作样，五彩斑斓，声宏嗓大，其实不然。

三、诗词吹响了心中的号角

中华民族常常面临着历史的艰难选择，面临着大喜大悲，面临着生死存亡，但终于弱而后强，亡而后存，衰而复兴，这其中，诗词起了号角的作用。

如李白《行路难》中写道："长风破浪会有时，直挂云帆济沧海。"是写个人际遇、个人憧憬，也是对民族国家寄予希望。刘禹锡《酬乐天扬州初逢席上见赠》中写道："沉舟侧畔千帆过，病树前头万木春。"同样鼓舞人心，尽管命运坎坷，但是前途一片光明。这些句子足以使诗人的头颅高昂，腰板挺直，胡须翘起，或者说，我们的精神旗帜高高飘扬。

我们的袁宏道在一首仿乐府诗《紫骝马》里写道："霜蹄灭没边城道，朔风一夜霜花老。纵使踏破天山云，谁似华阴一寸草。紫骝马，听我歌。壮心耗不尽，奈尔四蹄何！"袁宏道借紫骝马表达自己不为世俗束缚、追求自由的不羁个性。这年三月，他中进士，看来他未登科场，胸中号角已经吹响了。

文人雅士如此，叱咤风云的志士也如此。周恩来年轻时到海外求学时咏道："大江歌罢掉头东，邃密群科济世穷。面壁十年图破壁，难酬蹈海亦英雄。"青年的周恩来胸中已经有济世救国的勃勃雄心了。

所有这些，都是抒发壮志，凝聚人心、鼓舞人心的好诗。

四、诗词宣泄了胸中的愤懑

面对个人胸中的块垒或社会的弊端，诗人们不是用极端的暴烈的方式去表达，而是用一种平平仄仄的语句，用一种貌似和雅的方式表达。小到调节个人的情绪，大到对社会民族国家有积极意义，何乐而不为呢？

唐朝金昌绪的《春怨》就是很好的例子："打起黄莺儿，莫教枝上啼。啼时惊妾梦，不得到辽西。"

写一个似乎娇憨天真的怨妇，要赶走树上的黄莺儿，好让她做梦到达辽西去见到自己的心上人。几句平常话，似是写小家小室小女人的情调，其实不然，实则小中见大，写当时千千万万被征用做徭役人的家庭之苦痛。妻离子散，音讯全无，哪怕做个梦去团圆一下，也被黄莺儿叫声干扰，这是小中见大写一个民族、一个时代的大悲大怨啊！

苏东坡《洗儿诗》中咏道："人皆养子望聪明，我被聪明误一生。惟愿孩儿愚且鲁，无灾无难到公卿。"这首诗语言浅白易懂，虽然仅 28 个字，情感却跌宕起伏，表面上是为孩儿写诗，而实际上既讽刺了"愚且鲁"却稳坐钓鱼台的权贵，又是"似诉平生不得志"。

五、诗词优化了我们的环境

我们所说的环境，包括自然环境和社会环境。而美好的环境让我们如鱼得水，因为环境吸引人，环境濡染人，环境造化人。古人说，境由心生。同时，我们诗人笔下的环境又是艺术化了的环境，自然，诗词中这些写景的美句让我们赏心悦目、怡情养性，让我们对于个人、祖国的未来充满热爱充满期待，这又是其他东西无法替代的。

如白居易在《忆江南》中写道："日出江花红胜火，春来江水绿如蓝。"这种"红"与"绿"在江面上的潋滟铺陈，透出作者多少欣喜与自豪啊！这里面有白居易对祖国江山的赞美，还有他对自己主政一方平稳康乐情形的暗暗自豪。

孟浩然《过故人庄》写城郊之景："绿树村边合，青山郭外斜。"孟夫子似乎早就描写了城乡一体化的美景。

韩愈在描写的是桂林山水、漓江美景的诗《送桂州严大夫同用南字》中写道："江作青罗带，山如碧玉簪。"意思就是漓江的水如青罗带一样柔曼迤逦，漓江的山如碧玉簪一样翠绿峻秀。

宋代诗人王观的《卜算子·送鲍浩然之浙东》中这样写美景："水是眼波横，山是眉峰聚。"用比喻拟人令人向往，水是女子盈盈的"眼波"，该留给人多少顾盼、多少遐想啊！

袁中道在隐居当阳玉泉寺所写的题为《听泉》的诗中有句："流泉得月光，化为一溪雪。"他说山泉水流经过月光的照耀，似乎一下子化为一溪的白雪了。他父兄逝世后，到玉泉寺那儿聆听泉水，静赏月光，心灵得到了洗涤，暂时忘记了烦恼苦痛。这应该是说通过赏景、咏诗，平静了人的内心。

乐英才先生在《秋江晓韵》中写道："金波镶进碧波里，帆影拼贴水影中。"用新潮而贴切的动词，描写了家乡秋天水乡的美景。

王国维在《人间词话》中说："一切景语皆情语。"诚哉斯言！很难想象，这些写景的诗句，会出自一个感情苍白的人之手，而肯定是出自于感情澎湃的诗人的笔下。

六、诗词促进了经济的发展

其实，诗词促进经济的发展早有先例，虽然旧时的文人，不大爱谈金钱利益，但是有些事是他们始料不及的。如李白《游洞庭》中"且就洞庭赊月色，将船买酒白云边"的诗句，作者本来想在白云茫茫、月色溶溶的边野之地买酒喝，不承想"白云边"三个字被后人借用做了酒的品牌，似乎是诗仙李白早就把"白云边"酒写进了唐诗中。这对提高"白云边"酒的文化品位和知名度有不可估量的作用。

还有个价值上千万的注册商标，叫"莫言醉"。起因是山东一位爱喝酒的侯先生，与朋友们一起喝酒时，随口说："酒逢知己千杯少，好友相逢莫言醉。"朋友们说"莫言醉"三字可作酒名，甚至可注册。侯先生真的这样做了。他的"莫言醉"三字的意思原是说喝就喝个畅快，不要说什么醉呀醉的。哪知几年后，山东高密作家莫言获了诺贝尔奖，"莫言醉"，一下子成了连莫言都为之陶醉的意思，这就使两句诗、三个字有了拉动酒业发展、推动诗酒文化的神奇力量。

程世化先生咏黄山头酒的诗《题藕池曲酒厂》："浮槎点点泊公安，弦管悠悠舞凤鸾。十里红蕖迷故主，一池玉液醉神仙。"既有诗的韵味，又有酒的芬芳。

总的看来，诗词的社会功能是多层面的，它随着社会的进步与发展会更加多元化。如诗词的愉悦健身功能、交际功能、利于交流促进创作水平提高的功能等等，不一而足。限于水平，就用以上文字作为谈这个话题的一些体会求教于各位方家。

宜存史册　享誉人心

——读邱宜享先生《我这一辈子》序

读了邱宜享先生用六个笔记本写成的共计十二章的回忆录《我这一辈子》手稿，我很感动，这是多少年来读一些不痛不痒的作品而久违了的一种感动。

之所以这样说，不是出于一个晚辈对前辈的谦恭与奉承，而主要是出于以下的原因：

一、从《我这一辈子》中读出了前辈酸甜苦辣的奋斗史

对于今天的我们，对于我们的下一代，也许被物欲横流、灯红酒绿折腾得不知所措时，而对于邱先生他们这辈人是怎么过来的，是怎样为党和国家，为家庭、为子女打拼的，只怕知之甚少，更不用说思考更深层次问题了，如我们从哪里来，我们去向何方？这些问题，不是仅靠伟人、哲人的著作或名言就可解决的。本身历史也是由千千万万的普通大众创造的，所以读邱先生的《我这一辈子》，就是另一种补课，就是比过去所说的稗官野史更真实更贴近地反映那一代人奋斗的历史。

　　他出生于富裕的邱家当铺，照说应比一般人家优裕，却遭逢末世，弄得随母逃荒，形同乞丐。他聪明好学，却仅读三年书。为了谋生，干过不少杂活，正如孔子所说："吾少也贱，故多能鄙事。"邱先生青年时期在鱼行收钱、粮行拉客、南下挑堤、米厂上班……中年时期，被频繁地抽调去住队、社教、代职等。为了追求进步，为了用实际行动澄清自己不是出身不好而自甘落后，就特别辛勤地工作，格外严格地要求自己，吃牛尾草，吃无粮糕之类的东西。特别是"文化大革命"时期，在错综复杂的矛盾中，能保持一份清醒，在自保和保护家人的同时，力所能及地维护党和群众的利益，已属难能可贵。

　　进入老年后，在改革开放时期，他身为政协委员，积极参政议政，还为退休员工生活问题再次担任重要职务，披挂上阵，东奔西走等，甘苦自知。诚然，这些是邱先生个人的事，那些年月，像他属于吃"皇粮"的干部生存尚且不易，那些更底层的工人农民等就更不易了。从这个意义上讲，这些个人经历，又无一不是折射社会一角、社会一群的奋斗史，发展史。所以，我是睁大眼睛在看，而且在想：原来在大动荡、大变革的社会里，小小的孟家溪一带居然也有这么复杂这么生动的历史！

二、从《我这一辈子》中读出了一个男人的起伏跌宕的成长史

　　从回忆录中，我感觉邱先生是一个聪明、善良、坚强、内敛、真实、质朴、不折不挠、不断进取、勇于担当的男子汉。

　　他由于在旧社会三岁丧父，随母逃难，命尚且难保，哪来的书读呢？虽勉强读了三年书，他居然通过自学和参加短期培训能任会计师，管理当时

权倾一方的供销社的经济账，能清理出贪污蛀虫精心做的假账，能写出很好的文章，能担任公社秘书，能写出有分量的政协提案，能写出获奖的曲艺节目，能写出诗词作品，能写出十几万字的回忆录，这就是聪明。

他朴实善良。在回忆录中，他写自己眼巴巴地看着别的孩子上学，可以想象，邱先生一双大而明亮的眼睛有渴望有失望甚至还有泪花。他写"祖母行乞"一段，在风雪迷蒙的高庙渡口，小小的孙子去接几乎已成盲人的年迈祖母乞讨归来，祖孙二人相携相扶，踉踉跄跄走在河堤上，这是多么刺痛人心的一幕啊！邱先生没有隐讳，他没有渲染自己出生时诸如红光四射、非同凡响之类现象，没有写自己倚在富态的祖母身边，在烛光下，听老人讲童话故事之类，而是坦然地写自己是一个乞丐祖母的孙子，这就是散发着淤泥湖水腥气和松东河泥沙味的历史，这就是一个男人的成长史！我想这些定格的画面，对邱先生的性格的形成一定有不可低估的作用。

他的率真，还在于他敢于臧否人物。对于工作中、社会上的一些有身份的人物，他有自己的评价，哪些干部与人为善，真诚爱民；哪些官员中饱私囊，狐假虎威，他都秉笔直书。当然对于"文化大革命"中的一些乱象，自有其社会的大环境方面的原因，也只能用鲁迅先生的一句话赠送了："度尽劫波兄弟在，相逢一笑泯恩仇"。就是对于有血缘关系的人如冷淡的"幺姨"、乖张的甥媳等，他都有实录。这并不是说邱先生是多么不宽容，恰好说明他是率真可敬的。这也使我们读到了他鲜活的立体的多侧面的人生。

他的勇于担当与不断进取，几乎伴随了他这一辈子，从几岁随母逃难，他就有这种素质。诚然，他母亲一根里面装了钱的竹棍是一种支撑，其实，邱先生这个小小的男子汉更是他母亲的精神支撑。他的"我要读书"的呐喊，他的"寻根访祖"的执着，他的风雪中去接行乞归来的祖母的坚毅，他对一次次被安排下乡住队受苦的隐忍，他悄悄为制止武斗而作的斡旋，他的"上书区委"的胆识，他善待朋友的侠义，他能屈能伸的睿智，他在省里学习与高学历同学的暗中较劲，他处理外甥家事时的雷霆之怒等，无一不是显现他是一个好干部、好儿子、好丈夫、好父亲、好前辈、好兄长，总之，是一个好男人。

当然，他显然不是把自己写成十全十美的"高大全"式的人物，而是敢于真诚地忏悔，直白地反思，让人看见自己的不足。如写自己不是一贯的温文尔雅、拉拉胡琴、打打篮球、跑跑步、看看书，也写自己金刚怒目似的"痛骂"某人，写自己为了姨妹的工作而去求人，写自己对个别人的评价时，措辞有点过火，写自己与领导谈话时，当领导问某个问题时，他往往谨慎地反问，不先袒露心迹，写对女儿上大学及工作的愧疚等，其实这才是更加真实的邱先生，这才是更加真实的基层人物的生活状态。对此我想，也不必苛求于他，因为他的回忆录不是煌煌正史，不是四平八稳的版本，只是他个人的心史，是以他的视角写成的带着本土特色的文字。

三、从《我这一辈子》中读出作者清澈纯净的情感史

记得小时候，我经过一步街到孟小上学，常看见高一年级的同学邱素华的爸爸顾长的身影，他总是那么挺拔，那么整洁，那么沉静，似乎还有那么一点儿忧郁神情。似乎不是那种爱表露什么感情的人，倒是邱先生的爱人黄女士似是一直时尚，一直奔放热情，她爱唱歌表演节目等。其实从这本回忆录中看，邱先生也是有深沉的情感世界的。大而言之，他对党对国家，对

这块土地的感情很深；小而言之，对家人，对同志，对人民群众的感情也很深。

他虽然出生于邱家当铺，还有海外关系，岳父母又是地主成分，他明知自己是难以"挤"进党组织的，难以有更大的发展的，但还是一次次服从安排住队挂职，深入基层，与群众同甘共苦，而不惜弃家别子，甚至有一回竟不知道那个久违了的家搬往哪里了。到今天也不见他有丝毫怨尤；他在第一时间去因病和饥饿而猝死的农户家慰问安抚；他在一些运动中，尽可能地保护同志，敢说真话；他能交"右派朋友"，"沉痛悼念"同志；他后来仍然积极服务"三农"；他对舅父被人暴打致死、对外甥英年早逝非常悲痛；他对某外甥媳妇的不当行为拍案而起，都是真情感的流露。他不是把自己写成始终极有修养、穆如清风、慈眉善目，有时候还是敢恨敢爱，敢作敢当。特别是对相濡以沫几十载的爱人的记述，从演《梁山伯与祝英台》到相伴夕阳红，在赞扬中透出爱意深深，也透出愧疚，"无情未必真豪杰"，他的感情整体是淙淙的孟溪溪流，是平缓的，是清澈的，是向前的，是源远流长的。这种纯净的情感对今天一些以为世间除了金钱利益以外再无真情的人，是一种很好的滋养。

所以，我读了邱先生的《我这一辈子》书稿，有一些体会，觉得邱先生文中这种继往开来的正能量元素，不宜独享，而希望与师友们共品共享。

　　　　　　　　　　　　　　　　　　　2013 年初冬于车台湖畔

庾信文章老更成

——易发平先生诗集《杏花天》读后

易发平先生至少是公安的名师、诗人和剧作家，曾一度归隐溪边桂下，客居南粤鹏城，多年已淡于笔墨，似爱弄管弦以自娱。今春回到"三袁"故里，竟携诗集《杏花天》一卷，我等欣然捧读，受益多多。耳边似有李白诗句响起："大雅久不作，吾衰竟谁陈？"

彰显家国情怀。易先生身材颇高，神情沉毅，骨子里家国情怀颇深，如七绝《见报口占》；"匹夫惭对江湖老，横死该当死阵前。"一种为国甘洒热血的勇气，直抒胸臆。《香港回归感赋》中："黄肤忍受白皮耻，法理横遭奸恶残"，凛然正气，形象高大。

讴歌大好河山。诗人壮游祖国的大好河山，屐痕处处，诗句闪闪。如五言古风《吴越行》，写得雅致优美。"……富城光射斗，美里客盈门。山随春水绿，莺啭花树深……红颜误浣女，白刃送将军。"既有眼前之境，又有咏史之慨。《夏日游龙岩晚宿长汀客家小院》中"晚来多谢汀州月，款款依人到客家"用拟人手法写月，清雅多情。《乌泥湖畔忆采菇》《蓼子堰忆旧》等篇什均有佳句闪耀。

品味峥嵘岁月。易先生怀抱尤大，然出身尤苦。可谓"苦其心志，劳其筋骨"，他对这段经历，不避讳，用诗以记之。可以说这不是他一人的历史写照。如《过牧羊岗忆旧年皮影》："油灯亮晃一方帷，撩俏逗情浪语飞"，有声有色，历历在目。

他胸中的块垒和积淀不吐不快，于是就用歌行体承载，其《白草滩野歌》写小时与发小放牧、野火、斗乩、跑社等活动，野趣横生，苦涩四溅。"七妖八怪灰渣衫。一声呼哨赶荒滩。北风卷地百草折，牛绳一甩跑旱船……"尽量用带着土腥气的方言土语，原汁原味地写人生的来处。《冬日曾石砭板砖歌》，更是写得惊心动魄，农村汉子、苦难兄弟的力量、勤劳、执着和无奈，通过一个个砸出火星的字句凸显别一种诗意。写土法人工板砖，"一圈拢垛一丘坟，技穷力穷徒伤神！一垛四万八千斤，莽夫对此空愣怔……寓形宇内何所期，但信花明会有时。"结尾是乐观的，像李白"长风破浪会有时，直挂云帆济沧海"一样旷达豪放。曹丕在《典论〈论文〉》中说："文以气为主"，易先生的这类诗作中这种豪放不羁之气是显而易见的。

回忆艺坛交往。诗人曾经作为剧团的知名编剧，有和文艺工作者甚至是上流名家交往交流的经历，这是他另一种辉煌时刻，他感受到了灯光的璀璨、人性的芳醇。如《睹"飞剧"感怀寄电视导演刘君绍兰先生》"唯美求新标格调，删枝壮骨谨推陈。"这其中有对评戏改戏专家的推崇，也有自己的文学追求，其中可见他对于"三袁""不拘格套，独抒性灵"主张的继承与发扬。《过绣林访湘君荷遇》的尾联"天高地迥凭谁问，笔下烟花似昔年。"表明对荆楚名媛、艺苑翘楚的鼓励，也有作者的自况……

缅怀感恩扶掖。作者蜷身草莽时，曾有文坛高人陈善文老师慧眼识珠，极力鼓励扶掖他。对此，作者时刻感念于怀。有首《重忆"军旅诗话"感怀业师》，其中深情写道："童心未泯灭，硬语尤盘空。下笔凭奔马，高吟贯响穹。"写这位深入田间地头发现培养业余作者并想方设法送一程的好老师的真性情与大才华。

白居易在《与元九书》中说："诗者，根情，苗言，华声，实义"，他说情感是根本，将之放在首位。易先生的诗词，确乎情感充沛，才写师写友，感事抒怀，真切动人。

文友相亲砥砺。诗人应该说自视甚高，但对文友真诚，文友亦与之甚善。如《南粤寄吴大》中写道："曾记当年互索句，今賒清骘云山遥。纵横捭阖大吴事，只少雀台赋二乔。"诗中这位吴大叫吴丕华，其诗词歌赋小说散文皆为人称道。《北寄荆州文苑王君安生》："樵夫动问王夫子，可上松滋赏白云"，意象高古，格调高雅。其中，"白云"，一语双关，既指天上的白云，又指松滋名酒白云边，令人品咂不已。

《忻闻公安文联三袁文化名家李寿和先生大作隆重面世寄和》是这样赞誉李寿和先生的："直扫云山万里云，鸿篇巨制细磨成。"读易先生赞扬李寿和先生的诗，又让人想到明清之际的文坛大家钱谦益评价袁中郎："中郎之论出，王、李之云雾一扫，天下之文人才士始知疏瀹心灵，搜剔慧性，以荡涤摹拟涂泽之病，其功伟矣。"几百年来，性灵派的作家诗人心是相通的，易先生不作则已，一作，则亦有这种追求这种做派。

享受退休闲趣。作者退休后寓居鹏城，在琴棋书画中自得其乐，在诗中亦有反映。如《公园早景》中写道："方到日高得意处，相呼快接读书郎。"这些爷爷奶奶，玩得正高兴，时间一到，匆忙去接孙儿的情景，令人会意解颐。

《戏题〈断桥〉》中有句："休道许仙迷冶色，予今一睹亦销魂。"这种近乎自我调侃式的表述，恰好流露出诗人真性情的一面，率真可爱。《村趣》中以竹枝词民歌风的句子写道："燕子今年来不来，等它一春不搬屋。"以俚语入诗，质朴自然，一派性灵气。

直面讽喻弊端。诗人不是一派温文尔雅，媚眼歌德，而是继承了鲁迅的风骨，诗中有刺玫瑰似的句子。如《看某字某诗得句》"蠛阵墨猪不透风，诌吟乱蚓说朦胧。"对一些歪搞者，毫不客气。

易先生的词作，也得有苏辛真谛，用以写盛世怡乐生活，亦显文采盎然。《蝶恋花（一）》中写道："晚笛送来杨柳曲，虹销雨霁蛾眉酷。"一个镜头，一个比喻，令人美不胜收。《一丛花（二）为沉鱼和师姐作》中美句连连："朝辞黄鹤暮临鹏，来往似仙踪……何时牵手东湖岸，并肩赏碧潋荷风。"才子佳人，碧水荷风，很有镜头感。

"深巷明朝卖杏花"，《杏花天》一卷，在国粹复苏、春雨润泽的季节应运而生，可喜可贺！杏花不大，却芳香淡雅；《杏花天》也不厚，却醇美耐读！虽然，诗人的不少旧作，是凭着记忆"录"起来的，极个别难免可见白璧微瑕。但易先生又是不拘格套的践行者，有的汪洋恣肆纵横捭阖的句子，或者诸体兼备，信手信腕，都是给人鼓舞，给人启示，给人美的享受。

箫管雅音几度闻

生长于"三袁"故里、淤泥湖畔的萧国玉先生的诗作，近年来，不仅数量多，而且质量高。人说淤泥湖有九十九个汊，愈游愈养眼；我看萧先生的诗有九十九重味，愈品愈舒心。

一、营构画面　意境清雅

萧国玉先生的诗很善于撷取镜头，营构画面，给人以意境清雅淡远之感，一如先生儒雅的微笑。如发表于《柳浪风》2010 年 12 月号上的一首七律《老伴》就凸显出这种特点，其诗曰：

相依为命度春秋，茹苦含辛共一舟。

玉露金风秋意爽，黄花绿叶晚晴悠。

愁来共把佳诗咏，爱去同寻好景游。

袅袅斜阳无限美，彩衣争舞尉心头。

全诗以"相依为命度春秋"为总起，以下诸句是对这句的具体化、形象化，或者说，巧用一幅幅画面叠印出诗人与老伴风雨同舟几十年的苦乐生活剪影，可分为"玉露金风"篇、"黄花秋叶"篇、"佳诗共咏"篇、"好景同寻"篇、"袅袅斜阳"篇、"彩衣争舞"篇，这样，就避免了直白口号式、竖排的履历表式的回顾表述，而且诗意境清雅。这种意境殊为难得，王国维先生在《人间词话》中说过："有境界，则自成高格，自有名句"。这阐明了意境的重要性，甚至"自有名句"，也阐释了名句不是刻意雕琢出来的，是"自有"的，可以说，萧先生的诗因有"境界"，所以就自有好诗句的显著特点了。

二、锤炼语言　诗风俊朗

萧国玉先生常常歌咏家乡的淤泥湖，犹如陆游爱写恢复中原的诗一样，也许是先生生于斯，成长于斯，曾长期担任行政领导工作于斯的缘故吧。2010 年 10 月的《柳浪风》上载有萧先生一首《淤泥湖水乡即景》：

水乡景色华，两岸尽渔家。

托桨红颜乐，弹琴白发夸。

群鱼翔浅底，一月映深涯。

细浪敲舟脆，满湖铺碧纱。

读此诗，使人想到唐代卢延让的诗句"吟安一个字，拈断数茎须"。看来诗人对锤炼字句是要下一番苦功夫的。即使是"妙手偶得之"，也是平时的积累蕴蓄之功使然。萧国玉先生在这方面做得很到位，如上面这首诗中，一"翔"一"映"，一"敲"一"铺"，就准确精妙，特别是"细浪敲舟脆"中的"敲"字，用得可谓是神来之笔，写出了"细浪"的一阵一阵，富有节奏感，而且用拟人手法，把"舟"当古琴在"敲"，而"舟"呢，居然像焦尾琴之类，被"敲"出"脆"声，这声音本是水木相激所发，清脆、嫩生，是天籁之音，且有"鸟鸣山更幽"的衬托效果。其锤炼语言还包括善用修辞，这首诗用了对偶、拟人、借代（如"红颜"代青年女子，"白发"代老者）、比喻（如"碧纱"）等修辞手法。

前面所举萧先生的《老伴》一诗中"彩衣争舞慰心头"句，一个"争"字，就用得颇见功力，亦有新意：原来老莱子着斑衣娱亲，是一个人在表演，没听说有谁和他去"争"，而萧先生笔下这一"争"字，可理解为：作者和老伴的儿孙（萧先生儿女俱孝，各有所成，有个儿子是双博士，先在国外工作，后成"海归"回国服务。孙子也是北大高才生）都竞相争先去孝敬两老，也可理解为全国老人的儿女们都在"争"着当老莱子，所以，这一"争"字，营造了一个浪漫、和谐的场面，把全诗提升到了一个新的档次。

三、巧用典故　文采斐然

诗词作品，典故用得太多太滥，会有"掉书袋"之谓。但适当地用典故，则会是内涵丰富，文采斐然，别有一种典雅的审美情趣。萧先生在这方面无疑是个中好手。还说《老伴》诗中"彩衣争舞慰心头"句，就用了春秋时楚国人老莱子着斑衣（即"彩衣"）娱亲的掌故。原来老莱子本人年已 70 岁，见双亲年迈，缺少欢乐，就穿着小孩爱穿的花花绿绿的衣服，在双亲跟前做出儿童舞动、跌倒、啼哭等情状，逗得双亲眉开眼笑，似乎这儿子还是婴儿，那么顽皮可爱。而双亲自己呢，似乎也没老，因为儿子还这么"小"嘛。这喜剧性的故事，温暖千秋。到了萧先生笔下，又作了富有时代气息的巧用，即成了"争舞"，平添了一种孝文化的传承与提升。另外，"玉露金风"句，既写了季节，又指诗人与老伴愈老弥深的深情，这也使人想到宋代秦观《鹊桥仙》中的句子："金风玉露一相逢，便胜却，人间无数。"借此赞颂一种至纯之情。那么，《淤泥湖水乡即景》中"群鱼翔浅底"，则跟毛泽东《沁园春·长沙》有渊源，毛泽东词中有"鱼翔浅底"句。可这里既写淤泥湖水清少污染，可见鱼翔，又写鱼儿自由自在，不惧网钩之类，才敢"翔浅底"。王国维先生说"一切景语皆情语"，这里诗人写鱼儿如此自在，未必不是写诗人或淤泥湖区的人们自由快乐的心情？

　　古人说："学士词（指苏东坡词）须关东大汉，铜琵琶，铁棹板，唱'大江东去'。"而我赏萧国玉先生的诗，恍然在朗月映照的湖舟上，听箫管悠悠，令人陶醉。

2011 年 10 月 12 日于"三袁"故里车台湖畔

性灵为宪写繁荣

——读肖宪荣先生的诗

肖宪荣先生是我县一位热心的诗词作者，他的诗词作品能紧贴时代脉搏，讴歌家乡的新变化，讴歌真善美，在日渐熟稔的诗词格律中，彰显性灵，获得了读者的喜爱。

一、变换画面添诗趣

肖宪荣先生的诗很注意营构画面，并注意变化。如他在《柳浪风》2013年9月秋季号上发表的《闹春耕》是这样写的：

紫燕归来寻旧情，桃红柳绿鸟争鸣。

一犁春雨铁牛笑，满畈禾苗翠浪横。

少妇载棉栽粳稻，老翁种菜种丹参。

乡村梅月酣农事，布谷声声唱晚晴。

可以说每句诗都是一幅图画，而颔联和颈联尤其出彩。颔联中"一犁春雨"与"满畈禾苗"，前因后果，一动一静；颈联中"少妇载棉"与"老翁种菜"，一女一男，一少一老，除了是对偶方面的要求外，作者特意营构这种画面的变化，更显得诗意盎然。

当然，内容上，既有传统的农事，又有"种丹参"的新的经济增长点。诗中两"栽"两"种"，不仅不使人觉得啰唆，反而渲染出一种繁忙、紧张的气氛，从而突出题目中的一个"闹"字。另外，尾联中"布谷声声唱晚晴"句，也颇有咀嚼处，既与首联"鸟争鸣"照应，又点明春末夏初的季节，还写出了那些留守乡村的老人们在农田里发挥余热的可敬形象。

二、变换角度显摇曳

在《柳浪风》2014年3月春季号上刊有肖宪荣先生的一首咏梅的五言律诗：

红花簇簇开，俊俏自香来。

雪映千枝韵，霜凝百态腮。

愿捐天下爱，甘献毕生才。

装点江山美，乾坤不染埃。

我觉得这首诗是最能反映肖宪荣先生用意象入诗、托物言志的作品，在起承转合中善于变换角度是难能可贵的。

首联直接由视觉写到嗅觉，写梅的俏丽超凡。颔联用映衬的方法，写在雪和霜的作用下，更显梅的仙葩卓韵，特别是"霜凝百态腮"一句中一个"腮"字，既是韵脚字的需要，又用拟人手法写梅的娇美可爱。颈联又开始变奏，直抒胸臆，用论笔入诗，赞美梅的奉献精神。不过，如纯从对偶角度看的话，"毕生才"改为"腹中才"或许更显妥帖。尾联"装点江山美，乾坤不染埃。"属于全诗"合"的部分，是咏梅，是抒怀，借此升华主题。"乾坤不染埃",看似为押韵而收笔,其实蕴含颇丰:梅花她在粉妆玉砌的"不染埃"的世界里才如此绽放,才更显出其艳丽卓绝。试想如果让梅花在混浊的环境中开放,她还是梅花吗?所以,我们有理由相信作者,这里在借梅花自况,有借梅花呼唤这个社会更纯洁更美好的初衷。

三、变换风格抒真情

虽然我们大多的业余诗词作者的作品,似乎还谈不上有多少独特的个人风格,但是对于诗词创作根据所写的对象,根据作者当时的情绪等因素,去选择以某一种语言风格为主来表达情感,这又是常见的。对此,肖宪荣先生也是有多种表达风格的。前面所谈到的诗,偏重于形象思维,偏重于营造意象。这里还谈谈他的或者说我们不少作者的另一种风格的作品——质朴无华、概括议论的诗词。如肖宪荣先生《赞大爱夫妻黄宏林严玉芹》:

松东河畔赞宏林,万里河山震玉音。

谁忍悲伤扬大义,君怀巨痛献丹心。

人间博爱神州美,世上真情环宇钦。

时代精神荣故里,英雄事迹满乾坤。

这首诗,作者也许被大义夫妻深深感动,来不及,也无须用唯美的所谓雅诗去表达,就直接选择了这种语言风格。也写得情真意切,满怀敬意,富有感染力。颔联一问一答,其中几个动词"忍""扬""怀""献",如石匠在叮当刻凿,很有力度。颔联中由"神州"扩展到"环宇",更显正能量的普世价值。

　　由诗友周君推荐，使我静下心来读了肖宪荣先生的部分诗词，觉得"三袁"故里诗词葳蕤，文帜飞扬，振奋人心，遂写下了一个习诗者的体会与喜悦。

诗人肖宪荣先生现为公安县诗词学会会长

放飞五彩墨　书写三百千

——为书法家刘世平先生新书而作

三百千，功无边。这三个数词，指代的是《三字经》《百家姓》和《千字文》。这"老三篇"，不仅是我国传统蒙学精粹读物，而且是历代书家百书不厌、常写常新的爱物。

说到《三字经》，眼前总浮现天真无邪的儿童在可爱地背诵"人之初，性本善"这些文化初乳佳句的情景，耳边那银铃般的童声同时也洗涤着我们的尘心。其文史哲理、天文地理、人伦义理、忠孝节义等内容，又在潜移默化地传递着仁义诚信的正能量。

至于《百家姓》，则是我们中华文明之基因，是深入骨髓的民族元素，是连接五湖四海炎黄子孙，使之异中有同、形散神聚的神奇符号，是寻根问祖、光前裕后的依据与动力。

那《千字文》呢？它本身便是熔诗文书法于一炉的产物。明代王世贞赞道："绝妙文章，独领蒙学读物风骚，堪称训蒙长诗。"而且，《千字文》不仅化育吾国吾土一代代八九蒙童，甚至早已走出国门，在全球汉文化圈广受热捧。

三百千，使少儿稚音琅琅，莺歌燕语；书家毫楮卷卷，龙舞凤翔。吾邑刘君世平者，书坛名家也。童颜童心，雅趣雅举。无哗众取宠之意，有育苗润物之怀。材选三百千，面向八九子。四体俱佳，八法皆妙。笔笔扬性灵，字字含童趣。使得读者不仅读其神句，而且品其妙字。古今相契，文墨生辉。国粹夯基，圆梦助推。其功大矣，其爱深焉！

适刘君雅集付梓在即，谨以此文贺之！

千古对撞爆出惊喜

——读刘松林组诗《杜甫与李白》

诗人刘松林先生的组诗《杜甫与李白》在《上海诗人》2011年第六期和《星星》诗刊 2011 年第八期上一刊载，立即引起了不小的反响，普遍认为是近年来难得的佳作之一。他的《杜甫与李白》由《邂逅》《梦萦》和《相惜》三篇组成。全诗主要呈现哪些特点，令人耳目一新呢？

一

全新的视角。通常，我们都把李杜尊为唐代诗歌群山上的耀眼双峰，一般习以为常地厚李薄杜，也即大赞诗仙李白，而对诗圣杜甫似有点不公。而刘松林先生这组诗则别具只眼，从题目上就把杜甫排于李白之前，而且，内容上是从杜甫写李白的《与李十二白同寻范十隐居》《梦李白》和《不见》等多首诗萌发的诗情，这自然从杜甫对李白的钦佩、思念与力挺等复杂情感的角度，来写杜甫与李白这两颗诗坛巨星的千古碰撞与不朽情谊以及其给后世的深远影响。

遥想公元 742 年，李白来到长安，被贺知章称为谪仙，后受玄宗召见，任为供奉翰林后，因与权贵不合，被礼放出京。在公元 744 年 3 月，李白与杜甫在洛阳相会。其时，李白从理想的云端跌落到了现实，杜甫呢，也因多年前进士落第而有志难酬，两人神交已久，此时有太多的话要倾诉，所以仅 33 岁的杜甫与 44 岁的李白，一见倾心，从此成为千古知音。对他俩的相见相知，闻一多先生曾浪漫地说过："我们该当品三通画角，发三通擂鼓，然后提起笔来，饱蘸金墨，大书而特书！"白居易也说过他俩："吟咏留千古，声名动四夷。"韩愈说："李杜文章在，光焰万丈长。"更难得的是小于李白的杜甫，与李白分别后，强烈地思念李白，担忧李白，赞美李白，成为千古佳话，这就深深震撼刘松林先生的心，所以他就将杜甫置于首席来写李杜，也是新的视角，新的切入点。

二

激荡的情感。刘松林先生的《杜甫与李白》情感激荡。首先是对杜甫与李白昂扬的精神和建功立业的理想的认同。李白曾想"寰区大定，海县清一"。杜甫也有"再光中兴业，一洗苍生忧""致君尧舜上，再使风俗淳"的理想，所以，这也是杜李之交的情感基础。刘松林先生的诗就形象地写这种理想的碰撞与交融，如《邂逅》中所写："你从长安来 / 从五侯七贵的杯中来 / 从功名利禄的累累伤痕中来"，就表达了杜甫对李白政治情怀的理解，也表达了刘松林先生与他俩的理解与共鸣。其次，刘松林先生的诗还洋溢着对杜李鞭挞腐败、揭露黑暗铮铮铁骨的钦敬，如在《相惜》篇中，刘松林以杜甫"世人皆欲杀，吾意独怜才"两句点燃全篇，开头就写道："那帮人 / 被你的才气踩在脚下 / 一双靴子压得他们抬不起头来"，这里，诗人用李白要太监高力士脱靴的传说，用"靴子"这个意象，写李白的傲骨，其实是杜甫对李白的激赏。在本诗第二小节里还写道："怎能不令人捶胸顿足／心如刀劈"，写李白被永王李璘之事所牵累，杜甫大鸣不平！

在第三节里，诗人这样说道："滔滔万言／不及斗鸡明星的几串哈哈／不及《霓裳羽衣舞》的几轮回眸"，这是写杜甫欣赏李白冒着政治风险，直接嘲讽玄宗宠爱"回眸一笑百媚生"的杨玉环等权贵的勇气，因为他们玩物丧志、逸豫误国。使人想到李白诗句："路逢斗鸡者，冠盖何辉赫。"想到他"珠玉买歌笑，糟糠弄贤才"的感慨。杜甫对此深有同感，他不是也写"三吏""三别"，揭露当时的弊政和乱象吗？这也是杜李二人成为莫逆之交的又一情感基础。

说到杜李关系，其实侧重从杜甫的角度写李杜，还有杜甫怀念李白的诗多一些的原因。为什么李白写杜甫的诗少呢？大约李白浪漫潇洒，怀念杜甫的诗随写随散的可能大些。再者，李白的诗在安史之乱中"十丧其九"了。其实，李白多年后，也在怀念杜甫："思君若汶水，浩荡寄南北。"当然杜甫晚年更是在思念李白："何时一尊酒，重与细论文"。

那么，刘松林先生之所以如此热情地写《杜甫与李白》，难道仅仅是发思古之幽情吗？其实这也显出刘松林先生激荡的情感，因为杜李敢于激浊扬清，能为今天的诗人提供精神的"钙质"。

三

奇特的意象。刘松林先生不是把杜甫李白有关诗中的意象或妙词妙句如数家珍地赘述，而是将之如盐溶于水，再铸新词，推出新的意象，凸显新的诗味。

如《邂逅》篇里，诗人写道："我携到你那根 / 狂放的琴弦的颤音 / 总是放飞青天揽月的孤梦 / 总是碰上 / 雷公震怒的电光"。

是的，当年杜甫李白由夏至秋，畅游开封、商丘等地几个月，白天携手同游，夜晚抵足而眠，在杜甫心里，深感快慰平生。刘松林不是直接写他俩携手，摸到脉搏，感到心跳之类，而是借杜甫之口，说出这样的惊人之语："我携到你那根狂放的琴弦的颤音"，这就新奇了，就是如伯牙与钟子期的相遇呀！

再如《相惜》篇中，第二节里有这样的句子："大道不属于你 / 荣华不属于你 / 属于你的是一支 / 摇矮功名的瘦笔"，按说，李白的笔，本该是巨椽了，何以在刘松林笔下成了"瘦笔"呢？这是借杜甫之口，惺惺相惜的激愤之语呀！

还有第五小节里有奇语："看来你的才华只能烹香后世的日月"！这句奇香四溢，是道人之所未道。这"烹香"的过程，是煎熬、是磨炼、是浸润、是熏染，何等雅致，何等奇崛！那九天之上的"日月"居然要李白的才华去"烹香"，这就不是流传千古之类的套话所能比肩的了。

由此也可看出刘松林先生的诗歌创作实践，带来了一股清新的风，与当下一些白话连篇、不讲意象、不讲韵律的诗歌的做派是大异其趣的。

一句话，作者刘松林写李白，大有李白的豪放倜傥；写杜甫，大有杜甫"语不惊人死不休"的追求。

四

大气的语言。在《杜甫与李白》这组诗里，刘松林一贯大气新颖的语言风格尽情彰显。如《邂逅》篇里，有句："终于扑进了我 / 煎熬已久的仰慕 / 踏着 / 牡丹余韵的回响"。"踏着""回响"句，诗人用通感，把视觉、嗅觉转化为听觉，因为他俩相见时正值春末夏初，恰是洛阳牡丹的余韵"回响"时节。

还如"胡须翘着一根根酒香"句中"翘着"，写出了李白傲骨仙姿。

在《梦萦》篇里，诗人写道："凌晨 / 你又来到梦中 / 湿漉漉的一袭青衫像挂在树上"，刘松林用的这个"挂"字，极显语言张力，既有"青衫"之"挂"，又有挂念之"挂"，还有李白"狂风吹我心，西挂咸阳树"之"挂"，以此来写杜甫得知李白死于水的传闻后的无尽悲伤。

再看"属于你的是支摇矮功名的瘦笔"，句中一个"矮"字，既写权势者对杜甫李白辈的压抑、放逐，也写出了诗人们自己对"功名"既追逐又无可奈何的矛盾心理。

读罢刘松林先生的《杜甫与李白》，感到作品既有李白的豪放飘逸，又有杜甫的沉郁顿挫。其实，杜甫与李白之所以互相吸引倾慕，只怕还有他俩的诗风的互补因素在起作用。而刘松林在将两位大家的诗风熔于一炉方面，是有令人颔首的成绩的。所以，我们喜爱这样从传统经典诗作的沃土中扎根而绽放出的新葩，并从中获得新的愉悦和启示。

（刊于《三袁》杂志）

独钓春风第一竿

——赏读薛作才先生诗词集《酩酊集》

薛作才先生酩酊于诗联与生活中，其《酩酊集》面世，又酩酊了读者。袁中郎在《觞政》中说自己"饮不能一蕉叶，每闻垆声辄踊跃"，是说自己只能饮像蕉叶状的浅而小的一杯酒，但很爱凑热闹。我拜读先生大作，更只能谈点微醺之语。

炼字美。薛作才先生的诗注重炼字，而又不为了出新而搞怪，仍是不显山不露水，自然妥帖，颇值咀嚼。

如在《独酌听华裔音乐神童杨远帆钢琴协奏曲牡丹亭有寄》中："天音浇块垒，绿蚁长精神"句，一个"浇"字，就写出了钢琴声如天籁之音、如清澈的圣洁的液体，入耳润心，其郁结块垒遇之则消。《秋深夜》"萧萧黄叶下，片片染乡愁"句中一个"染"字写深秋的黄叶，从听觉转换成视觉后，不说色彩是自然"变"出，偏说"染"，这本身就有新意了，还带出"乡愁"这个宾语，那染的不是色素，居然是乡愁，诗意也就更浓了。"心中犁故事，垄上种诗田"，是《贺黄山头诗林首发》中佳句，其中一"犁"一"种"，就让人深思，形象地写出作者心中"故事"在几十年岁月中不断地深耕回味，不时地收获垄上飘着的诗香。"却是竹山春雨后，明朝千笋破新泥"，其中一个"破"字，写出逢春的竹笋借势发力，訇然破土石而突围向上，似闻其声威。（《黄山茹笋赞》），"偷裁化作书笺色，撩动诗心一起烧"，见于七绝《罗平高粱种植基地晚眺》，其"偷裁"二字，巧妙俏皮，继而"撩动"二字，却把行为的主体责任推给晚霞和枫叶，说是它们造成的，最后一个"烧"字，有视觉、触觉、甚至似乎听到哔剥的燃烧之声了。"狗尾何曾功利累，怡然自得钓斜阳"（《借名狗尾草》）、"堤娘歌自林间出，独钓春风第一竿"（《春钓》），前一"钓"字，巧借狗尾草形似鱼钩这一意象，写一种诗趣，因隐含一种不为名利所"钓"的老者的闲适；后一个"钓"字，既有钓鱼的写实，又见豪放的钓取美丽的春风春色的喜悦和一种老而弥坚独占先春的锐气。

用典美。薛作才先生在工作之余和退隐林泉后，一如既往地爱书看书，所以，在其诗中，用典自然，这对诗意的纯度，对古今诗文基因的嫁接出新，对强化悦读的趣味，都有水乳交融的效果。而不见生搬硬套，堆砌卖弄，搞得整体性油水分离。如《思归北寄》中有句："分身恨无术。何日返东篱"。诗人在南方过春节，大都市的车水马龙，亲友的推杯换盏，总代替不了作者的思乡之情。这里"东篱"，让人想起陶渊明"采菊东篱下，悠然见南山"的句子，"东篱"这一意象，不在都市，不在异乡，是在青绿相依、悠然自适的水乡老家。"雕栏杆外骋青眼，泊岸山陂袒彩衣。"（七律《牛浪湖畔凤凰山庄登高》）见到如此美丽的景色，诗人才像阮步兵以青眼相待，那碧波轻吻的山陂像是身着彩衣老莱子在娱亲，表达何等的典雅温馨啊！"仰天一声啸，呼得好风归"。这是《春日登黄山大顶》中的结句，形象高大，用典巧妙，且呼唤清廉政风。竹林七贤中阮籍擅长于高山峻岭中长啸，也有人写古人学习高人长啸而不得。这里诗人的长啸不是个人不得志或与人争高下的空谷啸声，而是代表了人民的心声。"遗味庄王腹，留香尧女唇"（《楚艺江南鱼糕赞》），写公安鱼糕传为娥皇女英在南方寻夫舜帝途中制作的美食，令人齿颊留香。

性灵美。薛作才先生诗中自然流动着公安派的性灵根脉，求真求新见趣。如"沐浴千秋日，欺凌万仞霜"（《咏菊》），这个"欺凌"，就用得稀奇，照说，应该是风霜欺凌纤弱的菊花的，诗人偏说菊花欺凌风霜，那菊花傲霜的气势何等雄豪？"牛去羊来绿常在，只因根扎最低层。"（《草》是咏物，是明志。"德绍知耻真君子，心尚无为老小孩。"（《次何堃兄荣获省"书香门第，耕读世家"称号》）是赞友，亦是写己。以议论入诗，任真情馈友，能不酩酊？

　　　　　　　　　　　　　2023年孟秋于"三袁"故里车台湖畔

性灵说的缘起与影响

什么是性灵？性灵，一般指人的精神、性格、性情、智慧等。

它是中国古代文论术语，指重视作者创作个性的文学主张，也是明末公安派文学创作的核心思想。袁宏道在《叙小修诗》中赞道："大都独抒性灵，不拘格套，非从自己胸臆流出，不肯下笔。"后成为一种文学主张，意在纠正明代前后七子拟古的流弊，倡导性灵，表达"能通于人之喜怒哀乐嗜好情欲"的真情，打破含蓄蕴藉的传统。

性灵一说缘起于老庄。老子的虚静说，已初见性灵的含义：淡出欲念，去除阻碍，展现空明澄澈的心胸，即是性灵。像新生的婴儿一样纯真、无疵，无心机狡诈，是赤子之心、童心。

这样，在文学上用来抒发性情自由，追求快乐美好，如阮籍、陶渊明等。钟嵘在《诗品》中评论阮籍的作品"可以陶性灵，发幽思"。意谓清新脱俗，灵动活现，飘洒俊逸，不受约束，表达自由性灵。

刘勰在《文心雕龙》中提出"岁月飘忽，性灵不居"，性灵又侧重指精神或禀赋才能。

当然，当时的文人学者往往是儒释道兼修的，性灵也自然地受到佛家"心性"理论的影响。

　　研究者认为，"三袁"的性灵说是受到李贽的"童心说"的影响："童心者，真心也"。而李贽的"童心说"又是受到王学的影响。所谓王学，也叫"心学"，其代表人物是王守仁，即大名鼎鼎的王阳明。主要命题是"心即理""致良知""知行合一"，直接冲击占正统思想地位的"存天理，灭人欲"的纲常伦理束缚，遂发展为晚明哲学的主流。李贽受王学影响很大，他提出"童心说"，反对一切假人、假事、假言、假文，锋芒直指儒教的伪善。李贽作为朝廷的官员（太守）显然是不合时宜的，辞官后，他从福建游学到湖北黄安一带，正好跟"三袁"有了交集。"三袁"也受到明代著名学者焦竑的启示，焦竑在《澹园集》中指出"诗非他，性灵之所寄也"。还有明代著名剧作家汤显祖也与中郎同声相应："自然灵气，恍惚而来。"

　　很长一段时间，晚明文坛被前后七子把持，万马齐喑，一片萧条。如在明弘治年间，前七子李梦阳、何景明等七人在反对明初以来的"台阁体"做出了贡献，也有积极的作品。以当时高度集权、文化专制，大批御用文人粉饰朝廷、歌功颂德，形成了空洞无物、千篇一律的"台阁体"。前七子用的武器是复古，掀起了文学的复古运动，把独创性的作品自然视为异端。到了明嘉靖年间，以李攀龙、王世贞为首的后七子继续复古，甚至提出"文必秦汉，诗必盛唐"的文学主张。所谓复古，实为拟古。造成模拟雕琢、抄袭成风的沉闷局面了。

　　到了明万历年间，虽政治腐败，边境紧张，社会矛盾尖锐，但江南地区出现了资本主义的萌芽，西方文艺复兴的微风徐来，给古老的封建社会注入了些许活力，同时带来了新思潮的萌发。加之，"三袁"深受楚文化的熏陶，敢为天下先，所以，新的文学主张就应运而生了。

明万历二十三年（1595），袁宏道出任吴县县令，历史给了他一个机会，他当仁不让，为时代扛起了廓清文坛雾霾的大纛。当读到三弟袁中道游历山西、河北等地写出的新诗稿，他眼前一亮，灵光一闪，他思考已久的文学主张借由《序小修诗》这篇序言横空出世了！

他说小修："泛舟西陵，走马塞上，穷览燕、赵、齐、鲁吴越之地，足迹所致，几半天下，而诗文亦因之以日进。大都独抒性灵，不拘格套，非从自己胸臆流出，不肯下笔。有时情与景会，顷刻千言，如水东注，令人夺魄。"这篇一千来字的文章，主张诗歌创作应发乎真情，出自本色，旗帜鲜明地亮出了"不拘格套独抒性灵"的文学观点，可视为公安派向前后七子抄袭模拟复古倒退发出的檄文和响箭。

所以，公安派的性灵说有了精髓和核心。大概指作家独特的个性，创作的灵感，真实的情感。袁宏道在《识张幼于箴铭》中说："性之所安，殆不可强。率性而行，是为真人。"公安派的大将江盈科在给袁宏道的《敝箧集》所作序中写道："诗何必唐？又何必初与盛？要以出自性灵为真诗耳。夫性灵窍于心，寓于景。景所偶触，心能摄之；心所欲吐，腕能运之。"

很多专家认为"三袁"是一个整体，是一个三子星座，是各有建树的最佳组合。性灵说的出现不是袁宏道的电光石火的突发奇想，而是由几人或几代人的聚力蓄势而成功的。如老大袁宗道就是公安派的发起人，首开性灵说的发轫者。清人朱彝尊在《明诗综》中说："伯修才不逮二仲，而公安派实自伯修发之。"原来袁宗道早中会元，中进士，入翰林院，授春坊庶子，道德文章好，结交人脉广，便于倡导性灵说。组织和团结了全国各地的志同道合者，办文学社团，渐成风气，对复古派发起了进攻，史载"与同馆黄辉力排其说"，且写有批驳前后七子的重要理论文章——《论文》上、下篇，尖锐地指出脱离心灵与时代，所写的作品词不达意，空洞无物。他推崇白居易和苏东坡，还将自己的书斋取名为"白苏斋"，将诗文集命名为"白苏斋类集"，认为白、苏是性灵一系的先导。故此，朱彝尊说："自袁伯修出，服习香山、眉山之结撰，首以白苏名斋，既导其源，中郎、小修继之益扬其波，由是公安派盛行"。其后，袁宏道以他的天纵之才，从理论到创作的实践，成了公安派的主帅。袁中道在两位兄长辞世后，继续擎起这面性灵说的大旗，成为公安派后期的集大成者和掌门人。

"三袁"不是自恃才高，搞孤芳自赏，而是善于结社交流，有一种大心胸大境界大视野。这对于性灵说的推出与公安派的壮大有着重要的作用。

城南文社。明万历八年（1580），"三袁"的二舅龚惟学在公安县城创立了一个文学社——阳春社，社员主要是斗湖堤镇颇有名气的举人秀才，先一年考中举人的老大袁宗道也在其列。大家时常聚会饮酒吟诗。袁宏道也在其中收益多多。不久，袁宗道得了一场大病，到老家孟溪长安里调养去了。于是，年少才高的老二袁宏道雄心勃勃，也邀约了一些年龄相仿的文友在城南结社，中郎自任社长，李学元、龙君超、龙君善、袁中道、龚维静等踊跃参与。袁宏道还订立了规章制度、活动守则之类。除了切磋科举文章外，还写出了不少充满自然灵气、率真潇洒的诗文，自然吸引了城乡不少文友的参与。甚至，有的社友三十岁了，也规规矩矩地服从年仅十五六岁的袁中郎的领导，还向他请教。他们还将这些自然风格的作品编印成册，有的在《敝箧集》中还可读到，如袁中郎的《青骢马》就是当时激扬文字的产物。

南平文社。明万历二十年（1592），袁宏道考中进士，金榜题名，载誉回乡。与亲友同乐之际，萌发了成立一个新的文社的念头——即成立南平文社。这个南平不是现在的公安县南平镇，而是在现在的公安县城斗湖堤一带。为何叫南平？因为五代十国时，荆州公安这块曾为南平国。中郎遂以此为文社之名。文社成员主要是袁、龚两大家的性灵之士。如"三袁"父亲袁士瑜、外公龚大器、二舅龚惟学、三舅龚惟长、八舅龚维静、邹伯学、王辂、崔晦之、李学元等。这个南平社成员的文化层次、身份地位相当高：有进士袁宗道、袁宏道、龚大器、龚惟长，有举人龚惟学。其中龚大器是河南布政使，龚惟长是福建道御史，袁宗道官居翰林。南平社从万历二十年（1592）到万历二十二年（1594），约三年时间，大家一起游山玩水，诗酒唱和，尽情挥洒性灵，砥砺交流，不亦乐乎。

葡萄社。明万历二十六年（1598）"三袁"兄弟会于京城，此时，袁宗道以翰林院编修身份任皇长子朱常洛的老师，袁宏道政治才能试用于吴县，政声鹊起，时任京兆教官（顺天府教授），袁中道也到京城，入了太学。加之他们性灵诗文早已蜚声海内，现在文友相见，更是性灵四溢。

在中郎的提议下，一个新的文学社——葡萄社，应运而生了。也写成蒲桃社、蒲社。因北京城西有个崇国寺，寺内有占地数亩的葡萄园，偏僻幽静，风景优美，开始成了文学社活动场地，故名。葡萄社的核心成员除了"三袁"兄弟，还有各地在京的潘士藻、刘日升、黄辉、陶望龄、顾天俊、李腾芳、曾可前、吴用先和苏维霖。此外，还有谢肇淛、王辂、瞿汝稷、丘坦、方子公、王章甫、钟鸣陛、钟起凤、段道显、秦镐等。参加游历、唱和的外围成员还有董其昌、谢于楚、李长庚、梅蕃祚、罗隐南、汪本珂、汪可受、黄大节、曹大咸、萧云举、黄煇、周承明、项应祥等三十多人。

　　据统计，公安派结社有三十多次，绵延几十年，对性灵说的确立，对公安派的形成，起到了重要的作用。明清之际著名学者钱谦益在《列朝诗集小传》中指出："中郎之论出，王、李云雾一扫，天下文人才士始知疏瀹性灵，搜剔慧性，以荡涤摹拟涂泽之病，其功伟矣。"其对后世的影响是深远的。对钟惺、谭元春、张岱、金圣叹、袁枚等都有承传之功；对梁启超、黄遵宪也有明显影响；对鲁迅、周作人、胡适等影响深远，甚至对"五四"新文化运动亦不无影响。

"三袁"与其老师

"三袁"昆仲之所以成为文学史上熠熠生辉的星星,有多种原因,如:天纵之才、时代孕育、舅家钟铸、袁父敦促、家乡熏陶、老师教育等。这里,笔者仅就他们与老师的关系,或者说老师对他们的影响,谈点认识。

一、对老师才华的钦佩

这里说的老师,主要指直接教过他们的家乡的业师(不包括李贽及科举录取老师之类),即常常在他们的诗文中出现的几位老师。如万二酉老师,这位近在家乡长安里的老师,袁中道就写了《万莹传》来赞美他的博学多才:"少工文词,一试有司不酬,即归隐里中教授。于书无不读,历代史自首至尾,皆能成诵。授书时,五经中有阙三四页者,一写无遗;中所音释,不误一字。旁及阴阳、堪舆、农圃、医术、命禄,无不晓了。卜筮尤精,通数学。作诗有佳语。"看来,万老师是文理皆优,述而能作。可惜他囿于一隅,穷愁潦倒。但他的才华无疑对"三袁"早期打下扎实基本功的影响是很大的。

"三袁"的老师在"三袁"作品中"出镜"多的还有王以明老师。王以明老师,名叫王辂,字以明。公安人,是袁宏道的举业师。四十岁时,由监生任过凤翔县通判,半年弃官归里,隐居在公安县平乐村小竹林,著述自娱。与袁宗道等是"性命之交"。看来，与"三袁"是亦师亦友的关系。袁宏道在吴县县令任上，给王以明的信中说："吴中人无语我性命者，求以明先生一毛孔不可得，甚哉法友之难也。"在佛教方面，袁宏道也是个大家，但他还以王以明为"法友"，看来王以明也是满腹学问的。

袁中道考中进士后，给王以明老师写了一封信："一别又半年矣！追思不肖抱病园中，与先生对床共语，忽忽如梦中事也。卑卑一第，聊了书债，若不与馆选之列，则八月可抵家矣，有得领先生麈谭也。京师人可与论学者甚少，此事不拈弄着，恐日就堕落，奈何！"这信中，向老师报告好消息，回忆交往旧片断，感叹"论学者甚少"，凸显老师的学问之深。

二、对老师人品的赞美

袁宏道一生自视甚高，然而高德才奇不是无源之水，无本之木。他在《过二酉师旧斋》诗中写道："士老不曾官，女老不曾媒。无媒见真性，不官见隐才。守道七十载，寂寞类寒灰。逢山遍琢句，得黍即衔杯。笔绝知麟获，人亡为国哀。科斗馀文字，残书化草莱。马鬣封三尺，文翁安在哉。空斋遗杖履，长叹续归来。"袁宏道用这么长的篇幅侧重赞美万老师不图富贵、坚持操守的精神，并把他的逝世提到"人亡为国哀"的高度。最后，作者望着熟悉的遗物——老师的拐杖和旧鞋子，感慨万端。这里，未必没有对社会上一些追名逐利之徒的鄙视，未必没有对自己是仕是隐的纠结。

袁中道在《万莹传》中也对万二酉的人品推崇有加："为人淳厚，生平无一妄语，亦不知世间何者可好。予族叔辈会饮，有谈及娈童事者，大骇曰：世间有此怪事耶！赧面而走。"

从这里我们知道当时袁家叔侄并不以讲同性恋之事为怪，而万老师听了红着脸跑掉了。这不是什么少儿不宜的记载，而恰恰衬托出老师有多么纯粹的人品！

袁宏道写了一首题为《嘲王以明先生》的诗，这首诗用幽默风趣的语调，对老师似"嘲"实赞，赞老师人品崇高。首先说老师书多，知识多，像那个七月七日晒肚皮里的"书"的郝隆。接下来笑老师没有机会像清谈不言钱的王衍（夷甫）那样被铜钱围堵住，实际上赞老师虽清贫却品德高尚。最后似问老师为什么看不见钱财珍宝，原来老师是像楚人遗弓那样，不以得失为怀。

三、对老师遭遇的不平

像万二酉这样德才兼备的老师，不说当官，至少应该凭本事衣食无忧吧？可是，现实是无情的。

袁宏道有一首写万二酉老师题为《万二酉老师有垂老之疾，感而赋此。万，里中老儒，余家父子兄弟祖孙皆从之游，其人可知。时丁亥九月也》的诗，诗里说："白首为儒未厌贫，布袍落落敝风尘。百年偃蹇穷途事，一榻艰难老病人。楚客由来哀凤鸟，汉郊何日狩麒麟。劝君恁学无生忍，犹有金刚不坏身。"这首七律大约是他探望了万老师后所写，对其遭遇极其同情。

袁中道在《万莹传》中也沉痛写道："家无产业，为童子师，日得米无几。又有高凤癖，不能治生，家赤贫，朝不保夕。"这是收入无保障；"屋倾斜，其半见天，雨至竟夜迁徙。"是危房，住无保障；他死后，"百方乃得一棺。"安葬亦无保障。

四、对老师的理解鼓励

"三袁"不仅对老师惺惺相惜，还热情真诚地予以鼓励。

袁中道在《送王以明南都应试》诗中写道："细雨春帆一笑开，浔阳九派起风雷。井生饱贮纷纶字，苏子摩成游说才。有月便寻调马路，无钱莫上散花台。黄金馆里虚前席，只待谭天辩士来。"这首七律写学生送老师去参考，而且热情地鼓励老师，把王以明比成汉代的隐士井丹。这井丹，字大春，通五经，京城人说："五经纷纶井大春"。还把老师比成战国时的纵横家苏秦，并说朝廷正等你这样的人才来呢。可谓热情洋溢了。

袁宏道万历二十七年（1599）在《赠王以明纳赀归小竹林》诗中写道："读书三十年，何曾效一字。九万里冲风，不能起蝉翅。人间龙子藏，天上司文睡。质书典青山，勉就冬官例。凤老泣枯梧，强作回翔计。低枝无伟巢，聊减冲云气。掷巾簪笋皮，脱衫买荷芰。万竹中栖身，崖风吹远喉。销心白傅诗，遗老庞公偈。铁锥题令箓，画破千竿翠。"作者对老师满腹才华却"试不利于乡"，只有一个捐监贡生身份，颇为不平，一番安慰鼓励后，又以特有的幽默风趣，给老师描绘了丰富的乡居生活，如"掷巾簪笋皮，脱衫买荷芰"，在中郎看来反而是有无限的乐趣。

那么，老大袁宗道又是怎样写的呢？他在《送王以明例贡归小竹林》诗中是这样说的："白襕著破换青衫，归去山斋自在眠。医俗止留千个竹，买闲先卖一区田。携妻烧笋旋沽酒，避客浇花自引泉。怪得新诗奇僻甚，苦吟骨削类枯禅。"作者对老师的归隐生活极其向往，特别对老师的富有个性的新诗评价很高，这就是独抒性灵，在师友间切磋交流。

袁中道又是如何写老师回到家乡的呢？袁中道在《王别驾以明居士致仕还山》诗里写着："菖蒲潭上叟，貌得海上归。恋壑鳞深逝，贪云鸟健飞。社添新酒盏，箧取旧荷衣。五岳游如决，予当逐孝威。"这首五律写得也是如遇大喜事，一派轻松，添新酒，取旧衣，打算作五岳之游，打算效法古人给老师排忧解难。

五、对老师的推心置腹

"三袁"昆仲既然和自己的老师是如此的志同道合，真正的亦师亦友，所以就推心置腹，诉说衷肠了。

袁宏道在万历二十四年（1596）在任吴县县令时给王以明老师写过一信，信中谈为县令的苦与乐，说："人至苦莫令若矣，当其奔走尘沙，不异牛马，何苦如之。少焉入衙斋，脱冠解带，又不知痛快将如何者。"一般人以为做官是如何了不得的事，而中郎却坦率地向老师诉说自己的苦衷。并在信末写道："中郎近日受用如此，敢以闻之有道，幸教我。"向老师诚恳求教。

如袁宏道在万历二十七年（1599）在北京写给王以明的信中谈到自己读书坐不下来，"或逢山水，耽玩竟日。归而自责，顽钝如此，当何所成。乃以一婢自监，读书稍倦，令得呵责，或提其耳，或敲其头，或搔其鼻，须快醒乃止。婢不如令者，罚治之。习久，渐渐惯苦读"。这里，要不是作者给老师这封信，我们何曾得知中郎这份富有浪漫情调的读书轶事：堂堂袁中郎竟然要一婢女约束自己，婢女竟可以对其呵责，甚至提耳、敲头、搔鼻，反正使之不贪玩，专心读书。这种"窘事"，他会对一般人讲吗？一般名人只怕会渲染自己如何如何素质高，专心治学，感动下人。可中郎偏说真话，这也是中郎在独抒性灵啊。

从以上所举可以看出，"三袁"有幸遇到了有德才、有见识的出类拔萃的老师，他们对"三袁"昆仲的成长、砥砺，起到了重要的作用。同时，"三袁"在诗文信函里对老师情深意长，也不仅仅说明他们尊师感恩，而且也说明他们将笔触有意识地伸向草根，伸向底层以显真情的可贵努力，也就迥别于热衷于写贵族高层以图逢迎、终致情感苍白落入模拟窠臼的一些作家。

（载县政协 2023 年《性灵文史》）

公安派在国内外的影响

公安派的崛起，有袁宗道的拓荒导源、结社发轫之功，更有袁宏道主帅与旗手的振聋发聩、大匠挥斤之功，也有袁中道捍卫旗帜、扬长避短之功，还有广大公安派作家勠力同心、砥砺奋发之功。当然，袁宏道可以说是用心血和生命推出了其文学主张。他说："弟才虽绵薄，至于扫时诗之陋习，为末季之先驱，辨欧苏之极冤，捣钝贼之巢穴，自我而进，未见有先发者，亦弟得意事也。"他对自己的眼力胆力才力及公安派的历史作用，是有清醒的认知的。

对于公安派的影响，明清之际著名学者钱谦益指出："中郎之论出，王、李云雾一扫，天下文人才士始知疏瀹性灵，搜剔慧性，以荡涤摹拟涂泽之病，其功伟矣。"诚然，其对后世的影响是深远的。对明清以降的名人钟惺、谭元春、张岱、王夫之、金圣叹、袁枚等都有润泽之功；对梁启超、黄遵宪也有明显影响；对鲁迅、周作人、胡适等影响也深远，评者认为即使对"五四"新文化运动也有举足轻重的影响。

竟陵派对公安派的策应与调适

中国文学史上，出现了少见的文学流派互为策应，或者说继承调适的可喜现象。就是公安县的近邻竟陵(今天门市)的以钟惺、谭元春为代表的"竟陵派"。而且他们本是性灵派的推崇者,继承者。钟惺说:"夫诗道性情者也。"(《陪郎草序》)和"真诗者,精神所为也"。(《诗归序》),可以说,钟、谭是"三袁"身后的知音。不过,他们"宗中郎之长而去其短",钟惺想纠正公安派末流的弊端——有些中郎的粉丝写些直率浅露的作品,钟、谭提倡"幽深孤峭"的风格,"求深而弥浅,求新而转陈",虽先后受到袁中道和袁宏道以及中郎之子袁彭年的肯定,袁中道曾著文予以纠偏。《明史·列传·文苑》中,将钟、谭附于"三袁"之后,也说明他们是在性灵派的影响下出现的一支重要流派。

"三袁"著作在清代为什么被"抽毁"?

"三袁"从明末至清初,还是高踞文坛的领袖地位。可到了清乾隆朝的末期,"三袁"著作竟遭到朝廷明令"抽毁"。何谓"抽毁"? 意即抽出部分销毁。由此,"三袁"著作,从清中叶到民国初年,遭受了 200 多年的厄运。

如乾隆四十年,朝廷说袁宏道《答蹇督抚》中有"偏谬语"。这是中郎在万历三十五年写给蓟辽总督蹇达的书信,信中赞扬蹇达"革华夷长膻腥之势者几万里""挞犬羊于塞外",当中的"夷""膻腥""犬羊"等指代外蒙的词,大概刺激了同为异族的清统治者的神经。清廷又查出袁中郎的"《监司周公时政录序》和《新修钱公堤碑记》语有偏驳,应请抽毁",这两文是袁宏道在公安县柳浪湖隐居时作的。前者仅有"晋之南渡不胡羯者,俗吏陶侃力也。"后者,仅有"泽国之有江警,犹西北之有虏警,东南之有倭警也。"可能"虏""倭"等字被认为有辱外族,对同为异族入主中原的清廷看来没有"敬避"吧。清代对"三袁"著作的"抽毁",除了统治者找借口、寻忌讳外,还有性灵说破与立,力度大,其本身与专制、正统、主流、奴化等形成了冲突,自然受到统治者的忌惮。

但是,"三袁"的诗文是时代的产物,有其独特的生命力,粗暴的"抽毁"是压抑不住的。从乾隆起,清朝屡下"抽毁"禁令,正好从反面说明"三袁"的著作受欢迎,是禁不住的!因为,到嘉庆、道光朝,《袁中郎全集》始终在印行着。

甚至,在官方抽毁打压"三袁"著作的情况下,民间不仅在继续刊行,而且还利用"手抄本"的形式在悄悄流传。"三袁"研究专家李寿和先生曾在苏州博物馆见到了珍藏的清代民间手抄的袁中郎的《锦帆集尺牍》。那是该馆在中华人民共和国成立之初进行文物普查时,在吴县周庄发现的,其在民间保存了170多年。抄本注明"乾隆丁酉敬书",看来,是在清廷颁布禁令后,喜爱"三袁"著作者"顶风"抄写的。

三十年代"袁中郎热"及鲁迅对袁中郎的评价

袁中郎和公安派的文学主张可谓似龙行天下,而这条不拘格套的龙常常是见首不见尾的。性灵说被打压了200多年后,它终于又在适当的时机昂起头来,而且是袁中郎当年在好友陶望龄家里发现徐文长不拘一格的诗文《阙编》的地方——浙江绍兴被一位隔世知音所推崇,这位知音就是大名鼎鼎的鲁迅!

原来,上世纪30年代,中国文坛出现了一股"袁中郎热",为什么呢?清朝自乾隆时禁毁"三袁"著作后,加之文坛复古的沉渣泛起,"三袁"被冷落了二百来年，到了 20 世纪 30 年代，上海的一批文人忽然间掀起了"袁中郎热"，一时间，"三袁"文集竞相出版，介绍他们的各种文字在报刊上大量出现，一批知名作家如周作人、林语堂、阿英、刘大杰等积极推动，林语堂说："替袁中郎出口气"。这事，当然是有历史意义的，但是被认为过多地倡导袁中郎的小品文，把袁宏道认定成了一个只重雅趣的人；同时，在国难当头的抗战前夕过多宣扬闲适雅趣小品，客观上不合时宜。随即被鲁迅发现问题之所在，他一针见血地指出把袁中郎的形象画歪了。

他说："要论袁中郎，当看他的趋向之大体"，不能仅仅把他"画成一个小品文的老师"。不然，就会将中郎"撕破了衣裳"，"画歪了脸孔"。

鲁迅还说："中郎有更重要的一面么？有的。万历三十七年，顾宪成辞官，时中郎主试陕西乡试，发策，有'过劣巢、由'之语，监临者问：'意云何？'袁曰：'今吴中大贤亦不出，将令世道何所依赖，故发此感尔'。中郎正是一个关心世道，佩服'方巾气'人物的人，赞《金瓶梅》，作小品文，并不是他的全部。鲁迅强调了袁中郎"关心世道"的重要一面。袁中郎出这个题目，欲借尧先后要让位于有名的隐士巢父和许由，均遭拒绝的事，论述读书人对社会的担当，对世道的关心。谈到顾宪成，他是著名的东林党主要首领，他任职吏部时因政见与朝廷不合，被革职回无锡，在东林书院讲学，他和东林党反对矿监、税监，主张开放言路，实行改良，受到部分士大夫的支持，也受到权贵的嫉恨。而在主考乡试中，袁中郎居然出这种题，发出这种感叹，说明他也是关心世道的大贤。鲁迅还说："中郎不能被骂倒，正如他之不能被画歪。但因此也就不能作为他的蛀虫们的永久的巢穴了"。看来，鲁迅的心与袁中郎是相通的。

公安派的影响愈见其大，与国内外对其研究的深入息息相关。国内这方面的研究作为主场就颇见规模。研究专著的出版略举：1979年《袁宏道集笺校》（钱伯城笺校）、1979年《袁中郎研究》（袁乃铃著）、1981年《袁中郎研究》（任访秋著）、1982年《袁中郎文学研究》（田素兰著）1989年《珂雪斋集》（钱伯城点校）、香港70年代的书坊里已售新版《袁中郎全集》、1991年《三袁传》（李寿和著）、1999年《袁宏道评传》（周群著）、2010年《游居柿录》（袁中道著，刘如溪点评）、《白苏斋类集》（袁宗道著，钱伯城标点）、《公安三袁》（熊礼汇选注）、2012年《晚明风骨袁宏道传》（曾纪鑫著）、2015年《袁中道传》（王书文著）、2019年《袁宗道年谱》（台湾张觉明著）以及2020年《袁中郎小品思想探究》（翁心诚著）……

1986年，"三袁"故里文化界以李寿和先生为代表的文化人筹办首届湖北公安派文学研究会，湖北大学的教授张国光、李悔吾和华中师范大学教授黄清泉等热心人士的大力支持，于1987年5月在公安县成立了湖北公安派文学研究会，北京、上海、四川等18个省市的40多所高等院校和科研院所的100多位专家学者莅临中郎故里斗湖堤，举办了三天的首届公安派文学讨论会，出版了学术丛刊《晚明文学革新派公安三袁研究》。《文艺报》《文学报》《文学遗产》《湖北日报》等20家报刊新闻媒体作了报道，高度评价这次盛会"填补了文学史研究的一项空白"。会后，湖北公安派研究会成了全国研究公安派的中心，且得到了国外研究的承认。2010年，公安县举办了首届"三袁"文化节，2011年，公安县"三袁"研究院成立，推出了一批"三袁"研究著作、电影、连环画、"三袁"传说等研究成果。

在国外，"三袁"研究也渐渐热络起来了。

韩国年轻学者叩响公安派的大门

1994 年，韩国访问学者南德铉经湖北大学张国光教授介绍到公安专访李寿和先生。南德铉在中国社科院文学所读博士，是韩国釜山大学副教授。他和李寿和先生谈得很深入。后来，李寿和先生在《长江文艺》杂志上撰文幽默地说"我与他在家里举行了国际三袁研究会"。第二天，又带他到"三袁"故里孟家溪去踏访了不少"三袁"的遗迹。不久，南德铉的博士论文《公安派文学理论研究——以袁氏三兄弟为代表》发表，他成了釜山大学的教授和中国中心主任，其身边出现了众多的研究"三袁"的学人。

韩国著名汉学家许世旭慕名探访公安县

2002 年一个冬日，韩国著名汉学家许世旭和李寿和先生见面了。许世旭说自己有个课题研究遇到瓶颈，原来他正在研究中国文化名人的家乡风土人情对他们的影响，所以，赶来公安"三袁"故里。李先生正在编写《三袁笔下的公安》一书，就把这方面的内容做了详细介绍，许世旭很高兴。

法籍华人学者倪平在深圳和公安的多次追访

倪平，不仅写出了研究"三袁"的博士论文，还从新的角度研究"三袁"，著述颇丰，几年来他多次下深圳，到公安，访孟溪，把所获得的成果在法国与学生或学者分享。他是北大哲学系毕业，先后任教于法国国立东方语言文化学院和巴黎第十二大学，是法国法汉文哲研究中心主席，到公安县后，和邹平、李寿和等作家学者交流。到上海拜访钱伯城、黄仁生等资深学者、教授。

在复旦大学做了题为《重新诠释袁宏道的哲学与文学——以佛家唯识现象为视角》的演讲。还到孟家溪袁宗道袁中道墓园瞻仰，与"三袁"故里文化人士座谈。不久，他写出了 40 万字题为《袁宏道文学与哲学理论之法相唯识学诠释》的博士论文。当公安县另外两位"三袁"研究者翁心诚和王书文分别把《袁中郎学佛》《袁中道传》赠予他后，他赠诗鼓励，后来还为翁心诚先生的新著写了序言。还有日本帝冢山大学布鲁斯·E.卡逢特教授发表论文《袁中道与十七世纪生活》、法国女教授 Vulle Hmery 撰有博士论文《袁宏道的文学理论与实践》等研究成果不断出现。要说，"三袁"在明末就和国际友人有交往，袁中道在文章里就记载了与利玛窦的交往。

李寿和先生两次受邀出访外国讲"三袁"

2000 年，南德铉工作的釜山大学邀请李寿和先生参加该校校庆 20 年，邀请世界各国的学者包括李寿和先生参加演讲，李寿和先生作了题为《从袁宏道、三袁到公安派——中国文学史上的奇观》演讲，回答了朴美见等师生的提问。后韩国的禹在浩等教授也来到公安交流"三袁"研究心得。

2023 年 6 月，李寿和先生应英国利兹大学的邀请，参加该校第五届语言教学与文化艺术对话国际研讨会，李寿和先生做了题为《三袁与公安派：一个越来越被关注的国际课题》的发言，谈到国内国际学者对"三袁"研究的关注度正在升高，不仅对文学思想和创作成果的研究，甚至在生活情趣上也在影响着今天的世界，如袁宏道的《瓶史》，在日本就有宏道流插花艺术。

（刊于县政协 2023 年《性灵文史》）

◎

师友激励

晚明文坛上一个最不容易的人

李寿和

遥想当年"三袁"事，最不容易数小修。

这是鄙人多年读"三袁"，多次掩卷时的一个感叹。当今春拿到这部《袁中道传》初稿时，更是引发感叹不已，而当受请为本书写个小序且推辞不允并催促再三时，转念何不借此写下这个感受与读者分享呢？或许还可作为阅读本书的一点提示。

于是，就有了这篇速成的提纲性小文。

一、作为"三袁"季弟，他前半生隐没在两兄身影里，这是第一大不容易

"三袁"的名或字都离不开一个音义相近的宗字或中字，所以提起他们兄弟时，大多数读者可说出袁宏道（中郎），部分读者可说出袁宗道（伯修），少有读者说得出袁中道（小修）。这似乎命中注定了作为"三袁"季弟小修的名字，常常要被两兄的名字隐没。

这是命运，也是客观，两兄都是声名早扬并且太显赫了，小修自然被两兄巨大的身影掩盖。先是大哥伯修一举会试第一，成为天下皆知的会元，

进而入翰林院，在京师首发公安派先声。接着二哥中郎亦举进士，成为吴中大邑吴县一位年轻的知县，进而政声鹊起，更在吴县举起公安派大旗。尽管两兄在南北呼应之时，小修来往于南北之间为两兄特别是二哥助力，但这时他还什么功名都没有，自己的声名难以彰显。不过二哥这时倒是做了一件一举两得的事：在吴县推出了小修诗集，更借一篇《序小修诗》亮出了公安派的性灵说。

小修被两兄所掩，有客观的一面，更有主观的一面，这就是小修对两兄的追随。因与伯修相差10岁，长兄如父如师，他对大哥是尊崇为主。与中郎年龄相差只两岁，他对二哥则亲如手足，以推崇为主。我们从他以后相继写出的《石浦先生传》和《中郎先生行状》，通篇都可感受到他对两兄的尊崇和推崇之情。特别是对二哥的推崇达到了极致，他是中郎最大的知音。他将中郎视为苏东坡转世，又将中郎与李贽并列为五百年来两大异才。小修此论虽带有感情色彩，但并不为过。中郎有师承东坡与李贽的一面，更有在某些方面超越师长的一面。尤值一提的是，小修将中郎推崇到一个更高境界："先生天纵异才，与世人有仙凡之隔。而学问自参悟中来，出其绪余为文学，实真龙一滴之雨。"（《袁中郎先生全集序》）事实正印证了小修的这句话，当今天我们对"三袁"和袁中郎的研究拓展更广阔的视野时，真还认识了两个袁中郎：一个是凡尘的，一个是仙界的——当然这是指的中郎对佛学的极高造诣。

由于对两兄的感情，小修甚至到达了为两兄而生、随两兄而去的境地。下面，不妨列举这样一组诗：

除夕伤亡仲兄，示度门

其一

梦中也不料兄亡，温语慈颜竟渺茫。

骨肉可怜零落甚，独来山里伴支郎。

其二

乞取前生旧衲衣，永同鱼鸟遂沉飞。

从今海内无知己，不向深山何处归。

这是万历三十八年除夕之夜小修在当阳玉泉寺写下的。下面我们不妨再看看可作此诗印证的他是时的一篇日记：

除夕，度门来玉泉同守岁，携所作《青溪》诗五首来。夜间予得二绝，伤逝者之捐弃，肠痛不可喻。予谓度门曰："今年受生人之苦，受别离苦，一也。功名失意，求不得苦，二也。自耳根正不清净，怨憎会苦，三也。秋后一病，几至不救，病苦，四也。生人之趣尽矣。"（《游居柿录》卷之五）

是年最亲密的二哥病逝，小修几乎被击倒了。之前最敬爱的大哥病逝时，悲痛有二哥与他共同担当，而这次是独自面对。接着，他最后的精神支柱老父又病逝；不久他们兄弟共同的挚友黄辉、雷思霈又离世。这些本该他们兄弟共同承担的悲情，全部落到他一人头上。在以后没有两兄的岁月里，小修写下一系列催人泪下的怀念诗文；他还将两兄及黄辉、雷思霈的灵位供奉于玉泉寺中，他仍然活在两兄的身影里。

二、作为公安派殿军，他后半生独挽末流余波，这是第二大不容易

像当初中郎隐居公安柳浪湖以后又再次出山一样，小修避居玉泉也是难以长久的。这一方面是因老父临终遗嘱："不辍进取"（《游居柿录》卷

之六）；更重要的是已进入末流的公安派文学运动的呼唤。下面就有这样一首诗：

存殁口号

已讣公安袁六休，夷陵雷史复难留。楚中才子几销尽，乞与人间一小修。（汤宾尹：《睡庵稿》卷之八）

下面还是以小修是时日记作个印证（诗句有些许出入）：

得汤太史消息，春夏候予于家不至，不知予之以病不出也。然春夏间，有传汤为已逝者，今得此信甚喜。寄诗有云：楚中才子萧条甚，乞与人间留小修。（《游居柿录》卷之八）

这是万历四十一年，"三袁"宣城好友汤宾尹所作。汤氏何许人也？赫赫万历二十三年会元、一甲二名进士，伯修翰林院同僚，又是公安派主要作家。"乞与人间小修"，这可是公安派同仁的共同期盼。

于是，在大哥逝后15年、二哥逝后5年的万历四十三年，重新振作起来的小修终于告别玉泉、告别公安北上了。次年春他终于喜中进士，再一年赴徽文化重镇徽州任府学教授。此地此任此时于他正好，自此他担起了领导公安派末流的大任。

此间公安派运动出现了一个始料不及的局面：公安派反掉了一个旧的模拟之风，又出现了一个新的模拟之风——时人争相效仿袁中郎，出现了不少肤浅平庸之作。同时亦有人借机诋毁中郎，夸大中郎早期诗文中一些旨在矫枉过正的率性之作，大行讥讽之能事，小修为此痛心疾首。此间不仅两兄相继逝去，一些公安派鼎盛时期的健将也接二连三地逝去，几乎真成"人间一小修"了。于是他独立天地般地挺拔在这末流中的逆风回波里，大声疾呼，力挽乱象，终于使公安派末流得以善终。

作为公安派的殿军，比作为"三袁"的季弟更不容易，因为现在他一人要做三人的事甚至是整个公安派的事。他发表一系列评论，引导世人对公安派特别是对中郎的再认识；整理刻印两兄特别是中郎的文集并作序，向文坛展示了一个完整的袁中郎；为两兄立传，给两兄一个最全面中肯的人生总结；同时还为几位公安派健将如江进之、雷思霈立传，更是大胆地为钦犯、公安派师长李贽立传，增加世人对公安派的整体认识。

关于公安派末流，小修发表了一系列精辟的论述，这就像当初公安派鼎盛时大哥二哥的一系列精辟的论述一样，又一次令世人警醒。如在给钱受之（谦益）一封信中就一语中的："诗文之道，昔之论气格者近于套，今之论性情者近于俚，想受之悟此久矣。"

又，清人朱彝尊所撰《静志居诗话·袁宏道》条目中，末尾特有意附录一段："弟小修云：锦帆、解脱，意在破人执缚，间有率意游戏之语。或快爽之极，浮而能沉，情景太真，近而不远。要出自性灵，足以荡涤尘坌。学者不察，效颦学语，其究为俚俗，为纤巧，为莽荡，乌焉三写，弊有必至，非中郎之本旨也。"

小修原文出自《袁中郎先生全集序》，朱氏将此附录于《袁宏道》条目是很有见地的，正是对公安派末流的一个交代。

又：

先生诗文，……盖其才高胆大，无心于世之毁誉，聊以舒其意之所欲言耳。（《游居柿录》卷之九）

先生立言，虽不逐世之颦笑，而逸趣仙才，自非世匠所及。（《蔡不

瑕诗序》）

诸如以上小修在公安派末流中的妙论实在举不胜举。当然公安派末流中的小修，并没有孤军奋战，身边又重新聚集起了一些新朋旧友，形成了公安派末流中一道风景。如雷思霈门人、竟陵钟伯敬和湘中周伯孔，就与小修结为一体，"三人誓相与宗中郎之所长，而去其短。"（小《雪花赋引》）还有汤显祖门人王天根（启茂），见有词客讥诃中郎诗不肖唐诗，就挑了中郎诗中最肖唐者书于扇面，问词客此为何代人诗？词客判断上者盛唐次亦不失中晚。天根大笑道：这正是袁中郎诗。诸公只见到袁中郎一二险易语，而不知袁中郎肖唐人之神骨者最多。小修听到这段传闻后兴奋不已，将其记入了《王天根文序》，这可算公安派末流中的一则趣事。

三、作为"三袁"季弟与公安派殿军，他对身后事的明智与低调，这是第三大不容易

综上所述，小修的前半生，与两兄同举才名，共创公安派；后半生，独领公安派末流风骚，引导公安派有始有终。没有他，不成其为"三袁"，也不成其为公安派。对于此，《静志居诗话·袁宗道》条目中有一段比较中肯的话："自袁伯修出，服习香山眉山之结撰，首以白苏名斋，既导其源；中郎小修继之，益扬其波，由是公安派盛行。"

不过，《静志居诗话·袁中道》条目中，又有这样一段话："小修才逊中郎，而过于伯氏。"

鄙下对朱氏此论不敢认同，人为地用个才字将"三袁"排名次多此一举，也难分个什么高下。伯修于两弟亦兄亦师，而小修则"有才多之患"（钱受

之语）。就说小修传记作品《李温陵（贽）传》，后被视为经典的中国古代评论性传记名篇，能说逊于中郎的传记作品？更有日记《游居柿录》，可视为中国古代日记的巨作与高峰，能说逊于中郎的日记？以后的《明诗综·袁中道》条目中又照抄了朱氏此论，有点误导，故借本文在此作一辩证。

比起两兄的英年早慧，小修可说是大器晚成。但这位晚成的大器虽对两兄和公安派的声誉当仁不让，却对自己的身后事相当谨慎。譬如他对自己的文集有个打算：不想出全集，只打算出个精选，为此致函钱受之："弟前岁一病几殆，故取近作寿之于梓，名为《珂雪斋集》。盖弟有斋名珂雪，取《观经》'观如来白毫相如珂雪'意也。近转觉其冗滥，不欲流通，正思取一生诗文之精警者，合为一集。时方令人抄写。完后当寄一帙受之，为我序而传之可也。日记系另一书，目下亦未可出耳。"

后来受之在《列朝诗集小传·袁仪制中道》条目中，记下了他与小修的一段对话，正好是对小修此信的印证。

余尝语小修："子之诗文，有才多之患。若游览诸记，放笔芟薙，去其强半，便可追配古人。"小修曰："善哉，子能之；我不能也。吾尝自患决河放溜，发挥有余，淘炼无功。子能为我芟薙，序而传之，无使有后世谁定吾文之感，不亦可乎？"小修之通怀乐善若此，而余逡巡未果，实自愧其言。

自感一生诗文"冗滥"，打算精选，并拟请好友为其"芟薙"，这恐怕在古今文坛都是少见的。要不是这位受之大忙人"逡巡未果"，我们今天见到的小修文集恐怕就不是这洋洋三大本了。虽然小修心愿未实现，却留下了这段谦逊的佳话。

四、首部长篇传记《袁中道传》,诞生在小镇孟家溪,这也算个"不容易"

遗憾的是,这位"三袁"季弟与公安派殿军,身后出现了一个令人尴尬的事实:没有一位好手为他立传而留下一篇好的传记——就像他为两兄立传而留下两篇传世传记一样。虽然有位好手——那位钱受之在《列朝诗集小传》中,率先写出了《袁仪制中道》,与《袁庶子宗道》《袁稽勋宏道》并列,但篇幅、分量都远不及他为两兄写的两传。

到了《明史·列传·文苑》中,小修与大哥伯修都没专门立传,而是被附于《袁宏道》传中。以后诸如《静志居诗话》《明诗综》之类附录的小修和两兄传,以及府志、县志、族谱之类的传,一概无法与小修写的两兄传相比。这个局面,竟存在了漫长的几个世纪。

谁也没有料到,小修逝去四百多年后,首部而且是长篇的《袁中道传》,竟不声不响地诞生在一个小镇孟家溪,出自小镇上一位初中语文教师之手。地处湘鄂边界的孟家溪,正是"三袁"出生地,亦是鄙人老家,作者王书文君,则是鄙人一位交往有年的文友。记得 1998 年长江大洪那年,公安县发生荆江分洪区大转移和孟家溪溃口两大事件。湖北省作协和民政厅向我约写一篇孟家溪溃口的中篇报告文学,而我已先受长江文艺出版社之约正在采写分洪区大转移的长篇,结果是得以与书文合作才如期交了卷。想不到南游多年后,我们又为本书走到了一起。

先是从电话中得知他要为小修立传,还有点将信将疑。当他亲自将初稿送到深圳敝舍时,真还有点刮目相看了。而且又是"三袁"故里人写"三袁",更加别有意义。于是我当即放下手头所有事情——鄙人向以"三袁"事为头等大事，专门用了一段时间逐字逐句读完了全稿，连续通过几次视频与他交换了意见。

初稿基本将小修的足迹、形象、性格表现出来了，但因作者条件所限，文献掌握少了，外出考察不够，所以全稿视野欠开阔，章节厚重感不足。另外还有些不严肃的小说笔法，甚至以传说入传。后来书稿又经历了二稿、三稿，我再无暇细读，但感觉很多意见他都接受了、改进了。唯有一条意见他坚持"屡教不改"：这就是用了57副对联作标题。我意与其在标题上斟字酌句，不如在史料上多些考证、充实。也许他这种执拗对本书的得失不是个"正能量"，不过倒是体现了此君另一种文化追求。

总之不管怎样，一位"三袁"故里"三袁"爱好者，做了一件外面的学者们没有做的事，做了一件抛砖引玉的事，真是不容易。鄙人也正是为其精神所动，才遵嘱匆成拙文，也旨在抛砖引玉，引发读者对传主的兴趣。

写到这里忽然有了个愿望：期待着《袁宗道传》的诞生。本来以个人的兴致，鄙人认为"三袁"实在是天赐给后世一个无与伦比的合传题材，因此二十年前初出手就试写的《三袁传》。后来南京学者周群君，从思想家的高度写出了《袁宏道评传》；两年前厦门公安籍学者、作家曾纪鑫君，又以文学性的手笔写出了《晚明风骨·袁宏道传》。现在"三袁"故里又出了这部《袁中道传》，那么谁人再来部《袁宗道传》呢？这样"三袁"合传与分传就齐全了，岂不快哉？壮哉？

2014年岁末，稿于公安斗湖堤；2015年元旦，订正于深圳前海湾

（作者系原湖北省炎黄文化研究会理事长、公安派文学研究会秘书长，国家一级作家）

竹喧归小修

——《袁中道传》简评

黄学农

　　每当看到袁中道的大名，脑海便立即浮现"小修"二字。小修是袁中道之字，也形象地勾勒出他的风度。一袭青衫，修竹绿影，杨柳飘飞，诗文歌韵山水酒，在儒家的土地上吐纳释道的气息——归根到底是一方水土上人的性灵之气。

　　王书文先生这本《袁中道传》，较成功地塑造或说复原了袁中道的形象。袁中道是明朝的人，是一位个性鲜明的文学家，而且是文学史上重要流派"公安派"的重要骨干及后期理论的集成者、维护者、发扬者。他是怎样在特殊的历史时期承受诸多压力，创作大量作品特别是优秀的散文作品，为"公安派"文学理论作出颇有建树的归纳和阐扬，这些内容以前要么是笼统地被"三袁"二字所替代，要么是被袁宏道的光芒所覆盖，而少为人知。

　　"诗文之道，昔之论气格者近于套，今之论性情者近于俚……"此为袁中道对文学之道与"公安派"创作及时而有价值的省悟。"吾尝自患决河放溜，发挥有余，淘炼无功。""百花开，而棘刺之花亦开……"作者写出了袁中道作为晚明"公安派"后期掌门人的重要贡献，让我们看到袁中道不仅维护了"公安派"作为一个文学流派的声誉，而且还能够大胆纠偏、适度调整，使"公安派"更加具有文学历史的生命力，这是难能可贵的。恐怕这也是王书文为袁中道单独作传的价值所在吧。

作者王书文先生，是"三袁"故里人，也有长年浸润于文学的经历。他笔调流畅而有情致，写出了袁中道在文学创作上的贡献，特别是写出了小修早期诗歌及中晚期散文方面之独特所在。袁中道诗文在美学上的意义，传记作者通过有取有舍的译述加以典型的展示，既不失袁中道诗文的原汁原味，又有当代文学切入的视角。古今两个公安县孟溪人的文字融合，应该有一种特殊的文学韵味。

作者充分重视袁中道《游居柿录》的史料价值，并且《袁中道传》不少篇章就取材于袁中道这部日记体著作《游居柿录》。虽然袁中道有时只是简洁的几句交代，但是就已经在《游居柿录》中为我们留下了晚明文坛乃至政坛生活难得的史料。而袁中道在佛学方面的成就，也是这本传记所述之重要一面。小修涉及佛学的独到著述，与他二哥袁宏道的佛学论述可说是相映生辉。

此书对袁中道的刻画是多方面的，第一次用这种叙述性的文字"披露"了袁中道不少鲜为人知的故事。譬如写他和袁宏道一块写作同题文章、他的绘画音乐书法天赋、他的佛教修养及多篇著述、他对底层有特点的人物或有争议之人士特有的青睐、他对权势者的大胆褒贬或者批判等。《袁中道传》用通俗明白的文字，让更多的读者能够对传主有全方位的了解。

此外，王书文先生的《袁中道传》，还较为成功地挖掘和展示了袁中道成才的沃土与舞台，描述了袁中道和他两个兄长成为中国文坛熠熠生辉的三子星座之环境与条件。公安县孟家溪（长安里一带）是湘鄂交界之地，"三袁"自小受楚文化和湖湘文化的熏陶、受舅家龚氏一脉的影响、受民间名士的教育，后又与全国不少名家在思想上交流和碰撞。袁中道本就喜欢远游四方山水，广交硕儒大师，如当时一般人不待见的李贽就是他的良师益友。他曾如此回忆自己与李贽的对话："昔晤龙湖老人（李贽）于通州，予问当如何作工夫。龙湖曰：'参话头。'予曰：'某子甲半生参话头，而了无消息者，何也？'龙湖曰：'不解起疑也。夫疑为学道者之宝，疑大则悟亦大。'予近来尚有狐疑，可惜不遇大作家，痛与针札一番耳。"于之可见小修求悟道心切之一斑。至于袁中道多年的场屋奔波、落寞失意，那形成了他人生的一种反作用力，使之总体上愈挫愈奋。这些，在《袁中道传》里都得以清晰地呈现，对当今人才成长也是一种历史的观照。

《袁中道传》全书以时间为经，以故事为纬，每一章就像一帧条幅，不属长卷，却能从不同的侧面，去展现袁中道丰富多彩的一生。传记材料的组织，没有按习见的逻辑顺序，也似与传主袁中道《游居柿录》里"柿录"一样，是由一些片段组成，但求形散而神聚。书中没有过多的议论，也不见生硬地借鉴或者拼贴专家学者的大量成果，更没有想当然的虚构，而是尽量客观地叙述，不滥添，不妄断。简洁勾描，传神就好。所以作者的创作态度是审慎的，力求作品经得起推敲。据了解，传记初稿曾融入不少有关"三袁"的民间传说，后都按照专家追求传记之严谨的意见予以删除了。

诚然，作者第一次为袁中道这种文学史上的作家写传，也难免有其局限性。如对袁中道这个人物整体把握与参悟时感不足，对传记文学这种较长篇幅作品的剪裁还可调整，对人物的点评还可适当增加，对明代人情风物的描写还需精准，对每章的小标题还可推敲，对叙述语言还可升华和整合，等等。这些，都有待于作者学养的不断加强、对"三袁"原著的进一步研读、对"三袁"研究的新成果及时汲取后，方能传人更生动、论文更独到、说史更透彻、叙事更别致，篇章精当，语言雅洁，使作品更添内蕴和韵味。

继公安籍作家李寿和的《三袁传》和曾纪鑫的《晚明风骨·袁宏道传》之后，现在王书文这本《袁中道传》又问世，实在可喜可贺。此一传记不仅成书了，而且可谓基本成功，对作者是一种慰藉，对读者是一件幸事。苍狗白云，大千四方，我们在紧张繁忙的工作或研究之余，翻一翻这本风格平实质朴的书，与一位优秀的古代文人照照面、对对话，是于身心有益的。

"三袁"往矣，于"公安派"亦师亦友的晚明一代哲人李贽大师、"三袁"当时在文学戏剧书画艺术方面结识的诸多名宿，俱隐于历史久远的烟云。从公安县长安里桂花台走出的小修，曾一度寄居于著名的佛教丛林——玉泉寺。他这样描述玉泉山"堆蓝晚翠"的景致："朝自堆蓝去，暮自堆蓝还，堆蓝无所虑，只虑树遮山。"真可谓妙人妙境妙笔。晨钟暮鼓，诗文与经卷，农舍和田野，古木森森间斑驳的阳光洒在黑瓦的庙檐上、洒在袁中道那一袭飘飞的青衫之上。松风时动时静，竹影轻喧，小修思绪飘至哪里？步履行归何方？他隐入了文学和历史多么深邃的处所呢？我们可以和王书文先生的《袁中道传》一书结伴，追寻和辨识小修性灵的踪迹……"返景入深林，复照青苔上"。

2014 年 11 月 15 日于三袁故里

（黄学农，笔名雪珑，作家，曾任荆州市作协副主席，公安县作协主席）

"中道"二字甚深妙

——品读湖北作家王书文新书《袁中道传》

翁心诚

一、道一以贯之

中国文学史上晚明"公安派"著名文学家"三袁"兄弟倡导的"独抒性灵，不拘格套"的文学主张，以及源远流长的"三袁"文化是一种非常殊胜、微妙的精神现象，三兄弟均以一个"道"字命其名，老大宗其道，意寓以道为宗；老二宏其道，蕴意宏扩其道，老三中其道，涵藏适中合节其道。

共同一"道"向世人与历史宣示了什么？何为道？何为正道、大道？遵崇主旨也好，深明弘扬也好，合应笃行也好，前提为如何明道解道，然后才能行道证道。究竟道之义何所在？孔言"吾道一以贯之"，老子言"道可道，非常道""道法自然"，释迦言"诸法实相"为道。简言三家之共议，宇宙、万物、人生之真谛为道。细说无穷无尽无量无边。

因此"三袁"文化的精魂神髓的研究与探索，纵贯古今，横连中外，永恒重要，永远不可穷尽，仅从其名相为视角可以了知。

二、中道中其道

我很高兴地读到厦门大学出版社出版的"三袁"故里之才子、省作协会员王书文先生所著的《袁中道传》。读完全稿，我的感觉是：只有具备灵气的作者，才能感应"三袁"的灵气。一分灵气，一分感应；没有灵气，没有感应。"三袁"个个灵气充盈，因而精光四射。

国家一级作家李寿和先生所作序言，誉袁中道为晚明文坛"最不容易"的人。余初读时，胡诌四言表心迹：小修本是一天才，两兄强耀曾隐埋。"四字"高识奠乾纲，低调浅吟愈慷慨。李先生不愧为"三袁"文化精神研究的首倡者与专家，仅对袁小修的整体认识言，所引简略，所议精准，所述详明，有卓绝之识，有独到之见，超越一般学者，雄视普通专家。李先生是一个心处净定、凝思聚慧的作家，是与"三袁"通灵的智者。

我读了作家黄学农先生为《袁中道传》写的题为《竹喧归小修》的简评，以为彤管所提，文思缕缕，字里韵味，行间传神。似乎松风动静，竹影轻喧。小修人临于前，文展于眼。学农先生认为作者所写小修为"妙人妙境妙笔"，读其传文，可追寻踪迹，可辨识性灵。黄先生也是一位饱含灵气的作家。

袁中道非一般才子，虽也是性情中人，曾堕淫声美色，肆酒疏狂，然有二兄长指点导教，吸取儒道营养，浸润佛乳法雨，从总体看，持戒悔过，持六度行，心向清泰。常处"形体调适，心神俱爽"，自修自度，文采灿然，慧果斐然。王先生有"擎旗发论、桂兰浇水"、"佛修净土、道导庄周"之勾描，合于中道之本面与本旨。余以为，袁中道以一生行持，勤诵读，广交友，重参究，游天下，写灵文，做廉官，孝父母，敬师长，悟佛道，向世人宣示：

俗世与出世是可融会的，人的缺恶是可以纠正的，人的命运是可以改变的，人的性灵是可以开发的，条件是可以利用也可以废置的。关键在于是否有向善、向慧之心，是否勇猛精进、不辍追求。不然，中道何以花近三十年时间才走完从取秀才到取进士的艰辛历程？这中间要经历多少心灵撞击、多少非议与冷眼、多少诽谤与责难？然后他成功了，成功在"心律"上，所谓"道律身心，言行唯诚"。一分诚敬一分利益；十分诚敬，十分利益；一分诚敬，一分智慧，十分诚敬，十分智慧。没有诚敬，没有利益，也没有智慧。世俗与出世，概莫能外。这个中其道的示现范例是十分了不起的，古今如此。写到此时此地，想起毛爷爷的至理名言：人是要有一点精神的。毛爷爷所指，是奋进的情志与智慧。

三、中道"传"所有

我读《袁中道传》，享受到了作者精粹文辞色彩斑斓之美与熠熠灵光之智，故事全都映照在"三袁"的文妙与思慧中。所叙为袁中道，所托为宗道、宏道，其父其母其祖，所谓天恩祖德，福德深厚，因缘具足。所衬为天地日月，花草树木，山河大地，奇境绝像，历史精魂，人文精华，典籍精粹，时代精英。总之，一切物质现象、精神现象、自然现象都涵盖都囊括。没有灵气且不勤勉诵读、善于思考的作者，很难驾驭如此繁复纷纭、离今近五个世纪的题材。全传的特色至少有三点可取：

第一，以古典小说章回七字对偶式确立目录，提示主旨。古典小说的这种对偶章回，是历朝历代的才子们的一个创新性成果，对世界小说史言，独一无二。是古汉语文与白表现力、摄受力的鲜明显示，永远不过时。我们祖先在数千年的探索中，无论哪一个领域都有举世瞩目、精髓永久的创造，我们后人应首先怀有敬畏与学而时习之心，可是很多人连祖先智慧的皮毛也还没摸着，就侈谈保守、落伍、糟粕之类，自以为是，贡高我慢，这似乎是荒唐，余也应检讨自己。至今，当我们吟诵三国、红楼那些精妙章回目录时，我们对它那种咀嚼性、回味性不得不佩服。我们提倡百花齐放，有所创新，但绝对不会丢掉洛阳牡丹之红，无视山谷幽兰之香。本传作者对古典"文与质"结合的章回形式作了一次可资借鉴的尝试。

第二，以时为经，以事为纬，以文意为织，形象地展现了一代天才、一个信佛居士（法名柴紫）、一个杰士、一个清廉宰官、一个现代意义上的旅游家、一个诗人的多姿多彩的一生。取材有据，叙描有度，评议审慎。我读初稿时，见其传文中时有趣闻逸事，而定稿时竟删削殆尽。真叫人有点"朝见堆蓝有，暮至堆蓝没，堆蓝何所至？只因叶障目"（仿吟）之感。想起佛祖讲法之善巧方便，在说很多严肃、深奥大道理时，常常夹杂稀奇古怪的故事。袁中郎的《西方合论》里也有数百个故事，内有可考可证的，也有传说虚构的，目的在于利于不同根基的读者接受。一个八寸三分帽子岂可人人戴。人们不会因佛祖讲的故事难以考证而不接受其义理。人们也不会因中郎写的故事典籍没有记载而低估《西方合论》，因为典籍是典籍者所写，只有颠倒迷惑的人才丢了西瓜，捡了芝麻。

第三，从整体理念上复活了一代文星的生命历程，肯定了袁中道在公安派文化精神中所处的后期擎旗手、掌门人、殿军及终结者的历史地位与贡献。概述了袁中道的诗文与妙思，具有一定的可读性、教化性与思维启迪性，有一定的广度与深度。暂以第三十四章为例：说他四十一岁著《心律》，知达摩直指一路，涉精夺髓，然无可措手，后知诀要妙悟，全在参求，纯一悟修，乃为真修。说他在三教中把煎熬熔铸与施戒精进结合起来，坦陈陋习，自我悔改，戒贪嗔痴，修戒定慧，人情天理，随缘妙用，威仪有则，柔和质直，代众生苦。有事之叙，有文之据，有理之议，说他时而骏马疾驰，时而汎舟冲浪，时而登岭攀绝，时而笑谈浅酌，时而闭目低吟等，严谨不失其趣，放达不离庄重。一个谦逊好学、精思勤耕的文杰活现于我们眼前。

读本传后，总的印象是：文字有功底，笔墨有颜色，思序有开合，文气有贯通，是一部趋向精品的试验之作。

四、中道究竟道

"三袁"之父袁士瑜儒道佛修养甚厚，其祖袁大化慈悲为怀。他们当初以一"道"字给"三袁"命名，寄寓了他们对后辈的理想追求与殷切大愿。我们今天在认识袁中道时，不可藐视这一名相里的深藏奥义。何为中道？儒家释为合于天道，允执其中，中节中和，中平中正。道家解释为一阳一阴，变化莫测，理即一谛，和而日新，生生不已。佛门解释为：不偏不倚，继而不执着、不妄想，性相不二，理事不二，不偏于有，不偏于无，知中用中。生活工作，待人接物，作而不作，不作而作，自性圆满，性灵流露。可见佛理融会儒道，升华境界。对于我们理会中道名相题中应有之义，透彻究竟，合于袁中道一生所求。

中道自省一生诗文时，用了两个词语：冗滥与芟薙。意即必须精选。《珂雪斋集》洋洋近百万字，根据他本人提示，余以为读其五篇文章，即可知其全貌，对于多数人言，所花时间与精力不大而可获其智，知其妙，得其益。

这五篇文章是：

《中郎先生行状》，此文概要彰显文坛巨星、佛门高士、宰官清吏袁宏道一生经历，文笔精美至极，文思深邃至顶，文情悲慈至诚，是袁中郎研究的重要依据，您要知解公安派文化精神主帅的生活道路，不可不读"行状"。

《李温陵传》，传主与所传关系非同一般，在中道笔下，一个气激昂、行诡异、才横溢、文灵彻的"异端"思想家活灵活现于我们眼前，他高度评价了李著黜虚求实、舍皮见神、破的中窍的特点，说其"大有于世道人心"。肯定李公为世居官、清洁凛凛；深入至道、得其玄旨的品质，其评公正、其议独到，不为当时俗见流言所左右。

《导庄》，中道自言取庄子内篇，"取其与西方旨合者，以意笺之"，从全文内核言，广引灵文，说法说佛。以《华严经》为据，论述其"七题"。仅以"齐物论"为例，讲的是"华严十玄"（一多相即、小大相容等），写的是"事事无碍"的微言圆觉，殊胜妙境。中道一导，导出了十方三世、诸佛如来的真谛宣说，提升了庄子境界。

《心律》，此为袁中道的学佛体悟，是他参究既久、契入性体的记录。以六度波罗蜜为主要内容，自省自律，自悔自戒。以自身行持为据，谈勤修戒定慧、息灭贪嗔痴的大道、正念、正行。向世人宣扬正法，非常有价值。可以说句句法理，有解有悟。

《珂雪斋纪梦》是一篇以梦境谈中郎往生极乐天国的文字，在古今中外作品中，独立孤峰，含义殊胜，无论入世与出世都不可轻看。

当然，还有很多以佛事为指导的重要作品，如卷二十中的《论性》《论学》《论人心》《论史》《死不死》等，纵横捭阖、汪洋恣肆，均有卓见妙慧。

但仅从上面几篇言，袁中道在中国思想文化史上、文学史与佛学史上都将占有一席之地，此一地处于不朽。李寿和先生还认为他的《游居柿录》是中国古代日记的巨作与高峰，并不虚饰。

五、中道文言活

语言趋于粹美是本传追求的风格导向。作者引中道为散木舅写的墓志铭，说他"以富隐而非其心""埋照于酒，藏身于弈，有文无名，有诗无集"。又引《告伯修文》，说他"清白好修、砥砺名行、事可与天知、语可对人言、无一念不真实、无一行不稳当"说他"守官守道，有如处女""儿女态少，烟霞趣多"说老兄仙品，不在白、苏之下。此二人之形象仅寥寥数语跃然于纸。

可见本传语言之粹美来源于对袁中道文学语言的揣摩与领悟。中道在《论史》一文中表明了他的文学语言观念。一曰简，二四新。赞赏司马迁等"文词犹如朝花之吐萼，而宝剑之乍出于冶，秀色精光，炯然照人""新则美，美则爱，爱则传"。

何以简新美爱传，中道认为作家须具"三长"即才、学、识，尤重在识。即能于众是之中断人非，于众非之中得人是。中道深入探讨此题，提出"以夫子之言合佛氏之言而后其说始明"（《论性》）。即只有儒释道的神魂融合一体，开启性灵，关注第一念，所谓"不怕念起，就怕觉迟"，念兹在慈，向内求不向外搏，方可知其玄。"世间才杰固不乏，秋毫未合天地隔"（陆游）。

毫无疑问袁中道是可攀中郎可比白苏的语言文学巨匠。他说："性如海也，形色如沤也。虚灵之性圆，而全潮在我矣，曰悟，所以觉之也，曰修，所以纯之也。"（《论性》）。这段引文讲清了灵性与表达的关系，觉悟与纯修关系，是他深入研习佛法的结论。

中国古代文言文是我们先祖的最值得称耀的发明，是民族智慧的符号系统。明末那个时代，"三袁"三大巨星巨匠，以文言释阐佛法微妙精义，汇三教九流，融儒道而彰显奥秘，使文言文的随缘妙用达到了顶峰而精光四射，其中"珂雪斋主"袁中道独钟如来白眉似"珂雪"，以此名相命文集，隐含了所有秘密。他一生追求什么，归宿什么，昭然若揭。如来是什么？如来如来，无所从来，无所从去。

袁中道以他的学佛清修、精进锤炼将古代文言的表现力与摄受力发挥到了极致，日臻妙境，字字珠玑，其丰富的经验与卓绝的论断永远值得后来作家鉴古观今。

六、中道题外语

我读《袁中道传》，想到了袁的成就经验在"精进"二字。精者不杂不乱，进者前进不退。此二字对于世俗与出世言，都极其宝贵。心存精进，必正念正行，正念正行必利人利国。此二字为菩萨六度行中最重要的修持，适合于男女老少，各行各业。有人曲解为迷信，如对"菩萨"二字进行"巴赫"猜想，其实，菩萨即觉者之意，一点儿迷信也没有。

当今世界与社会，就其时弊言，我们所面对的是物质的垃圾层出不穷，精神的垃圾此起彼伏。作家多如牛毛，专家密如森木，作品多如繁星，怪论涌如海波。伦理、道德、因果教育欠缺，虽有所提倡收效甚微。钱眼巨开，淫雨绵绵，贪嗔痴泛滥成灾。凡有良心的作家、编辑、思想领域里的专家、宰官肩负着教化民众的千斤重担，您能乱写乱说、追名逐利为物质与精神垃圾的生产推波助澜吗？您也生产精神垃圾、污染环境、毒化空气吗？您是不也应反省、悔过，认清您的本来面目，淡于名利，舍己为人呢？四百多年前的袁中道为官、为民、为子、为父、为叔、为友，他全方位严肃检点自己生活、文事，悔过自新，性灵得以显露，得到了究竟圆满之效，对于您我他言，应不应受点启迪呢？

　　余以为，这是我们今天读读《袁中道传》的必要性所在。

2015 年 7 月 26 日写于心净斋

　　（翁心诚，原名翁承新，高级讲师，中国作协会员，有《袁中郎学佛》等多种著作出版。）

"三袁"故里追梦人

——王书文小说集《端台灯的女人》序

公霁

.

地处江汉平原腹地，紧倚荆江之南的公安县，是明末开创文学新风袁氏三兄弟的故乡，多少年来，在"独抒性灵、不拘格套"的猎猎大旗引领下，公安文坛追波逐浪，风生水起，尤其是近三十年的文学创作，更是人才辈出、声名远播。王书文先生当属其中一位，有例为证：苦心孤诣研究"三袁"文化，出版发行了长篇传记《袁中道传》，填补了"三袁"中小修无传的空白；笃志潜心创作诗联辞赋，有多个作品在全国各地获奖，其创作数副楹联被镌刻成匾牌悬挂于县内各庙堂寺院；醉心痴迷于小说写作，大量作品散见于各级报刊，是公安县较早加入湖北省作家协会的会员之一。总之，王书文是一个突破文体界限的多面手，长枪短棒、刀斧剑戟，样样能使。尤为可贵的是，他在各种文体的驰骋遨游中有着非凡的语言感觉，词语的选择、形象的捕捉、意象的营造都有独到之处。同时，他的作品处处尽显信手拈来、任笔洒去、徐疾有致、朴实真诚的清新文风，有着清晰的精神图腾。他诸多厚重的、丰富的、民间性的书写，既是对地方文化的发掘和整理，也是对地方精神的发现和弘扬，更是为了对正在消失的乡土留存一份珍贵的历史档案。至此，我们把王书文称之为"本土文化的专家学者"一点儿也不过分。

笔者更喜欢捧读王书文以孟家溪为舞台，以松东河和淤泥湖为背景，以水乡古镇平民为角色的小说作品。此次集结出版的小说集《端台灯的女人》，每篇我都曾反复拜读，面对作家笔下波澜壮阔的生活画面，离奇曲折的故事情节，纷繁复杂的人物群像，活色生香的生活场景，丰富多彩的阅历知识，以及人物随着社会变迁、环境变化而命运跌宕时，我常常感慨万端，掩卷深思。我相信书中的这些故事都是作家看到的、听来的、或是亲历的，但凡一般人也就一风吹过，然生活的历练给予了作家敏锐的眼光、活跃的思维和自发的创作启示，凭着意志、韧劲、激情，以及对文学的执着和不变的初衷，一篇篇比现实更集中、更曲折、更为完整、更具典型性和代表性的精品力作，有条不紊地展现在世人面前。

没有哪一个作者能超越他本身的时代，能离开他自己的生活，能忘却那片又见故人、又见炊烟的故土。正如鲁迅的鲁镇、莫言的东北乡以及陈应松的黄金口，故乡永远都是他们情感的内核和创作的原动力。王书文洋洋洒洒十多万字的小说集，或是记录那段紫雾缭绕的过往岁月，或是描述当下市井风情和社会百态，都离不开对孟家溪地理风貌、乡情民俗和风土人情的描绘，他是在循着自己的人生足迹寻找着自己的来路。孟家溪永远都是他记忆的源头、灵感的迸发处和笔触的出发地。《端台灯的女人》这部小说集就有着鲜明的地域特色，那种对水乡古镇风情风俗的捕捉与传神描摹，以及对乡镇人物群体性格特征的切实把握及生动刻画，无不充分显示出作家弥足珍贵的主动追求与刻意展示。《轭头湾》《三坟，与五典无涉》《吊尘》三个中篇时间跨度亦远又近，见证的时代风雨、社会变迁和人物命运，尽管故事略显沉重，但松东河的逶迤、淤泥湖的浩渺、孟家溪的百年沧桑，无一不在字里行间反复晃动和不断跳跃，作家在自觉不自觉中寄托了一份乡愁，展示了一幅浓郁的江南水乡的风情画卷。就连描写现代中学教师及其家属众生相的《先生娘子》，也把荷湖中学描绘成"田田荷叶摇曳，灼灼荷花点缀"的世外桃源。可见，作家一套相对完美的乡土文学创作理念已经成为一种思维惯性和自在使命。这部小说集里先后有近百位角色登场，无论生旦净末丑，无一例外都是那样似曾相识、真切可感，其重要因素就在于小说人物都是相融于民间文化的土壤之中，他们举手投足言语神态都统一于乡土文化的规定之中，他们的人生轨迹及其性格特征都无一例外地烙上了地域文化的标记，是地域文化的规定性决定了小说人物的真实性和可信度。例如《方位》中 1937 年加入中国共产党的司马湖先生，在长期得不到组织承认情况下仍不忘初心，耄耋之年坚持清洗百面党旗，离世之前还嘱咐家人在旧屋里按照当年入党开会时的方位摆好桌凳。还有《端台灯的女人》中年过六旬的水红阿姨，为弥留之际的邻居邹老大用台灯烧蚊子，最后把纸扎的台灯烧在了邹老大的坟前，隐藏的是一段缠绵缱绻的故事，饱含的是一份眷念与相思。类似的故事我们不仅听说而且见过，只是王书文一叶知秋，善于抓住瞬间、刹那，勤于对人物命运、对社会真实作理性的思考。让读者不仅能从字里行间感知浓浓的乡情，同时，还能感知一种精神还乡的真实意义。

《端台灯的女人》这部小说集语言质朴，文字隽永，言近旨远，正如王书文一以贯之的人品文风。读着他的小说，很容易让人想到中国乡土文学大家孙犁的《荷花淀》，以及赵树理的《李有才板话》，是他们用最本土化的元素和最简略的架构，演绎了一代地域文学的精彩，影响和激励了一代又一代的后来者。王书文善于听故事又很会编故事，他把听到的或者看到的一些支离破碎的生活断面，加以拼凑剪辑，然后提炼整理，再把故事讲给人听，很多人都从中体味到了他的小说结构的精妙之处。《挂标》中的乡长贾二白因用公款大吃大喝导致眼前和口中有"蛇"，经"高人"指点须讨百家米方能痊愈，为计数将《农村治虫手册》回赠施米农家，贾二白讨得百家米后病也果然好了。故事本该到此为止，小说又峰回路转，制造了贾二白因送治虫手册受到群众称赞，因讨米治病被电视台炒作为微服私访两个情节，最终是让贾二白受到警醒。小说不长，以小博大，结构编排之绝妙不得不让人心悦诚服。《调动》的结构设计也独具匠心，于、裴、马三个乡村教师都想打通关节调入市里学校工作，只有具备女性优势的裴老师通过钱色交易而如愿以偿，那个迂腐年迈的马老师在自知不能的情况下，还在上下求索，最后因车祸而死，他最后的遗愿是把骨灰撒在市里一所中学的花坛里。人们在伤感唏嘘之余，更多的是敬佩说书人直言时弊、敢于针砭的大无畏精神。是的，在王书文身边就生活着像于老师和马老师这样的群体，他们像草木一样见证四季，又像枝头花叶自生自灭，他们与时代纠缠，与命运博弈，最终又回归沉寂。在王书文小说的架构铺陈中，展演了不少幽默诙谐、荒诞不经的故事，有的甚至异常吊诡。《换脸》中的刘五儿在南方打工时脸被灼伤，被换成一张被行刑的恶人脸皮后，替人收账，帮人拉票，掩护制假，呼风唤雨，财源滚滚，连执法部门也让他三分。由此，产生连锁效应，不少打工者纷纷要求换成像刘五儿那样的恶脸。这种故事经不起推敲，此类情况根本就不可能发生，但作家往往会通过摄取外界点滴信息，遂发奇思妙想，在虚构的情节基础上强化了故事的可读性，目的是揭示底层社会阴暗的一面，以及打工群体的无助与无奈。《捆童》讲的是死去的老人通过自己八岁的孙女马珍之口发声，干预处理现实生活中的事情。半梦半醒的马珍以祖父的口吻道出了自己父亲与隔壁张寡妇的苟且之事，揭露了刘八两贿选村主任的卑鄙手段。作品以孩童之口道出了所谓逝者之言，谁知是真是假，但这些曝光的丑恶一定是真的，不然那些听者为何战战兢兢、说尽好话呢？其实这何尝不是充满正义感和正能量的王书文，面对日益危险的道德滑坡和屡禁不止的腐败现象的当头棒喝。小说集里的《挑土》《炒骰》《蛾眉》《收藏家》《碗筷之间》等无不曲尽其妙地叙写着他自己熟悉的人物和事件，合理的虚构与丰富的想象让作品大放异彩。

如果说一个好的故事是房屋的框架，那么一些精彩的语言便是房屋的砖瓦。王书文的小说完全是本乡本土、土得掉渣，拙中见巧，淋漓尽致地展现了家乡故土的人文历史、地域特点和风土人情。请看小说中的语言，《白猫冢》中形容人家高兴是这样说："你是不是捡了一窝野鸡蛋？"《村长的慰安梦》中形容女人枯槁的头发"一根根、一绺绺，白不白，乌不乌，像枯茗粉一样。"《管校代表》中胸无点墨的典爹经常挂在嘴边的话语是"闹的死鱼""乏的人死""夜蚊子都没咬缺的"。作家在小说中自始至终坚持使用方言俗语，并由此形成了此书的一大特色，具有极大的感染力。在对孟家溪民俗风情的了解及把握上，王书文也是一个有心人，但凡这一带婚丧嫁娶、年节习俗、民谣戏曲、地方谚语、农时耕作、卜卦算命等都了如指掌，烂熟于心，然后恰到好处地运用于作品之中，赋予了作品特殊的文化蕴涵，显示出鲜明的艺术特色。

孟家溪是真正意义上的"三袁"故里，王书文在这片神奇的土地上仰望"三袁"，著书立说，这本身就是一种机缘巧合和难得的福气，正是"三袁"的性灵之风给予他文学的启蒙和创作的动力，他矢志不渝、笔耕不辍，像春燕衔泥般构建自己独具风采的孟家溪的文学系列或体系。我们有理由相信，才华横溢、意志如钢的王书文，一定会在今后文学创作的道路上不断追逐梦想，砥砺奋勇向前，待以时日，王书文的扛鼎新作一定让你眼前一亮，惊喜连连。

写于 2017 年 9 月 9 日

（作者系湖北省作协会员、公安县作协原主席）

楹联添品位，婚礼漾新风

张永杰

在国庆佳节期间，适逢公安县楹联学会副会长王书文先生的儿子结婚，并在"三袁"故里孟溪镇一酒店宴请亲友，在婚庆仪式前后，悬挂在酒店大厅里的一幅幅装裱高雅大红的楹联吸引了客人的目光，大家觉得高雅别致喜庆。不是过去铺张浪费大吃大喝、俗气的唱堂会式地大喊大叫所能相比的。这里选几副和联友分享。

新郎叫王为，新娘叫王芳，都是大学毕业后在深圳工作，贺喜联作大多扣住一对新人姓名祝福：

副会长何堃先生撰联，会长张遵明先生用行草书写条幅为：

大喜相连，才迎国庆又婚庆；

丰收在望，已过中秋正熟秋。

写得喜庆大气，两"庆"两"秋"，巧妙重字，增添气势。"熟秋"一词，一语双关，祝愿新人收获硕果。

副会长曹克定先生自撰自书一副草书联：

为国为家胸锦绣；

芳邻芳室品和谐。

巧嵌新人名，对新人殷殷寄语。

副会长、县硬笔书法协会主席尹登云先生自撰自书一行草联：

书锦绣文，吟风弄韵，新诗题红叶；

绽芬芳蕊，读雨耕晴，璞玉种蓝田。

此联很有文采，嵌入了新人名还不过瘾，把"火爹"书文和爱人文玉的名字也嵌进去了，可谓善于量身订做了。

副会长易念祖先生自撰一副古隶体字联：

征途比翼翼为美；

王子得花花正芳。

联不长，技巧不少，嵌字、顶针等手法，老到纯熟，且一点儿也不觉别扭。

副会长邹伏享先生正赴外地领奖未归，也欣然用短信发一联祝贺，由青年书家永春用欧体书出：

为撷芳菲载阆苑；

敢将襟抱揽天涯。

用优美豪放的意象，写新人的爱情与建功立业之豪情。

副会长、秘书长张永杰先生自撰自书贺联一副：

为善修来琴瑟久；

怀仁自有桂兰芳。

这联看似平实，其实颇费咀嚼。嵌名且不说，其中"琴瑟"二字，都是含有两个"王"字，意谓新人都姓王。"怀仁"，除了仁爱之意外，还祝愿新娘子早怀贵子，可谓文心巧运。

张先生写后，还意犹未尽，又热情书一联相赠：

芳为淡淡施粉黛；

王无大小赛书文。

来参加婚庆的亲友对"王无大小"句，格外感兴趣，因为按风俗，新婚三天无大小，长晚辈都可开玩笑闹新房的，对联把"火爹"书文又一次嵌进去了，你可以说是指王书文先生，也可以说是写的"书"和"文"。

斗湖堤镇诗联分会会长、青年诗人周大庆先生撰联由尹登云先生书写：

芙蓉并蒂，为有满庭芳草碧；

鱼水同欢，好修百世风鸾情。

这联喜气洋溢，富有传统文化的元素，为群众喜闻乐见的好联。

孟溪镇诗联分会赠送的贺联，是由会长刘才万先生撰写的：

为寻芳草醉鹦鹉；

喜贺槐堂结凤鸾。

这副联也嵌了新人名字，更为难得的是用"鹦鹉"一词代指武汉的鹦鹉洲，写出了新娘的家乡，还用"槐堂"代指王家属三槐世家，可谓文化蕴涵丰富。

总之，客人们欣赏、拍照、喝彩，都说楹联为婚庆增添了浓浓的喜庆氛围，好得很。

庚寅年"金象杯"全国春联大赛王书文获一等奖第一名后大赛评委会评语

喜满田畴，牛蹄盖印验收丰岁；

香盈雪野，虎爪画梅迎接新春。

这副一举夺魁的佳作出自湖北公安王书文先生之手。这副联的亮点在于拟人化了虎牛，形象地用牛蹄盖印、虎爪画梅带出了喜庆，这是新；梅、雪一向是吉祥的事物，雪因梅透露出春的气息，梅因雪更显高尚品格，梅雪入联，这是雅；既是春联，则要衬托出喜庆、吉祥的气氛，联者开门见山点出喜，是梅香，更是吉祥，上下联的结尾更有深意，上联以丰岁结句，下联以新春结尾，巧妙地涵盖了我国经济社会取得的新成果，深化主题，这是切。可以说很好地做到了雅俗共赏、愿景同歌。并且对句严谨工整，一气呵成，犹如高山流水，铮铮不绝，品此联乃一种享受。

（载《中华楹联报》2010 年 2 月 5 日、大赛评委会：方留聚　曹俊梅）

奇联堪折桂，雅韵好迎春

——赏析"金象杯"全国春联大赛一等奖获得者王书文之春联

百川

喜满田畴，牛蹄盖印验收丰岁；

香盈雪野，虎爪画梅迎接新春。

该联首先从构思上，从大处着眼，细处着墨，在牛虎新旧岁月更替之际，写出此联，道出了人们的心声。

牛行田畴，虎走雪野，自然和谐，合乎情由。肯定牛年成绩卓著，展望虎岁满怀希望。

其次，词性、平仄对仗工稳、严谨。如"喜满"与"香盈"，形容程度之甚；"田畴"与"雪野"，形容范围之广。直到后半联皆好。如"盖"对"画"，动词对动词。盖印验收，画梅迎新年，有因有果，自然贴切。且平仄跳宕，音韵铿锵，节奏鲜明。

其三，拟人形象。牛蹄何以盖印？虎爪怎能画梅？我们看该联先将牛虎拟人化。说它们和人类一样，是具有智慧的生灵。尔后可引出形象生动的盖印、画梅。牛蹄两个半圆往地上一扣，犹如钤印。虎爪踏在雪上，五瓣趾爪，恰似梅花绽放。此二句活化牛虎，生动活泼，富有灵性，可谓构思奇巧，匠心独运。

最后不忘肯定牛年成绩，在过去的一年夺得丰收的基础上，争取来年取得更大的成绩，给人们以无限希望与憧憬。

通过该联我们看到了春意盎然、牛奔虎跳、百姓安居乐业、歌舞升平的小康和谐景象。作者面对如此胜景，感叹幸福生活，要讴歌时代，颂扬和谐，情不自禁，流露笔端。

不足之处，二比后四字略显直白，但瑕不掩瑜，毕竟不可多得。

（百川，原名尹登云，中国楹联学会会员、公安县楹联学会会长）

王书文中短篇小说集《端台灯的女人》名家寄语

王书文的小说中，蒸腾着浓郁的生活气息，流淌着土腥味十足的乡情。加上他生动灵活、准确形象的语言，认真结实的写作态度，使他的小说呈现出卓越的品质。他的小说佳构连连，佳境处处，人情世态把握精到，一直让我钦佩。在时间慢慢的摩擦下，他的这些作品会显示出独特的价值，并让我们品尝到公安文脉传递出的那种魅力。作为同行，我向他一丝不苟的写作精神和丰沛饱满的才情致以深深的敬意。

——湖北省作协副主席、鲁迅文学奖得主　陈应松

风自湖岗那边吹来，孟家溪的竹林簌簌轻摇，书文从竹影疏密的小径上走过。"公安派"袁氏三兄弟早已去远，桂花台书香弥散。

漫漫田野，深深闾巷，在曲折的河岸与堰塘间散漫的节气里，王书文的小说于水汽氤氲的微风中凝结成篇。又见如笔的荷簪摇曳，"真诗其果在民间乎！"

——著名作家、诗人：雪垅（黄学农）

民间阿凡提，瓦罐烹山珍，土法打飞机。

故事从微到巨，寒带至热带，天堂至地狱；命运逆转，跌宕起伏。匠心慧心良心，灰点亮点血点泪点，民俗民谣民曲民情民风，奇趣诙谐反讽，令人玩味。

——著名诗人、后现代作家　黑丰

◎

三槐风采

祖母

我祖母姓马，好长时间似乎没有正式的名字，不论是当年的工分册上，还是后来的人口普查，都称作"马幺婆"。

我兄弟姊妹七人，我是长孙，祖母特意亲自带我，因而我们的感情也特别地深。

1972 年，我穿母亲纳的鞋底、祖母上的鞋帮的那双新鞋，登上了民办教师讲台后，祖母常来学校看我，碰见熟人打招呼，祖母便说："看我孙儿，那个王老师，是我大孙儿！"

"哦，王老师，您有个好孙儿！"

祖母听了这话，又见我迎出来，就高兴地笑着，把用小塑料袋装的自己舍不得吃的小食品递给我，惹得学生在教室里探头笑看。

我一直教语文，后来又读了四年中文系，对写作很有兴趣，虽说难出成果，但一直不敢乱写。记得小时候写作文，祖母常在旁边房里纺线，那纺车发出"人——人——"的轻吟。祖母有时停下来，说："你写的话，要像我纺的线一样匀巧。不急不慢，不出现疙瘩。"是的，祖母的作品——一线穗子很白，圆溜溜沉甸甸。

渐渐的，我的嘴唇上长出了茸茸细须，祖母认为我该订亲了，但我当时多少有点自命不凡，瞧得起的，有的人家又觉得这王家人太多，条件不太好。

记得有一次，祖母听说媒婆要带某个姑娘和她的小团队来相亲，祖母有喜有忧，用异样的眼光对我那船工退休的祖父说："他爹爹，我们今天就到对河亲戚家去，免得明天人家一来，看屋里人太多，有几辈的老人，会说不同意。"

我几乎哽咽着目送两位老人在暮色中走向渡口，她多么想见见这个"孙媳妇"啊，但为了让人觉得家里人口疏朗，又毅然避开！

后来，在另一处，她与亲友几经"策划"，婚事终于成了，且有了一对喊"老老"的乖巧重孙，但两个重孙都是剖腹产的，祖母多天在医院参与守护，烘尿片、炖食物，常常彻夜不眠，腾出时间让我在产妇病房里批改大摞大摞的毕业班的作业或试卷。祖母还对我说："你有了自己的孩子，就要心疼人家的孩子。"这句话，我一直记在心里。

家里有了孩子，添了无穷的快乐，也有了不少的烦恼。夫妻间免不了有吵吵闹闹的时候，每当这时，年过古稀的祖母会说："我和你爹爹一辈子没有红过脸，你吵吵闹闹，怎么当先生？"是啊，师德规范，祖辈垂范，我当细细揣摩。

最遗憾的是，祖母在高庙老家清晨遽然逝世，我没有在她身边，当我看见她装裹好寿衣的安详遗容、手边被放一根白线穿着的廉价"发饼"，按老人说法是用作到阴间的"打狗粑"时，我泪如泉涌，悲痛不已！那吻过我及我的孩子、尝过我饭菜的咸淡、探过小时多病的我的汤药冷热的温唇，永远地合上了！我自然地想起了李密的《陈情表》中的句子："臣无祖母，无以至今日"！

又快开学了，我身上又将落满白白的粉笔灰，也好，我觉得衣裳染白，是对祖母的素色的悼念，我将认真地当好"先生"。

我恍惚看见祖母拄着拐杖在窗外听……

（1992 年发表于《湖北教育报》）

絮语父亲

爸爸，就在您最后一次突患脑溢血深度昏迷的那天，也体现了您作为一个丈夫对您相濡以沫几十年的老妻的良好感情，您想凭自己最后的感召力将儿孙们或部分就近亲友聚集在一起，给我们头发斑白的老母亲举办一个生日庆祝活动，这当中饱含您对老妻的表彰与感谢成分。

一

那是 2002 年腊月十三日早晨，您听到我进门的声音，马上从房里出来，高兴地大声说："大儿子第一个来到！"并反复交代我偕妻儿晚上要来吃饭。十一点多钟又接到您打给我的电话："书文，来不来吃饭？周浩（我外甥女婿）他们来了。"声音仍然是洪亮震耳。这是我们家庭的王者之音，我们以后还会再听到这样洪亮亲切的声音吗？

我因为学校期末考试阅卷，语文组安排了工作餐，以便餐后迅速阅卷，竟未去聚会。哪知再就没能与您共餐的机会了！晚上，我们还在统计分数，听说您有病，我还自作聪明以为是让我去陪亲戚打牌，而我因感冒未愈怕熬夜，又拖延了一会，哪知您真的在母亲生日的晚餐前几分钟颓然病卧于床了！

二

　　爸爸，我小时候就常听您讲古文，要求我背诵《古文观止》中的篇章，使我对古典文学很喜爱。我在小学三年级写的第一篇作文，获得了老师的好评，其实，是您帮我修改而成的，改得几乎没几句是原话了。参加工作后，我发表了一些作品，您总是我的鼓励者，有时欢眉喜眼地大声朗诵我的作品。记得一次您朗诵我发表在《三袁》上的一个中篇《管校代表》的片段，您边读边笑，我在您身后也笑得很得意。其实，您儿子这些聊以自慰的东西，在有些人看来只怕贱如草芥，但您却视若珍宝。我知道，您是在鼓励我，在宠爱我呀！爸爸，以后我还写吗？写了又给谁看呢？即使发表了，又到哪儿去享受您的朗诵呢？

三

　　爸爸，您也是很有才华的。听您的同学说，您小时候就很聪明，受到塾师柳杰荣先生、龚光龙先生的赞扬。我知道您的文章写得不错。村上老人逝世，常是您写文情并茂的半文半白的追悼词，并用吟诵古文的腔调宣读——在村上人听来，是带着哭腔的，惹得在场人哀声如潮。

　　特别是您的会计业务精细，您任过大小队会计、小公社秘书，爱用工整漂亮的楷书将账目整理得一丝不苟，有时用彩色广告颜料装饰，张榜公布，村人莫不折服，当时全公社检查评比，您获先进，曾出席县财会方面的表彰会，那时没有汽车，据说是徒步到几十里外的县城开会，夜里您做了噩梦，同伴把您喊醒，问"王会计，你梦里喊什么？"您说梦见几岁的我生病了。

您的毛笔书法很有特点，有颜体字的风骨。多少年来，村里青年人结婚或者大家过春节，很多来请您写楹联。以前生产队文艺演出，有些唱词您也编写过。总之，您是才华横溢的，可惜解放初祖父母怕您这个独子在政治上有什么闪失，当银行和粮食部门要调您这样的农村青年知识分子去吃"皇粮"时，祖父母竟然让您"藏"在一个偏远的湖边的鸭棚里，几天不回家，这样您与参加工作的机会失之交臂，后由于社会关系影响，终使您有志有才而未获大用，但总体上您能坦然以对，并乐观地寄希望于儿孙们。

四

爸爸，您一生有秉性刚直不阿，并以此潜移默化地影响了我们兄妹。听您和村里人讲过，您二十来岁时，风华正茂，任大队会计，并借调到小公社任秘书，能说会写。近年我参与文化普查，"三袁"村有个姓龚的老书记，说记得您在一个大会上声如洪钟的发言，只四句话：

头顶一个"公"字，

脚踩一个"私"字，

刀砍一个"我"字，

胸怀一个"忠"字！

赢来全场热烈掌声。的确，这四句话，虽带有当时的印记，可比那些冗长的套话更适于让群众记住。但是您当干部时，跟一个驻队的张姓"工作同志"吵了架，原因是他急于在蹲点大队出政绩，不惜浮夸上报粮食产量。可您要讲实话，想为乡亲们多留点口粮，起码不至于饿死人。姓张的拍桌子，暴跳如雷；您据理力争。结果。他愤愤而去，跑到公社对公社书记说：

"龙兴大队这个王会计的舅子在江北农场劳改,他这么对抗党的领导,不压不行!"于是,他们把您的预备党员撤销了,只安排当了小队会计。不然,今年春季您逝世后,那几十个花圈中也许有政府部门的花圈呢。

您这种耿直,这种傲骨,也遗传给了我们兄妹。我在教学上出了一些成绩,发表了几十篇教学论文,编了些教研专著,1996 年被破格晋升了中教高级教师职称(您曾笑我成了"甲级",我也笑了,原来早些年家里喂的猪仔到了甲级的斤两就可卖个好价钱了),但由于不谙"游戏规则",也无暇学这些,我失去了一两次提干或经人引荐调进城的机会,仍在"三袁"故里、车台湖畔赏钟乐之韵,听雏凤之声。

三弟也是科班出身的高才生,也乐得在某局所属单位工作。您何曾讲过半句要我们学会往上爬呀?您反而对我们从一个大家庭长大能为社会做点贡献感到满足,您其实留给我们一笔不菲的遗产哟。

五

爸爸,您是最疼爱子女的。您和我们母亲养育了我们四男三女,备尝辛苦,对我们慈爱有加。大约是由于祖父母慈爱的光芒太灿烂,以致我们对您二老的慈爱深恩缺少应有的肯定。

其实从小事就足以显大恩。我小时候多病,曾患小儿惊风疑似猝死,险被邻居弄去埋掉,你和母亲死死抱住没了气息的我不松手,后被村里一位德珍伯妈以猫子嚼姜汁生涎灌嘴的土方法救活。稍大后,我又得中医所说的"瘟病",九死一生,您常背着我这个"销钱货"几乎是在河堤上跑着到镇上医院治疗。小学五年级时,我为捉小树上的知了被草中毒蛇咬伤,您刚上街卖完余粮喘息未定，又背我上街打针，然后去找乡村老蛇医刮洗伤口敷上草药，治疗一周方可上学，真是蛇口夺命！我十八岁时，肺部又患疑似重病，需吃几个月的中药，一治几个月。您为了筹药费，卖年猪，找亲友，找财经队长甘伯借药费，终于使我又逃过一劫，才使我这命运多舛的人得以健在于今！

当然，不仅对我如此，对我弟弟妹妹都是这样，有头疼脑热，有精神疾病，有烧伤烫伤……您都或背或牵，求医若奔。村人都说："对伢儿这样关心，这一方，王会计最细心！"爸爸，现在我们可以说有钱在囊，有酒盈樽，有儿在膝，有荣在身，怎能忘了九泉之下的至爱之人？

六

爸爸，您的一生是勤劳的。您出生于一个船工之家，自己又是农民，子女多，似乎注定您一生操劳。据祖母说，生您之前，祖母已经夭折了两个儿子，生您后，取乳名喜儿，可见是很看重的，但您没有娇惯任性，而是勤劳坚毅。

别的不说，只说那年月，生产队按月分口粮挑回家就难，队屋距家远，我家 11 口人，您挑了一担又一担，多不容易！挑回后又要在哪天又挑去到打米机房打成米，机工师傅一看是您这个"大主"，知道一打就是多担谷，后面排队的也怕遇到这大家庭的谷。他们就要您往后挪，等一会儿。大概也免得逼仄的弥漫柴油味的机房里挤满人和箩筐扁担之类。您本和善也就同意挪一挪，常等到天黑，您才将六七担谷打完，您的头发上眉毛上染上了糠灰，您仍然笑着要我或者弟妹们帮忙抬米箩筐出来让他挑。我们常常挑点猪糠。

这样，在夜色中，在不少人家饭后乘凉扑扑的蒲扇声中，您才吭哧吭哧挑完了最后一担米走回了高庙湾的家。近年，我听一个邻居回忆，那时，我的祖母提着满满的两水桶衣服，到堰边埠头跳板上清洗衣服，也是遇到人们要她让一让，为什么？因为我家衣服多，都是劳动或者小孩弄脏了衣服，人家怕弄脏了水埠头跳板边的清水。我婆婆本来和善加之提累了也要喘口气，也就让她们先清洗。

那时，生产队分柴草，如棉梗、稻草，爸爸，您也是从很远的田间一担担挑回来，我们往往帮助拖到路边，或帮助挑一小担。挑回后，请大姑爷龚光其码成高高的柴草垛。虽然，您生命中最后十年似乎没干什么重活，由我们潦草地赡养着，但当年您绝不是闲人，而是一个大家庭一日不可或缺的负重前行的人，真正的衣食父母！

20 世纪 50 年代末 60 年代初，缺粮食，家里就将仅有的米掺杂瓜菜煮着吃。您和两辈的大人将瓜菜中没煮散的米坨子用筷子拣出来给我这个皮肤白得有点怪异的孱弱者吃，对此弟妹们很是羡慕。而您因常吃一种找供销社表伯邹经理开点后门买的廉价的坚硬得硌掉牙的糠饼，这种糠饼粗糙少油质，吃多了影响肠胃。记得当时我家住在高庙渡口河堤外边，您便秘在矶头边茅厕"方便"时的呻吟声，令人揪心。

七

爸爸，您对儿孙辈是寄予厚望的。由于我兄弟姊妹多，在我的婚姻问题上，一度认为我的"八字"有点"硬"。加上我多少算个读书人，也不想将就。在隔两道河的西方小镇有个初恋，她父亲爱女心切，不同意爱女陷入

"火坑"，那我就陷入了尴尬，这自然添了父母的忧烦。但给我介绍的媒人不少，您和母亲总是热情接待。我结婚是1979年腊月，当时鱼肉是紧缺物资，不好买，但您到淤泥湖边去等渔船，那时渔船特意很迟靠岸，以免被买鱼的围购。您在冷风中直等到上灯了，终于把渔场带着鱼香酒香的船等到了，他们见岸边还有个人，很感动，才卖给了几十斤到女方家的"过礼"鱼。深夜赶回来，像捡了金元宝，您为自己仍有力量为儿女办成较大的事而自豪。

我27岁才得一女，30岁又得一子。妻生两个孩子均因难产而进行当时乡镇罕见的剖腹产，您两次都到医院当家庭的"主心骨"，分担压力。特别是生女儿时，我妻开梅姐大出血，急需输血，当时有亲友悄然欲退避，可能怕输血后影响体力吧。只有您，爸爸，挽起袖子说："抽我的血，救我大媳妇和孙儿！"其声也洪，其心也真。也巧，您的血型也符合要求，就抽了您200毫升的血。由于我们当时只顾探听手术室内的动静，竟没管您，您脸色苍白，歪坐在条椅上，在春寒料峭中又坐了好久。平时，您被认为欠勇敢，因为我们在游松东河如履平地时，您只能在河边手攥着草蔸浸泡在河水里，有点紧张地笑着，哪知在关键时刻，您是一个有担当的家长，一个男子汉的形象！

每年我和儿子的生日，您总要买些东西来祝贺，并与长孙亲切交谈，教他勤学，教他怎样写毛笔字。可惜，有一次，我太"关心"这个孩子，竟半夜发现他顺河堤跑到老家玩去了，我连忙骑自行车赶去，从庙湾老家的被窝里把孩子叫醒，把他从爷爷奶奶家驮回中学我的家。您当时在后面反复念叨："书文呀，书文呀……"我知道，您的意思是责怪我太不信任二老了。唉！

您病危昏迷送医院三天后，您的长孙从县一中赶回，见您慈目呆滞，气息奄奄，他大哭，并严词责备我们四兄弟为什么不把您送大医院救治。这给我们不小的震撼，其实我们按市里一个医生的处方每天在家给输液。您在苏醒后在正月的治疗中又顽强地活了20多天！爸爸，这是您平时点点滴滴的慈爱，在那时，孙辈给您的一种回报吧。

您对二弟的两个儿子也常检查其家庭作业，还时而到教学楼上给他俩送点可口的饭菜。

对三弟的掌上明珠与多才艺倍感欣慰，特别是她在读实验小学时到荆州获得了二胡演奏的等级证书，您忙不迭地告诉毛奶奶。

四弟孩子的家庭作业您常为她报听写，解疑难，她也受您影响，写得一手好字。您溘然长逝时，最先号啕大哭的就是您的这个小孙女！她的痛哭，正在第一时间表达了我家第三代对您的哀悼与缅怀！她后来考上武大，毕业后又读了香港大学的研究生。

爸爸，您晚年常常用粉笔把儿孙的生日写在大门上，有时还写"离某某生日还有多少天！"说明您很牵挂着儿孙！您说过希望多看到孙辈的大学录取通知书，您一直认为我们家是书香门第，因为我们祖父也读过私塾，到现在，可以说有四代读书人了，您常讲邻居柳家儿孙在美国读书，其实您的后代也在不懈地努力。爸爸，您生前爱用毛笔给人写婚联、春联，在您的灵堂前，儿不才，撰写了这样一副挽联，作为这次与您对话的结束语吧：

幼读诗书，少经风雨，壮浇心血培七子；

字融颜赵，才显文农，德励子孙誉九州。

2003年6月11日晚自习后，后有略改

梅姐琐忆

梅姐，可以说是祖母马幺婆介绍给我的，不想，她成了我生命中很重要的人。

一

我从郑公渡亲戚家回来，祖母对我说她看见一个不错的女孩，年纪小我两岁，是蔡田湖的熟人家的长女，大大的眼睛，一头长发，又黑又长。且女孩的祖母龚家婆是祖母的老友。我当时只姑且听之，因为，经人介绍，我在郑公那里和一个女孩互有好感。

哪知道，我祖母早已安排好，几天后的傍晚，蔡田湖的表哥周世文来了，说是专门接我去相亲的，我祖母高兴得很，笑容满面的，因为作为七兄弟姊妹的老大，为我的婚事，大人已很费神了。我表示不去，说郑公那边周姓高中生少女，约定把水稻秧苗插了，就来我家看的。这下，我婆婆搬动了我姑父龚光其，当然还有我爸爸，他俩是老庚，说这个蔡田湖女子的爸爸是周家那头的亲戚，他们走亲戚常见面很熟，是一个勤劳朴实的人，他的女儿定会是不错的，像我家人口多底子薄，我又在教民办，需要一个能干的爱人。而且，郑公隔着两道河水，那么远，行走不便，蔡田湖就好多了。再说，人家世文哥来了，去看看也不要紧。我说好吧。于是抱着应付走过场的态度。

过河还走了七八里路到了表哥家，喝茶时，突然，有个响亮的女音喊道："世文哥，听说你家来了稀客啦！"我一看，一个圆脸大眼睛长头发女青年穿着随便，拖着一双旧拖鞋，哒哒地进来大方或者说大胆地打量着我。我表哥家里招呼她坐下，讲了几句，她就告辞了。我想，这也好，我也好开溜，明天还要上课。过了一会儿，世文哥爱人登群姐对我说，她就是许开梅，对你印象好。说今天煤油灯不亮，明早还要来看看。我说要回去，他们都批评我，就在这里过夜，明天再见见回去不迟。

第二天一大早，我刚起来，开梅头发似乎没梳，就风风火火来了，一进门，就大声武气说：稀客昨晚说回去的啦，怎么还没回去呢？她抢先这种调侃，让我觉得率真可爱，不觉开始喜欢她了。就尴尬地说，随便走了，不礼貌啦。

随后，我答应一个月后定接她去我家看看。我心里想，郑公的那位是约的半个月后来的，这里许个一个月，拖掉算了。哪知，我祖母早就把这层事给蔡田湖亲戚讲了，我那漂亮的表嫂像个牵红线的高手，一笑，说，婚事，要粑粑搭热，米子搭焦。一个月太长了，依我说，十天后去你们高庙湾看看！

这让我吃了一惊，看来我要被他们拿定了。只好说，回去跟大人商量再说吧。哪知，第二天，这个表嫂跟着到我家，就定了十天后一个双数日子，我心里叫苦，郑公的女孩看来要受委屈了！

自然，第一次，到我家，表嫂登群姐领着开梅和她的堂姐、妹妹等亲戚陪着，我父母热情招待，走时送了礼物等，程序很好。约定秋凉后"开剪"。所谓"开剪"，就是请裁缝到家里给女方做衣服——这就离结婚不远了。

这期间，我民办学校工作忙，媒人倡议约定每两个星期去蔡田湖玩玩，每次去，岳母总要杀鸡做好吃的招待。那时她家住在河堤上，两间低矮的草屋。记得我在那过了一回夜，老鼠多，把挂蚊帐的带子咬断了，蚊帐塌下来，把我惊醒，我摸着黑，想挂好，一站起来，脑壳就顶到屋顶的稻草上，把岳父岳母惊醒了，把煤油灯点亮，帮我把蚊帐弄好了。

有一次，我在龙兴小学上课，同事来对我悄悄说："你的媳妇来了，在办公室坐"。下课后，我一进去，校长对我说："小王，哪个是你的女朋友呢？"我一看，答道："就是穿红鞋的。"这一说，把她和我都弄得满脸通红。原来，因我三个星期没去蔡田湖了，开梅怕我变心，就邀约她的堂姐毛老师（是蔡田湖小学的老师）和堂妹许开华，还有个在南平砖瓦厂上班时的闺蜜红菊来学校观察观察。她本来不穿红鞋，那个闺蜜红菊临时要把红鞋换给她，说穿红鞋怕丑，怕学校老师笑，那年代穿红鞋还很少。

我于是请假带他们到家里招待，解释因为迎检查事多，没有去蔡田湖的事。晚上，她们高高兴兴回去了。

其间，也有干扰。高庙嫁到蔡田湖的袁姓女子，话多，田间劳动时对人说，这个王书文，白白净净，听说十八岁时，患过肺病，后来好了。不知发不发？

我爸爸的老表，即我姑婆有三个儿子在蔡田湖那个生产队，儿孙多，势力较大。其中有个小表叔周万贵的爱人听到了，回家一讲，万贵表叔第二天在农田里大骂袁姓女子，说，老子的侄子王书文，早就好了，不好还教得好书吗？再说，也只是一点"纹理增生"的苗头，早治好了。哪个再乱说，老子撕她的嘴巴！

我岳母听说了，回家跟开梅讲，说担心。开梅说，我在田里听到了。他就算有病，我也跟他！没有病更好。——这是她结婚后笑嘻嘻地告诉我。

　　到了秋天，要"开剪"了，大人要我先一天去蔡田湖接梅姐。我在她家吃晚饭后，顺着河堤走到孟溪渡口，已经有点朦胧的夜色了，那时，河边杂石较多，走路不小心，会崴脚，我说：来，我牵着你吧。这时我二十四岁，第一次对异性说这样的话。她说，不，我自己走。由此，我看出她是一个很规矩的人，很自尊自爱的人。

　　第二天，爸爸请了一个能说会道的表婶娘带着我们上街扯布，开梅由大妹书兰陪着，到供销社匹头门市部扯布。卖布的人称"花嘴"的姓陶的女营业员悄悄对我大妹书兰说：你哥哥终于开剪了。那时，一般都穷，"开剪"最怕女方乱点乱要，搞得男家手里钱不够用。可开梅点了几套衣料，又点了当时较贵的日本铁灰色呢子一套。她悄悄问我："钱够不够？"我说还剩五十块。她说算了，差不多了。于是刘裁缝在我家缝了两天，衣服合身，开梅很高兴。哪知第三天，那个日本灰呢子，并不是她自己要的，竟是给我点的。她说，我看你一个老师，衣服有补疤。给你点了两件。你兄弟多，趁机会穿点像样的。我顿时一股暖流袭上身来。感觉除了大人外，又有个关心我的人来了。当时用这种挺括的料子做的中山装，的确很客气，只是买不到相同颜色的扣子，被刘裁缝建议，钉上照得出人影子的金属扣，穿着有点不自在。

　　在当年底，即 1979 年腊月十七至十八日，我们结婚了，结婚还是较为热闹的，首先，女方的嫁妆，主要是箱柜之类置办较多，漆得红红的，摆放在新房里，不少邻居婆婆妈妈都来参观，说："热闹哟！"另外，我所在小学同事，也帮助布置了新房，我的写作的师友翁承新和柳谷礼两老师，买的或自己画的水彩画条幅挂在客厅，也很喜庆。我大姑爷龚光其到附近柳姓书香人家借来一对近人高的大花瓶，里面插着鲜花，营造了暖融融的氛围。那时兴男女方在桌上吃点心时比赛唱歌，在家庭结婚仪式上，记得我和梅姐坐在上席，我唱了《红梅赞》，意在赞美和欢迎梅姐。

婚后正月里，走亲戚，梅姐带我走了南平街上两家她认为拿得出手的亲戚，一个是杜大夫，他夫妇俩是大学生是武汉医生，不知什么原因，下放到南平小镇在二医上班，与蔡田湖岳父一家结成了朋友。那时，提倡知识分子与工人农民交朋友。这样，岳父有时把土鸡蛋之类送给杜大夫家，杜大夫则给他们细心治病，把一般农民买不到的计划物资送点儿给他们。有时下乡来吃顿饭，梅姐把杜大夫夫妇喊小爷么爷。杜大夫高个子戴着眼镜，很斯文。他爱人汪大夫也是文雅相。在他们家做客，用多个小碟子装着点心水果，还用留声机放碟片音乐听。那种老式的留声机放了几首世界名曲，他俩问我这个村小的老师听过没有，我答只听过其中一首《划船曲》，他俩和蔼地笑了。他俩把梅姐喊"梅子"，据说结婚的某个颜色床单就是他们送的。结婚前，梅姐到他们家去，他俩怕梅姐到一个大家庭胆子小，就说：你只管什么也不怕，谁压制你，你就反抗！梅姐说我谁都不怕！这是梅姐后来告诉我的，我说你还要他们壮胆吗？她狡黠地笑笑。

后来杜大夫夫妇回到了武汉，还是没有忘记蔡田湖的穷朋友，有时寄点儿什么来。要我执笔给他们写过一封回信。

另一位是一个姓许的同姓的哥哥。梅姐引我到在南平街他住的地方，我们放下礼品，他让我们喝茶，坐坐，就说单位有事，等会儿来请我们吃饭。我们坐到下午四点钟，他推开门，进来见我俩还在那，讪讪一笑，说：对不起，还有点事，我要出去一会儿。我们只好讲荆州讲湖广，等他。梅姐说，这个许哥，常打他的怀孕的妻子，他妻子躲到蔡田湖我岳父家，后来孩子也生在那里，吃了不少鸡子鸡蛋，安置月母子都是我岳母一家人，后来接回去了，千恩万谢，说以后当亲戚走。我和梅姐等到下午六点左右，这个岳父母看重的街上亲戚——许哥没见踪影，我才毅然说：走吧，他不会来了，到蔡田湖你娘家吃晚饭去。我们带好那个人的单身房门，在街上买了什么吃的，梅姐也快快地跟我回到了蔡田湖。

1979年，是我值得纪念的年份。这年，下学期，我被抽调到邹家厂中学任教。但我是民办教师，人家邹家厂中学是公办学校。我教初二一个班的语文课等，还担任班主任。工作受到各方面的肯定，只是到了同事们领工资，我则呆呆地在一边凉着。还要自己背米去学校买饭菜票。但好歹算是由村小学调到了公办中学。年底又结婚，娶了梅姐。

她多次要到我的邹家厂中学去看看，第二年春上，一次在学校操场放露天电影，片名叫《红牡丹》，我搭一个家在高庙湾的学生的信回去，要她来看露天电影。那时我和同事王佐斌住一间寝室，果然，在天黑之前，她和几个村里的姐妹都穿得漂漂亮亮的，嘻嘻哈哈走了七八里路来看电影了。她们到我的寝室坐了一会，吃了点瓜子什么的，就听见操场上放音乐了，于是和王佐斌老师等搬了椅子让她们去看电影。电影完了，那些姐妹说：开梅，你划得来，有位置睡觉，我们还要摸起回去！大家一阵哈哈畅笑。第二天，她把我和王佐斌的行李都洗了晾好，吃了早餐才回去参加生产队的劳动。这是她第一次作为家属到学校，她很高兴。后来，《红牡丹》的插曲《牡丹之歌》流行了，我回去教她几遍也唱会了。

到了下半年，得知县里要举行民办老师招工考试，邹家厂中学后来又从双湖村和黄堤村各调了一名民办老师，领导在会上传达了文件精神，要求有八年教龄的先进老师可以报考，我当时觉得社会上已开始凭关系，我没有什么关系，考的话，只不过是走过场。学校领导又单独鼓励我考试，我才报了名。孟溪为了确保多考中几个公办老师，集中培训了几天，搞了摸底考试，我的成绩名列前茅，我这才略有信心。我回家讲了参考一事，梅姐非常支持，我还是没给我那读过十来年私塾的爸爸讲，怕考不好。直到开考那天早上，我们起大早走到孟溪街上，过早后准备上车到县里去，巧遇了来给队里卖谷的爸爸，他问我干什么去，我才说，到县里去考公办老师，他大声说好好考，机会难得！的确，我初中毕业，由于舅父在服刑，政审不合格，我失去了读高中的机会，我对这些考试是怀疑的，爸爸当着同事们的鼓励，又使我有了勇气。

1980 年的考试，监考非常严格，一前一后，两个戴红袖章的汉子监考，那时也没人敢乱来。考后回到邹家厂继续上课工作。

一天，学校校长领着两个陌生的人对我说，一个是教育局某领导，一个是抽出来的北闸中学的校长。来调查我的情况，当时要连续民办教龄八年，中断了就不行。据说，我的考试成绩居全孟溪的中学教师第一，居全县第七名。但是我原来工作的龙兴小学有人写了匿名信，说我因病中断过教龄，这个问题很严重，县里派出了调查组。先到邹家厂中学找领导，领导说我工作很好，学生考试成绩好，身体没见有病。他们要求见我，问了不少问题，我——如实回答。说我十八岁时，因脸色苍白，我喉咙扁桃体常发炎，到沙市医院透视，发现肺部纹理增深，有炎症。我到县中医院找远房舅父邹烈纲开中药，服了几个疗程。后来再去透视，已是"两肺清晰，心膈正常"。当时我的确请过两个月假，在本生产队学生邹先群家里教幼儿班，教他们唱歌，认字讲故事，有时带着十几个大大小小的孩子排着队唱着歌给生产队捡稻穗。应该不算中断教龄。县里来的领导互相对视后，握着我的手说：小王，你不要紧张，你考得这样好，我们会重视的。

当晚，那两个人住在邹家厂中学，学校领导对我说，问题不大，今天是学校招待，明天中饭，由你招待。我说：我手里没有钱啊，荷包里只有几块钱。领导就说一切我们安排，到时候，在你寝室里摆一桌酒席。我说好。于是事务长胡文高老师连夜到村里买鸡买鸭，连夜用带子系到我的床腿上，嘎嘎地叫着。第二天，我和王佐斌老师的寝室里第一次摆了丰盛的酒席，学校领导陪着两位调查官员吃饭。我和王佐斌给他们敬酒，都很高兴。席间，教育局领导说，小王，你的问题应该不算问腿，因为，我们查了你的民办老师补助单据，龙兴小学有你的名字，且一直没有中断。邹家厂中学领导也说希望上级领导关心有才华的老实人。我这才有点激动，又和他们喝了一杯。我也才知道，我调到邹家厂中学多月后，我的每个月民办老师十五元补助还在被他们领着，也没谁告诉我。也因这点补助的单据，我才不会被告状的搞掉。

过了几天是周末，我回到家告诉梅姐，她说我有贵人帮助。

第二天，我上街买东西，见到孟溪村小的管老师，他是孟溪村小的校长，他告诉我，孟溪公社文卫组常书记在全公社校长大会上拍桌子发了火，说龙兴小学谁告人家王书文的黑状，说他教龄中断！人家考了孟溪第一，全县第七啊！搞掉了，你补得上去吗？只会窝里斗！管老师说，常书记发火时，好像有人满脸通红。

但是1980年孟溪大垸甘厂下面黄泗咀河堤溃口了，汹涌的洪水，一面往南边地涌去，有可能一面也乘势往北面孟溪镇倒灌，夜里河堤上人们大喊：下面溃口了溃口了！人心惶惶。梅姐和我半夜被惊魂，爬起来，抢什么东西呢？她说抢点吃的米和睡的行李。她要我挑点米和衣服之类，她收拾几床结婚的新行李，用大口袋一装，两人在朦胧的夜色中，急急往接龙桥上跑，以便上河堤，哪知她挑的太多，口袋太大，几乎与她人一样高，那个土桥被人挖了个口子，在流水，她看不见，又走在前面，扑通一声掉到小沟里，口袋都打湿了，幸喜得腿子没有别断。我拉起她，两人好歹上了河堤。河堤上已经有了不少人。我们把东西请熟人招呼，又下去家里搬了什么上堤。当然，我父母兄弟姊妹也在惊慌地搬着东西。其实，天亮了，南边的洪水也没漫到高庙湾来，原来是黄堤村那儿有一道过去废弃的横堤，县里组织解放军和民工把那道横堤抢修好了，加之洪水是由南向北，不易倒灌，给大家腾出了抢东西的时间。但是梅姐深夜挑行李的身影，始终不能忘记。

到了元月份某天，邹家厂女出纳齐老师，她是河北人，声音大，又是普通话，大声喊我：王老师，来领工资！你的公办老师起薪了！我才真切感到这事成了。好像是行政23级，月薪40多元。我用这工资买了什么东西周末带回家，梅姐得意地说：都是我给你带来的运气。我故意说是自己拼来的。她说，你没跟我结婚，怎么没有拼来呢？我无言以对。

二

我是长子，到了该考虑生小孩了，当时农村，十八九岁人就早有了孩子，我俩都20多岁了。1980年，梅姐怀孕了，没有什么反应，我们都没有经验，还到县中医院去找名医邹烈纲先生拿脉，他说没问题，吃几服中药，就会怀上的。我们原准备到杨厂那个周万贵表叔家去，梅姐浑身无力走了一截路不走了，哪知早已有孕在身，就搭车回家了。过了几天，双湖中学挖鱼塘，恰好有梅姐等青年男女在那热火朝天地劳动。她很称雄，劳动收土方算公分，别人问她：你挑得起吗？她说：箢箕里，你们男的上几锹泥巴，我就上几锹！挑起后从鱼塘底部爬到高处倒掉。循环往返，很吃力。结果，她腿部来红了，到我的寝室休息，我才知道她也来了。送她回高庙老家，我婆婆母亲都来招呼她，以为休息一下会好的，问村医也说平卧休息看好不好些。等我到学校上课了再回去，她已经"小月"了。这就是我们第一个孩子。

第二年，即1981年，她又怀上了，但她没有告诉我，那时我们结婚的新房，漏雨，常常帐子上要放一个脸盆，夏天的雨叮叮当当滴在脸盆里溅湿帐子顶。准备哪天请姑父龚光其帮忙整理一下。那时农户大多盖的稻草，少许盖的机瓦。谁知梅姐想自己解决问题，到街上买了油毛毡，自己从街上背回高庙老家。这种圆筒状的油毛毡，一卷有几十斤重，粗粗的，不好背，她背了几卷，就又来红了，慌忙喊我婆婆，婆婆很喜欢她，一直把她喊"梅姑小姐"的，忙问："梅姑小姐，出什么事了？"一到房里，见孩子又"小月"了——一个鱼泡模样的东西下来了。婆婆说至少两个月了，鱼泡模样，中间细一点，说这就是男孩。梅姐很难过，呆呆看着。婆婆说把它扔了算了，不是正胎。正胎，不会掉的。梅姐说，用火柴盒子装起，让王书文回来了看。装了好久，我没回来，还是被婆婆悄悄扔了。这是我们的第二个孩子。那时我们年纪轻，都傻傻的只顾拼命干事。误了自己的事，也伤了身体。

所以，到了1982年怀第三胎时，她就小心多了。但第三胎到了"发作"时，来红，疼痛，始终不见进展。我婆婆是这一方的老一辈"业余"接生婆婆，接过不少生。她有经验，也觉得可能是难产。街边孟溪村四组有个中年妇女是这一方有名的接生员，她有红十字药箱消毒工具等。大人要我悄悄去接她来，老人说，生孩子，不能让很多人知道，知道了，更加难产的。我趁着夜色，在水田沟港间向街上灯火处飞奔，气喘喘地接来了那个中年妇女。她一检查，说再等一夜，看生不生。又等了一夜，已经疼了两夜了。第二天只好由我爸爸和表叔许信义用竹躺椅绑竹篙把梅姐抬到孟溪医院妇产科，妇产科一检查，说是难产，小孩脑壳较大，羊水流得太多，宫内温度高，胎心较弱，要剖腹产！当时，孟溪医院很少剖腹产，我们都很紧张。妇产科医生刘德梅是高中名师张宪政老师的爱人，她笑着说没事的，我们陈东海医生比大医院的医生不会差！只不过多用些钱而已。我们只好如此了。我去安慰梅姐，她说：我不怕，只要把伢儿生下来。王书文，你给我找把梳子，我梳好头发。我问为什么？她说：我和江姐一样，如果死了，也要整整齐齐的。我找刘德梅医生在护士那里借来梳子，她从容地梳了头。我签字后，我们送她进了手术室。据说，医生之前还给梅姐肚皮上打了催生针。打了后会出现宫缩，好让孩子娩出，但效果不好，还是得剖腹产。

　　大约过了一个小时，手术室门开了，我们都迎上去，有个麻醉医生衣服上都有血迹，他说：孕妇血压下降，失血太多，危险！赶快找人输血！我们，包括我天兴垸的姑父幺爷等，都说哪个的血型对，就抽哪个的！我爸爸平时较胆小，是独子，夏天游泳都不敢，可那天，撸起袖子，说：医生，抽我的！结果，几个人，也只有我爸爸的血型基本对得上。抽了200CC备用。他坐在医院的长条椅上，很疲倦。这期间，他们要我到药房找有关血清救急。我跑到药房一问。没有了。又到仓库找，终于找到了。递进手术室，门外的我们都急得很。过了一会儿，门打开了，那个麻醉师说，血压上升了。准备接伢儿！一会儿，女护士把伢儿递出来，我们都来看。大人要我把袄子脱了包好，一是保温，二是说谁的衣服包她，她就跟谁亲。一般是父亲的热衣服包。后来，那件袄子里子上的迹很久都洗不去。伢儿出来后，还有不少群众来看稀奇，看剖腹产的伢儿。她眯着眼，正把小拳头塞在口里吃着，有个漂亮的青年女子说：伢儿饿。来，我给她吃奶！我就让她给孩子喂，结果伢儿竟然蛮会吃。周围的人都笑了。

又过了几十分钟，才通知我们接大人出来，我第一个进去，看见梅姐躺在担架上，头发凌乱，脸色蜡黄，有气无力的。地上，塑料桶里都是血水。我和亲戚等把她推出来弄到病床上。把伢儿给她看，她笑着说："我不看，被她会整死。"给梅姐吊上药瓶后，有多人招呼梅姐，我把伢儿抱到室外转了转，回来受到他们批评，说这么小，抱出去干什么！

出院后，放大鞭子迎接。队里很多人都来看梅姐和小宝宝。第二天我就到蔡田湖去放鞭子报喜。就讲了是剖腹产，他们都很惊讶，心疼梅姐。但有个老年亲戚，说就是书文惊头慌脑，跟医院送苕钱，把开梅搞吃亏了！人家某某，发作八天，还是自然生的。我只好不与争辩。

送祝米、吃红蛋之前，梅姐问我伢儿叫什么名字，我说还在翻字典，在想。后来，想到，我二十七岁，才得孩子，又是难产，姗姗来迟，就取乳名叫姗姗。按她妈妈许家，正好是"来"字辈，姗姗来迟也好。

"出窝"，即到外婆蔡田湖去，去时小宝宝穿的红衣服，出门前，按老规矩，将她额头上抹了灶前黑灰，过河上渡船，往水里丢了若干硬币，让河神小鬼不吓她。

　　记得梅姐和我帮岳父家到较远的水田去插秧。姗姗饿了，外婆唐绪英抱着她打着伞，到田边喂奶，别的田里的人说：红伢儿又来了！红伢儿又来了！其实之前，由于梅姐身体亏损较大，在高庙的四十天里，没有多少奶，只好喂麦乳精，那时喂麦乳精还是较时髦的，一般喂米糊。那时，孟溪一带，还不兴喂牛奶，也好像没有牛奶卖。老人甚至说喂了牛奶，伢儿皮肤黑的。

　　这年夏天，蔡田湖——俗称炖钵垸，溃口了。岳父母好不容易做起的三间土坯房毁于一旦，他们只好当灾民，搬到南平镇北边十来里的新田村，住哪里呢？就住在过去的队屋里，废弃的队屋里，那里脏乎乎的，老鼠洞很多，因为过去队屋是存放粮食的地方。灾民住在这里，什么都没有，可想多么苦了。好在乡亲们东家送把菜，西家送把椅子，日子也在过着。我们就把节约的粮票给他们送几十上百斤，或者支持一点儿钱，让他们去买米，加上还有政府的救灾物资，一家人基本可以生活下去。节假日，我和梅姐带着姗姗还是去那个在农田中间孤零零的队屋里做客，以便让岳父母他们感到亲情的温暖，当然我们也有亲情的滋润。记得那两年，我还没买自行车，那时自行车还只少数人拥有。吃过晚饭，我和梅姐带着孩子，走在南平北面长长的河堤上，她心情不好，有时不管孩子，要我一人抱或者背，姗姗身体好，我当时身体较瘦，只好承受。但是到了傍晚天暗下来，孩子一步也不想走，我只好顶着"丫马子"，顶到南平街上，已是汗流浃背，脖子很疼，只好跟梅姐求情，要她换一换，她说：谁叫你不买车呢？说着，竟跑到河堤下走，我有时一人顶着孩子在河堤上走着。当然，也不是常常这样。后来，双湖中学刘金汉老师一辆六成新的凤凰自行车要卖，那时，一般人不敢买自行车，那时买自行车要有计划票，一般人搞不到计划票，我就买了他的二手车，一百多元分三次才给齐。从此，我一车带着梅姐母女有时走亲戚，就方便多了。

约在 1982 年中秋节那天，我和梅姐带着姗姗去岳父母家玩，当傍晚时才回到高庙湾老家。哪知这天发生一件可怕的事，即我们三口赖以休息的那间房子，靠东南边的土墙居然突然坍塌，轰隆一声，砖瓦倒下，砸在我的一张临窗的办公桌上，这张有红漆的桌子是梅姐的嫁妆之一，较结实，被砸得凹下去一块，还被很多砖块和碎泥巴堆着，我的家人们有点不知所措，只是把室内稍微收拾收拾了一下。我和梅姐万分震惊，心想如果我们在家，必然被砸死或砸伤，当天走亲戚，躲过一劫，实属万幸。究其原因，可能是梅姐在厨房边做了猪屋，那时她为了改善经济状况，计划每年喂两头猪，卖一头，过年宰一头。她常常挑着水桶到街上酒厂去挑糟水，据说那糟水很养猪，梅姐喂的猪的确长得快，她常以为得意。但是猪屋做在厨房和几座老坟之间，不便起很深的流水沟，下大雨老坟那边地势高些，水就流向猪屋、厨房及我们房间的墙基，这种土坯墙基较长时间被雨浸泡，湿了就会倒墙。当晚请表哥毛世永、邹永杰两人修理，我和爸爸出外四处捡砖备料，在灯下，他们两三个小时就把那面墙砌好了，还把猪屋边的排水沟加深了一些。父母招待两位表哥吃了宵夜，送他们出门回家，我和梅姐才又收拾房间，才放心大胆让姗姗洗了睡觉。

后来，蔡田湖的溃口也被挽筑好了，百废待兴。岳父母一家又想办法做房子。我们也在自己节约下存有的粮票方面和适当经济方面予以支持。

从 1981 年 7 月份开始，我参加了荆州师范专科学校的函授学习，由于是首届，他们搞得很认真。首先是公安县教师进修学校通过考试选拔学员，我考上了。县里再请县一中名师和公安师范名师，给我们预备班上了一年的课。再参加荆州师范专科学校的入学考试，我又考上了，每年暑假寒假在荆州师专校本部学习，间或在石首绣林笔架山半山腰的县教师进修学校学习。都是荆州师专的教授讲师授课。我由于文凭不硬，加之本身爱学习，我考试常常是优秀。记得考唐宋文学，我考了全荆州市那届学员的第一名，还得了小红包。还有那时记性好，考试古典诗文当着大家背诵，我也考了公安县学员第一名。当然，这当中有梅姐的付出。如那时的责任田，水田在高庙湾北面一块呈三角形的多沙的三斗丘，我还没接到通知时，就和梅姐、弟妹书武书凤等一起栽秧，扯草、挑粪。一有通知，我就要背着书本笔记本和蚊帐之类，急急往荆州或石首跑。一去四十多天。等我回来，梅姐他们的"双抢"（抢割抢插）已经结束了。大多时候，她是积极支持我学习的。只有一次，水田还没整好，也缺水，她又不想落后，要抢在别人前面把秧插好才光荣。虽然，我已经委托二弟书武帮助整田，梅姐还是发脾气。我虽然也跟她在旱田（分的旱田在居民点南边）锄棉花草搞了几天，手臂已经晒黑了，但此时离开也是有点愧疚。那个时候，水利设施较差，不像现在是水泥沟渠。我们的水田位置特殊，在北面放水要经过几家的水田，要事先在别人水田边抠出一条长长的小泥巴沟，再请机工师傅在某个堰里抽水。此水转弯抹角，路程长，流着流着，就流到别人水田里了。所以，必须梅姐拿着锹，打着赤脚，沿路巡视，确保水流到自己田里。机工师傅估计三斗田抽半小时或一小时，收多少钱。但是有时时间到了，田里水没多少，因为水都"开小差"了。夜晚放水是很辛苦的。她招呼放水，孩子就要老人招呼，要不停地扇风，防蚊子咬。

　　记得一次荆州学习回来，别人水田的秧苗大都栽好了，唯有我家那块三斗丘还有四分之一的位置空着，一问梅姐，她叹了口气，说，一个人搞不赢别人，主要是缺秧。那时如果自家准备的苗田的秧少了，缺秧，就要出去找别人多秧的打商量。问二弟书武，他说，全队都没有秧了。那天姨妹开珍在这儿，她十六七岁，较瘦的。我说：开珍妹，今晚咱俩搭伴，我们去双湖村问问，看那有没有多的秧，她说好。于是，梅姐引姗姗洗澡睡觉，我和开珍妹，推着一辆木轮手推车，向十来里远的双湖村出发，走到一处扯夜秧的地方，只听咚咚的洗秧声，看不清人脸，我问：请问各位，你们这里有没有多的秧，我只要扯推车上一撮箕秧就补齐缺了。恰好我有个所教的初二学生桑大富在帮父母扯秧，他喊我王老师，我答应了。他父母对大家说，这是双湖中学的王老师，我伢儿的老师，我们给他留一点儿秧好不好？有个干部说：王老师稍微等一下，我们扯完了，你们再扯，保证留的足够。于是，我和开珍妹等了一会，蚊子很多，腿上都咬出不少坨了。大约八点多钟，他们夜工扯完了。我和开珍妹下田扯起来。还有桑大富帮我扯（他后来上大学后在三峡大学教书）。半小时后，一手推车秧装满了。开珍妹用绳子在车前拉，我稳住车把手往前推。那时路况很差，泥巴路上有砖渣，顶得脚板很疼。桑大富还帮助稳一程，一直送到斗黄公路边，他才回去。当我和开珍妹好不容易七弯八拐，走到高庙湾我们买的那三间土坯房前，大多数农民已睡了，梅姐把煤油灯调得很小，和姗姗也睡了，我们喊开门，梅姐很高兴，说终于不会成破田，被人笑了。第二天，我们把三斗丘栽好了，才高兴地回家。

三

到 1985 年 7 月，我四年的函授学习毕业了，大专文凭拿到了。其实，

1983年，姗姗一岁时，梅姐就没种田了，她到了双湖中学，和我住在一起，开始了当教师"家属"的另一种生活。

那时候，我几乎年年教初三毕业班的语文课，双湖中学那段时间名声很响，很多学校来参观学习，所以，我管家里更少了。严校长同意把家属接到学校来，但是他不安排进厨房上班，而是安排梅姐和李景林的爱人一起种菜，而且是自种自销，学校只提供建校多出来的大片的空位置，不发工资。我找校长要求安排进厨房，他说：小王，再教好一届毕业班了就安排。我知道世态炎凉了。这样，梅姐挑粪栽秧子，浇水，好不容易把菜园搞得绿油油的。到了外面参观来了，严校长就笑着介绍，这是我校的蔬菜基地！有时梅姐一天到学校厕所挑几十担粪，我问她挑这么多干什么？她说，你不挑，陈士凤就要挑，我的菜就长输了。梅姐还到鱼塘里挑水抗旱，师生睡午觉时，她和陈士凤还在挑粪。其实，由于粪池没有封闭好，里面雨水多，肥力有限。那时化肥还是稀罕物。我早晚没有课时，也帮助她挑粪或者锄草。白菜、南瓜弄到厨房卖，事务长有时不要，他说，街上买的菜，"一脚踢"，即价格低些，为此，我与他争辩多次。当然卖了一些。为了价格高点，我和梅姐只好凌晨三四点钟就起床，一人挑一担，上孟溪街上去卖菜。把位置占好了，我就回来上早自习，再说我还觉得一个中学老师蹲在那里卖菜不好。她卖了，就买点荤菜，或每天给姗姗买麻果糖果之类，总算可以攒一点儿钱了。当天卖不完的，就放到亲戚邹先珍的床上用品门市部里。

由于李景林的爱人是刚结婚不久，结婚时买了手表，姗姗一岁多，在菜园看大人劳动，见她手表亮晃晃的，说：陈阿姨，你手上怎么有这个，我妈妈没有这个？

梅姐回来对我说了之后，我马上表示：明天就买。因为梅姐平时表示不要这些奢侈品，再说我也是用当时稀罕的飞乐牌收音机换的一个陕老师的半旧蝴蝶牌表。结果，她也拿了一点儿钱，我出了一点儿钱，第二天到公安县城给她买了泰山牌女士坤表，戴在手腕上，姗姗很高兴，拍手说：我妈妈也有手表了！

由于我那时把工作看得重，十七八岁时常出现的扁桃体炎又发了，发后，就找高庙小学旁边的村医小尹开药，往往效果不太理想，有时还发高烧，那时学校安排住的一间房子，煤炉子也在室内（放外边，有个老师的煤炉子被偷了），气味大，我就很烦。一次晚上了，梅姐拿着一根竹棍，到附近农家去给我买鸭蛋，我以前喝生鸭蛋有效。她买到了，隔老远就高兴叫我：老子拿竹棍赶狗子，找了一大圈，买了几十个！洗了，你拿去喝！

我说辛苦了，还帮个忙，把门前树上的知了赶起跑，我脑壳疼得快炸了。她又拿晒衣篙子扑扑赶知了。我把鸭蛋外壳洗了，敲破鸭蛋喝里面黏黏的略带咸味的液体，才又昏昏睡去。

在1985年，距离生姗姗，已经三年了，梅姐想怀第二胎，她听医生说，剖腹产后至少三年才能生二胎。跃进村有个妇女剖腹产后第二年就凭侥幸怀了二胎，到了八九个月时，突然来红，大家慌忙把她往孟溪医院抬，还没抬出村子，竟肚子上原线缝破裂大出血而死去，这是梅姐的一个在跃进村的叔伯姑妈讲的。其实，我们按当时要求，已有避孕措施。不知怎么还是怀孕了，她大约两个多月才告诉我。恰好，学校传达上边计生文件，说生了二胎，有工作的，开除：有职务党籍的，双开。农村的，强迫引产的，赶猪仔，拆屋，罚款的，时有耳闻。我回来。悄悄对她说，我们去打掉吧！她说：讨米都可以，儿子要生一个！那时，陈士春老师也怀了二胎，王祖春老师怀了头胎，有的已经"出怀"了。梅姐也穿一件大大的裙子，一般看不出来。到了五六个月时，大肚子已经遮不住了，学校领导找她也谈了话，她也出现很多反应，睡不着觉。那时我们已经搬进一个两室一厅带后院厨房的新平房子了，和廖老师为邻。有天，梅姐突然要求去孟溪引产，说怕肚子炸开。又说本校三个孕妇都找一个青龙村请来代课的Y男老师看了孕相，Y师蛮专业地说：许开梅，一稳的又生一千金，肚子不尖。王祖春肚子尖，稳的生放牛娃。梅姐听了很激动，说引产算了，如果是儿子冒点险还划得来。这次，我蛮大的火，说：他晓得个什么？不引产！到时，我们提前住院。生女儿，我也欢喜。她才不说了。所以，我们的二孩，一人保了一次。我爸爸有个农村的老表，叫丰昌英，相貌好，直到中年也不生伢儿，结了两次婚。小名舒儿，我们喊"舒姨娘"的，她喜欢到我家来，听说梅姐怀了二胎，就来说：梅姑，我看了，肯定是儿子！她由于没生孩子，闹离婚，受了大刺激，有时有点神经病。她来了，就连续两夜不睡，口中小声念念有词，说跟观音菩萨讲了，一定保佑平安生个乖儿子。梅姐高兴得很。后来生了，舒姨娘又从郑公那边来抱了孩子逗着笑着。

　　快到了预产期，梅姐每夜辗转反侧，很紧张。我说到预产期就到医院去，再不用老方法生孩子了。哪知农历九月十一日，她说到街上她姑婆家去玩两天。其实去了她找医院妇科刘德梅医生检查，刘德梅医生说，还没到时间，你也没反应，还是不慌吧。梅姐说先住在街上姑婆家。我见她没回学校，第二天就去姑婆家找她，她说干脆剖腹产生了算了，免得发作炸肚子。我说你隔了三年，所说的肚子几层皮已经长好了，不要乱来。我和她又去医院，找孟溪第一刀陈东海医生，陈东海笑嘻嘻地说：你硬要生，预产期只差几天了，可以呀，那就明天吧！梅姐大喜，第二天下午，住进了医院，当时医院来了个算命先生，医生护士多人找他算，梅姐也找他算，问是生男还是生女。我没有凑上去，至今不知瞎子怎么说的。

这次剖腹产签字后，医生问我：是在原来刀口处开，还是另外划一个刀口？我想到，三年来，那个长长的凸起的像拉链似的刀口，常常有点发炎，遇到阴雨天气，奇痒不适，要我跟她抹药或者用热毛巾敷。我说不另外开刀口了。医生说好。他们告诉我，三年前，他们技术差些，在肚子上凸起一条肉迹。现在内缝，看不到这条迹了。我说好。生姗姗时，医生问我是保大人还是保伢儿，我说求求你们都要保。这次没这样问，我放心些了。后来，医生对我说，你说在原来刀口处划开，我们还麻烦些，那个缝合口，我们要先剪掉，剪了半天，像剪牛皮筋。

手术中，也说要输血，说不找亲属，他们医院有预备的人输血，已经派人接来了。我们只看到一瓶红红的东西提进手术室了。我的二妹夫丰诗全跑到手术室的排水孔边的铁齿小地窗边，伏在湿湿的地上往里看后，兴冲冲地告诉我们守在手术室门前的一群人，慢慢说：我听到了，他们说是个儿子！我一听喜得跳起来。我母亲批评我说：不沉着！开梅都还没出来，不知好不好！我才冷静下来。

到了手术室门开了，喊接伢儿时，我又准备用夹衣包的，哪知我小妹妹书燕抢上一步说：大哥，我来包。她早已把一件衣服抖开包住了孩子。大家围上来一看，是双眼皮，小嘴巴，身上很多地方如脖子、腋下等处有白白的凝脂一样的东西，很漂亮。很多其他人也围着看，一个女青年说：列伢儿像戏子，好标致！我当时还有点怪她，戏子，好大出息呢？马上抱到病房里用衣服盖好。双湖中学当时也来了几个老师，其中，杨宜才老师回到学校说：

一直没看到这样标致的奶伢儿！过了一会儿，接大人出来，这次她仍然脸色蜡黄，只是精神好些，到了病房里，把儿子放在她怀里，她脸上露出了笑容，我们后来给他取名叫王为。

四

住了几天院，出院时，是二弟书武和信义表叔帮忙抬到双湖中学。生王为后，我们隔壁廖老师家有个彩色电视机，也是学校唯一一台彩色的，我家黑白电视机画面有时有点跳动，梅姐说，买一台新的彩色的，我于是和小弟王峰到沙市去，找表弟龚华在红旗商场，买了台平板的较大的彩色电视机，当时钱不够，过了几月才还给沙市表弟。这在全校是最好的机子，梅姐很高兴。

小儿夜里也许是母乳供不上，喜欢哭。我用对付他姐姐的方法，对着小嘴轻轻一拍，说：不哭了！他哭得更厉害了。梅姐大笑，说，你用这个办法把老大吓住了，她以后基本不夜里哭了。嗯，小家伙，犟，吓不了吧。她笑得咯咯的。那时，孟溪有牛奶买了，可梅姐说，你只管多买鸡子鲫鱼给我发奶，不喝牛奶，免得儿子喝了皮肤变黑。当然，后来奶水多了些。但是，梅姐有点惯他，让他衔着乳头睡觉，哪知时间久了，乳头破皮，以致红红的，很疼。但是她还是忍着让孩子衔着奶头睡觉，免得他哭。直到周岁隔奶，她的破皮处才彻底好。隔壁廖老师爱人小彭也很喜欢王为，常拿点什么来给他吃，还悄悄说，不让他姐姐抢了啊。那时，为为夏天洗澡了，抹痱子粉了，见姐姐穿的裙子，他就要穿裙子，梅姐只好把她姐姐的旧裙子给他穿，他跟着姐姐和杨明静等跑在操场上、树林里，惹得大人好笑。冬天，他有时也要穿姐姐的显小了的红色大衣，梅姐怕他冷，里面穿了小袄子，外面又穿了红大衣，还用围巾之类，给他在背后腰上系紧，免得他解开了感冒。他又和小朋友乱跑，里面汗湿，衣服解不开，只好回家找大人换衣服。有时上街，几次有人问我：王老师，你两个女儿啊？梅姐忙说：小的是儿子！生怕别人把她的儿子说成了女孩。

那时，开始是我爸爸或者妈妈来校带王为，由于我还有弟妹还没长大，先后还有两个弟弟在双湖中学读书，父母还要种田维持生活。后来请蔡田湖小姨妹许开元来引了半年孩子，她说大姐爱批评她，就不来了。后来只好由我在孟溪水运退休的老船工祖父，即王为的曾祖父、79岁的海臣大爹来引。对一生没和老伴争吵过的祖父，梅姐自然也客气多了。那时，双湖中学还有一个曾祖父引重孙子的，就是王为的小伙伴喻业伟的老爹，他是一个在旧社会章田寺一带当过干部一类职务的老人，也较和蔼慈善。王为很善良，有一次和小伙伴喻业伟推搡，把额头弄了个包，回家，她妈妈问他是不是跟磊果子（喻业伟乳名）打架了？他平静地说：自己碰撞在树上了。不信，您去问吧。哪知梅姐真的去问磊果子的妈妈吴文凤，吴说：梅姐，对不起，是我的磊果子一推，把为巴子在门前柱子上撞出包了的，我把磊果子打了一餐！梅姐一想他俩是吊胯朋友，都这么小，就没说什么了，也知道儿子善良会免事。

祖父海臣大爹常常在我们午睡时，把不爱午睡的一岁多的重孙为为抱出去在树荫下打转，看鸟，等我们上班了，再抱进家里来。一次，为为要抢老爹的竹烟嘴，老爹自然头往后躲，为为就往他肩上爬，老爹抱着他穿短裤的光光的双腿，当时有汗水，一下让为为从肩上翻过去了，重重地掉到水泥地坪上，隔了几秒才发出尖锐的哭声。我和梅姐慌忙抱住孩子，看他额头已经鼓起一个包，梅姐几乎大怒，吼道：爹爹，怎么把为为搞掉地上的？这几乎是她用命换来的呀。忠厚的爹爹也吓坏了，脸色白白的，立在客厅里，半天没出声。

后来，老爹继续引王为，直到我的祖母单独在我那三间土坯房住，一天清晨得疾病溘然长逝于床上后，他才黯然神伤，说引不起了。恰好，二弟生了儿子也近一岁了，要老爹帮忙引，他说，我八十岁了，引王为后，再不引重孙了。他就常常在老家房前大树下看书。一天，头昏欲颓然倒下，从椅子上正倾斜快贴地时，适逢他以前抚养过其母长大的女青年尹道英经过，扶着喊：爹爹！爹爹！怎么啦？惊动大家把爹爹扶到床上。又有尹道英当村医的弟弟从下面几里处的诊所来了，也喊着爹爹，帮助拿脉，说是脑溢血之类病，这么大年纪，也不宜搬动，恐怕逝世于路上或医院。那时，我已经调到"三袁"中学了，我们闻讯马上赶到高庙湾，我喊爹爹，他已讲不出话来了，艰难地用手示意胸腹部难受。夜晚，大家守着爹爹。不久，爹爹逝世了。我一直不解的是，爹爹病危时，那个几岁就在王家长到十七八岁才回到贫困的娘家后嫁人的芳阿姨，冥冥中，她的儿女怎么就一下子都来到爹爹身边的？

五

王珊一直在孟溪小学读书，孟溪小学离双湖中学有四里多路，且当时的斗黄公路很烂，有不少坑洼，骑自行车有时很艰难，特别是风霜雨雪时，就更困难了，加上往北边去，地势渐高，有时北风大雨中骑上去，外面是雨，背部是汗，又怕孩子摔下来，很紧张的。因为孟溪小学条件比高庙小学好些，我和杨宜才、王佐斌几个都用自行车接送孩子。中午就给孩子一点儿钱让她自己买东西吃。这样坚持了三年，有老师提醒说，干脆调到孟溪街上哪个学校去算了，我才开始考虑这事。可当时，双湖中学像世外桃源，人与人关系和谐，我教毕业班，被戏称为把关教师，任教研组长，有时发表点作品，梅姐在厨房上班，和姐妹们嘻嘻哈哈，相处愉快，孩子快乐成长，也没想过"挪窝"。街上的初中就只有"三袁"中学，是在郝岗村农田里新建的，那时条件不太好。

不久，王为到了上幼儿园的时候了，我和梅姐把他送到高庙小学幼儿园，是一个姓洪的少女当老师，好不容易，买了书包玩具，花花绿绿的糖果，哄进去了，我俩在门外窗户边蹲下，准备至少用一人在这里陪护的，哪知他一旦看不见大人，马上起身跑出来，见我俩在窗边，就生气地把书包扔给我们，要回家。只好要梅姐进去坐在他后面陪他，他也不朝老师看，老师也上不好课。梅姐说，我们又去买彩色小豆豆糖，买了来读书好吗？他点头。到不远处商店买了两袋彩色糖，他很高兴，进了教室，当糖吃完了，就又要回家。连续三天，他越来越不想进教室了。梅姐问她的宝贝儿子，为什么不读书？他才说，姐姐在街上读书，我也要到街上读书！

于是，我在1990年春季找教育组刘组长讲了为了孩子调动一下，他问我是不是调到大至岗。因为，约七年前，他们要调我到大至岗小学当教导主任，我和梅姐商量，她说不去那个死湾的，我失去一次当学校领导干部的机会，我当时不看好那个公办与民办相结合的偏僻小学。我对刘说想调到"三袁"中学，主要是两个小孩在那里上学，我送接不方便。他说可以，打了电话，"三袁"中学也迅速接受，晏校长很热情，并要我取代谢哲的妈妈黄发菊老师当教研组长，给我和王珊安排了一间房子。过了个把月，梅姐和王为也从双湖中学过来了。有多个老师送我到新单位，王佐斌老师喝得人事不省。学校安排李景林用手扶拖拉机拖了家具行李衣服书本酱坛子等，我住的那间房放不下，就暂时放在"三袁"中学教学楼走廊上。哪怕这样，梅姐还是很高兴。和邻居管老师的爱人及李志良的爱人聊得很投机。第二天，把二楼的一间教室给我们住，才宽些了。在那个暑期里，按梅姐主意，故意说孟小的老师陈士春要王为补考，不补考，就要留级，于是就弄个小黑板，暑假给王为补课，他信以为真，天天完成一点作业。免得他在外面和小伙伴捞水摸螃蟹等。其间，孟溪农业银行的袁姓女子要参加什么考试，也找我补课，那个暑假，白天给孩子补课，晚上给大人补课，也还充实。第二年在古历九月我的三十六岁生日，亲戚来学校吃饭，我的爹爹，我的多灾多难的舅父等带着礼物都来了，开了几桌，都是梅姐掌厨。在老家，三十六岁据说是个坎，要庆贺，才可以顺利过去的。

以后，王为在孟小读书，每天放学了就到姐姐的教室门前等，要求跟姐姐一起回来，但是，高年级要多一节课，有一次，他等得不耐烦了，把书包咚的一声扔进姐姐的教室，掉到杨志蓉老师的讲台边，杨老师出来问他为什么这样，他说：已经打铃了，怎么还不下课？学生都笑了。

他在孟小表演过文艺节目，那是六一儿童节之前一个月，老师要他参加表演《鲁冰花》舞蹈，要求他和几个小男孩扮演小狗狗围住老师唱。回家，要我做狗尾巴。我把一件衣服的毛领下掉，把毛领缝在铁丝上，再用带子系到王为身上，比那几个孩子的更像狗尾巴。男生穿着白衬衣，蓝短裤，化了装，扮演小狗狗；女生扮演兔子，在唱《鲁冰花》的女老师身边蹦蹦跳跳，活泼可爱，表演很成功。排演的那些日子，我和梅姐夜晚去接他，他只要看见我和他妈妈，动作就不自然了，老看着我们。我们只好避开在外面等。

他平时不怎么爱完成家庭作业，写一点也字迹较潦草。小学的老师有时把他留着完成作业，但老师不注意时他提起书包就跑了。有一次，陈老师安排几个学生把他追了回去，完成了才放学。六年级有个丫师，喜欢打人。加上他几次要我去学校（一般家长被老师叫到学校，乖的要给老师送礼，要老师好好教孩子），我一是忙，二是认为我的孩子小时摔了几次脑壳，只怕不太乖了，只要中等成绩，就行了。再是爱面子，认为被一个小学的老师说一顿，不太好，就没去。这样，他常常把王为叫到办公室罚站，有一次还用教鞭抽打他脖子。他回家坚决不做声，只是鼻子里有鼻血。梅姐反复追问才知道挨了打。她气得很，说：老子去打丫某的嘴巴！我说算了，明天去找他讲讲。她不依，拔腿就往孟小跑，我追到镇委会，追不上，才回来做饭。她去后，大喊：姓丫的来，哪个要你打老子伢儿的？被副校长许先作和喻儒中拦住，连说：许师傅，不要急，我们明天开会批评他！梅姐说：老子的伢儿，是用命换来的，只是读点书，没说要他得多少高分，更不能打！今天，不看你们面子，我要抽他几嘴巴的！他们不知道，她真的搞得出来的。再说，那个副校长许先作跟她的爸爸是远房兄弟辈，就忍了这口气。

哪知王为，每次考试，成绩还是中上等。"三袁"中学几个老师说，王为，一双眼睛炯炯有神，成绩搞得上来的。他在孟中时，我教他语文，他较认真，进步较快。读高中时，作文和书法在班上是上等成绩，还被老师在班上展示过。数学成绩尤其好，有时满分。只是外语差点儿。我们也没有请人给补外语课，也没有安排他妈妈去专门招呼他，那时专门招呼的还很少。如果招呼，他或许少打几回游戏，或许成绩会上一个台阶。当然，孩子那时是叛逆期，面临高考压力大，如果跟爱管得紧的妈妈赌气也许成绩下滑也不可知。不过也巧，他中考，离一中录取线，只差 22 分，我提了一小袋子钱去一中报名。后来，高考，达一本线也只差 23 分。梅姐跟我说：王为每次就是黑鱼蹦口。这是家乡俗语，意思是差得不多，像勇猛的黑鱼一样，在流水的口子边快蹦跳过去了。

六

那阶段，梅姐和厨房的伙伴陈世芳是搭档，她俩都想挣钱，暑假竟然联合贩西瓜，即到农田去买低价的西瓜，再用自行车驮着两大袋，有时拖一辆板车，一个拉，一个推，戴着草帽子，到农村去卖，到农民劳动的田间吆喝着去卖，赚一点儿差价。我表示反对，说太热了，她说不要紧，每天赚一点儿，晚上在家里数着散碎的钱，也很高兴。我虽然在家里管孩子做饭，比她舒服多了，但心里并不愉快。后来又白天在学校厨房多做些包子馒头以适当价格买下后，等到学生下了晚自习，她们到学生的寝室门前或室内去卖，比白天稍微贵一点儿，学生此时确实饿了，就买她们的，特别是我班的学生，爱买许师傅的。学校不允许，她们就打游击战，嘻嘻哈哈，几个寝室，到处转移，也赚了一点儿钱。曾经最狼狈的是照看肉猪。即学校喂了几头猪，到了一百多斤时，就怕附近的强盗来偷，附近农家就有肉猪被偷走的现象，就连晏校长的一笼鸡子都被偷走了。学校安排炊事员轮流照护肉猪，两人一班。到了该梅姐和陈世芳时，她俩就用学生课桌当床，带一个旧蚊帐，睡在猪屋门前，想想的确可怜。也就是在卖夜宵的那段时间，她回来说：王珊上晚自习有时没认真做作业，还跟同学嘻嘻笑笑，我批评了她，梅姐再去观察，改正了。后来，她中考成绩属中上等，未达到预期，问她，她说想当老师。小时候，蔡田湖的亲戚，喊她小王老师，她就哎的答应。我和梅姐商量，是不是让她读师范，她赞成，因为还有个儿子，以后再说。于是就报了洪湖师范，找个招生的熟人弄了个指标。过了几天，我去招生办打听，看录取没有，他们说没有录取，原有个指标被人占用了。我就找原来帮忙的领导，他打电话给教委一个副局长。那副局长说，跟王老师讲，他女儿，师范落选，未必是坏事，我跟二中打招呼，让她录二中，少收点学杂费，可以吗？我听了，说只能如此了。又过了两天，我去招办打听，看二中录取没有，他们打开电脑告诉我，王珊被天门师范录取了，我不信，他们要我看电脑。我想录取了也是好事，听说二中质量较差，到时不知上什么大学。再说，那个赵副局长也许还没有跟二中领导打招呼。所以，王珊就算是天门师范学生了。后来寄来了录取通知，要报名前一周交一万元。我向招办打听，说是，天门师范怕所招的学生临时不去，占了指标，让他们少招学生。采用先收了钱，就稳当了。那时，1996 年，一万元算大钱，农村宣传谁是万元户，蛮光荣的。我请王珊小爷王峰跟我一起去，到了天门师范大教室，人头攒动，大家生怕交迟了。交了以后，去和班主任见面，那个邱老师，是个瘦高个，年纪较大，他看着表册说：王珊，只十四岁出头，能不能生活自理？我们说：没问题。他才说：好吧，到时来报名吧。回来时，搭车到汉江边岳口镇时，已是下午四点，已经没有车到荆州了。我和王峰只好找个旅社住下，哥俩谈了半夜，在那个席子很脏的床上到底睡着了。

去天门师范报到时，还要交学杂费，还要买床帐行李等，邱老师见了王珊，问她能不能搞好生活学习，她说能，老邱笑了。我给她在一个一楼的寝室铺好了床，已是晚饭时间，吃饭后，我找个男生寝室的床睡了一夜，第二天，遇到王珊同学杨菊梅的瘦小个子的爸爸，问：您在哪里睡的呢？他说，我们几个在厨房餐厅椅子上困了一夜。我说有蚊子吗？他说还好。以后这个杨菊梅成了有名的女诗人，笔名叫黍不语，我经常在有关杂志上看到她的相片和诗作，据说，已有人在研究她了。放假回家后，看到王珊穿军装拿枪的军训照，和同学们的各种照片，觉得她确实长大了。她讲的较多的是一个性格豪放的河南女生郭娜。后来美术老师说王珊的相貌有特点，给拍了不少艺术照。我们给的生活费，她往往一学期完了，还节约几十块，我和梅姐都怪她，节约对身体有影响，她说没事的。

　　到了 1998 年暑假，孟溪北边的大至岗那里溃口了，我们成了灾民，先带着孩子在河堤上过了几天，后洪水堤内堤外越来越大，加上那个月，我们的工资过了一个半月也没发，据说是教育组管工资的 G 校长老待在河堤上防汛所致。溃口了，更是困难。之前，孟溪中学果园分的梨子，我们还先把磕碰了的先吃，把好的留下，买了不少煤球和大米，准备过个好暑假。哪知一夜间，付之东流。洪水淹到三楼，我们二楼的家里什么也没抢上来，当时广播电话都是说，先跑人，因为寝室楼房到底坚不坚固，难说。接着我们去投靠蔡田湖的岳父母家。都挤在那个 1983 年溃口后做起来的土坯房里，闷热难当，因为屋后是蹲坑老式厕所，不敢把窗户打开。岳父可能手头紧，每天也表情严肃。我和梅姐手里不超过二十元钱，也没买几次菜。过了十来天，蔡田湖西边堤上的小幺爷来接我们去他家住些日子，小幺爷是岳母的小妹妹。到她家住了一周左右，刘东天天钓鱼，改善生活，加上住在堤上面，较凉快。但是常住不好意思，于是我们又到南平镇边新城村我大妹妹书兰家，住了约一周。其间，天气突然变冷，我们才去银行取了一点钱，买了夹衣让孩子穿上，也准备王珊上师范的学杂费。走到街上一条巷子，梅姐见到她的亲大伯在门前椅子上坐着，就喊他。邻居问：这是您的什么人呢？那大伯答：呵呵呵，他们是对河"三袁"中学的，是顶了青头幔的！顶青头幔，是对打破堤，溃口了群众的嘲笑语。青头幔是水里长的一种绿色藻类。梅姐听了，脸色陡变，说：我们走，我们牵着孩子离开了。

其间我几次搭渡船到孟溪水管所堤上望水中的楼顶，有一次准备从"三袁"塑像那里下水游泳去看看，说不定进房间把电视机弄出来放到三楼陈老师家里，我把陈老师家的钥匙也挂在脖子上了，跟站在水边红砖堆子上的王为讲，你在高处等我，已经走到水边。人群中我校老师也是同村的孙小玲大声喊：王老师，去不得！去不得！水流太快了！她快喊得哭了，还有人也喊去不得。我才上岸。事后想，到处是电线、竹篙、铁丝，就算不被冲到下游那个地方，也会弄得浑身是伤的。后哪天，孟小的老师坐船去楼上拿东西，船就在"三袁"塑像那儿被洪水冲翻，两个女儿落水，其中一个淹死了。

还有一次，我到河堤上，遇到中央电视台焦点访谈姓柴的女记者来采访灾民，教育组和镇的领导要我接受采访，说点正能量的话。他们要我在一个救灾蓝色帐篷里坐着，柴姓女记者走进来，背摄像机的男记者跟进，女记者说：请问您对救灾有什么看法？我竟然喉咙堵住了，说不出话来。她以为我紧张，又出去，再走进来，继续问我，我还是说不出话来，领导们向我使眼色，我还是无话可说。因为我想到过去二十多天了，工资没发，快餐面都没发一袋，我家里全部被淹，我一家在投亲靠友，我怎么还说救灾工作搞得很好呢？柴记者就说好吧，再采访另一位。另一位是孟小校长魏开作，他已在另一个帐篷里候着。事后，教育组李景胜笑我说：你呀你，还说你，平时能说会写，还是见不得大场面！其实，我参加过县里演讲比赛，曾获奖，还到几个乡镇巡回演讲过。让他们说吧。第二天，孟中教师陈士亚老师就更出格，他见教育局一个姓廖的副局长带队下来救灾送了些小盒子的快餐面，此时离溃口快一个月了。教育组几个干部在帐篷边给他鼎一大锅鱼招待，被陈士亚老师端起当场倒在水里，说：老子们都搞到即日，你才来，送嘀嘀快餐面！人家哪个系统没早点来救灾啊！把那个副局长搞得脸像关公，说，我们研究好了才来啦。陈老师又大骂。群众都喊骂得好，没打他都是好的了。

几天后，我们在南平港关桥头送王珊上车去天门师范上学了。梅姐按孟溪中学通知提前到孟溪河堤上集中，后勤人员坐船到夹竹园一所废弃的龙翔中学报到，先行做后勤准备工作，孟溪中学借那所学校来保证九月一号按时开学。八月三十号，我带着王为到夹竹园找到那所学校报到。学校给我安排的一间小房子，被提前到的朱元军老师一家住上了，门上写的王书文三个字都没擦干净。我问那个同事怎么办呢？他爱人说：王老师，对不起，我们都是灾民，您去找肖校长，另外安排吧。我去找肖校长，他无奈地说，还有一间家属房，只是在厕所旁边，看您住不住？不住的话，只好等楠竹拖来搭帐篷住了。当时，我和梅姐、王为，还有侄儿，只好暂时在臭气较大的房间里住下了。姨妹开珍接我们去他家吃了一顿饭，他们家几兄弟，房子也不宽，况且，他屋后，一个长方形的大粪坑，里面装着晃晃荡荡的大粪，蚊虫成阵。是姨姥兄向书武那个有点精神病的爸爸天天从多家厕所挑回来倒在这大坑里攒起积肥学大寨的，他儿子媳妇，哪个说他，他就扁担一举，要打人。

在学校那个厕所边房子里住，我去买了小瓶的空气清新剂喷洒雾气，由于很辛苦，竟然也都睡得较好。

那些日子，梅姐常常笑嘻嘻的，用学校厨房的金属水瓢，端着好点的菜肴，上面盖着湿毛巾，端到那个小寝室里，给我和王为，还有侄儿王晓吃，她说：我专门给你们准备的。受灾了，在那个地方，这就是一份不小的温暖。住了几周，我们在不远处一个叫芳姐的家里租了一间住房，房里两张床，我们和孩子都睡得好多了。只是房的里间，还有一个女老师住，之间有个较大的没安玻璃之类的窗子相通，灯光或讲话声两边都可感知到。她是老板芳姐的表妹，是夹竹园一村小的老师，家里淹了内渍水，也到这儿躲灾。我们有时隔墙可谈点教学上的事，她在师范时的同学有的在孟溪。芳姐的儿子开竹园大酒店，丈夫是个颈椎疼的病人，有时天不亮悄悄在客厅里横梁下用医疗设备闭着眼吊着脖子以求恢复，有一次，把四五点钟起早去做包子馒头的梅姐吓得不轻，回到房里喊醒我，我去看才知道误会了。

有一天，接到一个长途电话，原来是天门师范王珊打来的，那时没手机，电话里听到王珊不太清晰的讲话，她用普通话说：我生病了，你们快来！我问什么病，她说来了再说。我马上给梅姐讲，她急得很，我说，我有两节课上了跟你一伴去天门，她说好。结果，我上完课，一问厨房的她同事，说是她已经搭车走了。我跟王为王晓讲了，就搭车赶去，她已经到了王珊那儿。我问梅姐，你怎么知道天门师范怎么走？她得意地说：我哪个位置都去得好。那年，开珍在沙市活力28厂上班，还不是我一人去看她，她也说大姐你怎么来得好？那时王珊人小，其实到医院检查一点儿小病，几乎没有用什么药，女医生处理一下就好了。现在想起来，梅姐那个急如星火的样子，还是历历在目。后来王珊在学校刊物和中师报刊杂志发表了诗歌散文等，梅姐很高兴。

七

那时，我们在夹竹园上课，由于缺教室，只好用大班制，我教的初二班有 108 个学生，号称水浒英雄班。老师办公无桌子椅子，只好在快餐面盒子上改作业卷子，坐的也是这些东西，有时还把冬瓜南瓜当板凳坐。但师生都知道应该认真努力，在异乡更要凝心聚力，渡过难关。记得香港一个叫廖黎细英的老年女士，千里迢迢来救灾，给孟溪中学捐助物资，有棉被、高低钢床等，她见了我们工作的办公室，说：为什么不安空调？大家不知怎么回答才好，因为起码生活条件都达不到，何谈空调呢？

孟溪的洪水退了，大至岗那个溃口堵起来了，之前水没完全退下去时，我回到孟溪，和二妹夫丰诗全一起，坐船进入中学被洪水淹了两个来月的家，里面的水冷得很，污浊的水齐我的脖子，我艰难地开了门，发现没烂完的水果浮在水面上，长着绿霉。室内气味怪得很。我们的衣物家具乱七八糟浸泡在水里，我把半浮在水上的电视机，拖出来，和丰诗全一起，大致洗了一下，用船装上河堤。准备晒干了去找人修理。那时，我爸爸妈妈弟弟妹妹等一家子在河堤上搭棚子过了很久。我的电视机放那里，洗干净，晒干了，后来运到公安找职业学校一个熟人——专门教这方面课程的刘老师修好了，还可以看电视。他说里面线路等处洗了两瓶酒精。里面还有泥巴没洗干净。我说算了。修好后，放到夹竹园芳姐家里放电视，她的小孙女，大约 2 岁样子，天天要王为哥哥抱着看电视，后来，干脆把它放在芳姐房里去。这样，过了三个来月，据说孟溪中学基本可以迎接我们回校了，一天晚上八点多钟了，孟溪街上袁丹雄开货车给学校运了什么东西后，他见了我，问搭不搭他的车回孟溪，梅姐说，反正大家明天走，我们今晚先回去算了，于是迅速收拾衣物等，梅姐和王为、王晓坐在驾驶室内，我在车厢上招呼七古八杂的东西包括那个淹不死的电视机，夜风呼呼吹着我的头发，我攒着几个蛇皮袋子，百感交集。百日流离失所之后，我和妻儿终于回到孟溪中学了。之前，我在夹竹园听说孟溪水退了，每个房间都很脏，不少老师要么粉刷，要么安地板砖。我也在之前有一天和梅姐回到孟溪中学，请小弟王峰夫妇，帮我打扫冲洗过，但还是斑驳陆离。特别是原来的水泥地坪很不像样子，于是我在一个周末，悄悄和王峰到南平买了地板砖，运到家时，已是黑了，当时还没有通电通水，我好不容易找到一节蜡烛，点在楼道上，哥俩把多件重重的地板砖搬进客厅。从夹竹园镇回家前，我才对梅姐说，我买了地板砖，你欢不欢喜呢？她说：你乱用钱，我回去，用锤子把它打烂！袁丹雄的车运到后，我真还担心她为这事吵架。哪知，她看见码得整整齐齐的十几件地板砖，竟然很高兴。后来，请天兴垸我小姑爷的邻居来帮忙铺好了，一直使用到现在。而且，还请人粉刷了各个房间，装修了阳台，准备好好过太平日子了。梅姐有点舍不得用这么多钱搞装修之类，我想抹掉这些晦气的东西。而且也有几户在这样做，我不想太落后。

孟溪中学是"三袁"中学和原孟溪职业中学合成的，教师成分较复杂。但我还是被安排教一个重点班。有一次，班主任杨老师找我，说准备在一次县里命题、学校组织的质量检测考试中，搞点小名堂，即老师参与，让学生成绩上一个档次，以便秋季孟溪中学好招生。这次考试，县里派有巡视员，改卷是县里统一进行，主要是摸底，也没有设奖。我一生不爱弄虚作假，很犹豫。见他说学校领导默许了。加之他是原孟溪职业高中的老师，我俩第一次合作，就答应了。于是，学生考试半小时后，杨老师把空白试卷拿了一套出来，在办公室里，我和几个科任老师，都快速地把选择题勾了一下，他就拿走了，至于怎样让学生参考的，我们都不知道。

哪知这事被人告发，孟溪镇教育组派人来处理，当时有 W 和 Z 两人已借调教育组，他俩就分别找我们班老师谈话，说要开教师大会，要我们作检讨。我说是杨老师传达的校领导意图，是为了学校多招生，因为当时受灾后不少学生转到夹竹园等学校去了，不该我们做检讨。他们连哄带吓，说：王老师，你是德高望重，相当于一个校长，就随便说几句算了。我说：干脆报到县里严肃处理！他们又怕受批评，说，县里就不报了。到了开大会时，气氛严肃，W 和 Z 高高在上，说话像打雷。接着杨老师做了检讨，并且四方鞠躬，说对不起，对不起！还有英语老师等作了检讨，有的甚至还眼含泪水，生怕丢了饭碗。轮到我了，我上台讲了这事的前因后果，讲了一个学校一级组织出了事要保护老师，要主动承担责任，而不是借机整老师，因为以后的事还是要靠我们老师去干的。当然我也承认有错误。最后，我说鲁迅先生说过，战士不完美，仍然是战士，苍蝇再完美，永远是苍蝇！话一落，全场发出雷鸣般的掌声。我发现，几个领导脸色怪怪的，接着他们总结说会议达到了预期效果，等等。散会后，大家出来已是晚饭时间，外面瓢泼大雨，都走不了，站在走廊边议论着什么。这时雷雨中来了一个人，她微笑着打一把伞，拿一把伞。是谁说：许师傅来接王老师了！古人说："最是风雨故人来"，此时我真的很激动：就在刚才，应该说受了某种程度的屈辱，这时风雨中，她来了，接我走出风雨，很好，恰当其时。当然她不知道我在会上说了什么。电工吕中华师傅说：许师傅，刚才我们给王老师鼓掌了的。我手都拍红了。我俩在众人目光中，打伞回家。

随后，那些作了触及灵魂的检讨的几位老师继续教这个即将成为初三的重点班，我和杨老师转为教其他班，杨老师不久调到三中去了。当接到班级工作调整的电话时，在电话里，我对李校长说：瞎搞！我教这个班两年来年年好成绩，到了三年级换掉，这是不行的（还因为三年级考后结账设了较多的奖金）。我看谁敢接受？他说；不是他一人决定的，要我理解。我知道，教育组里的 W 和 Z 几位施了压，他作为校长怕他们。我马上到他办公室，梅姐也跟着我，我把他狠狠说了一顿，我说，你哪天被他们搞掉，还在梦里（果然，两年半后，无任何预兆地被撤换）。梅姐拍了他的办公桌，还要掀翻他的桌子。当时有个 H 某从村小想调到孟溪中学来，也帮助劝说。李校长只好说我要到建校工地看看，我和梅姐也走出来，他还在说：王老师你在其他班要认真工作，再有机会，教重点班。说得我火气腾腾，捡起一块红砖要砸他脑壳，他连忙躲闪，H 某连忙拦住，我才罢了。第二天，我到校定接我班的高老师家说：高老师，我一天不同意，你不准进教室！他夫妻俩说：我们一直尊敬您，肯定听您的。当然，后来，胡维华老师（我读初中时他在该校任教）给我做工作，我想想，硬赖在那班也无趣，开学一周后我放弃了。事也巧，第二年吧，青年老师张某因事也被从重点班撤换掉了，学校要我教那个重点班，我开始觉得不好，因我就被这样换过。他们又做工作，我才补上了一个初二重点班。看来那个李校长总体是个实诚人，还不记仇，对我还客气，我家里过事摆酒之类，他都笑嘻嘻地亲自到。

八

　　王为参加中考后，成绩没有达到县一中的录取线，我和梅姐一时拿不定主意，当时有少数学生拿钱买分进一中，也有人对此不屑一顾，说哪个学校都可出优质大学生。暑假，开始我把王为引到二中去参观，他草草看了一下说不喜欢这个学校，就像他小时候不喜欢高庙小学一样。回家我和梅姐商量，一致认为还是咬咬牙，出钱买分去县一中读。于是我先找县一中的朱老师给预先报名，朱以前和我在双湖中学同过事，热情答应。到了八月底报名时，我又像他姐姐提前到师范报名一样提了一袋子钱去报名。当时没达起分钱的，5000 元起底，再差一分交一百元。记得交钱那天，有个熟识的老师还半开玩笑地对我说：王老师，您也参加跟我们学校送钱呀？其实，几所高中都差不多的。我笑笑说，一中还是很好的。的确，以前，我看王为玩性大，加上一两岁时，有三次摔得很重，我以为他脑壳受了损伤，学习就没抱太大希望，只要他健康就蛮满足了。一次是他曾祖父抱着从肩上翻下来，额头摔出了包。第二次是放暑假后，梅姐去蔡田湖帮助搞"双抢"——抢割抢插。她每年几个季节都要去帮忙的，一去至少五天。一天晚上，王珊先自己洗了澡，在床上看电视，我把王为抱到澡盆里洗了，身上给抹了痱子粉，穿好后，也放到床上，让他和姐姐一起看电视。电视机就在床对面不远处。我在旁边小房里，准备自己洗澡。我把王为抱到床上靠着最后面坐好，要他不动，也跟王珊说看着弟弟，不让他掉下去了，她说好。我打算匆匆洗了就出来。哪知我刚坐进澡盆，王为就摔下去了，我顾不得穿衣，冲出来抱起他，见他哭得厉害，头上又起了个不太大的包，心里很疼，就把王珊一顿吼。她哭着说，弟弟见电视里跳舞，他也跳，就从床上跳到地上了！我想想，也巧，两三分钟就摔了。幸好没出什么大的问题。如果让他睡了我再洗，就可避免。第三次也是跟我有关。那时，周末星期天，老爹回高庙了。梅姐在后面厨房忙着，我在家里办公桌上改卷子。我想改完了，当天晚自习发给学生好讲解。哪知王为午觉醒来了，我就把他放到办公桌上玩，给他了什么玩具，他玩得高兴。我改得认真。突然，他爬向桌子边，我左手一把没拉住，又摔下去了！梅姐听到伢儿哭声，跑来，大声责怪，把我的卷子撕了几张，把我的红墨水砸向洁白的墙壁。我也内疚，这个孩子，生下来不容易，一直是我带着睡觉，即使跟梅姐睡了，有时我也抱到我的床上，免得她引两个，把孩子弄感冒。现在，摔了几次，对大脑未必没有影响？好在后来他的成绩逐渐大有起色，我才觉得对他低估了。

两个孩子成长中没有害什么大病，没有住过院。有没有其他吓我们的事呢？

一次县里通知我去参加初三摸底考试改卷，时间一天，要求先一天报到。哪知，当晚，梅姐发现王为不爱吃奶，常哭。她用电筒一照，发现他牙床位置有"马牙"，即民间说的很危险的"马牙"。她很紧张，跟邻居讲了。邻居马立松老师说，马牙要用银签子刺破，再用药可以好的。因为他岳父是黄金堤一带的名中医。梅姐带着哭腔说：到哪里找银签子去呢？马老师说，他家有，于是由他给王为刺破牙龈位置的"马牙"。当然他哭得厉害。后来，在村医那里弄了口服的涂抹的药。梅姐又要在学校读书的三弟王剑回家去把我父母喊来，把他们一顿数落，说自己负不起责任。父母参与守了一夜，孩子好多了。那时没有手机之类，我也不知道。待我回来，梅姐说：你差点儿看不到你的儿子了！我说我出发时，又没出现这事，辛苦你啦！马上到孟溪医院问王医生，他说，所谓"马牙"是民间说法，其实是牙龈炎一类，不必用东西挑刺。挑刺很危险，弄得不好搞成破伤风就坏了。一般消炎就会好的。当然，我也没有责怪梅姐，她处理好了更好。

再说王珊一件事。一次，姨妹开珍当时在沙市一个工厂上班，休息时，就到双湖中学来玩，告诉王珊唱一些新歌曲。那天她说吃了午饭回蔡田湖，我下午上第一节课去了，梅姐到学校厨房准备晚餐去了。等我们到了三四点钟，到处找王珊，没见了，一般她和小伙伴玩，什么马小群姐妹、杨明静、王燕子等玩的，不会乱跑的。我们一边喊，一边找，急得很。问在校园里经常卖粑粑果果的几位妇女，她们也说没看见她。有几个老师甚至拿着长长的晒衣竹篙到鱼塘边划来划去，怕她落水了。到了快黑时，也没找到她。最后，梅姐说：未必是开珍把她带走了？我马上骑着自行车过河去蔡田湖。等我气喘吁吁一问，果然在那里，岳母说：这个砍脑壳的开珍，你没跟哥哥姐姐讲啊？开珍满脸通红，说：姗姗要我背，背着背着，背到这里来了。我说：你大姐急得哭！我马上趁着夜色把她带回来了。有一个暑假，我到荆州学习了40天回来，走到双湖中学我家门前，见一个小孩仰头喊：爸爸！我一看，王珊扎着两个小辫子，满脸抹的紫药水，几乎看不出是她。问梅姐，怎么把她弄成这样了？她说：王珊脸上长了几个小疮，还没好。她舅舅来把她接到蔡田湖去了，他们天天打青蛙吃。说青蛙吃了"发"的，要王珊不吃。她说：不管它，青蛙好吃。结果，越吃疮越多，就送过来了。我叹了一口气，才又把她弄去看医生。

王为也有这么一次。那个暑假，梅姐又到蔡田湖帮忙去了。可是，蔡田湖的大姨姐毛世秀、舅母子肖国清来"三袁"中学做客了。她俩跟梅姐走错过了——没见到梅姐过河。我当然买菜招待她俩。晚饭后，她俩也没有走的意思。我想她俩是想打麻将。那时，麻将兴起不久，都有点瘾，包括我。那时我没有麻将，就到楼下管老师家打。跟王为说了要他和姐姐在家看电视，跟王珊讲：看一会了就引弟弟睡觉，她说好的。王为那时，每当看到我在管老师家学打一块两块的小牌，就来吓唬我："你又打牌，我告诉妈妈！"我就免得他吵闹，就给他一元钱去学校商店买吃的。有时，他没发现，也有老师逗他：王为，来哟，看你爸爸在干什么？他一来，脸板着，说：又在打牌！我连忙给钱，他拿钱就跑了。那些老师就哈哈大笑。

到了十一点左右，我陪姨姐等打牌散场了，进门没看见王为在床上睡觉。到王珊那里，喊她一问，她朦朦胧胧地说：弟弟说到印把子的玩一会就回来的。印把子是陈老师之子陈映映，乳名印把子，意思是将来当官掌握官印的把子。我又上楼到王祖春老师家敲门问，她揉着眼睛说王为早就下去了。我这才紧张了！他不到十岁，跑到哪里去了呢？我只好让客人洗了睡觉，我骑上自行车，往四五里远的老家所在高庙湾跑。河堤上黑黑的，我顾不了许多。到了我父母家。在门外喊他们。他们醒来，说王为在这里，王为说爸爸在打牌，他就到这里找两个弟弟王晓王宇玩了。已经睡了，你明天来接他吧。我心里稍微平静一点儿，又有点儿急。说：不行，我把他带回去！于是他们把王为喊起来说你爸爸接你来了。当我把他放到自行车上推走时，我听到我爸爸在后面埋怨：书文啦书文，你就不相信我？他们不知道，虽然是陪蔡田湖的亲戚打牌，如果王为出了问题，那还得了？

在河堤上，我骑得很快。到家时，两个亲戚问我找到了吗？我说把这个调皮佬带回来了。想想，傍晚时，他一个人走过街道，走过长长的河堤，也是有风险的。

以后一回，他和好朋友印把子，坐在"三袁"中学铁栅子门上，即一人坐一边，比赛，看谁用腿蹬铁门一开一关，甩得快些。一次，他俩所坐之门，撞到一起，"咣"的一声响，王为的大脚趾被夹住了，把大脚趾的指甲盖壳立马撞掉了，不知掉到哪儿去了，只听他疼得哭，跑去一看，右边大脚趾指甲不见了，红红指甲底子，流着血。背他回来，抹药包扎几天才好，过了好久，才又长出薄薄的指甲盖壳。至于和印把子一起在炎热的夏天撅着屁股在水田小沟边摸泥鳅螃蟹，到了夜幕降临时也喊不回来，躲到水杉林里，贴到楼顶"小帽子"边，让我们找不到，就不多谈了。

九

1996 年，王珊在天门师范毕业后，分配到孟溪小学上班，她十七八岁，风华正茂，工作认真，当班主任，教语文课等，上公开课，到外县参加教研活动等，受到学校、学生和家长一致好评。她虽然住在孟溪中学我们家里，从那时起，她的工资之类，就要她自己攒着。那个秋季开学，她每次上班，她妈妈就嘻嘻地笑，王珊有一回问道，笑什么？她妈妈说：没笑什么。过后对我说：你的女儿，就像你，两只粗腿。我说，不要笑她，她的腿并不粗。果然，她知道后开始减肥。直到后来工作忙，又不减肥了。

倒是梅姐身体似乎出现了问题，她吃得多，小便次数多，人也有点瘦。她原来在厨房见几个女同事比谁的身体好，该凸起的地方比谁的好，结果，她自豪地说，我是自然好，因为我不是靠假的支撑的，回来笑得喘气，说某某一比就被同事揭穿了。但是病来了，没办法，去检查，有糖尿病的症状。但是她不在乎，大大咧咧，说我当怎么吃还是怎么吃。

王为小升初到了孟溪中学，学习逐渐认真，成绩也有明显的进步。

孟溪中学厨房的工作安排，以前是凭关系，如领导的爱人，就安排轻省事，一般则是做饭做包子馒头炒菜之类。有一次，她们吵着要抓阄"摸坨"，即把工作名称写在纸上，揉成坨子，让炊事员来抓，抓到什么就是什么。结果，梅姐抓到了"称米"，这个工作，要会写名字，会简单的算账。可是，梅姐好不容易抓了个轻省的工作，又搞不好。她回来跟我说，怎么办？是不是，要我每次都去帮助称米，我说这搞不好的，学生交米，外面买米，做饭下米等随时下米，我说不定在上课，怎么能随时赶到厨房呢？再说，学校应该也不允许吧。她显得很为难，就说，那就给小马吧。以前是小马搞这个工作。她说：好不容易，摸到一个好坨子，拿不起来！就是当年我老倌子只让我读了两年书啦！

梅姐有几次雷霆之怒。一次是二妹夫 F 对二妹动了粗，消息传到高庙湾，梅姐大怒，她认为，二妹无论在哪方面都对得起 F，加上二妹性格不是粗暴型的。相反，比较温柔。但是这种家庭矛盾，我们娘家也不好擅自说什么。没想到梅姐独自一人，跑到邓家台，首先把那个第三代老表开亲的 F 批评了一顿，她又听说 F 的哪个姐姐维护动手打老婆的弟弟，反而说二妹不对。梅姐就对着他几个姐姐的屋开始大骂，说王家的人一不能骂，二不能打，谁打了，老子要对他不客气。她骂了约半个小时，那几个姐姐都是住在一起，都听得到，而且都是儿女不少，还有四姐的丈夫是村里副书记，五姐的丈夫是村民兵连长。居然都没跟她对骂，出都没出来。可能一的确是 F 不对，二也可能她们知道梅姐的脾气，亲戚内部不想闹翻吧。她回来对我说，你们都没用，我给二姑妈出了一口恶气。

另外一次是在蔡田湖。我岳母唐绪英，本来是个老实人，小时候，亲生父亲不在了，随着母亲嫁给一个湖南带着流鼻涕儿子逃荒来的余姓船工，她母亲又生了两个余姓的女儿。瘦小的唐绪英做事常遭到能干的龚姓母亲的责骂，年纪不大就被嫁给本村一个小时丧母的放牛的矮个子男人。总的说来，她对家里人是和善的。但是她的独子有一天跟爱人吵了架，爱人吵急了，竟然用穿皮鞋的脚踢了生病的婆母。而婆母由于血压高之类病吧，走路困难，说话吐词不清，大多时候，整天坐在椅子上，一天一天熬着。哪知被媳妇踢到瘦瘦的腿前骨上，破了皮，流了血。但她为了息事宁人，不给小女儿看，说没踢疼。过了两天是端午节，我和梅姐带着孩子去了，她看了母亲的伤，勃然大怒，跑到不远处的弟媳娘家门前，堵住门，开始大骂，用她的话说，骂了近一小时。那家也是很多儿女，那天都在那里做客，只能忍气吞声让她骂，因为，她们这个个子不高的小妹妹真的闯了祸，不该踢伤老实巴交又患病的婆母。那天我们几个上南平街了，不然，会劝劝梅姐。一则怕那些年轻的侄儿辈被骂急了，出来打她；二则这样大骂，对自己身体也是损伤。但她就是这样疾恶如仇。科学家说人在发脾气时肾上腺释放大量对身体有害的物质，所以对梅姐是不利的。她身体本来年轻时营养不够，她在南平砖瓦厂几年为了节约钱养家，大多时候吃家里带去的酱菜、鲊胡椒之类。后来又生孩子剖腹产也伤了元气。还有她在学校上早班做包子馒头，那时没有揉面的机器设备，就餐学生又多，都是她们使劲揉，拍拍打打，面食才蒸得好吃，而人弄得很累。特别是三四点钟就起早，白天不注意补觉，而是洗洗涮涮收收捡捡，时间一长，自然身体素质下降了。当时我也只顾教学工作，对这点也不懂。看了现在一些科学提示，才后悔不已。

十

说到梅姐得了糖尿病，我们还是到公安县城、南平、孟溪的医院找医生看过，开始是吃中药，接着是吃消渴丸，后来配合吃西药，但是她的血糖老是波动，除了这种病本身不好治疗外，还与她的不够重视有关。例如，不吃糖，她有时故意把夏天糖拌黄瓜的甜水，当着孩子抢先喝掉，并笑得咯咯响，说：看，没得问题吧！有时，我和孩子抢都抢不赢。还有，她暑假上街或者打麻将后，肚子有点饿了或者口有点渴了，她就跑到卖菜卖瓜的表姐四姐那里，买几个甜瓜。四姐知道她不能吃甜的，就问：开梅妹，是不是买了提回去的？她答：是的。一转身，她迅速把几个瓜吃掉了。四姐喊道：你吃不得的。她笑着说：没问题的。第二天，我买菜时，四姐向我"告状"。我说她，她很不以为然。主要是在厨房上早班，清早四五点从熟睡中被闹钟惊醒，拿着菜刀走过水杉林去学校厨房上班，把包子馒头做好时，大约是六点钟，人也饿了，炊事员先进餐。梅姐总要吃多个包子和馒头，还要用厨房的金属水瓢喝稀饭。这样就完全忘了医嘱，医生说糖尿病人要少吃多餐，不能一次吃很多容易形成糖分的食物，遗憾的是，她几乎忘了。这样，后来弄到需要注射胰岛素了。注射胰岛素是买来胰岛素，放在冰箱里，每天由我给她用一次性注射器在肌肉上注射，其实很简单的，针很细很小，应该像小蚂蚁咬一下。但是她注射后，脸色、体重都好些了后，竟然不愿意注射了，有时隔一两天，要我反复说好话劝，才同意注射。特别是生了外孙张逸涵后，她很喜悦，她说；我不打针了，我得了孙儿，高兴，不要打针了。其实当时，她白天要在厨房上班还要招呼王珊母女，晚上要到王珊那儿打招呼，是很累的。我多次要她注射胰岛素，她不配合。我从客厅追到内房，甚至说：我先在自己身上打一针，再给你打一针，好吧？她坚决不依，有时，一星期才打一两针，医生要求每天都要打的，因为肾功能低下，胰岛素丢失，需要补充的。

其实，她又是很关心我的，我也应该关心她。如冬天里，我引王为睡，她引王珊睡。我常常看书或者写东西，搞到半夜睡了，睡得正香时，往往觉得有人在给我披好被角，或把我的枕巾之类塞到我脖子边，怕我感冒。后来，孩子出嫁了或上大学了，我还是看书或写东西睡得迟，点着灯，影响她睡觉——她要早点睡了好上早班的，那么我习惯就在另外房里睡，她还是悄悄关心我，这样几十年都是如此。她知道，我十七八岁得过病，不能受凉感冒的。

对门邻居杨主任的女儿有个朋友来想打麻将，就在我家打很小的牌，还请了一个女老师薛老师陪客，打到十点多钟，忽然，有人紧急敲门，那时，夜里有人紧急敲门，八成是派出所抓赌，被抓住了，当场收光钱物，还要搞到派出所去，严重的，要受处分的。梅姐对我说：你去房里睡，我来开门！我才一进去房，就听见派出所毛义说：这是王老师家吧？梅姐说是的，他睡了，我在陪几个女客打滴滴牌玩。几个女客也说：五角钱，玩蛮小。毛义说：请问你们楼上是不是陈士亚老师家？梅姐说是的。他们三个人就冲上去了。接着出现大的响声和争吵声。当然我家的牌局也散了。第二天才知道，毛义他们是到陈士亚家抓赌的，陈士亚的母亲——有点残疾的夏家婆，大发脾气，说他们打得很小，你们抓老子的幺儿子，老子要跟警察拼命！毛义他们也没把人抓走。除了夏家婆胆子大外，可能主要是夏家婆有个叔伯弟弟是邻县的县委书记，她也相信打点小牌不至于被抓。

梅姐其实又很希望这个病好的。有一天，她跟几个炊事员一伴到南平镇上逛街去，快到晚饭时没回来，我在家里感到奇怪，大约下午四点多钟，我接到大妹妹书兰的电话，说开梅姐在南平镇眼科医院那里只怕受骗了，她的金耳环子给两个女的了，"台湾医生"给她两包药，说还有好药，但差钱，找我借四百元就匆匆跑了，我找到那里，没看见她。我接了大妹的电话，马上就别了一把水果刀，就搭麻木车往南平跑。到了港关，遇到一个熟悉的开麻木车的，他说刚刚把许师傅送回孟溪中学了，许师傅脸色蛮不好，白白的，是不是病了。我还是接着往南平镇医院跑，想找到那两个女的，没看见。于是我就在医院附近几个居民住户巷子里问，有没有台湾医生，谎称我找他们治病，问了很多人，都说不知道。看看天快黑了，我才回来。问坐在沙发上垂头丧气的梅姐，才知道原委：原来梅姐是到医院去查血糖的，遇到两个女的问她，有什么病？她说糖尿病。两个女的说：哎呀，你机会好，医院后面住着台湾的名医，祖传专治糖尿病，只要喝两服中药病就可断根。只要四百元钱。梅姐说，为什么台湾医生不在大医院上班呢？两个女的说：他是国民党那边的，怎么在这边上班呢？只好悄悄做好事。梅姐信了，说你把药给我，我去我亲戚家借钱来买。两个女的给了梅姐两个小纸包，说，这是一部分，你把钱搞齐了，再把药给齐。又说，你干脆押一个东西在这里，钱拿来了再给你。梅姐说：我没有什么东西呀。两个女的说：你把金环子押在这里，我们在这里等你来了再给你药和金环子。于是梅姐把耳朵上两个金环子下掉，给她俩。就跑去找书兰借钱，借到钱了，再来，哪里还有两个黑心的女骗子的影子？梅姐才知道受骗了，两个金环子当时要四百多元买的。是我帮她把金环子细细的尖刺处在灯上消毒了，在耳坠处反复揉捏不疼了才穿孔戴上去的，哪知就落入了骗子之手。我回家听她讲了后，我说，我买了糖尿病的书，这个病目前没有断根的方法，你不是不知道。她不作声。我又说，你不急，我跟你再买一对金环子，继续戴上。她说：从此再不买了。你买了，我就甩了它！过年前，我又说买一对，她仍然表示不要。我想她那时较时髦的"三大件"中还有项链和金戒指，她应该不会老放在心里吧。哪知从此，她那两样，也很少戴了，说：给我儿媳妇攒起。

当然，我作为一个中学老师，也被人骗过。那是梅姐过世后，我做了一个梦，梦见很多猪子，我在办公室一讲，王祖春老师说：您有大财运！我做梦，梦到棺材，猪子，打牌就赢钱的。恰好第二天我到县里去开会，遇到一个穿着很烂的老头，坐在司机后面盖壳上欲喝健力宝，他说别人给的，不知道怎样喝，有人告诉他拉环可以喝。他拉了，一惊一乍说里面有个东西，龌龊。旁边的两个人一看。说：只怕有奖！老头故意说要把里面小牌子甩出车窗外，两个男人拉住，说看看，一看大惊，上写两万元字样。老头又要甩，又被拉住。两个男人说：哪个做好事，给老头几百元钱，把这个小牌子拿去兑奖，可以发财。问了一圈，没人应声，那老头看我腰间有小灵通，就傻傻地说：你把小收音机给我，我把奖给你。我不应，有人说，给他一点钱，拿去试试说不定可以得奖的。我一下想到梦和王祖春的话，竟掏出两百元给他，拿了小牌子。那几人下车后我才明白是上了当，也更加理解梅姐有病上当的苦衷了。

十一

其实，我和梅姐有很多相似之处，譬如我俩都出生于底层家庭，都是家里的老大，应该说身体都有先天不足和后天营养或教育的不足等问题，但是我们都有善良、勤劳、勇于担当和奉献甚至牺牲的精神。

梅姐没读什么书，她常常给我讲，在蔡田湖小学上了一年多学，就被其父许先福勒令回家带小的和参加一些劳动，她的父亲一是穷得住透风的茅草屋，直到我作为新女婿时仍然没改善；一方面是认为女孩读书无用。蔡田湖小学的范老师，这个阿姨几次来家里走访，说，梅姐很聪明，会唱歌，爱发言，都被固执的矮个子父亲严词拒绝了。以至于后来梅姐有了三个妹妹和一个弟弟。她劳动是很拼命的，甚至在例假时也跳到水里去捞猪草。那时是生产队，集体劳动，如大人到集体的旱田里收黄豆或豌豆麦子之类，总要掉落一些，梅姐捡得快而多。她嘴巴乖，喊某叔某阿姨，别人挑或捆时有意无意给她留一点在田里，她就迅速捡来，凑成一大包往家里背。而她的妹妹常常只捡了细细的一小把，受到家里大人批评，说：看你大姐，捡这么多，你们站在田里像雷打痴了的！梅姐就更加拼命劳动，想借此改善家里状况。

以后，她被武汉的阿姨汪大夫介绍到南平砖瓦厂瓦机车间上班，一次上夜班，打瞌睡被机子轧伤了手指作为工伤休息了几天。那时，她的工资几乎全交到父亲手上维持家里开支，她的生活很差，大多是吃家里带去的用瓶子装着的酱菜和鲊胡椒，对一个青春发育期的女性来说，是很有副作用的。如果不交或少交，她的父亲就说，你每月在家里背了米交给厂里换饭票的，你不交钱，就不准去上班了！她又舍不得这份工作，还有那些同寝室的女伴。她本队有个龚道凤也是在砖瓦厂上班。说来，我那时十四岁就因舅父在坐牢而政审不合格，不能上高中，回来参加割谷栽秧，在河堤上修永胜闸，和大人搭档抬石头（有一次从河堤抬石头上堤坡，走在前面的我突然马失前蹄粗粗的杠子打在脑壳上，石头压住了一个 X 队长的脚趾，把我大骂一顿），挑粗砂，肩膀常常破皮。到孟溪食品屠宰场挑猪粪到村里的田里去，或挑着一百斤出头的一担稻谷到街上粮管所给国家卖余粮。那些大人或比我强壮高大的同伴，挑着一阵风就走到街上或田里，又转身准备第二趟了，我和几个身体差的或女的，有时还在半路艰难地跟进，大口地喘气。记得我有个孟溪中学的女同学叫敏（她后来嫁到沙市了），她也挑不起，在路上休息，对我说：你不跟他们赶，我们几个就少挑几担，少要一点儿工分算了！那时我也和梅姐一样，拼命也不想输给他们。因为，那时的工分是相当于工资的。比如，清早劳动两工分，白天八工分，这十工分就是一个正劳力的待遇，队里分谷分柴草，分莲藕鱼之类，都是按这个来的，每月又有专人评工分的。记得我和几个小伙伴开始参加劳动，被一个姓 G 的矮子男人讥笑：呵呵，几个吃红蛋的客都还没转身的，也来挣工分了！以后，我也被安排到公安县砖瓦厂上班，天天睡地铺，在厨房里和三山五岳的打赤膊流黑汗的大汉一起站队买饭菜。我是在砖机车间用板车拉刚从机子上压出的湿砖，把这些湿砖拖到几十米外的场子上，让几个女子用铁叉子叉着，放到专门的晾干的位置晾干后，再上窑。跟我一起去的玉家哥是出窑，还累些，因为烧红的砖窑门一打开，用大电扇扇一会儿，玉家哥他们冒着高温就把砖上车拖走，他门戴着手套，打着赤膊，黑的看不见是谁。我上了四十几天班，就跑回家了，工资都是后来别人帮助领了给我的。所以，我和梅姐作为老大都是为了帮助父母养活弟妹们吃了苦的。从砖瓦厂回来不久我爸爸找人说我身体差，大队有点沾亲带故的在任职，开会讨论后就安排我教书，教民办，也是算工分，一年待遇跟生产队青年工分相当。只是后来教书有上边发的一点儿补助，每月开始八元钱，后来涨到十五元钱。

梅姐一直和他父亲关系疙疙瘩瘩。她走路左脚有点不易看出的些微的不平衡，原来是在她两三岁时在新疆造成的。那时，农村里号召支援新疆，梅姐的爸爸就报名了，拖家带口分到乌鲁木齐市郊区一个农场劳动，开始新鲜，后来觉得气候等不适应。梅姐在那里学了不少的维吾尔族歌曲和日常语言，大家说她像维吾尔族小姑娘。一天，她在一个草场上玩，哪知遇到几百匹军马放出来吃草，梅姐只三岁左右，跑不赢，被洪流般的奔马淹没了，站在远处的许先福大声喊叫，也没用，等马儿跑完了，他跑去气得提起梅姐，就往地上一甩，说：你这么憨呐，跑都不会跑开呐！被马吓住了但马没有踩住她——马很乖，都跳过了这个穿着鲜艳衣服的小女孩。可是，梅姐的左腿骨却被父亲给提起摔折了。经简单治疗后很久才可下地行走。后来她给我讲这个惊心动魄的事后，我脱口而出说：你的爸爸在这件事上比牛马不如。她没有吭声。

加上后来在砖瓦厂上班后父亲也不准给她留什么生活费，人家都吃厂里厨房的菜，她很少吃。她对父亲更不待见了。

有一年除夕，家里在准备团年饭，梅姐想用热水洗头发，但是土灶上瓮坛里的热水她爸爸要洗腊货，就要她去河里洗头发，过后就感冒了，头疼了一个多星期。

和我结婚后，她常常不准我给他老倌子买好的东西，有几次甚至不准我端午节等节日去蔡田湖，那时学校年底发点过年物资，如鱼肉、水果、白酒。用塑料壶装的十斤重的白酒有两件，我和梅姐各一件，我说把白酒给你爸爸提一件去，一次，当我刚准备提出房门时，她突然冲来，把盖子拧开，把酒壶扳倒，让酒汩汩流在地板上，满屋都是酒气，我都惊呆了。她大声说：不给他喝！有几次我一人骑车去，没有人给做饭吃，因为岳母生病，有时岳父他到街上听书去了，她就高兴地说：该的，你要去咧！说罢，给我弄吃的。后来，我问她，为什么这样，她说，小时候把我腿子弄伤都算了，他那时年轻脾气大。现在老了，他欺负我姆妈，我气不过。

十二

　　说到梅姐的初恋，这应该影响她好多年。我们那批人，生活在当时的纯净的环境中，很大了，都似乎不解风情。例如我开始在公安县砖瓦厂上班的日子里，常上夜班，拖水坯砖到月色朦胧的晾砖场地，"划砖"的全是女青年，有的唱歌，有的说笑话，有的夸张地跟我们这些男青年打招呼，我还很反感。梅姐应该也是这样，但是她的叔伯姨妈住在隔小河的柘林村，姨妈有几个儿子和女儿，其中有个大儿子叫林，约在 20 世纪 70 年代考上兵了，穿上了绿军装。在部队干了几年。那时，大家穿的都很朴素，社会上也没有多少鲜艳的穿着，大家对解放军，对绿军装是很崇拜的。哪怕是一个相貌平平的青年，把军装一穿，也有几分帅气。到了林快退伍的那年，梅姐的姨妈对梅姐的妈妈说，想让林和梅姐定亲。她俩把这事跟梅姐讲了，梅姐未置可否。不久，梅姐收到林寄来一封信，信里有他穿军装的照片。那时社会上有不少青年用军绿色的布料自己请裁缝做军装穿着，梅姐觉得这个表哥不错，这事在南平砖瓦厂被女伙伴知道了，都很羡慕，梅姐才觉得这事可以考虑了。这个林退伍后，就在柘林村积极劳动，好像说当了本队民兵排长吧。那时，外河边洲子上，有几座野坟，林他们决定把它平了好多种点庄稼。于是就大张旗鼓地平野坟了，据说有一座可能是古代的，墓主人穿着古代的衣服，大家有点怕，可林当过兵，不怕，就用啄锛和铁锹挖起来，墓里有不明的液体，很脏，他打着赤脚，冲在前面。挖完不久，他就发高烧，身上出了很多疹子类型的症状，直至人事不省。大家把他抬到南平医院住院，他时而清醒，时而昏迷。清醒时，说要梅姐去招呼他，梅姐讲没结婚不去，她姨妈也哭着说要她去招呼。单纯的梅姐就去招呼这个表哥和初恋男人了。梅姐给他擦身子降温，给他喂什么食物，招呼了多天，林还是死了。梅姐和林的家人哭得昏天黑地。回到家里饭也不吃，水也不喝，她想到自己怎么这么差的命，和一个退伍军人订了亲，他居然死了，砖瓦厂的姐妹会怎么看呢？她的父母和外婆都劝她想开些，年纪轻，又没结婚，你老想着他是不是有点憨。谁知有一天，她把两盒火柴梗上的火药刮下来用水吞下了！还不知吞了什么，反正想殉情，跟着林表哥去算了。家里人发现她呕吐不已就迅速把她抬到南平医院洗胃，才保住一条年轻鲜活的命。

过了一年多，才遇到我，才重新燃起生活的热情。这事，是我的蔡田湖的表哥讲的，我为她的纯情而感动，也为她的短视而遗憾。可是这事，这阴影没有完全消失。我们结婚后，她有一次说梦到林了，我安慰她，说本来是表哥，梦到是自然的事，你要慢慢忘了他，再说既然讲迷信，他应该早就托生了，不会还记得你。

哪知她生了姗姗后很久了，她有一段睡眠不好，甚至大半夜睡不着，她的妈妈相信那个继外祖父从湖南带来的儿子——舅舅，那个舅舅叫余昭舫，是队里记工员，他说自己懂点巫术，即谁家突然病了，就请他去算算，说是撞到鬼了，在哪个方向烧点钱纸，禀告几句，有时可以好。一天，我岳父陪着这个舅舅来到我的学校，说是来给梅姐治病的，我虽然一生不大信迷信，既然来了，就让他治治吧。喝了酒后，舅舅就问梅姐的生辰八字和起病的日子，他扳了一会指头，说：嗯，还是这个伢儿跟来了哟！岳父问：哪个？他说：还哪别个呢，林呐！梅姐和我一听，对视了一下。于是说要我去买香和纸，买来后又用白纸剪了几个小人形状，在小人身上扎了大头针。口中还念念有词。然后说到了夜晚人定后去十字路口埋了就好了。于是谈今说古，抽烟喝茶，挨到十点左右，我跟两个老人到一个十字路口挖了个小坑把纸包埋了。第二天中饭后送他们回家。虽然不久，梅姐睡眠质量好多了，但是舅舅的话使她感到林还在缠着她，对她的心理健康是很不利的。

她讲过，她在砖瓦厂时，有一次，河南的大汉喝醉后，在男同伴的挑唆下，调戏她，甚至一度把她推倒在地，她迅速爬起来，扯住他的头发，往下按，疼得他嗷嗷叫，加上梅姐几个女伴赶来制服了河南大汉，要把他拉到领导那里去，有人解跤才算了。后来那个大汉一直不敢乱来了。

另一次，在蔡田湖村河堤上，一个本村男青年，见前后无人，一下把梅姐压在地上，想生米煮成熟饭后不用多少代价与她结婚，梅姐死死反抗说，我只要不死，起来就把你家房子放火烧光。那个莽汉看了看不远处他和父母的草棚子屋，吓住了，手一松，梅姐起来，抽了他一耳光。

较近的一次是生王珊前后吧，她在高庙湾不远处棉花田里捡棉花，当时我家只有六垄长长的棉田，可那年棉花梗长得很高，几乎与人齐。梅姐腰里系着大包袱，在捡着白白的棉花，突然，不远处也有一个人捡自家责任田里棉花的男青年 D 某，笑嘻嘻走来，说，我帮你捡了好早些回去。梅姐说，不要你帮忙。说完，那个 D 某竟扑过来，欲行不轨。梅姐大声呵斥，不要脸，赶快滚！加上远处棉田里应该还有人，那个小学没毕业、常弯着背的 D 某才灰溜溜穿过棉花梗走了。说这些，是表明她的品质是很好的，是忠于爱情的。

可惜，她的娘家那个河堤湾一带，不少人有自杀倾向。如她的外婆和湖南余姓外祖父生的第一个女儿，即梅姐的大幺爷就走了这条短路。她这个大幺爷叫玉，长得很漂亮，大眼睛，圆圆的脸，热情活泼，有点像殷秀梅。可惜命运不佳。她开始嫁给一个姓郑的木工，恩爱无比，生了一个女儿，哪知丈夫患病早逝。她还沉浸在悲痛中时，到了春节前，她的公公婆婆对他说：我们很喜欢你，你如果再嫁人了，恐怕别人对孩子不好。那么，你干脆不出我们郑家的门，就和我三儿子成个家算了，他也只小他二哥两三岁，也喜欢你。你看怎样？这个大幺爷哭了，以后，娘家父母也知道这事了，也说旧社会贫穷家庭有这种事，也不算丑事。再说，这个叔子也还较帅。于是，这个大幺爷不久就和叔子圆房了。后又生了一儿一女。改革开放后，她的年轻丈夫当队长，开翻斗车包修蔡田湖的河堤，搞了一些钱，据说就和邻居一女子鬼混，不久，那个女人的丈夫从楼上坠落而死，他俩更加不怕了。大幺爷就和他吵，说我侍候你们两兄弟，生了三个孩子，你还欺负我！我不如死了还好些！但此时，这个叔子加丈夫，觉得妻子憔悴了老了，不如别人靓丽了。就说：你不活了，就死吧。甚至还把一塑料壶白酒洒在大幺爷睡的床上，还把打火机扔过去，说：要死就点燃吧！等这个叫 W 的男人走后，大幺爷服毒自杀了。她还是深爱这个家的，她如果点燃酒精行李之类，损失会很大。这个大幺爷，只大梅姐两三岁，把梅姐讲喊"外外（外甥的昵称）"，梅姐从小要她背，跟她玩，很亲近的。这对梅姐刺激很大的。过了两年，梅姐的妈妈也病故了，对她又是很大的打击。记得我在县里开政协会，梅姐打电话要我请假到蔡田湖。我到后，夜深了，亲人与之告别后，就让老岳母入殓，然后，我们几连襟兄弟用手抬棺材，到屋后水塘边悄悄安葬（那时一律不准土葬）。远处旱田里，有个叫国的在用鸟铳打野兔，时而放几铳，算是为逝世者放鞭炮。因为如果公开土葬或者被人举报，那时会罚款或者挖起来火化。梅姐几姊妹含悲忍痛，可想而知。特别是，岳父以后一人生活，常常讲些迷信事，让梅姐更加相信，阴间还有个世界。岳父说，更深人静，有人在他的床上扔泥巴，有时扔到他的头上。他有点紧张就说：老巴子，你不要吓我，吓我，我不给你叫饭了，饿死你！梅姐听了说：生前对她不好，她不报复你？其实，应该是随着气候变化，墙上的泥巴掉落下来落到床上。他们村里，还有一个老头生了病，孩子们对他不好，嫌弃他。一天，老头请麻木车拖到港关桥上，给了钱，然后爬上栏杆，扑通一声跳进河里，淹死后，流到蔡田湖他家的堤段时浮起来。这些事，对梅姐后来一时消极厌世，应有不小的影响。

我的"情史"，比梅姐似乎复杂多了。我到十七八岁教书时，根本不爱讲男女之事，只爱看书，写点东西。那时已经在公安县文化馆的《公安文艺》发表了曲艺作品。那时，我的坐牢的舅父有两个儿子，小的表哥毛世平只大我两岁，他俩常到我家玩，或者帮什么忙。我家生活好些，爹爹在水运有工资，爸爸在村里任会计等职务，房子较大，做堤的，养蜂的，都爱住我们家，说房子大，开阔。家里比一般要好。有时，两个表哥邀我跟他们到郑公西边一个村子里去走亲戚。那是他们妈妈的亲妹妹的家，也是穷得住草屋。那个姨父当过兵，参加过抗美援朝战争，爱侃大山，比如他说和战友在山上小水泥房子里休息，遇到美军飞机丢炸弹，把水泥房子炸得滚下山来，他见战友昏迷，喊他走吧，才知战友已经牺牲。大表哥毛世永很成熟，就故意做出惊叹状，那老军人就讲得白涎水直流。我们在那一玩两三天，跟那家的大女儿翠很熟了，她较美，很聪明。比如她到街上去卖一担胡萝卜，很多人围着，她一边称秤，一边算账收钱，一点儿也不紧张，还跟大家谈笑风生。我们几个在外围看得很佩服。我们有时在她家打扑克，捉迷藏，玩得很高兴。翠有时也到孟溪邓家台她姨妈家来玩，自然又是我们几个人一起玩，有时她和弟弟也到我家来，我家也招待蛮好。

有一天，我从学校回到高庙湾，看见我家失了火，原来是邻居陈姓的孩子玩火，把我家码在墙边的几捆草把子柴火引燃了，火蹿上了屋脊，田野里劳动的乡亲们看见冒烟急忙从较远的堰里挑水泼熄了大火，保住了我们三大间主房和厨房、猪屋、牛屋等房子，可是堂屋和我的房间上的稻草全掀掉了或烧黑了，屋内全是水，淋淋沥沥的。这时，有个女青年在低头帮我收拾书本，我以为是大妹书兰，她一本本在轻轻擦拭，我心情不好，大声说：不搞坏了！她回答我知道的。我才发现是翠。原来，那天她到她姨妈家来了，听说我家失火，拼命跑过近两里的田野来帮忙的。那时，我已经开始教书，压根儿没想男女之事。学校有个大我三岁的兰，很美，她觉得我像个小弟弟，给我织毛衣、绣鞋垫，编织草帽的带子。那几个结了婚的男教师常常怪笑我俩，我浑然不觉。有时他们调戏她，我还觉得无聊。她的妈妈是大队妇女队长，后找了个机会，让她去大至岗棉花采购站工作拿工资了。

过了两年，我二十岁了，我的外祖母是个和蔼可亲但命运不济的妇女，她年轻时丈夫早逝，带着儿女在孟溪街上戏院子那儿住着，用老式纺车给人纺线来养活儿女，培养儿子上省城的师范学院读书，哪知毕业参加工作后，在孟溪小学当教导主任，因和无业同学乱议论乱组团互助而被以反革命罪判了10年徒刑。她仍然坚强地和媳妇一起，抚养孙子。她跟我舅妈说：我看书文和翠，像是很好的一对，立凤，你去郑公讲讲。当我听母亲讲了外祖母的话，我像一下子长大了，说：好啊！哪知翠的爸爸不同意，说等她女儿过两年20岁再讲，显然是推托的客气话。从此，我俩只好写书信往来。据她弟弟说，信件也被她爸爸拿过去撕开看。有一次，她搭表哥口信来，要我过去，亲自跟她爸爸交流。我因学校有事没有按时去，结果她姑姑给介绍了个邻村的人。等我过了两周，和小表哥一起正准备在高庙渡口上渡船去郑公时，在河边渡船靠上岸，见她在船头，提着酒和礼品盒要上岸了——原来她"开亲"后，把男方赠予的"偏礼"给她姨妈拿一份来了。那天，我陪她在舅妈家吃了晚饭，她送我走过大片的豌豆田，我还故意显得很坚强。从此，我的同事，我的乡亲，给我介绍了多个女子见过面，我都觉得不如她。直到遇到梅姐才定下心来结婚了。

有没有差点儿迷误的事呢？有一年，双湖中学的门对门邻居老师清跟爱人香打架了，带儿子回老家永新村堤边过年了，让爱人香和不到一岁的女儿在学校过年。正月初一，我和梅姐带着儿女到蔡田湖走岳母家拜年，到了晚上我骑自行车回学校照屋，因为当时有老师的年货肉鱼全被盗过。我回到那栋房子，只有我和紧邻香的家里有电灯，其他都走亲戚没回来。而且我家和香的后院是相通的，平时做饭相互可以看看做的什么菜肴。小我六七岁的香对我说：王老师，今晚你到我这边来看彩电，跟我讲讲电视剧，平时听你跟梅姐讲电视剧，我都听得到。我看天色还较早，就说好啊。哪知黑了，我觉得这样去她家不好。她又喊，炭火发燃了，瓜子水果摆好了，后门没关，王老师，来哟！我一时决定不去了，于是把自家后门一关，就用被子围着看我的黑白电视，直到睡去。十二点后听到她很大声地咣地关后门。第二天，我要弟弟也是我的学生王剑来照屋，我干脆就去蔡田湖过夜了。我也没讲这种瓜田李下的事，人家可能真的只是邀我看电视呢！

到了我们四人回家时，清还没回来。哪知活泼的香主动对梅姐说：你的王书文，胆子只一粟米大，我要他过来一起看电视，他吓得把门关紧了。梅姐听了哈哈大笑说：你没本事哩！

真的，那时我俩都是很单纯地爱着对方，想一直这么工作和生活把儿女养大就好。

十三

那时期，我在工作上如何呢？我在小学时当班主任、教主科就不用说了。调到邹家厂中学后也是班主任和语文老师外带一个班的小科课。为什么后来不当班主任了呢？是在邹家厂中学最后一学期，教导主任胡世泽老师有次悄悄请假回家休息两天，他把主任办公室钥匙交给我，说谁要拿什么东西，就给打开。我接受了。哪知梅姐让一个走读的学生给我带信，说要我请假回家帮她捡一天棉花，说棉桃炸开的白白的泡泡的棉花太多了，不捡，邻近的人家可能会给撮起走，如下雨就损失了。我立即把课调整好，第二天清早就急急地回高庙湾和她一起捡棉花了。哪知，第二天上午九点多钟，有人在棉田边喊我，棉梗深，我好不容易出来一看，竟是胡世泽主任！他走了近8里路来了，他脸色很不好，说：我七问八问才问到这里，你怎么回家捡棉花了？上边突然检查我们学校，要看有关资料，还要我汇报！可是办公室钥匙，在你手里，快拿来！我一摸，才想起真的在我的钥匙一起，我也忘了，不想这么巧，胡世泽主任请假，我也请一天假，检查团就在这天来了。我把钥匙给他，他走捷径快步跑了。我也赶快回校，好歹检查没出什么问题，当时那些来检查的人正在由校长陪着喝酒呢。从此，我不当班主任了，胡世泽主任动员了多次，我也不当了，我记得他当时的表情。到了双湖中学，要我当我也婉拒，到了"三袁"中学和孟溪中学依然不想当了，其实后来的班主任补助逐年提高，还有人想当，但我也不悔了。

那几年我文学创作仅每年发表一两篇玩玩。主要是写教学论文，发表在《中学语文》杂志上就有五篇，其中还有封二登我照片和简介。其他报刊杂志也登了一些。在荆州市教研室余映潮老师带领下常常到荆州市武汉市参加教研活动，参加编写出版了教学辅导书籍五六本。我辅导的学生也有多人获得全国全省作文竞赛一等奖。这为我1987年晋升为中教一级教师职称、1995年按省里文件要求不超过四十岁而破格晋升中教高级职称打下了基础。这些增加了工资，改善了生活，也有梅姐功劳。记得喻业伟的妈妈那时年轻，常常跑到我改作业或写作的小房间书桌边站一会儿，一次她说：我想跟王老师学写文章。梅姐心直口快说：你写得好？你把厨房的事搞好就不错了！我们三人都笑了。

记得1998年孟溪溃口，我们到夹竹园借校栖身、上课。一次在黄山中学举行荆州市教研活动中，荆州市教研室领导、全国名师余映潮老师在大会上呼叫我的名字，在麦克风前问：王书文老师来没有？我答应来了，他说请上台来，我当时没有像样的衣服，穿的救灾发的浅灰色夹衣，有点不好意思上台，还是上去了，原来是余老师当场赠我一件名牌羊毛衫，他提着那袋子说，书文，你吃苦了，赠你一件羊毛衫，表心意！我很激动，全场响起热烈的掌声。我觉得这是很大的情谊和荣誉。因为余老师当时全国各地请他讲学，文章遍布各大语文杂志，他能记得和关心我，是一种激励。

以后，我的初中毕业班的语文课基本上甩不脱，这也够累的，寒暑假补课，特别是寒假补课不到腊月二十六不放假，我们一年上头被锁在工作上。只是在中考考好了，在全县占前几名了，才组织去旅游。记得在双湖中学出去到庐山旅游过，当时是我和刘泽选、张斌、薛维平老师等一伴。后来孟溪中学中考占全县前三名后，我到北京旅游过，买了全聚德的北京烤鸭回来和梅姐、孩子共享。说来也是她给我的机会，学校本来准备组织到张家界旅游的，梅姐说，你不是去过庐山吗，又去山上玩，重复了，干脆去北京吧！我说，去北京，还要自己出些钱，她说，出就出，就去北京，结果，就去了。

她参加学校较大的旅游只有一次，就是双湖中学组织后勤人员暑假去葛洲坝玩，当时梅姐怀王为已经肚子很大了，我不同意她去，她也犹豫，到了旅游大巴开到学校里，炊事员你喊我叫上车时，她忍不住了，对我说：我要去，这次不去，假如生伢儿出了问题，我就没机会了！说到这个份上，我只好不作声了，她于是拿了换洗的衣服和毛巾，就匆匆上车了，领导说：大肚子出去合适吗？她说：蛮合适！我和王珊就和她挥手告别。她们看了当时三峡最大的水利工程——葛洲坝，游了三游洞等一系列景点。她说就只有一个晚上住地下室，由于她怀孕多月了，呼吸较困难，基本没睡着。三游洞地势很险，别人要她不上去，她也上去了。好在她没有穿高跟鞋，走路还稳当。

穿了高跟鞋的段师傅，是孟溪镇胡书记的老婆，当时也在双湖中学当炊事员，她一脚没踏稳，摔下悬崖，大家惊呼，她骨折，住院很久才捡了一条命回来。如果梅姐出问题，可是两条命啊！当她回来时，我和王珊到车边接她，她骄傲地说：我不是回来了吗？回来后，晚上她高兴地讲什么好多女的一起在澡堂洗澡、葛洲坝喷出的水像棉花糖、从山上看江里的船像火柴盒子之类所见所感。

以后，她和我以及孩子到本县的黄山旅游过几次。后来她因患了多年的糖尿病，爬山也有点吃力了，王为就从后面推着她或者扶着她上山下山。最后一次，好像是2007年春季，是我陪她去黄山，下山了，她说腿子有点疼，我要她去下山街道边一个按摩的地方按一下，她心疼钱，不想进去，我说不要老想钱的问题了。那个女老板要我到旁边一个房间去洗脚按摩，我说我不按，就在这里陪她。那个小姑娘可能见她腿子细瘦些了，嘴巴乖，对她说：大姐，你要多来洗脚按摩，多关心自己哟。过后，出来吃中饭，梅姐说：一直听说有洗脚按摩，真的舒服多了。哪知，这也是她最后一次接受这种健身服务。

十四

梅姐对待亲友和孩子的婚姻是很关心的。如三弟王剑荆州农校毕业后被安排在公安县畜牧局下属的农科所工作，主要是生猪的防疫工作，那时，农科所喂了几百头猪，每天要有人喂食、搞卫生等，王剑就把四弟王峰弄到那里去参与管这些猪，王峰每天穿着白大褂在猪舍里进进出出，拉着长长的水管冲洗猪舍水泥地坪。晚上，哥俩住在一起。当然，那里还有其他员工。

梅姐对王剑说要她弟弟定儿也去那上班，领点工资，王剑跟领导讲了，定儿去了，但是定儿不习惯，干了个把月，就回蔡田湖了。梅姐也把弟弟批评了一顿，说"你以后蹲在饭甑里都要饿死的，吃不了苦。"定儿不做声，他本来不大讲话，我在那边走动，感觉他到了十七八岁，才讲几句话。我们节假日到他家做客，他见了，腼腆一笑算是不错了。定儿长大后，有时到河堤上放集体的牛，为了牛吃饱，放到夜里七八点钟，河堤边有个个子不太高的少女清就陪他坐在河堤上喂蚊子。有时他们几个青年打牌打到深夜，疲倦了，定儿干脆不回去，就在哪个小伙伴家里睡。清也就坐在床边摇的摇的打瞌睡陪他。他俩都不会表白，后来，有人跟我岳母讲，说清成了定儿的小尾巴，这才捅破这层窗户纸。可梅姐不同意，说清有点矮。我和连襟郝江南等就劝她算了，这事才成了。这当然是后话。

那期间，王剑有个漂亮女同学萍经常来县农科所玩，渐渐的，他俩产生了感情。王峰就常常被三哥安排去街上买菜招待女客。这个事，被大嫂梅姐知道了，她认为这个女同学没有正式工作，不适合，于是几次要我给王剑讲，迅速跟萍分手，其实这个萍也不错。当然还有其他人也跟王剑讲过类似的话。不久，王剑跟南平小学严老师好上了，梅姐很支持。但是萍还在追求王剑，一次，她约王剑一起到我工作的双湖中学去，给王珊姐弟买了小礼品，我和梅姐也热情招待，因为萍也是我的学生。她猜不到两个哥嫂到底是什么态度。事后，王剑对梅姐说，你怎么像个演员，热情招待，还说要她再来玩，其实，要我跟她分手。梅姐得意地说，起码的招待我们还是会的。

对于她娘家的姊妹的婚姻，她没几个满意的。开平是老表开亲，江南的妈妈姓许，是梅姐爸爸的堂姐。梅姐也是不怎么满意，特别是江南兄的爸爸那时在砖瓦厂上班，有几个钱，说话有点硬，如"开平跟我作媳妇，同意也得同意，不同意也得同意"。最后，还是同意了。结果，近亲结婚还是有不好的一面，如他们的第二个女儿，说话有点儿含混不清，可惜几岁后夭折了。好在他们的大女儿，长相和性格均好。

三姨妹开珍，小时候瘦弱不堪，长大了竟然显出美丽文静的气质。她又在沙市活力28厂上了几年班，开了见识，说话也显得有教养。别人给她介绍夹竹园街边的向老弟，梅姐当然作为大姐参加了第一次相亲看婆家。回到双湖中学，我问她，什么印象？好一会儿，她才说，住在街边，家里三兄弟，住在一起，男的相貌配不上开珍。但是男的嘴巴蛮乖。家里放着音响，很远都听得到，据说是借的邻居的，床上铺的花花绿绿的床单，也说是借的。结婚后常常吵架，甚至打过开珍，一次开珍身上有伤，来双湖中学，梅姐气得乱吼，力主离婚，但是开珍老是下不了决心。梅姐就批评她，开珍反正不做声。后来，一家人过得还不错，特别是生了个帅气的儿子。我想，出于贫穷之家的开珍，一直囿于小小的蔡田湖，看到较繁华的小镇夹竹园，觉得还可以，就不管其他了，隐忍也成就了一家人。

小姨妹元儿，性格粗犷，像个男孩子。曾在双湖中学带引过外甥王为，也常常被大姐批评，说没抱好啦，说惹得小孩哭也不耐心哄啦。惹得元儿索性跑了。到了她谈婚论嫁的年龄，她的脾气更厉害了，一次，在蔡田湖房前稻场上用铁叉子晒草，跟哥哥定儿争了几句，她操起铁叉子就向哥哥的胯下刺去，定儿躲到墙边，铁叉子还是刺到裤裆内，把裤子刺了两个叉子洞，幸喜得没伤到肉体。这事后来被梅姐知道，把元儿大骂一顿，说，"我们许家就一个男孩子，你把他弄残废了，或者刺出大出血了，你负得起责吗，婆花子？"元儿那次没回嘴。

元儿和亮平结婚后，到了 1998 年，孟溪大溃口，我们躲灾到蔡田湖，梅姐听说元儿两口子吵了架，一直老实不说多话的亮平还打了元儿，她怒发冲冠，跑去把亮平一顿批评，其间，元儿也趁机把亮平一顿"水"。据说，梅姐气愤中说了要元儿离婚。哪知，当梅姐回到岳父家后不久，就听说亮平服毒了，河堤上咋咋呼呼被人抬到南平洗胃抢救了。梅姐这才沉默了好久。第二天，我们去看望，幸而问题不大，几天后就出院了。从此，一直到我们离开蔡田湖到新城我大妹妹家去，元儿也一直没来岳父家和我们谈谈讲讲，更不用说接我们受灾的一家四口去吃一顿饭了。可能，元儿被亮平的傻举吓着了，不敢离开他或是对大姐参与怒批亮平还抱有成见？不得而知。可见她粗中有细，懂得内外有别，对丈夫还是有感情的。总之，梅姐对亲人是赤诚相待的，虽然方法有时不见得恰当，她的心是好的。当然后来，亮平兄还是对我们很亲热。记得有两年，他家腊月打了鱼糕，用大碗扣着，给我送到渡口边，让我端回去给一家人尝鲜。有一次，已是天黑了，我在孟溪渡口边等了一会儿，他才按电话约定送鱼糕来，望着他过河后，骑着开着灯的摩托车远去，我端着热乎乎的鱼糕碗很感动。

十五

至于孩子的婚事，我们那一辈做父母的自然要进入角色的。王珊在师范读书时，还小，很单纯。如她对孟溪中学去的一个男生早早地跟女生谈朋友，还笑他，放假回来，跟我们讲，某某这么早就在师范谈朋友，好羞。她到孟溪小学上班后，孟溪教育组有个二把手领导很看好她，请人来提亲，想把王珊介绍给他在孟溪中学上班的儿子，王珊姐弟认识这个青年，随口说他像赖宁，那时，赖宁作为榜样，其画像挂在学校的墙上。后来陆续有几人给王珊介绍男朋友，都没有成功。我和她妈妈以为王珊属于老实单纯类型，就放下了，反正不到 20 岁。哪知她教毕业班时，又任班主任，要招呼学生住宿，不大回家住。孟溪小学有个男青年对她展开了追求，就是当年那个一进师范就谈恋爱的马脸青年。那个青年对涉世不深的王珊百依百顺，常常晚自习后到街上买来宵夜或者点心，似乎没有半点儿脾气，就让以前对他多少有点厌恶的王珊对他有了好感。当有一次，王珊把这事对我们说时，我们觉得他相貌太差，因为他不仅脸长，还有地包天——即嘴巴处凹进去，下巴向前有点翘，有点像传说中的朱元璋年轻时吧。而且，以前在孟溪中学读书时，成绩很差，在一个乱哄哄的普通班读书，说话还有点结巴。跟前面别人给王珊介绍的一比，完全不在一个档次。于是，我和梅姐几乎异口同声说不行。王珊也没有说什么，我们以为她是个听话的孩子，这事就算了。哪知，一次，腊月，我去孟溪小学给王珊用自行车驮行李，那个男青年居然拦住我，结结巴巴讲喜欢王珊之类的话，我说不适合，他还用手跟我在脸前比比划划讲道理，惹得我抽了他一嘴巴。他要回手时，被该校的体育老师拉住了。后来他在电话里又磕磕巴巴讲了如何爱王珊，我说我和她妈妈都觉得不行。他就怀恨在心了。

冬月的一个周末，王珊到公安一个同学家去了，那个青年打电话找她，我说不在家。梅姐也到易老师家打小麻将去了，我由于第二天要给初三班补课，晚上九点钟左右，我一人在家备课。突然，有人重重地敲门，我问是谁，有个陌生的男青年回答：我是王珊的同学，是章田中学的老师，找王珊有一点事。我说：她没在家。他说：我进来坐坐，喝点水就走。由于不认识，我就去卫生间拿了梅姐平时洗床单用的棒头——木头做的棒槌，以防不测。当我打开门时，发现还有一个男青年，他俩用力把防盗铁门推开大些，我发现不对头，就想关门，但是关不了。这时，后来那个青年挤上前来，大声说：我今天要看看，我为什么配不上王珊？我才看清这个青年是孟溪小学的某男，我说：我不是早跟你讲了吗？他不由分说，将夹在腋下的报纸裹着的东西向我刺过来，我本能地用棒头打去，咣的一声一把近两尺长的水果刀掉在地上，他弯腰去捡，我用脚踩住，说：你快走，不然，我一棒头可以打死你！属于正当防卫！他说：我不走，今天要搞清楚！我见他捡起来了，我急忙退回屋内，由于防盗门被那个章田中学的青年拉住，关不了，我只好迅速关里面的木门，他俩拼命要推开，好不容易才把木门关上了。但他俩在门外又撞又踢。我知道，由于之前，水灾浸泡很久，这木门很容易被搞开的，如果失去理性的家伙冲进来，后果不堪设想。于是，我对他俩说，你们这是违法行为，赶快走，不然，我报警了！某男说：报警我不怕！我常跟派出所的打篮球的。于是，我慌忙到内房，找到学校老师通讯录，翻到张敏老师的电话号码，要她给当派出所副所长的丈夫毛义打电话。由于我的声音很大，门外的两条汉子，应该听到了，如果明智，就应该离去。可他俩还在骂骂咧咧撞门。不一会儿，派出所的车来了，毛义等三人上来，问他们在这里干什么？他们没做声。我把门打开，说，他们拿着刀来行凶！他们说没有刀。我把棒头给他们看，因为棒头上有打掉嵌进去的刀尖，掰都掰不掉。交给派出所的同志了。我一看，果然他们两手空空，显然，刀已经扔哪儿了。毛义严厉问刀扔哪儿了？他们说扔门前菜园里了，于是去找。接着要他们上车到派出所去，也要我马上到派出所去作笔录，由于车坐不下，我说随后就来。我朝下一看，还有一个男青年没上来，一共三个人，当时形势是十分危险的。

我虽然穿着袄子，还是浑身冒冷汗，我马上去找梅姐，她在易老师家打牌，我喊她出来，在灯光下，几个老师说我的袄子前襟处，有两处窟窿，里面的太空棉白白的很显眼——原来，某男的刀子还是刺到了我的袄子，由于，当时我一退，接着用棒头反击，直接打掉用报纸包着的近两尺的刀子，我才免于流血倒地。梅姐听了大惊，见了我的衣服上的窟窿，说：这还得了！走，我跟你去派出所！我又用小灵通打一个记得的亲友电话，想让他们来壮胆。结果是表嫂傅绍珍夫妇，他们迅速赶到派出所，安慰梅姐和我。待做完笔录，回来，已是深夜了。派出所同志说，那三个家伙已经关在号子里了。

第二天，就有人来给他们求情，特别是孟溪小学的校长，说，他们都年轻，是老师，交到县里去，重则判刑，至少丢饭碗。

我给在县公安局刑警大队任教导员的朋友打电话咨询，他气愤地说，性质恶劣，一定把某男解到县里拘留所再说。第二天晚上，孟溪小学副校长许先作来我家说好话，说某男的弟弟读书期间失踪多年，他爸爸只有这个不争气的儿子了，如果被判刑，对他父母打击太大了，希望放他一马，经济上可以多赔偿，可以道歉。我和梅姐本来善良，就开始犹豫。加上许先作跟梅姐是远亲，也不好驳他面子。我校这位校长也出面，说是否要某男来孟溪中学当着全校老师作检讨，毕竟是在孟溪中学行凶的。我和梅姐才接受私了。

这样，某男由一老师陪同，到孟溪中学当着全校鞠躬作检讨，至于赔偿，我只要他赔偿了袄子钱。这种人，既可嫌又可怜。事后，我在公安局的朋友听了，还说我是放过恶狼的东郭先生，心不狠，显得迂腐。

应该说，梅姐是个热情真挚积极向上的好人，只是她得了多年的糖尿病后，生理心理上都遭受了很大的伤害，特别是受点皮外伤或者长个疮疖之类，愈合要较长一段时间，身体时而消瘦，时而恢复，如此反复，加上她有时在学校厨房从事劳动强度较大的炊事工作，很累。而她又是一个很要强的人，身体好时，一袋百来斤的米一人扛着下车扛到厨房里，一般女职工要两人抬一袋。那时学校 2000 多学生，厨房里还没有和面机、绞肉机等设备，体力消耗大，我呢，不是教毕业班，就是在外学习，或写些小文章，除了买菜给两个孩子做饭等事外也没有到学校厨房帮她多少忙。诸如此类，都是造成她年仅 50 岁就离开我和孩子们的原因之一！我痛心疾首，追悔莫及！

她当年是那么毅然决然地爱我，我竟然没能很好地照顾她，和她白头到老！

真的，此情可待成追忆，只是当时已惘然。

弄潮者的后代

在高庙湾，有个王家，原来是几代船工谋生。

高庙渡口，因这里堤内的黄土坡上有一座庙而得名。高庙门上的牌匾上刻着四个大字：高庙古刹。里面供奉着观音菩萨等法相，香火比较旺盛，在清同治版的《公安县志》上有记载。

在高庙湾的渡口，常见两兄弟驾船轮班摆渡，哥哥叫王宏远，弟弟叫王宏扬（据家谱记载，王家在明朝时由南昌迁到公安县）。哥哥王宏远有家室，妻子姓李，美丽贤惠，娘家在离渡口近十里的往东北方的一个叫茯苓窝（也写作福临窝）的村子。这李家婆婆的娘家侄儿叫李新典、李月典，其后代有在当地务农的，有在沙市红旗商场当领导的。曾属勇敢大队，现在属勇合村。王宏远和李氏生有四女一子：这大女儿乳名叫珍儿，如按谱序，应该叫王业珍，她团头圆脸，颇有福相，她个子高，身体好，嫁高庙渡口南边两里处堤边的陈家，生有两女，大女儿丰舒儿，人称舒姨娘，她中等个子，相貌端庄，性格和善，嫁高庙湾姓许的农民，多年未育。后她丈夫与一个地主的小老婆身份的寡妇同居生了一子，她很喜爱，常抱着孩子不放，但是她神经已受刺激，出现乱说乱唱现象。其丈夫又被人怂恿，用无科学依据的方法治这个病——把她绑在架梯上，用大铁锅煮大粪熏蒸她，想致其呕吐内部恶涎。舒姨娘被熏蒸得半死，造成她的病反而更重了。直到许姓男人和地主小老婆再也分不开时，丰舒儿病有了好转，经人介绍，与南平镇拖船埠姓阳的男人组合家庭，后病逝。丰舒儿有一妹妹，大人留她招婿丰昌明，丰昌明与妻子生有五女二子。丰诗权就是其幺儿子。这个王家的大女儿珍儿很能干，除了会种田等外，还会接生，后来王家侄孙差不多都是她接的生。她享高寿而离世。王家二女儿乳名英儿，按谱序应该叫王业英，她嫁渡口东面一里来远的许家，许家是渔民，常常在松东河里打鱼，用一种铃钩拦在河里，然后在船上敲梆子赶鱼入网，鱼要么被铃钩挂住，要么被丝网缠住，所以，他们生活有滋有味，常常把鱼送给弟弟王业清家尝鲜。解放前一年，他们捕了一条江里来的大黄鱼，有几米长，它把铃钩全滚在身上，把网也冲破了，不知跑到哪里去了。他们沿河找了很远，才在南边沙窝那儿浅滩上找到这条拖着铃钩和渔网的黄鱼，他们分了几块黄鱼肉给王业清家尝稀奇，据说，有很重的油味，腥气也很大。这二女儿生了两个女儿三个儿子，其大女儿嫁孟溪村龚家，后来成了凭劳动发财的地主。二女儿叫许信玉，嫁生意人邹明享，他曾任过孟溪供销社经理。那三个儿子，是许信舒、许信银、许信义，现在都是儿孙满堂。记得那个许姓二姑爹老年给生产队放牛，农忙时，夜里让牛在坟山一带草多的地方放牛，我有时也夜里放牛，常常听到他唱嘹亮的民歌或戏文，好远都听得到，只记得什么"为王的坐江山"，拖腔悠扬。王宏远的三女儿嫁蔡田湖周家，即与高庙渡口对河沿河堤往北七里左右的河堤边生有两子：周万荣、周万华，后儿孙满堂，可惜她于乙亥年（1935）高庙地段溃口，她在高庙湾对河堤上，望着娘家已是一片汪洋，向人打听，问看见娘家王姓的人没有，有人说，高庙湾溃口时，看见她的弟弟王海臣驾着船，装着家里人往南边划着，后来又轰的一声，溃口被拉大，不知那条船被倒口的洪水"喝"进去没有，王家的三女儿闻言，顿时昏死过去，倒在温度很高的堤边，过了很久，大约是傍晚，有人报信，才被他的家里人找来抬回去，几天后就茶饭不进，年纪轻轻而撒手人寰了！王宏远的四女儿叫秀儿，长大后嫁高庙湾对河天兴垸周姓，儿子叫周强，女儿叫周二英，二英嫁其二姨妈的大儿子许信舒。

王宏远与李氏在生了四个女儿后的辛亥年生了一个儿子，由于盼如星辰，取乳名叫星儿，大名王业清，字海臣，晚年时人称他海臣大爹，大名反而渐渐被人遗忘了。这个王家的幺儿子虽然看得金贵，但由于家境贫寒，只读了几年私塾，六七岁就上船向父亲叔叔学驾船，开始了他与风浪搏斗的漫长人生。他后来见儿子孙子拿笔写文章，竟说："唉，我一生怎么就只拿两支扁笔哟！"意思是只会拿船桨划船。中华人民共和国成立后，他加入了孟溪水运社，属于拿工资的船工。其实他很爱读书，晚年常常见他拿着厚厚的小说一看半天。他写的毛笔字很好，家里要是请木匠做了新椅子，他就用毛笔写孙子的名字在椅子的靠背后的小横木牌上，孙子们每每感到奇怪，说爹爹一个船工怎么会写这么好的毛笔字。

王宏远的弟弟王宏扬人也是老实，仍然驾船，到了该结婚的年纪了他也不着急。有一年，他帮人拉纤行船到了江西省，有人介绍当地一个姑娘，他也看得上人家，可惜那家没有儿子要王宏扬做了一段上门女婿。后他很想念公安的家，想念父母，就偷偷跑回了湖北公安县孟家溪高庙湾。解放后，有一天，由江西来的母女二人，访王宏扬家，找到了高庙渡口的王家，年纪大的妇女流着泪说是王宏扬的妻子，那十来岁的女孩是王宏扬的女儿。可惜王宏扬当时不知道女方怀孕了，又可惜母女访来时，王宏扬已故去了。母女俩只好住了几天与王家依依惜别回到江西去了，后一直再无联系。

王宏远和李氏所生幺儿子王业清跟着父亲和叔叔驾船，无论满河的洪水还是冬季的刀刮一般的寒风，他小小年纪不高的个头，艰难困苦都不怕，几年下来，就成了又一个驾船的好手，狂风暴雨、满河洪水，他都驾驭自如，夏天还善于扯起风帆，斜飘着到达彼岸，而且他言语很少，为人和善，有钱过河没钱照样热情将人摆渡过去——哪怕只一个人，哪怕是逢年过节，他也没有假日。人们都很喜欢他。

人们常常看见有个小他一两岁的小姑娘，圆圆的脸，晶晶亮亮的眸子，她给王业清送茶水上船，忙的时候，送热腾腾的饭菜上船。她是谁？

原来，这个小姑娘也是个苦命的孩子。她姓马，大名应该叫马立贞。小时候可能被称为贞儿，老年时被人亲切称为马幺婆。她三岁半就死了母亲，跟着父亲马师傅到高庙湾地主家打长工，她父亲耕田整地栽秧割谷子，她就在田埂上玩着，等着，瞌睡来了，就在那儿睡了，蚂蚁爬上她的身子，咬得她醒了又哭了，渴了就喝田里或沟里的水，反正父亲没有时间管她。地主家的人打着弯把子阳伞来看田督工，谁也不管这个没娘的三岁半的头上长了虱子的女孩。

有一天，王宏远的妻子李氏发现了马家小女孩浑身是红红的疙瘩，就心疼地抱回家给她洗干净，叫她在自己家玩，叫五岁的王业清给这个妹妹盛饭吃。

这样，过了夏天农忙时节，王家见这个三岁半的孩子玲珑乖巧，会喊人蛮会帮忙做事，就对她的父亲马师傅说："马师傅，你女儿好乖，就在我家过吧？"马师傅已无家无室一个长工，的确无法管孩子，见王家这样好，就答应了。从此，马立贞就成了王家的一员。

后来到了十多岁，就有亲友出面提亲让两个孩子成家了。

他们成家不久，王宏远和弟弟王宏扬这两个蓄着白胡子的老船工就相继患病去世了。特别是王宏远逝世在年三十的晚上，初一初二办丧事，一家人都累了，作为孝子的王业清在堂屋神龛子下面打地铺睡了一会儿，不想天就亮了，对河有一支队伍，据说叫什么建国军，他们正月初二的在对河天心埫河滩上喊渡船，王家有道士做斋，锣鼓法器声大，没听见，天亮了又睡着了，结果乱兵弄了一只鸭划子小船过来，几个兵进来就气势汹汹地问："船老板是哪个？耳朵聋啦，喊了这么久，跟老子不应声！"说着，就要用枪托打刚醒来小个子青年王业清，他妻子马立贞连忙上前说："老总，不发火，都怪我！我当家人是个聋子，门板聋，一点儿都听不到，是我家里有丧事，没听到，我愿罚，来，抽烟，给草鞋钱！"那几个兵用枪抵住马立贞的胸口说："他，真的是聋子，说谎，老子一枪崩了你！"马立贞连连点头又是拿小大号的烟，又是给铜板。那几个兵才厉声要王业清背桨去接那伙乱队伍。当然，驾了几船，他都是装哑巴。

马立贞对付那些乱兵有办法。又有一次，她忽然发现两个国民党兵，恶狠狠地站在门前，用枪对着她说："听说你就是马立贞！"

"是的，老总。"马立贞回答说。

"你的哥哥马立青当逃兵回家了，你知道吗？"其中一个大声吼道。马立贞明白了，原来黄田村的堂兄马立青被拉了壮丁，在外面逃回来了，现在部队派人找来了！据说，一般逃兵，轻则一顿打，重则当场枪毙。她稳住神，对两个兵说："老总，他不是在部队上吗？没见他逃回来呀！"

"你骗我们，走，带路，找他去！骗老子们，把你也枪毙！"

于是，就用枪托把她肩膀打了几下，逼着带路往黄田村方向走。

马立贞眉头一皱，计上心来，就把这两个兵带起往邹家厂双湖村堂姐家走，到了小个子小脚的堂姐家稻场上，堂姐提着一个大大的淘篮寻猪菜刚回来，见妹妹被两个兵押着走来，吓得手直打哆嗦，铜钥匙插锁孔，几次都对不准锁孔——手抖得厉害。

马立贞见了，对堂姐大声说："这个姐姐哟，你怕什么？冤有头，债有主，两个老总是要我引着找马立青的家，关你什么事咧？"她堂姐有些明白了，更抖得厉害，马立贞就给她使眼色，要她去报信，免得堂哥在家里被抓了！待堂姐放下篮子，走捷径去报信的时候，马立贞就把两个兵引着在竹园边，堰塘旁，随便转圈子拖时间。最后到了马立青的家时，马立青早跑到淤泥湖边藏起来了。家里人哭着说，马立青一直没回来，怎么找我们要人呢？两个兵仔仔细细搜查，没见人影，只好相信他跑到外地没回家乡，于是骂骂咧咧，只好作罢，马立贞为了免事，还是给了他们路费。后来她堂哥及侄儿们非常感谢她的大智大勇。

王业清夫妻由于年纪都不大，结婚两年没有生孩子，有个邻居蛮多话，对婆母李氏说："李姐，你家业清的床是不是怕睡翘过来？弄个人睡到脚头压着？还老不生孩子！"马立贞听了这种风凉话，又是气，又想哭。她想我要是有个姆妈讲一讲心里话也好受些，可惜没人心疼我！好在李氏婆婆很懂道理，仍然喜欢她，视如己出。

不久连续两年生了两胎男孩可惜都没有成活，用俗话说"没有捡上床"。为此，马立贞不知流了多少眼泪。

难忘的是，马立贞第二次坐月子时，正遇上日兵南犯，一听说日军来了，马立贞和其他妇女按照老人说的办法把粪桶顶在头上，忙跳到齐脖子深的港里，躲起来，港两边有杂草树木，日军发现不了，但由于是初冬季节，又是月母子，马立贞冻得瑟瑟发抖，差点儿晕倒在水里。后来她在月子里得的病竟伴随她一生，常常头疼，就用青色袱子紧紧缠住头，哪怕热天，也很少拿下来。再就是肺部支气管有问题，到了老年常常咳嗽，有时甚至吐几口血，但是她一直坚持劳作到古稀。

到了 1935 年，马立贞生了一个漂亮的儿子，左边眉毛里有一颗黑痣，看相的说是墨里藏珠，要吃笔杆子饭的，全家大喜，于是，取了乳名叫喜儿，大名叫王诗荣，字华甫。这个喜儿聪明可爱，可惜也常常害病，特别是腿上长满了脓疮，那时又没有消炎的西药，只好贴膏药，上药粉，受了不少苦头，后来，他的腿上留有不少铜钱大的疤痕。

最难忘的是乙亥年公安大水，高庙湾河堤漏子不少，危在旦夕。很多人都跑到河堤上，河堤上民工和躲水的人多，走不动。马立贞立即要王业清把船靠在堤边，她风风火火把左手牵着双眼不见的公婆李氏，（时李氏因丈夫去世哭得厉害，患了眼病，此时已是盲人），右手抱着一岁的娇儿王诗荣，上了丈夫的渡船，对婆婆说："姆妈，这是椅子，您坐稳。我招呼喜儿。业清，你稳当一点儿驾，把船放顺水，到没有漏子的地段靠岸！"

王业清见河水流得很急，矶头箭水漩涡多，船难以掌握，船行了一段，他想靠岸求安全。

"不能靠岸，赶快往下驾！"马立贞喊道。

"哪么靠不得？"王业清喊道。

"你的眼睛看不到？堤夯口了！"马立贞说。

王业清赶快几桨离开险段，待再靠上岸把老人孩子等扶上岸时，只听轰隆隆一阵响，高庙湾地段溃口了！撕开两里长的口子！刚才准备靠岸的地段正腾起巨浪和水雾，高庙湾的居民房屋树林都崩塌歪倒了，河堤上一片惊呼和哭声！（后来溃口处成了很大的湖，当地叫白湖或冲潭。连接高庙台子和河堤的桥叫接龙桥。）

不久，对岸的蔡田湖和天心垸的河堤上站满了人，他们看着河水涌入高庙湾和整个垸子。在蔡田湖的河堤上有一个女子一边走一边问从孟溪赶街过来的人："你们看见我娘屋的人没有？"这就是王宏远的三女儿，王业清的三姐，她跑了七里路，见到娘家所在的高庙湾已成一片泽国，她问了很多人，有人说先看见王业清一家人在船上往下驾，有人说只怕被溃口"喝"进去了！王宏远这个三女儿就哭啊，喊娘啊兄啊妹啊侄儿啊，一直到天黑了，周家的人找来，她已倒在堤上昏迷不醒！抬回去后，她发高烧说胡话，药水不进，几天后竟逝世了！

她哪知道在弟妹马立贞的指挥下王家已经安然脱险！

后来马立贞又生了大女儿王诗彩，长大后嫁给高庙湾龚家老三龚光其，生了三女两男。小女儿叫王诗霞，嫁对河天心垸新剅口边的三云村，丈夫叫陈克林，生了三子一女。诗霞出嫁时，家里已经有几个侄男侄女了，经济上是较为困难的，到了男方家快派人来接嫁妆的前一天，诗霞在堂屋里哭了，虽说有新衣服和床上用品，但是，其他仅有一个刷了红漆的新木箱子和办公桌样子的桌子。当嫂子毛光珍问她为什么哭时，她说，装衣服的柜子都没有，像什么出嫁呢？

她嫂子和哥哥王诗荣商量，把自己房里一套明清式样的衣柜送给诗霞算了，这是他俩结婚前置办的，上面油漆浅黄，每扇门上有阳雕的花鸟图案和一些书法包括题款。由几个部分组成，可以随时取下或者安上去。听了嫂子的话，诗霞才破涕为笑，帮助擦洗衣柜。可惜几年后，诗霞家失火，把这个明清家具烧掉了。当然，这是后话。

当王业清和马立贞的宝贝儿子王诗荣长到五六岁时，就让他到本地私塾先生柳杰荣家去读书，他很聪明，什么《三字经》《论语》之类一听就懂，背书如流水一般，毛笔字也写得好，很得先生夸奖。后来又师从龚光龙等先生学习，逢年过节家里少不了给先生送礼，这一方都说驾船的王业清的儿子是个读书的料。因为跟他年龄相仿的聂姓学生和严姓学生，读书常常挨打，还要自己背板凳，自己伏在板凳上挨先生的竹板打屁股。如聂姓同学背不好《三字经》，先生就自编顺口溜让他背，如"我家住在大路边，一卖白酒二卖烟……"他背不好，悄悄问同桌，同桌就故意告诉他："接先生，喝烧酒！"聂姓同学大声背这句话，惹得先生大怒，把他狠狠打了一顿。严姓同学也是只会摸鱼踩藕，《三字经》背不会，先生要他背，背到"寓褒贬，别善恶"时，实在背不出来，口里反复念着："别别别……"，同桌"提醒"："鳖鳝鱼"，他也就照此背出，把个先生气得大骂。以至后来成人后，大家还在讲这些笑话。

到了1948年左右，孟溪镇发生了一件大事，原来这一带有一股土匪，为首的叫罗亨富，五短身材，黑黑的脸庞，他红黑两道，表面身份是乡公所乡丁区中队背短枪的，暗地里身份是土匪大哥。他们对乡长蒋金阶有成见，再就是想得到他家的钱财。在六月份一个黑夜里，带土匪抢了位于孟溪河街边的蒋金阶的家，那晚，蒋金阶不在家，躲过一命。土匪几个人用箩筐抬了不少银元、铜板到高庙渡口上了王业清的船。在抢的过程中，街上有几个"夜不收"：有的抽鸦片，有的玩女人，有的吃宵夜，碰上了土匪抢钱在街上匆匆而过，已经捆了四个遭遇他们的人，即所谓闯了他们"道子"的夜行人，还有一人叫韩厚发，也是乡公所雇员，他自恃跟罗亨富等人熟，就对罗亨富说："伙计，你们发这大的财呀，见财有份啦，给兄弟我把点烟钱啦！"

"好啊，把他捆起，给烟钱去！"罗亨富阴阴地说。

当几个土匪来捆他时，他还嘻嘻笑，以为是开玩笑。哪知土匪把他们五个背时鬼捆起，绑上了石头，全扔到高庙以北两里路远的轭头湾的河里了！当时河水暴涨，扔下去就不见了踪影。

第二天，孟溪街上哭声一片，五个死者的家属，请道士张幡敲铙念经收魂———希望尸首浮起来好安葬，其中有一个死者也叫王业清。听了人们的传言，见了堤上哭喊的人看稀奇的人，马立贞差点儿昏死，知道丈夫王业清一夜没归，忙去渡口看船在不在，一看，船和人都不在了，沙滩上插船桩的孔眼是清水，证明早就走了。她也大哭起来，一时间，只听说有个王业清也被甩进河里了，不知到底是谁。

到了黄昏时分，个子不高的王业清肩背绳子逆水拉纤回来了！等在渡口边的马立贞与他抱头痛哭，说："你还在世上啊？"

看见丈夫土布裤子上被汗水浸出的盐渍，马立贞知道丈夫一夜一天受苦了。

原来夜里罗亨富等土匪把抢的钱抬到他的船上，命令他将船迅速往下游驾，也不说驾到哪里，船头船尾都坐的是土匪。驾了几里后，在朦胧的夜色中，有土匪问："船老板，认得我吧？"

"不认得。"王业清说。

"我，你是认得的，经常到高庙渡口的茶馆喝茶的。"有一个土匪问道。

"不认得，夜晚看不清。"

继续有土匪这样问，声音充满了杀机。

"算了，人家不认得就算了！"坐在船后舵尾巴那儿的人声音很粗，也很熟悉，他就是匪首罗亨富。这才没人问了。

王业清知道，如果说认得某人，立马就会被杀掉。哪还有人拉纤回来呢？原来死的人里真的有个伙计也叫王业清，那个王业清是街上馆子里的跑堂。

为什么罗亨富在关键时候说这样的话呢？原来，罗亨富的妻子也姓马，立字辈，常常跑到王业清爱人马立贞在渡口开的茶馆商店里吃吃喝喝，走时还要拿走好烟好点心，还说要跟马立贞结姊妹。马立贞也知道跟这号人惹不起，每次来了，就热情招待，送点东西给罗亨富夫妇俩。所以，这次当时没起杀心。到了黄山脚下，威胁王业清，说"如讲出去了全家遭殃"之类的话，罗亨富知道王业清是个老实人，平时难得说一句话，没杀他，这才让王业清捡回一条命。后来王业清清洗船舱时在船板子下还捡了一些从箩筐里漫出掉落的铜板。

王业清也不光驾渡船，也曾短暂地行过长水——即和罗德炳等人用一条船在江河里跑运输，那风险也很大，遇险滩拉纤对于个子小的王业清来说是很不易的。有一次在宜都那里的河里帮人运石头，由于水下有尖尖的水头，他们的船不熟悉航道，船被水下的石头顶穿了一个洞，水哗哗流进来，他们用衣服、棉被堵也没堵住，船由于载重，加上漏水，很快就沉了，罗德炳等人会游泳，游到岸边被人救上岸了，王业清只好紧紧抓住舵尾巴，任凭船翻转，舵尾巴总是翘起、翻转，所以，他等到了别的船来救。到了两手空空，赶回家来，只是红着眼对马立贞说："差点儿回不来了。"

"回来就好。"马立贞说。

多年后，家里都有他拉纤的搭子。每次见王业清回来，马立贞总是问"你是水路回来的，还是起旱回来的？"水路回来，说明船还在，是安全的。

他们还和一个姓马的有交往：王业清和马立贞家只隔两家人家，也有一家主妇姓马，也是立字辈的，就跟马立贞亲热得如同姐妹，那个马大娘有四个女儿一个儿子，丈夫死得早，生活困难，就在邻居的撺掇下，把她的二女儿芳放到王家，跟"姨妈"马立贞过日子，因为王家男的驾船，女的在河堤上码头边开茶馆和商店，生活较好。这样芳一直在王家生活到了十七岁，两家大人都准备过一年让王诗荣和芳结成夫妻。到了1953年，王诗荣参加了孟溪镇和附近生产大队组织的文艺演出队，认识了家住镇上后来又搬到高庙以南堤边的女青年毛光珍，据老人说，毛光珍虽然出生于母亲守寡家庭，但当时是街上相貌醒目的女孩。他们一起演节目，参加水利建设，有了感情，准备结婚，于是只好让家里这个又像未婚妻又像妹妹的芳回到自己的家去，可是芳恋恋不舍，流着泪，离开了这个十几年来给她带来温暖和希望的王家，回到了仅隔两三家的自己的娘家。当然，芳后来成了家，也儿女双全。

在1954年，王诗荣和毛光珍结婚了。婚礼虽是用花轿抬新娘子进门，但是文艺演出队朋友用彩旗彩绸布置新房，这些业余文艺工作者善于吹吹打打，所以当时的婚礼也是别具一格的。

毛光珍其实应该姓邹，还是公安胡厂一带有名的邹家三大家族，这个邹家在明清时期出过几代的举人，有邹樾阶当过湖北省钱粮主任等要职，邹家书香气氛很浓。毛光珍的父亲这一支家道衰落了，就到毛东婆家做上门女婿。毛光珍的哥哥叫毛光祜，就是取的两家的排行字，"光"是毛家的，"祜"是邹家的。这个毛光祜读书很聪敏，哪怕他父亲死得早，靠母亲毛东婆引一儿三女成人，家里贫寒至极，毛东婆种田喂猪，捡谷，捡麦子，捡别人不要了的死瓣子棉花，自己常年在老式织布机上帮人织布。毛光祜还是以优异成绩考上了湖北省立师范学校，成了高庙这一带当时学历最高的学生。在这前后，胡厂章田有钱有势的邹家请客，省里县里有头有脸的人坐在上席高谈阔论，一般来客，主人邹樾阶不大理睬。而毛东婆的儿子毛光祜来了，主人出来牵手入座，因为他们认为别看目前毛东婆和儿子穿得寒酸，但是远近有名的读书人，胸佩校徽，是邹家的面子之一。

但是，这个毛光祜虽一身新潮学生的派头，也有当时有些读书人的毛病，如有次回到在高庙下边两里之遥邓家台的家。带回几个本省的同学，一个个在稻场上嗑瓜子喝茶，谈古论今，他的两个妹妹毛光珍、毛光玉穿着补疤衣服，怯怯地站在旁边看着他们，哪知哥哥毛光祜大声说："你们搞事去，站在这里，头发都没梳好，又黄又有虮虱，来来，我跟你们用火柴一烧。"说得几个同学大笑，那个小妹妹光玉吓得哭了，只好进屋去跟母亲择菜。

另有一年，毛光祜在武汉手里没有生活费了，就写封信回来，不识字的毛东婆满心欢喜请人读儿子的来信，哪知信里说"人家都有钱，我早就没有钱了，如果接信后不迅速寄钱来，我就跳黄鹤楼去死！"把个毛东婆哭得昏天黑地。她织机上的布还只开头，哪里去弄钱呢？只好眼泪巴巴到处借钱，把几只生蛋的鸡子全卖了筹钱寄去，生怕他的宝贝儿子跳了她一生都没见过的什么黄鹤楼。

后来1949年毛光祐参加工作，是孟溪小学的开创者之一，任小学教导主任，曾负责修建孟小校舍。但是他一直认为当时教师工资低，自己学历高，屈才了，加之为修学校，按设计占了孟溪区公所菜园一角地，被脾气暴躁的区长一顿呵斥，说知识分子翘尾巴，竟敢占用区公所的位置。这样，毛光祐气冲斗牛，就辞职，另找工作，结果到几个同学在外开的餐馆里搞事，这些人满腹牢骚，有人提出谁发迹了或找到好工作了，就互相帮助，于是有人提出取个名字，叫联谊力行社。

到了1958年，联谊力行社被人检举揭发说是个反革命组织，毛光祐被公安人员和龙兴大队（高庙）的民兵悄悄抓捕，五花大绑，判了十年刑，在江北农场劳改。其实，这"反动组织"一没有文字根据，二没有合法口供，当时从重从快打击反革命，办案的人立功心切，就这么定了，还把三个牵头的枪毙了。毛光祐的妹夫王诗荣那时是双湖管理区秘书，是预备党员，能说会写，比较"红"。由于其舅佬哥成了"反革命"，就把他降到大队当会计，又由于王诗荣跟虚报产量好大喜功的张姓工作组长争论，而被批，再降到小队当会计。

毛光珍的姐姐小名叫毛从儿，两眼大而亮，个子也高挑，经人介绍，嫁给夹竹园一带的郭姓男子，这个姓郭的读过诗书，后参军成了国军驻武汉某部军需处营级军官，他之前有妻室。这郭姓军官带着穿着旗袍的姨太太毛从儿在武汉生了儿女。据说，郭姓军需官很傲气，他的儿子郭善出生时，武汉医院院长的妻子快要生了，就说如果是女儿，就结成儿女亲家，郭姓军需官一口拒绝。毛光祐在汉读书期间曾经多次找到姐姐家解决经费问题。后来中华人民共和国成立后，这个郭姓的军需官被判刑，坐了多年牢。他的儿女也是在艰辛中把家业盘兴隆了。

毛光珍的小妹妹毛光玉，嫁了高庙渡口西边八里左右的拖船埠的年轻木匠龚德胜，不久龚德胜当兵成了解放军，到东北服兵役多年，后转业在重庆兵工厂工作，后该厂部分人员迁到沙市办厂，其儿女在沙市兴家立业。这就是王诗荣妻子家的背景。

到了1955年，王诗荣和毛光珍的长子王书文出生了，当这个眉目清秀、白白净净但身体较瘦弱的男婴一声啼哭回荡在高庙湾时，全家喜笑颜开。接生的大姑婆高高大大，把包好的孩子递给王诗荣时说："侄儿子，恭贺你得了一个放牛伢儿！"当时是谦虚话，意思这样说，孩子不娇气，好养活，哪知果然这孩子放了几年牛。

取个什么名字呢？属于农村知识分子的王诗荣想了又想，就取名叫九五，意思是一九五五年的简称，其实这种简称严格说不恰当。这个乳名一直用到王书文开始教书才渐渐淡出他的生活。后来有个人说"九五"这个名字起得太高了，九五之尊是皇帝的称谓，可能王诗荣当时没想这么多。的确，王书文小时候多病多灾，未必跟这个霸气外露的乳名没有关联？

如一岁多时，发高烧惊风，一声惊叫，就"死"了——两眼瞪着，牙齿紧咬，大人一探鼻子没有了呼吸，于是王诗荣和毛光珍及祖母马立贞都放声大哭，掐人中，喊"九五"，全队的老少男女差不多都围拢来了，都说这个九五没命了，成了化生子，有人开始劝王诗荣和毛光珍年纪这样轻，想开些，有人已经按当时风俗习惯，开始找一对箢箕和一把啄锛，一般这么小的孩子夭折，就用两个箢箕一装，扣着，提去乱葬岗用啄锛刨个坑埋葬了事，不让父母知道或寻找到后伤心。有人说："他们声音都快哭哑，你们狠点心，把王会计的手一掰，把九五抢出来埋了算了！"这对年轻夫妇听了，更伤心，手抱得更紧了。

当时九五还是一副死相。

这时，有个老年妇女说："听老人说，用黄猫子嚼生姜，它口里的涎水掺开水灌伢儿的嘴巴，救得活！"

这时一个叫王德珍的年轻妇女朝人群中地上一看，果真有一只黄色的猫子，于是她顺手一抓，把猫子抓住说："找生姜去！"大家在王家黑黑的碗柜屉子里，找到一块生姜，就切成片状，塞入黄猫子的嘴里，猫子想吐出来，被人捏住嘴巴，辣得发出呜呜的声音，其涎水直流，人们就用调羹接住，再用滚开水掺入，用剪子撬开九五紧闭的牙齿，灌了一口，无反应。灌了两口，也无反应。灌了三口，终于，九五被辣得哇的发出一声哭声，大家如闻惊雷，孩子活了！这样，本来隔进泥土一步之遥的王书文才又开始了他辛苦而快乐的一生！

王书文的婆婆马立贞喜极而泣，立马拿来一把剪刀说："我的大孙儿，差点儿误了命。来，我把他的耳朵剪一个记，破点相，这样长命百岁。"说着，就把王书文的左耳轮的边上软骨剪了一个小缺，当时剪掉白白的一小点肉皮，一会就冒出血来。幸喜得没有感染。

在王书文快一岁时，他的婆婆马立贞还正值生育年龄，当时又没有计划生育，哪知马立贞也生了幺儿子。这幺儿子瘦得很，取名叫末儿，意思是最末的孩子了。这样，叔叔还小侄子王书文一岁。两个男孩在一起学爬行学走路，当然免不了打架哭闹。但是婆婆始终卫护孙子，生怕孙子磕着碰着了。

就在王诗荣和毛光珍被安排到黄山边去修荆江分洪南闸工程后期，一去几个月，一岁多的王末儿和两岁多的侄儿王书文在篾织的大簸箕里玩，马立贞屋里屋外忙不赢，王业清驾船也难得回家一趟时，王末儿发起了高烧！马立贞生怕孙子王书文也得病，夜里只好抱着孙子哄着，而忽略了得病的王末儿，结果王书文这个小他一岁的小爷——可怜的王末儿两三天后竟逝去了！

王书文三岁多时，正逢吃大食堂，即生产队把私人的铁锅之类收走或打破，弄去炼钢铁，那时说要炼出多少吨钢铁，要赶超美英，就把各家铁锅敲破拿去在本地小炼钢炉里炼钢。全队男女老少集中在大食堂进餐，这样就要很多人当炊事员，婆婆马立贞那时还年轻，是炊事员，带着孙子王书文和几个妇女在双堰边洗萝卜，王书文在水边跳板上玩着，他看到一个红红的泡心萝卜浮在水面上，想去抓它，一下就掉到水里了，由于穿的棉衣棉裤，脸朝天浮在水面上，妇女们一声惊叫，不知所措，眼看着越浮越远，而且快要沉下去，马立贞迅速拿来一根晒衣服的长竹篙，把王书文拨拢来，拉上来时，王书文冻得哭了，只是一顶像雷锋戴的那种有护耳的帽子脱落沉下去了，以后王书文就一生没有像样的帽子，更不用说官帽了。当时妇女们七手八脚把他的湿衣服脱了，抱来稻草烧烘火子，一边暖人，一边烘衣服，这才又脱了一险。

这个男孩为什么身体较差呢？除了自身的禀赋以外，主要是不到一岁，他妈妈就怀了他的大妹妹王书兰。只七个月时吃了奶后就呕吐或者拉稀，医生说是因为孕妇的奶水造成的。于是只好交由祖母马立贞引着，饿了就吃鸡蛋炖的嫩蛋——炖蛋，里面放一点儿糖。家里为此专门买了一个铝质的小锅，上面安一个小柄，每天祖母就几次把鸡蛋敲破放在小锅里炖，就这样慢慢地直到会吃饭。当然，他有时会想吃奶，就拼命哭，中年祖母就把自己的奶让他含着，他吮了一会，总算少哭了几声。据老人说吃了空奶的孩子，长大后蛮喜欢说谎的，因为他这么小就被人骗了。好的是，王书文一生总的是很诚实，反而不爱说谎。不过长大后爱虚构小说，不知属不属于说谎的范畴。那时，没兴喂牛奶，所以，营养是差了一点儿。长期被祖母引着睡觉，而祖母祖父的房间跟厨房连成一气，那时烧柴草，人的饭菜弄好了，又要给猪子煮食，早晚烟火多，蚊帐熏得黑黑的，空气质量较差，也影响了稚嫩的王书文身体的呼吸系统，加之后来又从事教书一职，粉笔灰多，所以，他呼吸系统等方面也曾患过病。他的大妹妹王书兰，反而长得高高大大，身体较胖，走亲戚时，祖母一只手牵一个孙儿，很多次被人问："男伢是不是弟弟？"当祖母说男伢是哥哥时，大家都说："妹妹把哥哥的饭抢吃了。"

到了五六岁时，高庙湾所在村被改为龙兴大队，本七小队有个李子元老师在南边三小队陈敦明家办了一个复式班，即几个年级混在一起教的班。王书文就在父母的带领下去那里报名上了学。记得因为是在农家办的班，所以，条件自然不好，但是几个年级的同学杂坐在一个教室里，也还有趣，王书文有时把高年级的书也能背几段，受到老师表扬。喝水，最有趣味，用一个很大的浇筒（用粗粗的楠竹锯成的筒状，在它的一侧安一个长长的竹柄）喝水，王书文拿那个老是浮在水缸里的大的空浇筒都有点吃力，用两只手去提也只能舀一点水，不然提不起，也喝不完。

一学期后，考试成绩好，王书文被告知参加少先队了，要家长在六一儿童节前缝制白衬衣，蓝短裤，他爸爸王诗荣很高兴，积极地把新衣服请裁缝做好了，王书文喜洋洋到陈家学堂去宣誓。到了那天，来了一个年轻漂亮的女老师，是李子元老师的朋友，后来才知道叫邓传杰，在淤泥湖东岸教书，她年轻貌美，已经是个乡村诗人。由她组织宣誓，在这之前，老师用红纸把新少先队员名单写好，用米汤贴在墙上，大家都挤着看，王书文穿着新衣服也被挤着，踮起脚看自己的名字，哪知被后面一挤，往前一走，脚踏翻了墙边的米汤盆子，王书文等几个小同学倒在米汤泼湿的地上，新衣服弄得脏脏的，都撇着嘴哭了。那个女老师来了，又是揩又是洗，身上都被弄得湿湿的，好在当时太阳大，不一会儿，衣服竟干了，到举起小手宣誓时，衣服虽没有那么干净，大家还是喜笑颜开。这大约也是王书文人生第一次在政治上被承认。后来入团因舅父的政治问题没成功，入党就从没想过了。

到了第二年，家长说还是到位于孟溪镇街上的孟家溪小学去上学，但是，孟小的老师不承认王书文读过一年级，而且成绩好，要已近8岁的王书文又从一年级读起，于是就在一个叫王良则的女老师班上又"发蒙"了。那是1963年了。王良则老师和一个叫李月华的女老师刚刚师范毕业，到孟小任教的，她俩穿着当时很打眼的裙子，又教语文，又教音乐，说着很好听的普通话。每次到音乐课之前，老师就要班上大个子同学去抬脚风琴，琴声一响，同学们的童音就唱起来。

就这样，在孟小老校址处（后来孟溪车队位置）又上起了正规学校。其实在上小学前后，王书文的父亲王诗荣常常拿出他读私塾时的线装古书向孩子讲解，为以后王书文喜爱古典文学起了引导作用。这老校址，在孟溪镇街上的东南高地上，孟小南边是孟溪中学，位置低些。孟小的东北边是区公所。王书文所住的高庙渡口外河堤边，从那儿上学，顺着河堤往北边走，两里多路就到了南场口街上，走过正街，再折入一步街，往东南方走一截，就到了孟小。每每顺着一步街走就会看到后来成为著名作家的李寿和的家，他的妹妹李寿平是王书文的同学，那时都是小孩子，不分男女界限，常常到李寿平的家里去等她，她的母亲常常用大的锑锅熬稀饭加糖给王书文吃，那时这就是美味。另外，和几个供销社的同学上学前或者放学后悄悄到供销社的仓库房里去找点儿吃的，那儿有一草袋一草袋的砂糖，只要用手一抠就会吃一大把，那时孩子很单纯，偷吃一点儿就算了，没见谁把糖偷出去。有时吃供销社工作人员甩出来的一堆堆有一点儿烂的柚子或柑子，也就是把烂了的地方掰掉，吃好的，几个孩子也吃得津津有味。

说到上学，王书文大多时候是顺着河堤走，如果遇到冷天起大北风，迎着往北走，是很难的，如果打伞，就会被吹翻，身上弄得湿湿的，在学校，要忍受湿衣服带来的寒冷。当然就在河堤下压浸台上走要好些。有时被下边四队五队的同学所带领，不走河堤，走田界捷径到孟溪街上也可以，这就可以在水田里，小沟边捞鱼玩，很有趣。

有一次，王书文的爸爸给他买了一把新的黄色油布伞，散发着浓浓的桐油香气，可以供两个同学共用。那时，有的同学打的补了不同颜色的补疤的烂伞，有的同学用旧的塑料纸顶在头上，所以，这新伞还有点"九五之尊"的黄伞盖的味道。哪知到了一条水沟流入荷花湖的接合部，水哗哗往湖里流，湖里的鱼就迎着水往沟里游，白花花的，很多鱼，甚至可看得见青青的鱼脊，同学们都很兴奋。有个高年级的同学说："哎呀，有网就好了！不过，就用王书文的伞当网。"

"好，你拿去！"王书文蛮配合地说。

大同学就把伞一下兜住湖边沟下部位——不让鱼跑入湖里，想慢慢把伞提起来，把已进伞里的鱼全兜上来，哪知伞不像网有孔眼，可以漏水，反而被上游沟里来的流水越兜越重，加上很多鱼儿的重量，大同学提不动了！王书文眼看伞往湖里坠移着，也就攥住伞柄，帮助拉。还有两个同学也攥住伞柄，一起拼命拉，哗啦，一下把伞拉翻了，伞骨全拉断了，鱼全跑了，新伞弄得又是泥又是水，还拉穿了几个小洞。王书文一下哭了，说："我的新伞，我的新伞，找你们赔！"

几个同学也吓得脸色煞白。这时，孟溪村四队一个背着铁锹看田的老农走来，见了说："伞都是小事，你们几个没被拉得掉进湖里喂王八，就是万幸！"

回家后，王书文讲了事情经过，他爸爸也没说什么，就又给买了一把油布伞。

打这把油布伞，小学二年级的王书文汲取教训，不走农田小路了，免得又被谁拿去当渔网用。

哪知走河堤又出了一点儿问题。即一个姓彭的大同学有一本厚厚的小人书，放学后，雨很小了，他打着旧的红色半旧油纸伞，在河堤上边走边看小人书，王书文也想看，就紧紧挨着他看，由于两人挨得太近，王书文的黄油布伞边铁爪子，多次被北风吹动偏着扎向彭同学的红油纸伞，几个来回，就把彭同学的油纸伞嗤嗤扎出几个洞，看得见天，也漏雨，这个五年级的彭同学家里穷些，就认为这是大问题，立即大怒，就把王书文的伞边铁爪子使劲弯折，一下弯折了两三个，这样，这把新伞又被搞得不像样了，王书文于是又哭了。回家，被爸爸发现，爸爸也发了火，带着晚饭也没吃的王书文去那个彭同学家讲理，彭同学挨了自己爸爸一顿打。后来，王书文的新油布伞由祖父王业清用钳子仔细修好了，也看不出被人弯折过，只是他再也不跟打纸伞的同学挨着亲密地看书而行了。这也似乎暗示王书文一生没有什么特殊的"保护伞"了吧。

那时候，王书文读书以外，还要帮助家里劳动，如家里喂有两头牛，一头水牛，一头黄牛，一方面喂牛（当然是生产队的牛），可以增加家里工分，即增加收入，一方面家住河堤上，河堤长有很多草，适合放牛。前几年，是王书文的小幺爷（爸爸的妹妹）王诗霞放的，后王诗霞成了女青年，要参加生产队的劳动了，特别是小幺爷王诗霞出嫁后，王书文和只小他两岁大妹妹王书兰就接手放牛了。这两头牛都是生产队的主要耕田牛，被人牵去耕田时间长，劳动量大，所以，牛摄入的草料就更大，一般要起早，即天没亮婆婆马幺婆就喊王书文和大妹妹把牛牵到河堤上去吃露水草，牛知道是去吃草，走得很快。那时，放牛的有几个老伙伴，同龄的有罗金安，她也放黑黄色的黄牛，还有一个大王书文十来岁的智障男青年，叫焕儿，他放两三头水牛，很负责。这焕儿，个头较高，身体较瘦，人勤快、善良，但智商不高。他当时是一个老贫农的儿子，但据说他是一个地主兼乡医的亲儿子，因为那个地主兼乡医看上了贫农青年的美貌妻子，就软硬兼施，把焕儿母亲弄去当佣人，怀了并生下焕儿后，很喜爱，见他瘦弱，就开了很多补药，结果脑子补坏了。后来随着全国解放，贫农青年要回了自己的妻子，所以焕儿随母自然成了贫农家的放牛娃。除了焕儿，另外，下面队里，和孟溪大队还有几个放牛的。但是早上或晚上放牛，孩子们有点害怕，挤在一起的度过清早或黑夜各两三个小时的，就是王书文、王书兰、金安和焕儿了。

每当天大亮了，牛也快吃饱了，就有大人在河堤下大喊："放牛伢儿，把牛拉来耕田！"于是就拉牛下堤，这时，牛很不愿意走，绳子绷得紧紧的，牛慢慢走着，牯牛屙着尿，在路上留下一条散发着骚气的波浪线。中午，最要掌握时候，因为，耕田的人要吃中饭了，他如果没见王书文等几个放牛伢儿来，就会把牛系在某棵小树上，或放在田边。或者晚上，他们要收工了。那么，又饿又渴的牛，就会跑到水田里吃秧苗，或者滚泥巴，反正把生产队的秧苗弄坏了，就会找牛主人家赔偿。又或者，牛跑入堰塘里，吃了荷叶，生产队里也会找牛主人赔，扣工分，因为弄坏了荷叶，造成年底莲藕减产。这样，放牛伢儿们就会被家长一顿好打。记得有个姓吕的矮个子，自己没有孩子，他蛮喜欢把牛随便抛在田边，造成孩子们赔了不少工分。所以，放牛，一点儿也不能贪玩误事。

到了晚上，放牛伢儿就把牛牵到河堤上，让劳累了一天的牛吃草，一直吃到牛肚子鼓起，牛肚子靠近大腿处那个凹的地方平了，就算它吃饱了，这时大约已是晚上9点多钟，各家的大人就会在朦胧夜色中喊着孩子的乳名，要他们牵牛从接龙桥回家吃饭，确实，孩子们也饿得很了。如果，你所放的牛，在晚上被邻居某人牵去耕他的自留地，那么，你放夜牛的时间会顺延更迟，夜蚊子成阵，嗡嗡的叫，咬得人身子出现很多红坨。白湖或荷花湖里，有时有水鸟凄厉一叫，或者水中出现汩汩的声音，金安她常常说坛子鬼来了，几个放牛的伢儿就挤在一起，生怕被鬼抓走了。后来，大家胆子才渐渐大起来。为什么大人不来放牛呢？大人早上出工早，晚上收工很迟，往往亮灯了，他们才穿着汗濡濡的衣服回来，胡乱地喝一种叫撑破罐的大叶粗茶，吃饭和整理晚上孩子们在外边纳凉睡的床铺。

王书文和大妹妹王书兰、二妹妹王书红（后改为王书凤）渐渐能帮大人做些事了。除了放牛，还要寻猪菜、砍柴火。寻猪菜，婆婆马幺婆就会对王书文兄妹说："哥哥寻猪菜倒在屋子的这个旮旯里，妹妹寻的猪菜倒在这个旮旯里。"意思是防止谁偷懒，弄虚作假，因为家里喂有几头猪，要卖一两头任务猪交国家，自家还要准备一头年猪过年全家吃，所以，寻猪菜任务不小。砍柴火晒在场子上，也是各有各的地方。那时婆婆就是总指挥。柴火晒干了，她老人家就趁夜晚把柴火弯成把子，有爹爹打草腰子把柴火捆成像车轮一样的大捆子，码在门旮旯里，其实由于家里人多，那时柴火不够烧，弄得很紧张的。

有一次，王书文寻猪菜时，和小伙伴打画儿游戏，到了吃晚饭时要回家了，一看，大妹妹王书兰的篮子里满满的，有黄花菜、苣蒡子、棉絮泡等等，自己篮子里只有大半篮子猪菜，于是趁大妹妹王书兰不注意，就很快抓了一大把猪菜迅速放到自己篮子里。哪知有个小伙伴大喊："哥哥偷妹妹的猪菜哟！"王书文几大步走在前面，想赶快回家交差，哪知王书兰在后面抱起一块约四斤重的砖窑里烧成坨而丢弃的疙瘩，朝哥哥王书文后脑壳砸去，一下就把本来瘦弱的王书文砸倒在地，大家惊呼，扶起王书文，只见王书文用手按着后脑壳，血从手指缝里流出来，大约眼泪也流出来了，篮子也是别人提回家的。自然当王书文的头用锅盖上刮下的油腻黑色垢敷上后，包上了什么颜色的布，成了不折不扣的伤兵时，王书兰被大人又打又骂，呵斥说："你差点儿把哥哥板死了！为什么？"

"他偷我的猪菜！"王书兰大声抗辩道，结果被大人又是几巴掌落到头上。多少年后，她成了大姑妈，还为此沾沾自喜，说："谁叫他抓我的猪菜的？"

这样，王书文放学了或节假日就参加劳动，一直到 1966 年"文化大革命"时期。小学由于"文化大革命"，毕业时没有发毕业证，到了 1969 年 9 月，就按老师要求到孟溪中学上学，上了一年后，由于天天一起上学的好友邓长林不读了，加上当时学校也因运动没上多少文化课，不少时间在支农，如捡棉花栽秧割谷子等，还有读书无用论泛滥，王书文也就不想读书了，家长劝了几次，爸爸王诗荣还到邓长林的家找他妈妈韦大娘谈，希望邓长林和王书文一起上学，韦大娘说："王会计耶，我家长林没了爸爸，家里姊妹多，没的办法呀。"

这样，王书文只好辍学和邓长林等一起学干农活，栽秧扯草砍界边，也还高兴。哪知，一天，王书文和几个男男女女刚下水田栽秧，就听见一个女孩说："王书文，今天没得好伙伴了？"

王书文一看，邓长林没来。正在疑惑。

"邓长林不来了，他上调了！"那女孩说。

"他到哪去了？"王书文问。

"人家到公社当电话员管总机去了。"女孩说。

王书文听了，又为朋友高兴，又为自己难过，自己为了跟朋友一起，也不上学了！他现在却不会跟自己一起干农活了！原来，他的姐姐的公爹是大队干部，听说公社需要一个负责接线的电话员，就推荐帅气老实的邓长林去了。

王书文闷声闷气地干了几个月的农活，跟大人一起用板桶板谷，嫩嫩的手被粗糙的稻谷磨出了泡，再用力板谷，就磨穿了，一天下来，十个手指被磨得鲜血淋漓，肉都看得见，为了讲男子汉硬气，咬牙坚持不吭声，第三天，云从蓝师傅才对王诗荣说："你的书文手指板得流血，你跟队长讲，换一个事搞。"

于是换成用铁锨铲田界边，在三伏天，在高高的田坎下铲草和刺树之类，很费力也热得很。

到了 1971 年下半年，王书文又被安排到河堤上面去坦坡——即为防止洪水弄坏河堤，就在靠河的一面，用石头铺嵌在堤坡上。这要用船把从黄山上运来掀滚到河堤底部的石头抬上来，再用锤子一块一块地面好。王书文没有技术，只好被安排和大人一起抬石头。有时一块石头重两三百斤，用缆子兜好，用很粗的木杠抬，王书文当时较瘦，从河堤下往上抬，抬得浑身疼，肩膀也磨破了皮。一次，和熊姓中年男人抬石头，王书文在上坡走，哪知脚一滑，人重重地倒下了，木杠一晃，把熊姓男子别倒了，他在石头上碰伤了一点儿皮，大发脾气，说："这点儿石头都抬不起，要是一块糍粑，吃都吃得完！"其实，人倒石头砸地，木杠砍下，也把王书文的脑壳打得冒金星。唉，不堪回首！

年底又被安排到黄堤村河堤边水利部门那里修永胜闸，那时，粗砂、卵石都要用箩筐挑到河里洗去泥巴等，怕水泥掺和不牢实，也是重体力活，从枯水期的河底里把一担粗砂或卵石淘洗好后，又跳上河堤，再下到深深的修闸的槽状工地去倒在某个位置，一天劳动下来，也是浑身疼，带队的几个大人对十来个青年男女说："伢子们，身上疼，一夜睡了，明天就好了！"

睡的地方是农家的堂屋的地上开的地铺，还要轮流煮饭，每天清早蒙蒙亮出门，晚上吃饭就黑了。几个月下来，终于把闸修好了。

到了第二年，王书文的母亲毛光珍见儿子不是干农活的料，就悄悄到孟溪中学找学校革委会主任陈青玉问："陈主任，我儿子王书文间断了一年，现在还可不可以上学？"

陈青玉说可以，毛光珍就回来动员王书文继续去上学。王书文开始还想装硬汉说不去上学了，一想，好友邓长林没种田了，自己一年来，也确实搞不起，只好就坡下驴，跟着母亲又去孟溪中学读书。可是，原来那个班的班主任姓张，他认为王书文耽搁了一年，不收他。只好安排在低一级的班上读书，由于成绩好，马上成了班干部，任过学习委员、宣传委员，常常在大会上发言，常常组织同学为班上办墙报。后来成了摄影家的谷少海常常帮助写毛笔字画宣传画。

到了1972年上学期拿到人生第一个毕业证时，王书文也和同学们一起告别班主任侯老师，王书文有个装衣服的小木箱，正准备扛走，侯老师说："王书文，你是班上的宣传委员，成绩好，肯定要上高中啦，免得背箱子，来，放我寝室里。"

"好。"王书文高兴地回答。因为当时，讲政治审查，王书文有点担心舅舅在江北农场，恐怕读不了高中，听班主任一说，放了心。

哪知到了下学期，不少同学都上学报了名，王书文还在农田里劳动。一天，南面三队的女同学曾庆华来到田边喊："王书文，你怎么还不去报名？"

"我，我没收到通知呀？"王书文又喜又急地说，心里怦怦跳。

"我们上了三四天课了！"曾庆华说。

第二天，王书文把腿上的泥水锈迹洗了又洗，穿得整整齐齐，到学校去报名，一走到原来的教室旁，正逢下课了，就有不少同学向他招手，喊叫，王书文觉得有异，就去问原来的班主任侯老师，侯老师脸色很不好，缓缓地对王书文说："你由于政审不合格，名单报上去孟溪公社没批准。你不急，广阔天地大有作为。"后几字是当时时髦的领袖语录。

王书文如雷击顶，强忍眼泪，去老师寝室把那箱子扛在肩上，告别老师，走到河堤上，回望熟悉的校园，听着渐渐远去的读书声，这才热泪盈眶了。

从失学回家不久，当时的龙兴大队传来消息说公安县砖瓦厂招工，王书文的爸爸就去找有关人员给他报了名，这样王书文和队里几个人一起走到港关搭车到了公安县城东北方向的砖瓦厂，被安排进砖机车间拖水坯，原来是把砖机刚刚压出来的湿砖坯用板车拖到晾干的场子上去。这个活有点重，也略有点技术含量，一板板的湿砖坯横放在板车把手后面的架子上，要求拖起就走。一个班几个人，是计算好了的，谁跑慢了，砖机压出的砖坯没人拖车子来接，就会断链条，领导会大发雷霆。王书文是个新手，生怕砖坯在车上往后面溜下去了，只好使劲弯着腰拉着走，这样更吃力。如果学熟练工，稍微直着身子拉，有两次真的就把砖坯全滑下去了，湿砖坯挡在路上，别人也烦，王书文还要把它们抱起来再拉转去，拉到备料的后面去，让这些乱七八糟的"回头货"再通过传送带传到砖机里压成砖，这个倒霉蛋往往受大人的呵斥。

有一天夜班，王书文想戏弄他们，就把板车放在黑暗处，自己躲起来了大约半个小时，剩下的几个伙计跑不赢，被大人乱骂。看到那几个伙计跑得尘土飞扬，听到那几个粗鲁的大人骂骂咧咧，王书文笑得很开心，反正只去了几天，谁也不认识谁。

睡，就睡在潮湿的砖地上。吃就到大食堂去挤着用饭菜票买饭菜。一些出红窑的四川汉子，打着赤膊，穿着散发着浓烈汗味的老式堕裆肥短裤，热汗暴流，乱挤乱骂，有时还打架。王书文越来越不想干了，虽然厂方说，干得好，可以逐步转为正式工人。

大约二十来天后，王书文对本队伙伴说："我要回去，不干了！"他们劝道："回去种田更苦，而且没得工资拿。你跑了，工资可能拿不到。"但王书文还是离开了这县砖瓦厂。他把搪瓷碗等一套新买的生活用品送给了邻居若新叔，回到了家乡高庙湾。好在父母也没批评他，他们看着十六岁多的儿子瘦了的身子，很理解。

过了几天，王书文到对河天心垸小幺爷（小姑妈）家玩了一天，买了一支毛笔，准备回家练练毛笔字，到高庙渡口过河时，他爹爹的同事罗德炳驾船，在船上，罗德炳说："书文，你马上当老师了哩。"

王书文半信半疑，回到家，爸爸王诗荣说："明天你去龙兴小学代几天课，当老师。"

第二天，小学的校长吕升尧来了，他热情地说来接新老师的，原来，小学的袁老师患肾炎病了，身子浮肿，请了一个月的假，要王书文去代课。

当王书文跟着吕升尧到小学时，几个老师在吃中饭，吕校长就现场办公，问王书文教什么课，他天真地说：起始年级毕业年级都不教，想教三年级，因为自己的妹妹王书凤、弟弟王书武在读三年级。大家都朝着一个年老的熊老师笑了，原来三年级是熊老师教的。于是，吕校长说调整后准备新课表。

可是第二天，管校代表陈爹来了，说："我的意见，小王，不慌上课，给我去砖田里赶磙。不抓紧赶磙，这田砖就枯了，挖不出砖了！"

吕校长说行。于是，王书文连续三天在学校前面三队一块割了谷的干水田里赶磙——就是赶着牛拉的石磙在田里转来转去，反复转圈圈，直到把田里的泥巴碾成结实的砖坯，据说要每块砖上出现七个脚印才算好，再用一种专门的挖锹挖成泥坯砖，码在田里枯后，做学校的房子。当时学校房子缺。

就这样，王书文参加教育工作就赶碌，原地转圈圈，以后也一直就在孟溪几所学校转了四十多年圈圈。

当进教室上了几天课后，学生家长都还反映好时，那个原准备请一个月假的老师竟带着大大小小的药品药罐子提前来了，可怜巴巴说自己可以一边吃药，一边上课。其实也是怕失去民办老师这个饭碗。

那么，王书文怎么办？是继续教，还是回家呢？王书文也觉得这工作相对来说体力不重，虽说无工资，一年下来，享受和同年龄的劳力相同的工分，这样可以按工分分到粮食柴草等物资，可以帮助大家庭缓解压力，因为他的下面还有三个妹妹三个弟弟，当时只有两个妹妹开始参加生产队的劳动。这样，王书文教书一直到七年后，结婚分家后那点可怜的报酬才开始归两口的小家庭支配。

当时，龙兴大队党支部开了会，在会上，管校代表陈爹说王书文赶碌吃得苦，教书反应好。加上两个表姐夫（一个叫柳永保，大队民兵连长；一个叫陆金湘，副书记，都是王书文大姑婆的孙女婿）说学校反正会增加学生，增加老师，既然把人家接来了，就不让他走了。只是，这学期没有民办老师的补助钱，看王书文干不干。

当吕校长把支部的意见一传达，王书文红着脸坐在办公室里，吕校长又说："小王，你说不定一学期甚至一年没有补助领，只有工分。你干不干？"

"干。"王书文低声回答，他也许开始爱上这份工作了。原来正式编制的民办老师名单早往上报了，每月是有十五元的生活补助的。他当时如果不带点屈辱地接受这个工作又会干什么呢？

有一次，一个只小王书文几岁的本队的高年级男孩龚道军跟在王书文的后边，大声喊着他的乳名："九五，九五，你真的来教书的？"

几个学生听了大笑，那个兄弟辈的学生才发觉不应这样喊。

那时候，民办教师的生活是很艰苦的，如吃饭菜很少，如果有一炖钵南瓜，浮在上面的油，就会被先吃的某个人或一两个人用瓢子按顺时针或者逆时针方向全部收进瓢子里，倒进自己的饭碗里，完全不顾后下课的老师或者文明一点的老师，后来的老师，有时没有菜吃了，就只好到邻居孙大婆家去问有没有米汤，如有就拿来泡汤吃。还有一家邻居，他家很小气，遇见老师讨米汤，就会说没有了，已经给猪子吃了。

后来有人提议，每个老师管几天的菜，看谁的菜够吃。这样，有的老师，如王书文家生怕别人说王家小气，就提很大一刀腊肉或几条腊鱼什么的，小菜之类也是尽量多提一些，哪怕家里人多需要菜肴，也在所不惜。个别老师带的一丁点儿，吃一餐也不够，大家会意一笑，也就算了，反正那时生活都差嘛。当然，住在学校近的老师也有接同事去家里打牙祭的，如姓文的老师的妻子贤惠，常常招待很热情。姓黄的、姓曾的女老师也经常被"吃大户"。王书文家每学期总要接全校的八九个老师到家里吃饭，王书文的爸爸王诗荣有时见菜肴不多，就临时到街上馆子里去端，用篮子笑嘻嘻地提回来，怕儿子在同事中被嘲笑。同时，也有担心儿子因没有很铁的关系，加上儿子又有知识分子的清高气不吹吹拍拍而被精简掉（因为老师中不少是大队干部的儿女或者女婿）。虽然王诗荣从来没这样跟孩子讲，只是王书文自己揣摩的。因为每年底大队某些领导总要在学校散布，我们龙兴小学老师多了，要精简掉一至二个。当然主要还是王家一直好客，其家里常常有街上某餐馆印了字的碗盘送去了或暂未送去。

后来大队里真的把肖老师和吴老师减掉了，肖、吴两位被搞去榨坊里打榨来榨油、到小窑厂烧砖瓦。幸喜不久吴老师参军走了，后来成了团级干部。

就这样，王书文在龙兴小学教了八年民办。一直到1980年上学期，一天，突然被双湖学区通知调到公办学校邹厂中学去，当时龙兴小学校长不在校，因他爱帮助别人砌墙、挖砖等，常常请假，委托一个党员老师徐老师负责日常事务，王书文接了通知，到底去不去？王书文问徐老师，徐老师认为是上级调令，应该去。但又怕校长回来怪他，所以很为难。王书文自己下了决心，什么都没带，以一个民办教师之身赤手空拳就往东边走，去公办学校邹厂中学报到了。大约王书文在民办教师里当时小有名气，教学上过公社的公开课，常常被聘请给民办老师讲中师辅导课，也开始发表曲艺作品，常常被区里或公社的文卫组抽去写总结，他们觉得这个25岁的民办老师可以在公办学校教书了。

去后被安排教初二的语文、历史、音乐等课兼班主任，学生反映很好。没带行李就和一个姓孟的老师睡。这样上了一个星期的课，才回家告诉新婚妻子许开梅。再带行李去，找来找去，除了自家床上的，再没有像样的颜色白一点儿的蚊帐。于是王书文的爸爸就向老二书武求援，要他把自己学木工时，亲戚送他的一床新的单人铺的蚊帐送给哥哥到新学校去开铺讲点面子，书武高兴地答应了。

据后来徐老师说，那个龙兴小学的校长回来，听说王书文走了，向徐发了一通大脾气，说谁叫你放他走的？徐说上级调的，大队支部书记也知道，这才算了。

到了 1980 年下半年，县里组织民办老师考试，先在孟溪公社范围内选拔考试，王书文考了第一名。公社组织几个有名的高中老师给王书文等几十名入围的民办老师上课复习了几天。到了县里考试前，王书文在孟溪街见到父亲，对爸爸王诗荣说："这次县里要我们考试，说成绩优秀的转正成公办老师，估计是走过场，像我没有关系，考不考呢？"

"考，肯定考！恐怕不是假的呢？"王书文的爸爸说。

第二天，爸爸在街上鼓励儿子认真考。

这是"文化大革命"后第一次民办老师招工考试，在考场上，很严肃，每个考室两个监考人员手臂上戴着红袖章，坐在高高的凳子上看着，巡视员频繁走动，王书文文章也好，基础题也好，慎重下笔，完成顺利。

结果，又考了中学组孟溪第一、全县第七名的好成绩。

可是在等待通知的日子里，也有一个小插曲：即县教育局接到王书文原先工作的学校龙兴小学某人的举报，说王书文的连续教龄不符合要求，中间间断了。如果是事实的话，哪怕你成绩再好，也会被"杠掉"。一天，邹家场中学来了搞调查的领导，他先找领导了解了情况，见没问题，就找王书文谈话，问"是不是因病请假有半年或一年没教书"。

"没有间断。虽请过病假，但是被安排在自己家所在的生产队教幼儿班和几个辍学的小学生，在姓邹的亲戚农家用门板写字上课，约半年。"

那个领导这才露出了笑容，说"好，我查了你的档案，查了你的民办老师补助表，有你名字。如果补助表没有你的名字，你就完了。"

王书文想，即使我真的在请假时段已被除名，大概那小学领导也不会一下子把我的补助名字去掉的。在那个年月，谁还跟钱有仇呢？

于是，邹家场中学的领导提议，第二天在王书文的寝室设宴请那个领导吃饭，公社、管理区、校有关领导作陪，王书文悄悄对领导说："我，只有几元钱。"他们说由学校事务长胡老师安排。到了你成为公办老师有了工资了再扣除。王书文感激不尽。

第二天，王书文同寝室的王佐斌老师用两张桌子拼成饭桌，王书文平生第一次亲自做东招待了一个调查他的县教育局领导。饭后，那领导拍着他的肩头说："小王，你考得这样好，转正后好好干！"

王书文点点头。

大约是1981年元月份，邹家厂中学出纳齐老师，她是河北人，尖声大嗓的普通话喊王书文："王老师，来领工资！"

王书文待她喊了几遍才去领，因为以前，别人领工资，他是民办老师抽调的，是没有工资的。当时起薪较高，还填了"干部履历表"，好像是行政二十三级，也就四十多元，但已经是不错了。

不久，邹家厂中学就迁到高庙村与双湖村交界的双湖中学。王书文被安排几乎年年教初中毕业班，中考成绩双湖中学当时名声在外，每年有不少参观者来校参观交流。王书文在这时已经积极参与语文教学研究，开始在省市县有关杂志上发表教研论文，辅导学生参加作文竞赛，也有多人获省市奖甚至国家级奖。同时，在县里参加中师培训一年后，考取了荆州师专中文专业的函授生，四年寒暑假的面授和平时的函授，王书文学得认真，如唐宋文学就考了全市第一，为以后的教学打下了较为扎实的基础。

以后，受到荆州市教研室教研员余映潮老师的青睐，常参加省市县的有关活动，连续有多篇论文在杂志上发表，并参与编写了多本资料书籍。

这期间，蔡田湖的岳母唐绪英对王书文爱人梅姐说："你跟书文讲，愿不愿意调到县里去，你表叔在县教育局计财科当科长，调动很简单。"梅姐问县梅园中学能不能安排炊事员，得知城里初中学生都是走读，梅园中学没有学生食堂。加上在双湖中学一切似乎不错，就谢绝了岳母的建议。同时，华师给王书文等学员发了函授报名表，王书文也不想再弄个本科文凭了，因为这四五年来，爱人梅姐带着两个孩子也着实辛苦。

随着两个孩子相继长大，为了让孩子学习成绩好一点儿，王书文申请调到了镇上"三袁"中学，在教学上，继续教实验班或者重点班毕业班之类，成绩较好；写作上，发表了小说、散文、教学论文等；政治上，继续像双湖中学那样，是县政协委员，修缮"三袁"墓园，弘扬"三袁"文化等提案受到重视。几年后，"三袁"中学和紧挨着的孟溪中学合了，继续名为孟溪中学，王书文也继续教毕业班的语文课，仍然获得好评。1995年，王书文年近40岁，合乎破格晋升中学高级教师条件，教育组文组长让他填表上交，1996年荆州市审核通过，成为较年轻的中教高级教师。但1998年大至岗严家台溃口，孟溪中学受灾严重，灾后恢复，孟溪中学元气大伤，教学质量有所下滑，教师待遇渐差，但王书文和同事们仍然不忘初心，认真工作。

至2015年退休，王书文坚守乡村教书育人43年，这虽苦虽有点傻，但问心无愧。有同事说他没有像当时较为时尚的有些老师，给领导若干好处，就停薪留职，到外省外县的私立学校"捞大钱"，多年后，回来又"高情商"于某些领导，弄虚作假写什么一直不间断地当本校班主任一直挑重担之类，以求入党提干或者晋升职称，或者评为省市县骨干教师之类，王书文一笑置之。退休后，到深圳带孙儿四年期间，仍然参与诗联创作和"三袁"文化的传承宣传工作，楹联辞赋多次获得全国大赛一、二、三等奖及优秀奖。回校后，积极参与楹联进校园活动，到高中、初中、小学讲联律通则，受到好评，被中国楹联学会授予"全国优秀楹联教师"称号。由厦门大学出版社推出《袁中道传》，获"孱陵好声音"奖。由文汇出版社出版了中短篇小说集《端台灯的女人》，反响不错。被先后推选为非遗项目"三袁"传说市级、省级传承人，作了大量的宣讲与搜集整理工作。还受聘为县老年大学诗联班的教师，在没有固定教材和待遇微薄近乎志愿者的情况下，自编教材，坚持讲好每一节课，跑好国粹火炬接力的这棒路。

王家其他兄妹也能自立自强，儿女进步，各有千秋。后辈大多大学毕业，有的武大毕业、香港大学研究生，有的华科毕业或其他大学毕业，后辈中职业上有的是在中国规划设计院工作，有的是公务员、人民教师、外企软件工作人员或知名企业总监、销售员、一方知名的木匠、裁缝、种田能手等，可以说，从祖父王海臣以后，王家从水上走向陆地发展，继而从乡村到城市，再从省内到省外，都乘着改革开放的东风，并秉持了祖辈不怕风浪、筚路蓝缕的精神在开枝散叶，繁茂成长。

王书文呢，也几乎每天自觉不自觉地写点或者讲点什么，老伴说他年近古稀所为何来？他认为，大点说，是为理想信念，为了文化自觉；小点说，是为了传承祖辈作为弄潮摆渡人的美好品德或纯朴家风；更小点说，是一种自然的好习惯。

后 记

我这个人，文艺方面的成果的确不咋的，倒是沾了点文艺的边，沾染了有些作者的缺点，比如写东西扑汤扑水，搞得快而潦草。写的东西，随手乱丢。这次，一是为了把多年写的能够找到的散文类作品"拢坨"，也是承蒙我在"三袁"中学执教一个实验班的学生范东波（他是一个优秀的媒体人才，早先在成都，现在在杭州）热情帮助我出版，我才又鼓起勇气，把它们编成这个集子，冠以《唤风》之名。

《唤风》大致分为几个部分："荷风骀荡"部分，主要是我认为基本接近现代散文样子的，其中带着"三袁"故里水乡的荷风鸟鸣，有风景，有民俗，有值得尊敬的家乡底层人物等，我丝毫不敢为文而造情，大多是质朴记述，生怕胡乱"美颜"对一方水土有污染之嫌。

"辞赋新韵"部分，是收录我学写的二十来篇辞赋，有的在《中华辞赋》上发表过，有的被镌刻于石上，有的参加一些全国辞赋征集大赛获过奖，有的作为草稿首次公开，但都是真挚地描述赞美公安人文景点或特产美食，甚至笔触伸向全国其他地方，应该说基本做到了言之有物，不是无病呻吟、夸张媚众。如《蒙城赋》《安泽赋》就写到红色文化，《三沙赋》就展现爱国主题。《聚贤楼赋》就展示退伍军人奋力创业的成果。从形式上，我既有传统律赋的一些句式，又不拘泥于此，无力也无意去掉书袋弄些假古董式的辞赋，而是尽量多写现代气息浓的辞赋。语言总体追求雅俗共赏。当然，辞赋到底属不属于散文，我觉得用古人的两分法，散体文和韵文，辞赋，它有时有点押韵，更多的是散体的分段的，形散而神聚的，加之也舍不得让它散落下去，故而就编入此集之中了。

"水乡素描"部分呢，有的似散文，有的似报告文学或人物通讯。有几篇是当年湖北省作家协会连续三年搞一个"荆楚作家走乡村"活动，县作协黄学农主席要我接受这个任务到几个地方采风，连续几年，顶着"荆楚作家"的虚衔"走乡村"，写成三篇文章，都被收录在省作协出版的专辑中。有的是县教育局抽调我去埠河镇葡萄村搞"三万活动"几个月，写了天心眼村等处的人和事。还有县文联侯主席组织到河道局多次采访，写了多篇稿件，被收入《长堤巍巍》一书中，如写荆江分洪工程的大劳模辛志英的文章和该书的开篇之作《长堤巍巍》反响还不错。我觉得这些相对而言，事件大一些，略微接近宏大主题，有点速成的样子，我只好以"素描"概之。

"性灵传薪"部分，是另一类的散文，属于议论为主的散体文稿，也可以归为小论文一类。这当中有的发表在《对联》杂志或《中国楹联报》《中华楹联报》《性灵文史》等报刊上，有的是为师友写的序言或点评赏析文章。它们也是散文一族的另一个侧面或色彩的光谱，亦让其凑数。

"师友激励"部分，是收录文苑师友对我的激励之语，有的是序言，有的是寄语或点评，这是我引以为荣耀的"颁奖词"似的文字，它虽然不是我的散文，然因我创作点滴而起，哪怕有的并非是谈散文，但年近古稀，不能让这些闪光的珠玑散落于草莽中，何况有些可看成是对我这样的业余作者的激励，再一次分享应是合适的。

"三槐风采"部分，是记载我的家庭史事。家庭是社会的细胞，它折射时代和社会的历史，是写我生命中重要的人，如祖父母、爸爸、爱人，他们身上的闪光，他们的贡献，不能泯然于尘土，我应该用拙笔写点文字，至少让子孙后代知道他们不仅是墓碑上的几个冰冷的字，他们至今温暖着我的心。他们是千千万万普通人中的一员，写他们也许比觍着脸去写社会名流更有意义。虽然不免有露出自家一些隐私之嫌，也许会让人觉得不屑于去写这些，因为有些名人出生就有红光笼罩，成长中会有高贵的家人，不凡的经历，或处处遇贵人，点点显神秘，但我应该一如既往地实话实说，而且，我这样的社会底层叙述更真实，也是留住乡愁的一个侧面，我们这个群体还很大，我以此为自豪！

除了前面说的我的昔日学生、今日在浙江日报报业集团出色工作的范东波的倾情帮助外，还有湖北省作家协会会员、荆州市评论家协会会员、公安县作家协会副主席、公安县老年大学校长袁枫为拙著写序，热情真诚予以鼓励，还有辽宁人民出版社的编辑团队为此书精心审稿，细致设计排版迅捷优质地予以出版，中国楹联学会会员、公安县楹联学会会长尹登云先生为本书封面题签，我均在此衷心地表示感谢！